Chiara Fabiano

Victorias Schatten
The Oxford Chronicles

Zu diesem Buch

Tessas sehnlichster Wunsch ist an der Oxford Universität Geschichte zu studieren und eine große Historikerin zu werden. Für ihren Traum arbeitet sie seit Jahren, doch ihre Selbstzweifel stehen ihr viel zu oft im Weg. Als sie eines Tages auf ein mysteriöses Buch in einem Antiquariat stößt und wenig später der charismatische George vor ihrer Tür auftaucht, steht Tessas Welt plötzlich auf dem Kopf. George gehört nicht nur zu einer ur-alten Geheimgesellschaft, er offenbart ihr auch noch das Unmögliche: Tessa ist eine Zeitreisende und wird für eine waghalsige Mission im Jahr 1839 gebraucht, denn die junge Königin Victoria schwebt in großer Gefahr und aktuell kann nur Tessa eine dunkle Macht davon abhalten die Zeit für immer zu manipulieren. Wären da nur nicht der verpeilte George und der charmante Sir Frederick, die Tessas Herz durcheinanderbringen und sie immer wieder davon ablenken, was sie eigentlich tun sollte...

Chiara Fabiano wurde 1999 in der Voreifel geboren und entdeckte bereits in ihrer Kindheit die Liebe zur Literatur und Geschichte. Mit neun Jahren schrieb sie ihre ersten Texte, las jeden Abend mit ihrer Mutter vor dem Schlafengehen Bücher und studierte an der Universität zu Bonn Ge-schichte, Literaturwissenschaft und Anglistik. Heute lebt die Autorin, Po-etryslammerin, Historikerin und Hobby-Musicalsängerin mit ihrem Ehe-mann in einer kleinen Wohnung in Bonn zwischen all ihren Büchern und zahlreichen Kaffeetassen, die sie fürs Schreiben braucht.

Chiara Fabiano

Victorias Schatten

The Oxford Chronicles

Außerdem von Chiara Fabiano erschienen

Die Abenteuer von Josephine Wennington (Roman)

Eindrücke eines Mädchens (Kurzgeschichten)

Phönixfeder (Lyrik)

Bibliografische Information der Deutschen Nationalbibliothek: Die Deutsche Nationalbibliothek verzeichnet diese Publikation in der Deutschen Nationalbibliografie; detaillierte bibliografische Daten sind im Internet über http://dnb.dnb.de abrufbar.

Die automatisierte Analyse des Werkes, um daraus Informationen insbesondere über Muster, Trends und Korrelationen gemäß §44b UrhG („Text und Data Mining") zu gewinnen, ist untersagt.

© 2024 Chiara Fabiano

Verlag: BoD · Books on Demand GmbH, Überseering 33, 22297 Hamburg, bod@bod.de

Druck: Libri Plureos GmbH, Friedensallee 273, 22763 Hamburg

ISBN: 978-3-8482-5888-8

Kapitelverzeichnis

Für Mama

„So come with me where dreams are born and time is never planned"

– James Matthew Barrie *Peter Pan*

PROLOG

London,1837.

Eine angespannte Stille legte sich in den Innenräumen der Kirche nieder und umhüllte den Raum in eine Atmosphäre der Vorfreude, Skepsis und Fassungslosigkeit. Links und rechts saß die Aristokratie Englands und nicht wenige wedelten nervös mit ihren Fächern, während sie sich leise ihre Bedenken zumurmelten. Ein entscheidender Tag in der Geschichte der englischen Monarchie. Die Mutter der jungen Königin, die Herzogin von Kent, kratzte sich andauernd aufgeregt am Hinterkopf und sog des Öfteren scharf die Luft ein, als sie wieder bemerkte, dass eine der Damen sie mit hellen Augen musterte. Zwei Reihen hinter ihr saß Prinz Albert von Sachsen-Coburg und Gotha und erwartete die Dame seines Herzens jeden Moment. Doch Victoria ließ sich noch nicht blicken. Sie alle sahen hinunter auf das Geschehen und beobachteten, wie an diesem Tag Geschichte geschrieben wurde, auch wenn es ihnen in jenem Moment noch nicht bewusst war. Bislang glaubten sie alle es würde nur eine Übergangsregierung, niemals konnte es möglich sein, dass eine achtzehnjährige Prinzessin, noch ein Kind, zerbrechlich wie eine Porzellanpuppe, gehütet, beschützt und ihr ganzes Leben lang verhätschelt, den Thron der größten Weltmacht antreten würde. Das plötzliche Orgelspiel riss sie alle aus ihren Gedanken. Wie es sich gehörte, sprangen sie auf und hielten den Atem an, als sich die Türen öffneten und eine zierliche Person, nicht größer als ein Meter fünfundfünfzig in den Gang schritt. Das lange braune Haar lag in verspielten Zöpfen um ihre Ohren, das weiche Gesicht belegte ein starrer Gesichtsausdruck, siegessicher nach vorne gerichtet, wo ihre Augen den Thron fixierten. Das weiße Gewand mit den goldenen Verzierungen zierte ihren rundlichen Körper, den der purpurrote Umhang einer Königin umschloss. Als sie den Thron erreichte, schlich sich ein kleiner Ausdruck von Verdruss auf ihr Gesicht, denn ihre Füße baumelten einen halben Meter weit über den Boden. Die Zeremonie nahm ihren Lauf und schließlich setzte der Bischof ihr die viel zu große Krone auf ihr Haupt, die sie krampfhaft versuchte so zu balancieren, dass sie ihr nicht abrutschte. Schnell sprang die Gesellschaft ein weiteres Mal auf und rief aus vollem Halse: „God save the Queen! God save the Queen, God save the Queen!". Ja… sie war die Königin, ihrer aller Königin. Jeder hatte sich vor ihr erhoben, jeder brachte ihr Respekt entgegen und sie verharrte in ihrer stolzen Position, ließ sich nicht ansehen, wie zufrieden und glücklich sie über ihren Sieg war. Endlich, nach all den harten Kämpfen gegen ihre Mutter, gegen deren Aufpasser Sir John, gegen all die Leute, die sie jahrelang in

Kensington eingeschlossen und sie behandelten hatten, als würde sie jede Minute zerbrechen, endlich trug sie die Krone auf ihrem Haupt. Man hatte ihr gesagt sie wäre zu klein, zu jung, zu unterfahren, zu ungebildet, aber jetzt standen diejenigen, die sie ihres Lebens beraubt hatten vor ihr auf. Sie war die mächtigste Frau in England. Es gab keine Prinzessin Drina mehr. Für alle Zeiten gab es nur noch Königin Victoria. Doch wo saß eigentlich Albert? Sie hatte ihn noch nicht entdecken können und sehnte sich danach sein Gesicht zu sehen. Als sie ihren Blick durch die Reihen schweifen ließ, nahm sie plötzlich aus dem Augenwinkel eine, ihr völlig unbekannte, Person wahr. Skeptisch verengte sie ihre Augen, um ihn besser fokussieren zu können. Er richtete seinen Blick starr auf einen der Barone vor ihm und sah aus, als würde er über irgendetwas stark grübeln. Victorias Augen wurden zu wütenden Schlitzen. Der Fremde ließ vom Baron ab, als er bemerkte, dass Victoria ihn musterte. Mit einem Mal lächelte er kokett und fasste sich an den Rand seines schwarzen Zylinders. Überrascht hob sie die Augenbrauen. Wer war dieser Mann und wie konnte er es wagen, einfach so, ungeladen zu ihrer Krönung zu erscheinen? Nein, besser gesagt, wie hatte er es eigentlich geschafft ohne Einladung zu ihrer Krönung zu erscheinen? Victoria suchte das vertraute Augenpaar ihrer Mutter, doch als sie auf den Fremden verweisen wollte, war er verschwunden. Aufgrund der ruckartigen Bewegung ihres Kopfes fiel die Krone laut polternd vor ihre Füße zu Boden.

DAS BUCH

Kennt ihr das Gefühl, wenn man sich in der Nacht irgendwie verlegen hat und morgens mit furchtbaren Nackenschmerzen aufwacht? So ging es nämlich Tessa, die eines Morgens mit dröhnendem Schädel und verkrampften Schultern über ihren Büchern aufwachte. Wie lange hatte sie nun hier gesessen? Ein skeptischer Blick auf ihr Handy verriet ihr, dass es bereits acht Uhr in der Früh war. Sie hatte nicht gerade erst wieder angefangen zu lernen, sie hatte die Nacht durch gelernt! Kein Wunder, dass sie sich fühlte, wie der arme Blechmann aus *Der Zauberer von Oz*. Nur, dass ihr wahrscheinlich keiner eine Ölkanne bringen würde, um ihre schmerzenden Glieder wieder geschmeidig zu bekommen. Man würde ihr nur wieder dazu raten, ihr häufiges und andauerndes Sitzen durch eine Menge Sport wieder auszugleichen, doch hier lag bereits die Problematik: Tessa und Sport hatten sich noch nie so wirklich vertragen, und viel Motivation dafür hatte sie auch nicht. Als sie aber in diesem

Moment merkte, wie ihr Körper unter den anstrengenden Lernsessions litt, beschloss sie heute zu Fuß zu ihrem Nebenjob zu gehen und nicht, wie üblich, in die U-Bahn zu flüchten, um die eine Station zu fahren. Müde verabschiedete sie sich von den aufgeschlagenen Büchern und Lernzetteln auf ihrem Schreibtisch und rieb sich die Augen, bevor sie sich seufzend ins Badezimmer schleppte. Anders als in den meisten Teenie-Filmen, in denen die Mädchen mit glänzenden Haaren und perfekter Haut aufwachten, sah Tessa im Spiegel wie eine verrückte Moorhexe aus, der die buschigen Locken wild vom Kopf abstanden. Unten erwartete sie auch kein fabelhaftes Frühstück, und der Einzige, der sie diesen Morgen begrüßte, war der dicke Pickel auf ihrem Kinn. Außerdem hatte sie natürlich nicht daran gedacht ihre Hornbrille vorm Schlafengehen auf ihren Büchern auszuziehen, und so musste sie nun mit einer schiefen Brille rumlaufen. Zurück in ihrem Zimmer suchte sie sich einen dunkelblauen Rock und eine weiße Bluse mit schwarzem Kragen heraus und zog sich ihre abgenutzten braunen Stiefel an. Als sie fertig war, schnappte sie sich ihre Tasche und machte sich auf den Weg zur Arbeit.

Der milde Sommermorgen warf angenehme Sonnenstrahlen auf Tessas Haut und milderte ihren Müdigkeitszustand, indem sie sich die Sonne ins Gesicht scheinen ließ. Einen Moment lang schloss sie die Augen und sog die wunderbare Sommerluft ein. Es war bereits Juli, aber der Sommer in England war nicht immer das, was die meisten sich unter Sommer vorstellten. Aber um ganz ehrlich zu sein, wollte sie auch gar nicht an irgendeinen Strand und sich den ganzen Tag in der Sonne brutzeln lassen. Sie mochte die hektische Kultur der Stadt und für keinen Preis würde sie aus London wegziehen wollen. Sie liebte die kleinen, emsigen Seitenstraßen, die weißen Häuser mit den imposanten Eingängen in Kensington und den Geruch nach Curry, der beinahe überall in der Luft lag. Sie liebte die Freundlichkeit der Londoner, die Ansagen in der U-Bahn und die langen Spaziergänge an der Themse. Vor allem aber liebte sie die Möglichkeit sich jederzeit zu entscheiden mal gerade nach Westminster oder nach Kensington zu fahren und dort die Geschichte zu genießen, die die Stadt zu bieten hatte! Für sie gab es keinen vergleichbaren Ort. Den Henkel ihrer Schultertasche umklammernd, rannte sie über die Straße und wurde dabei fast von einem schwarzen Taxi angefahren. Der wütende Fahrer gestikulierte wild und schrie, sie solle gefälligst aufpassen. Okay, dachte sich Tessa, auch die Londoner hatten schlecht gelaunte Tage.

Als die Tür mit einem leisen Klingeln vor ihr aufflog, lugte die kleine, grimmige Besitzerin hinter dem Tresen hervor und schob ihre Lesebrille höher auf ihr Nasenbein. „Guten Morgen, Tessa", brummte sie, ohne Tessa dabei wirklich anzusehen. Tessa grüßte sie zurück und ging schnurstracks in den Personalraum, um das Gewicht ihrer Tasche von der Schulter zu bekommen. Seufzend ließ sie sie auf den Stuhl gleiten und strich den Ansatz ihrer lockigen Haare glatt. Einmal mehr verfluchte sie ihre schiefe Brille, konnte jedoch nicht auf sie verzichten und versuchte wieder, sie wenigstens ein bisschen zu richten. Das Resultat war erneut eher schlecht als recht.

„Willst du dich den ganzen Tag hier hinten verstecken?" Die bekannte, warme Stimme jagte ihr einen angenehmen Schauer über den Rücken. Tessa zuckte mit den Schultern. „Eigentlich versuche ich bloß weniger peinlich auszusehen". Oliver zog seine Augenbrauen skeptisch zusammen. Ihr lieber Kollege studierte schon an der London University. Den Job in dem lausigen, aber charismatischen Antiquariat brauchte er, um sein Studium finanzieren zu können. „Zeig mal her", sagte er und nahm ihr die Brille von der Nase. Vorsichtig bog er die Bügel ein wenig und hielt sie dann hoch. „Probiere sie jetzt mal", schlug er vor. Ohne große Erwartungen setzte Tessa die Brille seufzend auf. Sie saß perfekt! „Wie hast du das nur gemacht?", fragte sie überrascht, und genoss das Gefühl einer gutsitzenden Brille. Er hielt seine Hände hoch und lächelte. „Fingerfertigkeit... ist halt ein Talent", sagte er beiläufig.

„Das würde bedeuten, dass jeder Künstler auch ein optimaler Optiker sei", stellte Tessa lachend fest. Oliver schmunzelte und nickte schulterzuckend. „Na, sagen wir mal so, wenn deine Bilder genauso aussehen, wie du schiefe Brillen richtest, muss ich ja bald als Freundin des neuen Da Vincis berühmt sein". Oliver hob eine Augenbraue.

„Wenn überhaupt hier jemand der Freund einer berühmten Person sein wird, dann ja wohl ich, Frau Professorin". Tessa krampfte das Herz.

„Wohl eher nicht. Ich werde nie die Noten schaffen, um an irgendeiner Londoner Universität angenommen zu werden, geschweige denn in Oxford. Da muss man einer der Besten sein". Sie schluckte den Kloß im Hals herunter, der sich schon seit ihrem letzten Schultag gebildet hatte. Es war egal wie oft sie versuchte ihn herunterzuschlucken, er blieb stets dort, wie ein lästiger Parasit. „Ohne anzunehmen, dass du gerade nach Komplimenten fischst, kann ich dir hoch und heilig versichern, dass du die Person mit dem meisten Wissen über Geschichte, Literatur und irgendein altes Zeugs bist, die ich kenne. Ich finde Nerds aber auch ziemlich cool." Tessa lachte einmal auf, schüttelte dann jedoch den Kopf.

„Mag sein, aber anscheinend reicht das nicht für neunzig oder hundert Prozent in den Klausurergebnissen." sie seufzte und heftete ihren Blick auf den Boden. „Ich bin einfach ständig nur der gute Durchschnitt." Mit einem Mal kam die grimmige kleine Besitzerin Mrs Hastings in den Personalraum und stemmte energisch die Hände in die Hüfte.

„Nun sieh mal einer an!", schimpfte sie. „Ich bezahle zwei Faulpelze fürs Rumstehen! Macht euch gefälligst an die Arbeit, davon ist genug übrig, oder wollt ihr etwa, dass der Laden aussieht, wie eine Rümpelkammer?". Ihr starker schottischer Akzent kam bei ihrer Tirade heraus, auch wenn sie es, aus unbekannten Gründen, oft versuchte zu verhindern. Oliver hob verteidigend die Hände, während Tessa sich so unbemerkt wie möglich davonmachte, um die neu reingekommenen Antiquitäten entsprechend mit Preisschildern zu versehen und sie anschließend an ihren Platz zu räumen. Es war eine stumpfsinnige Arbeit, doch man konnte währenddessen gut über Dinge nachdenken. Es war sehr ruhig und angenehm, im Normalfall kamen um die zehn Kunden am Tag, was wahrscheinlich daran lag, dass es meistens Sammler oder andere Händler waren, die bereit dazu waren fünfzig Pfund für ein altes, muffiges Buch auszugeben. Auf diesem Weg waren Tessa aber auch schon ganz besondere Stücke in die Hände geraten. Eines ihrer persönlichen Highlights war ein zweihundert Jahre altes Exemplar von *Stolz und Vorurteil*, bei dem die Seiten leider sehr lädiert gewesen waren, aber die Schrift noch einwandfrei lesbar. Mrs Hastings hatte es schließlich der British Library gespendet, weil sie meinte, ein solches Stück gehöre nicht in Amateurhände, die nicht wüssten, damit umzugehen. Tessa bewunderte diese Geste, nicht alle Händler würden ein derartiges Exemplar einfach so spenden, wenn man doch viel Geld dafür bekommen könnte. Doch bei Mrs Hastings hatte Tessa das Gefühl, sie sei wahrhaftig an den Stücken und der Literatur interessiert und nicht bloß an dem Geld, das damit zu verdienen ist. Und auch, wenn Tessa neunzig Prozent der Zeit mit dem Einräumen und Prüfen der neu eingegangenen Exemplare verbrachte und nicht mit der Tätigkeit, für die sie sich eigentlich beworben hatte, nämlich der historischen Fachberatung der Kunden, so machte ihr die Arbeit Spaß und bot eine angenehme Abwechslung zum, sich dahinschleppenden, Alltag. Außerdem war da noch Oliver, der Bildungstechnisch genauso frustrierte Kunststudent, der ein unglaubliches Talent hatte, jedoch einfach einer unter Tausenden war, und keinen Weg kannte auf sich aufmerksam zu machen. Er verbrachte

Abende in Museen, zeichnete die Exponate, Portraits von den Besuchern, Stillleben, Tiere, Landschaften, Wolken, Architektur, sonderbare Holzmaserungen, alles, was ein Künstlerherz begehrt. Und doch schaffte er einfach nicht den Durchbruch und musste seine Tage nun hier verbringen, um wenigstens ein bisschen Geld aufzutreiben, mit dem er sein Studium finanzieren konnte. Zudem kamen immer mal wieder antike Kunstbücher rein, das war dann sein Fachgebiet. Meistens wies Tessa kunstinteressierte Kunden zu ihm, obwohl auch sie selbst die Beratung hätte übernehmen können, denn Kunstgeschichte war eine ihrer vielen Leidenschaften. Und doch waren sie alle verbunden mit Geschichte. Tessa war so versunken in ihre eigenen Gedanken, dass sie beinahe vergessen hätte, die Exemplare zu überprüfen und nicht bloß zu etikettieren. Als sie jedoch das nächste aus der Kiste holte, stutzte sie. Es war klein, sehr viel kleiner als die durchschnittliche Norm, aber dreifach so dick. Der Einband bestand aus blauem Leder und hatte ein seltsam verlaufendes Muster. Tessa strich darüber und runzelte die Stirn. An der Seite war eine silberne Schnalle, die das Buch zusammenhielt. Sie flitschte die Schnalle auf und hustete heftig, als ihr eine Staubwolke entgegenflog. So etwas hatte sie noch nie gesehen. Der Einband musste mehr als dreihundert Jahre alt gewesen sein, wenn auch das Muster und die moderne Schnalle nachträglich hinzugefügt wurden. Doch das Merkwürdige waren weder der Einband noch das Muster und auch nicht die Schnalle. Das wirklich Merkwürdige war die Schrift im Buch. Es waren kleine, verschnörkelte Buchstaben, die wie eine Verzierung aussahen. Grübelnd blätterte sie in dem Buch herum. Es waren sogar einzelne Bilder vorhanden, aber man konnte kaum erkennen, was diese darstellen sollten. Gerade als Tessa Oliver rufen wollte, um sich von ihm erklären zu lassen, was diese Bilder darstellten, öffnete sich die Tür und das Glöckchen kündigte einen Kunden an. Tessa fuhr herum und ließ das Buch zurück in die Kiste fallen. Vor ihr stand ein junger Mann um die Zwanzig. Er hatte rotes, wirres Haar, grüne Augen und trug einen schwarzen Anzug, dazu bereits breitgelaufene Oxford Schuhe. Sein Gesicht wirkte aufgeschlossen und freundlich, jedoch hatte er etwas Seltsames an sich. Tessa konnte nicht sagen, was es war, aber es war da. „Guten Tag", sagte er in einer freundlichen, sanften Stimme. Tessa merkte erst nach einigen Momenten, dass es komisch wirken musste, wie sie ihn anstarrte, also blinzelte sie einmal und lächelte dann. „Guten Tag", grüßte sie zurück. „Kann ich Ihnen irgendwie helfen?". Der Mann schritt auf sie zu und lächelte dabei wohlwollend. „Ich hoffe doch sehr, dass Sie mir helfen können. Es geht nämlich um etwas äußerst heikles". Er sah einmal nach links, dann nach rechts und beugte sich schließlich zu ihr herunter. „Sie haben nicht zufällig ein Buch auf Lager? Eins mit blauem Einband?

DIE RUNEN

Tessa wusste nicht warum, aber die Situation kam ihr mehr als seltsam vor und irgendetwas in ihr riet ihr dazu, das Buch zu verstecken. Vielleicht war es jedoch auch bloß ein Zufall und er meinte ein ganz Anderes. Seine Augen sahen sie fordernd an, bis sie mit den Schultern zuckte und den Kopf schüttelte. „Sie müssen Ihre Frage schon konkreter stellen, Sir. Wir haben hier viele Bücher mit einem blauen Einband." Aus seinem Gesichtsausdruck sprach Ratlosigkeit, also räusperte sich Tessa und setzte ein nettes Lächeln auf. „Haben Sie den Titel des Buches?". Er kniff die Augen zusammen und berührte sein Kinn.

„Es hat keinen Titel, es ist ein kleines, dickes Büchlein mit einem blauen Einband und einer silbernen Schnalle an der Seite. Wahrscheinlich kann man es nicht öffnen. So eins sollte Ihnen aufgefallen sein", sagte er leise und kniff dabei ein Auge zusammen. Tessa konnte diese Geste nicht deuten und zog die Augenbrauen empor.

„Nein, tut mir leid. So eins ist mir hier nicht unter die

Hände geraten. Vielleicht sollten Sie mal im Antiquariat in der Regent Street nachsehen, die großen Lieferungen gehen alle dorthin." Sie mied seinen Blick und dennoch merkte sie, dass er sie skeptisch betrachtete. „Das werde ich tun", versicherte er nachdringlich. „Einen schönen Tag noch, Miss", er lächelte sie wachsam an und drehte sich dann um. Erneut ertönte das Glöckchen und verstummte, als die Tür hinter ihm ins Schloss fiel. Tessa hatte es gar nicht wirklich gemerkt, aber sie hatte beinahe die ganze Zeit die Luft angehalten und ließ sie nun mit einem erleichterten Seufzer heraus. So etwas Seltsames hatte sie bisher noch nie erlebt. Das aufregendste Erlebnis war die bereits erwähnte Ausgabe von *Stolz und Vorurteil* und ein circa achtzigjähriger Mann, der sich freute, als hätte er im Lotto gewonnen, als er eine Ausgabe von Jules Verne um 1900 fand. Ansonsten kamen ein paar Kunden, sahen sich um und verließen den Laden in den meisten Fällen mit einem freundlichen Lächeln, das aussagte *Entschuldigen Sie, die Bücher sind wundervoll, aber mir einfach zu teuer.* Tessa bewegte sich für einen kurzen Augenblick nicht von der Stelle, als könne er jeden Moment zurückkommen und sie überwältigen, um doch noch an das Buch zu kommen. „Hast du Wurzeln geschlagen?". Olivers Stimme brachte sie völlig aus dem Konzept, als hätte sie vergessen, dass er noch da war. „Tessa?", fragte er noch einmal, bis sie blinzelte und aus ihrer Trance erwachte. „Ja, tut mir leid. Ich war gerade...", sie wusste den Satz nicht zu beenden, alles kam ihr surreal vor.

„Du siehst aus, als hättest du einen Geist gesehen", bemerkte er und stellte die Kiste mit einer weiteren

Ladung Bücher ab, die eben eingegangen war. Tessa schluckte und machte sich wieder an die Arbeit. Das blaue Buch ließ sie unauffällig in ihrer Umhängetasche verschwinden.

Mrs Hastings war bereits um fünf Uhr gegangen und hatte Oliver und ihr den Schlüssel dagelassen, mit der Bitte den Laden abzuschließen und alles in Ordnung zu bringen. Seitdem hatten sie es immer noch nicht geschafft alle Lieferungen zu ordnen. Um sieben Uhr schloss der Laden, und als Oliver endlich den Schlüssel umdrehte und die Tür hinter Ihnen verschloss, seufzten sie beide und freuten sich auf ihren wohlverdienten Feierabend. „Was ein Tag!" Oliver hielt Tessa den Schlüssel hin, denn sie würde morgen früher anfangen als er und konnte somit aufschließen. „Unglaublich, dass etwas so ermüdend sein kann", sagte sie und wischte sich über die Stirn. Oliver zog die Augenbrauen empor. „Ermüdend und gewinnarm". Lachend verkniff sie sich eine Bemerkung. Sie hatte beschlossen Oliver weder das Buch zu zeigen noch ihm von der ganzen Sache zu erzählen. Sie mochte Oliver, da bestand kein Zweifel, aber auf irgendeine Weise fühlte sie, dass dieses Geheimnis das ihre bleiben musste. Zudem konnte es auch sein, dass gar nichts an der Sache dran war. Vielleicht war dieser junge Mann bloß ein Sammler und ganz zufällig auf der Suche nach diesem Exemplar. Und da Tessa noch nie etwas davon gehalten hatte Dinge im Vorhinein groß aufzutragen und nachher die Ernüchterung ertragen zu müssen, schwieg sie vorerst. Es würde sich schon aufklären, das tat es immer. „Ist nicht jeder Tag etwas Sonderbares? Das Leben ist ein einziges Mysterium", sagte sie deshalb und ließ den Schlüssel in ihrer Tasche verschwinden. Oliver seufzte. „Sind wir heute philosophisch unterwegs? Nun ja, auf eine bestimmte Art und Weise hast du sogar sehr recht. Alles ist sehr sonderbar, wenn man nur lange genug darüber nachdenkt". Er lächelte dabei und hatte sich schon halb abgewandt, da nickte Tessa und winkte ihm kurz. „Bis morgen, dann", rief er über die Schulter. „Und lern nicht mehr so lange! Schlaf ist gar nicht mal so schlecht für deinen Körper und für deinen Geist. Probiere es mal aus", dann schwang er sich auf sein Fahrrad und verschwand in der Seitenstraße. Tessa umklammerte den Henkel ihrer Tasche und entschied sich die U-Bahn zu nehmen. Heute Morgen war sie zu Fuß gegangen, doch gerade fühlte sie sich bloß ausgelaugt, müde, erschöpft und verzweifelt. In ihrem Körper befanden sich hunderte verschiedener Gefühle und sie wusste nicht recht, wie sie mit ihnen umgehen sollte. Sie stieg die Treppen der U-Bahnstation herunter und genoss den leichten Wind, der ihr von unten entgegenkam, bis es immer stickiger wurde, je tiefer sie herunterfuhr. Es war, als würde ihr jemand die Luft abschnüren. Müde wankte sie durch das Abteil und ließ sich auf einen freien Platz fallen, während sie mit einer Hand die Tasche umklammerte und sich mit der anderen an der gelben Stange neben ihr festhielt. Das monotone Ruckeln und die stickige Luft verstärkten ihre Müdigkeit, weshalb sie sich ganz kurz auf die Wange klatschte, um sich wachzurütteln. Sie ignorierte die Tatsache, dass sie total bescheuert dabei aussehen musste. Der Zug fuhr erneut an und auf einmal bemerkte sie, dass sie noch immer ihre Tasche umklammerte. Ob das Buch noch da war? Niemand hätte es herausnehmen können, und dennoch spürte sie den Drang nachzusehen. Vorsichtig öffnete sie den Reißverschluss, bis sie ein Stück blauen Einbands sah. Hektisch zog sie den Verschluss wieder zu und war froh, dass ihre Station die nächste war. Übereilt stand sie auf und stellte sich schon an die Tür, während sie beobachtete, wie die schwarzen Innenwände des Tunnels an ihr vorbeizogen, bis sich die Türen vor ihr öffneten. Sie stieg aus und mit jeder Stufe nach oben fühlte sie sich ein wenig befreiter. Gierig sog sie die frische Luft ein und sah sich links und rechts um. *Jetzt bist du wirklich paranoid*, sagte sie sich selbst und schüttelte den Kopf. Wie musste sie bloß auf andere Leute wirken? Tessa war beinahe erleichtert, als sie endlich das weiße Haus mit den zwei Säulen und dem Überdach vor sich sah. Sie legte ihren Finger auf die Klingel und drückte sie herunter. Schritte näherten sich der Tür. „Du bist spät dran", bemerkte ihre Mutter und ließ sie herein. Tessa zuckte mit den Schultern. „Wir mussten abschließen. Mrs Hastings fühlte sich nicht sehr wohl und es lagen noch haufenweise Kartons mit Lieferungen herum", erklärte sie. Ihre Mutter jedoch bäumte sich vor ihr auf und kreuzte die Arme vor der Brust. „Kannst du ihr nicht sagen, dass du lernen musst? Wie sollst du denn dein Pensum schaffen, wenn du jeden Tag so spät nach Hause kommst? Deine Abschlussprüfungen sind in...",

„...Drei Tagen! Ja, ich weiß, Mutter. Aber ich danke dir dafür mich noch einmal daran zu erinnern. Es könnte ja sein, dass ich es vergessen hätte." Tessa lehnte sich gegen die weiße Kommode und sah zu Boden. „Du musst hungrig sein, ich mache dir einen Teller warm". Ihre Mutter sog die Luft ein und stürmte in die Küche.

„Ich muss lernen, ich esse nachher", rief Tessa, aber ihre Mutter verneinte. „Wenn du den ganzen Tag in diesem Laden arbeiten kannst, ist die halbe Stunde, in der du etwas isst, auch nicht mehr dramatisch. Und jetzt setz dich an den Tisch." Tessa wollte den Anweisungen ihrer Mutter bereits folgen, da viel ihr das Buch wieder ein. „Nein, ist schon gut. Ich esse oben auf meinem Zimmer, da kann ich währenddessen noch etwas lernen." Ihre Mutter kam aus der Küche und musterte Tessa mit ihren großen blauen Augen. „Du heckst doch nicht etwa irgendwas aus, oder?", fragte sie sie direkt. Tessa lachte auf.

„Was soll ich denn schon aushecken?", sie legte ihr sanftmütiges Lächeln auf. Ihre Mutter ließ von ihr ab und ging mit einem skeptischen Gesichtsausdruck wieder in die Küche. Als ihr Teller fertig war, nahm Tessa ihn mit nach oben und stellte ihn auf dem Schreibtisch ab, der unverändert mit all ihren Lernsachen voll lag. Ihre Tasche landete neben ihrem Stuhl. Als ihr Blick auf die Geschichtsbücher vor ihr fiel, fühlte sie einen starken und beklemmenden Schmerz in ihrer Brust. In drei Tagen würde sie in der wichtigsten Klausur ihres Lebens sitzen. Diese würde entscheiden, ob Tessa nach Oxford käme. Doch das war bereits jetzt schon so gut wie unmöglich. Tessa musste mindestens die neunzig Prozent in Geschichte erreichen, um überhaupt die leiseste Chance zu erhalten.

Und da sie sich fühlte, als könnte sie noch so gut wie gar nichts von dem Lernstoff, den sie unbedingt brauchte, hatte sie sich Oxford schon lange ausgeredet. Sie wusste nicht, wovor sie so große Angst hatte. Geschichte war ihre Zukunft, sie wusste, dass sie dafür geschaffen war, Historikerin zu werden. Aber wie sollte sie das anstellen, wenn sie schon in ihren Abschlussprüfungen kämpfte?

Nach einigen Stunden riss sie den Kopf hoch und streckte sich. Ihr Essen lag unberührt vor ihr und sie ärgerte sich, es nicht warm gegessen zu haben. Mit knurrendem Magen schaufelte sie das Gemüse in sich herein, als ihr einfiel, dass das Buch immer noch in ihrer Tasche lag. Ob sie es herausnehmen sollte? Tessa grübelte stark nach, doch ihre Neugier siegte ohnehin meistens. Als sie es in den Händen hielt, fühlte es sich wie ein ganz normales Buch an. Eines von hunderten. Fast wie jedes andere, das sie in der Hand gehalten hatte. *Fast.* Das Format war echt seltsam, die Seiten nicht einheitlich, als hätte man sie von Hand geschnitten und gebunden. Der Typ sagte, es ließe sich nicht öffnen, aber als Tessas Finger die silberne Schnalle zur Seite schoben, öffnete es sich wie von allein. Erneut überflog sie die Seiten, es war immer noch dieselbe, seltsame Schrift, die Tessa nicht wiedererkannte, und einfach nicht zuordnen konnte. Einige Zeichen wurden gebündelt geschrieben, als wären es Verse von einem Gedicht. Was sollte das bloß heißen? Auf einmal fand sie die Seite mit der seltsamen Zeichnung wieder. Diesmal sah sie genau hin. Im Großen und Ganzen hätte es die Skizze einer Art Gondel sein können, nur sehr viel komplexer und unstrukturierter. Tessa verbrachte weitere Stunden mit diesem Buch. Mittlerweile war es drei Uhr morgens, aber sie konnte einfach nicht schlafen gehen, ohne vorher das Buchmysterium gelöst zu haben. Sie hatte sich bereits durch sämtliche arabische, asiatische und orientalische Schriftzeichen gewälzt, doch keine dieser Sprachen ähnelte auch nur ein bisschen der im Buch. Langsam begann alles vor Tessas Augen zu verschwimmen. Sie hatte die ganze letzte Nacht nicht geschlafen und auch in diesem Moment war sie sich darüber im Klaren, dass sie nur noch vier Stunden im Bett haben konnte, wenn sie augenblicklich schlafen ging. *Nein*, dachte sie und rieb sich die Augen, *ich kann das jetzt nicht einfach liegen lassen.* Entschlossen öffnete sie die Schublade ihres Schreibtisches und holte die Lupe heraus, die sie zum achten Geburtstag von ihrem großen Bruder bekommen hatte. Nun würde sie ihr das erste Mal hoffentlich nützlich sein, denn einige der Schriftzeichen waren winzig klein, andere gigantisch groß und füllten beinahe eine komplette Seite. Dadurch bemerkte sie auch, dass die Zeichen von Hand geschrieben waren, denn hier und da war der Tintenverlauf gut sichtbar. Sie konnte dennoch nicht das Alter des Pergamentes bestimmen, was ihr normalerweise meistens gelang. Nachdem sie etliche Minuten versucht hatte, die seltsamen Runen zu lösen, schlug sie das Buch entnervt zu und lehnte sich im Stuhl zurück. Müde rieb sie sich die Augen und schlug aus Versehen gegen die Gläser ihrer Brille, die sie ganz vergessen hatte. Die Brille fiel zu Boden und Tessa sah nur noch einen unklaren Schleier vor Augen. Als sie sich nach ihr bücken wollte, hielt sie plötzlich inne. Sie hatte das Buch nicht ganz zugeschlagen, es war noch immer auf einer der hintersten Seite geöffnet. Und die Schrift auf dieser Seite... war Englisch. Tessa konnte sie verstehen! Mit zusammengezogenen Augenbrauen berührte sie die Seite, als musste sie sich absolut vergewissern, dass die Buchstaben dort wirklich standen. Hatte sie nicht das ganze Buch durchgeschaut? Vielleicht waren bloß einige Seiten in Runen verfasst und der Rest war auf Englisch. Tessa wusste, dass diese Erklärung Schwachsinn war, aber eine andere fiel ihr nicht ein. Oder sie musste sich eingestehen, dass es keine Erklärung gab und dies erschien ihr noch unsinniger. Es gab für alles eine Erklärung, das hatte sie die Forschung gelehrt. Doch was dort stand, verwirrte sie nur noch mehr.

In Dunkelheit verborgen, liegt in einem alten Sarg,
Ein Geheimnis gut geborgen, was man vor ihr verbarg.
Der Wind weht nun geschwind zurück, erzählt was totgeschwiegen,
Rennend durch die Zeit, wird sie nun glorreich siegen.

Tessa las die Zeilen immer und immer wieder. Und jedes Mal, wenn sie sie beendet hatte, dachte sie, dass sie etwas überlesen hätte. Alles wurde immer kurioser. Vielleicht lag es daran, dass sie keine Brille aufhatte. Immerhin war sie beinahe blind ohne ihre Brille. Rasch hob sie sie vom Boden auf und setzte sie sich wieder auf die Nase. Sie war schief. Tessa stöhnte, sie würde sie zum Optiker bringen müssen, oder Olivers magische Hände konnten sie nochmal richten. Ein Schock lief durch ihre Adern. Die Seite musste von allein wieder zugefallen sein. Sie blätterte wie besessen durch das Buch, doch nirgendwo war diese Seite aufzufinden. Wahrscheinlich hatte die Müdigkeit sie nun endgültig übermannt. Das war das Zeichen, die verbliebenen zwei Stunden zu nutzen und sich noch einmal kurz hinzulegen. Kaum hatte sie sich die Bettdecke über ihre Schultern gezogen, fiel sie in einen tiefen Schlaf.

DIE GOLDENE GONDEL

Schubert. Ein wundervoller Komponist und eindrucksvolle Musik, so sanft, leise und doch so bestimmt
und passioniert. Sie sah den Geigenbogen über die Seiten
huschen, Musiknoten flogen in der Luft herum. Leise,
lauter, leidenschaftlich. Tessa fühlte sich, als schwebte
sie in der Luft und wurde getragen von der Musik. Und
dann fiel sie Meter tief zu Boden und schreckte hoch. Ihr
Wecker dudelte immer noch Schubert. Mit einem halben
Herzinfarkt sah sie auf die Uhr und bekam fast einen
Schlag. Es war viertel vor acht, in fünfzehn Minuten
sollte sie auf der Arbeit sein. Sie sprang auf und warf die
Bettdecke weg. Wann hatte sie bloß die selten dämliche
Idee gehabt Schuberts Serenade als Weckton zu verwenden? Bisher hatte sie allerdings auch noch nie verschlafen.
Ihre Mutter war schon längst aus dem Haus, warum hatte
sie denn niemand geweckt? Als sie ins Badezimmer
stürmte, stolperte sie beinahe über ihre eigenen Schuhe
und konnte sich gerade noch an der Tür festhalten. Fast
hätte sie auch diese verfehlt, denn sie sah nicht mehr als
einen verschwommenen Schleier. Anscheinend hatte sie

in der Aufregung völlig vergessen, ihre Brille aufzusetzen und lief noch einmal in ihr Zimmer zurück, um sie zu holen. Vier Minuten später stürmte sie die Treppe herunter, schnappte im Laufen ihre Tasche und raste aus der Tür. Ihre widerspenstigen Haare sahen absolut katastrophal aus, sie trug zwei verschiedene Strümpfe und die Brille saß ihr noch immer schief auf der Nase. Trotzdem war sie bloß fünf Minuten zu spät, als sie am Buchladen ankam, und Oliver bereits an der Tür stehen sah. „Ich würde sagen, wäre ich ein Zug...", lachte er und blickte spöttisch auf die Uhr, „wäre ich jetzt bereits abgefahren." Tessa ließ seine Anspielung unkommentiert und suchte den Schlüssel in ihrer Tasche. Oh nein, ... Sie suchte noch panischer und stöhnte dann verzweifelt auf.

„Ich muss ihn auf meinem Schreibtisch liegen gelassen haben." Das war bisher einer der schlimmsten Tage, seit ihre Mutter ihre Kaninchen zur Adoption freigegeben hatte, damit sie sich mehr Zeit zum Lernen nehmen konnte. Damals war sie zehn. Jetzt, acht Jahre später fühlte sie sich genauso miserabel. „Oh je, Miss Tessa... heute ist nicht dein Tag." Tessa vergrub ihr Gesicht in ihren Händen und schluchzte einmal auf. „Hey, ist schon gut!",Tröstend legte Oliver ihr die Hände auf die Schultern. „Ich habe doch noch einen Ersatzschlüssel. Für solche Fälle sind Ersatzschlüssel doch da." Er schloss die Tür auf und das Glöckchen ertönte zum ersten Mal an diesem Tag.

„Oliver, wärst du mir böse, wenn ich doch noch einmal kurz nach Hause fahre, und ihn hole? Ich glaube es ginge mir besser, wenn ich sehe, dass ich ihn nur hab liegen lassen und nicht verloren." Oliver lächelte und schüttelte den Kopf. „Nein, mach das ruhig. Ich habe hier soweit alles unter Kontrolle, um die Uhrzeit kommt so oder so noch keiner. Oder um irgendeine andere Uhrzeit." Den letzten Teil des Satzes murmelte er mehr zu sich selbst, aber Tessa war so oder so mit ihren Gedanken noch immer in ihrem Zimmer. „Gut, dann bis gleich!", rief sie, denn Oliver war bereits im Personalraum verschwunden. Die Tür fiel hinter ihr ins Schloss, einen Moment später saß sie wieder in der U-Bahn und stand schließlich wieder vor der Haustür. Sie wusste nicht, warum sie so ein komisches Grummeln im Magen spürte, aber es begleitete sie nun schon den zweiten Tag. Sie drehte den Schlüssel im Schlüsselloch herum und war erleichtert, dass die Tür noch immer abgeschlossen war. Ungeduldig ging sie hoch in ihr Zimmer, und atmete auf, als sie den Schlüsselbund auf ihren Geschichtsbüchern liegen sah. Sie hatte ihn dort hingelegt, als... als sie auch das Buch aus der Tasche genommen hatte. Das Buch mit dem blauen Einband. Sie hatte es in dieser morgendlichen Hektik völlig aus den Augen verloren. Doch das Buch war wie vom Erdboden verschluckt. Tessa stand einen Moment völlig verloren in ihrem Zimmer und drehte sich gefühlte tausend Mal im Kreis. Wie konnte das sein? Sie wusste ganz genau, dass sie es auf ihrem Schreibtisch liegen gelassen hatte. Vielleicht hatte sie es heute Morgen mit runtergenommen? Sie schloss die Tür hinter sich und rannte die Treppe herunter. Doch auch im Flur war es nirgends aufzufinden. Verzweifelt kratzte sie sich am Kopf und sagte sich innerlich, selbst vor Angst verrückt geworden zu sein. *Denk nach*, befahl sie sich, aber es wollte ihr einfach keine logische Erklärung einfallen. Erst diese seltsamen Runen, die nur ohne Brille lesbar waren und nun das mysteriöse Verschwinden dieses Buches. *Es wurde Zeit*, dachte Tessa, *ich werde in die Psychiatrie eingewiesen.* Tessa rief sich zur Vernunft. Den Schlüsselbund umklammernd beschloss sie, die Sache jetzt ruhen zu lassen, auch wenn sie wusste, dass sie nie Ruhe finden würde, ohne herausgefunden zu haben, was es mit diesem Buch auf sich hatte. Sie nahm tief Luft und ging aus der Haustür. Mit zitternden Knien sprang sie die Stufen herunter und machte sich auf den Weg zur U- Bahnstation, da sah sie plötzlich etwas im Augenwinkel. Zuerst war sie sicher, dass sie es sich bloß eingebildet hatte, doch beim zweiten Mal hinsehen war es immer noch dort. Das Buch lag auf der obersten Treppenstufe. Wie hatte sie es übersehen können? Sehr wahrscheinlich war es ihr aus der Tasche gefallen, als sie heute Morgen aus der Tür gestürmt war, und hatte es vor lauter Nervosität und Aufregung auch vorhin übersehen. Tessa musste über sich selbst die Augen rollen. Sie wusste ganz genau, wie dämlich sich das anhörte und wie unrealistisch diese Erklärung war, man kannte sie nicht umsonst für ihren Beobachtungssinn, denn wichtige Details entgingen ihr nie und man konnte ihr nur selten etwas vormachen. Tessa hatte ein beinahe fotografisches Gedächtnis. Warum also sollte sie etwas so Seltsames, so Wichtiges übersehen haben? Als sie endlich in der Lage war sich aus ihrer Schockstarre zu lösen, marschierte sie schnurstracks auf das Buch zu, griff nach ihm und steckte es in ihre Tasche. All das, was hier vor sich ging war lächerlich! Es war ein ganz normales, altes Buch mit einer seltsamen Schrift, wahrscheinlich aus dem unbekannten, frühen Orient, daran war nichts Ungewöhnliches. Dass sie es gestern lesen konnte, lag ziemlich wahrscheinlich einfach an ihrer Müdigkeit. Wenn man nahezu achtundvierzig Stunden nicht geschlafen hatte, konnte es schon einmal vorkommen, dass die Buchstaben vor den Augen verschwammen. Sie war sich ziemlich sicher, dass sie viel zu viel wertvolle Zeit mit diesem Buch verbracht hatte, die sie besser fürs Lernen genutzt hätte. Immerhin schrieb sie schon übermorgen die wichtigste Klausur ihres Lebens! Tessa war dermaßen wütend auf sich selbst. Hoffentlich würde sie nun wenigstens ohne weitere Zwischenfälle auf der Arbeit ankommen und zwei ruhige letzte Tage vor der Klausur verbringen können.

„Meine Güte, ich dachte schon du wärst in der U-Bahn verschleppt worden, oder so!", Oliver sah sie mit großen Augen an. Tessa hob den Henkel ihrer Tasche um den Kopf und stellte sie mit einem Seufzer auf dem Stuhl ab. „Nein, ich habe bloß etwas gesucht und gefunden. Tut mir leid, dass es so lange gedauert hat. Wird nicht noch einmal vorkommen", versicherte sie ihm und legte dabei ihre Hände auf seine Schulter. Die blonden Haare standen wirr von seinem Kopf ab und seine treuen, blauen Augen sahen sie skeptisch an. „Du verhältst dich irgendwie seltsam in letzter Zeit", stellte er fest. Tessa wandte den Blick ab und zuckte mit den Schultern.

„Ich bin einfach nur ziemlich gestresst. Das viele Lernen, dann die Arbeit und dieser Druck von der Abschlussprüfung am Donnerstag. Die anderen Fächer habe ich locker geschrieben und hatte nicht mal halb so viel Sorge. Aber Geschichte macht mir Angst." Oliver zog eine Augenbraue hoch und stöhnte. „Das Fach, was du am besten kannst, macht dir solche Angst? Tessa entspann dich, davon hängt nicht dein Leben ab, auch wenn du das vielleicht denkst. Wenn jemand das Zeug dazu hat, dann du." Seine Worte brachten sie zum Lächeln und gaben ihr ein wirklich angenehmes Gefühl von Sicherheit. Sie wusste, dass das meiste, was sie sich einredete, ihre eigenen Selbstzweifel waren, von denen sie sich endlich losmachen musste. Aber sie konnte nicht. Sie fühlte sich in sich selbst gefangen, und es gab einfach kein Entkommen, weil ein Tonnen schweres Gewicht auf ihrem Brustkorb lag. „Ich sage dir etwas", riss Oliver sie aus ihren Gedanken. „Am Donnerstag, nachdem du es geschafft hast, gehen wir zu zweit essen, beim Italiener, so wie du es am liebsten hast. Und danach gehen wir zum Kulturabend im Victoria und Albert Museum, würde dir das gefallen?". Tessa lächelte breit und schloss ihn in ihre Arme. Oliver wusste immer, wie man sie wieder aufheitern konnte. Vielleicht weil er selbst genauso war, wie sie. Er kannte das Gefühl von Selbstzweifeln und die Angst nie gut genug zu sein. Dass er dabei nie seine Liebe für die Kunst verlor, war die Eigenschaft, die Tessa an ihm bewunderte. Er liebte was er tat und egal, wie viele Menschen ihm versuchten einzureden, dass er es nie schaffen würde, er malte dennoch weiter. Weil er es musste, sagte er immer. Den Mut zu haben sich seinen Ängsten zu stellen und gegen die Meinung der Leute anzukämpfen war eine unsagbar mutige Sache. Auch wenn es ihr noch schwer fiel sich gegen ihre Selbstzweifel durchzusetzen, ging es Tessa tief in ihrem Inneren genauso, und zwar mit Geschichte. Sie wusste, dass sie niemals im Leben glücklich werden würde, wenn sie keine Historikerin werden durfte, denn diese innige Verbindung zur Vergangenheit war so stark, dass nichts sie voneinander trennte. Nichts außer ihre Klausurergebnisse…

Der restliche Tag verlief relativ unspektakulär. Sie schafften es die übrig gebliebenen Kisten mit Lieferungen auszuräumen und zu etikettieren. Ab und an kamen ein paar Touristen in den Laden, sahen sich um, und gingen dann wieder, ohne etwas zu kaufen. Um die Mittagszeit herum kam Mrs Hastings und sah nach dem Rechten, erklärte dann jedoch ihr ginge es noch immer nicht ganz wohl und dass sie sich vorerst weiter zurückziehen würde. Oliver und Tessa fühlten sich zwar schlecht bei dem Gedanken, aber sie genossen die gemeinsame Zeit ohne ihre Chefin. Es war sehr viel lockerer und entspannter. Sie lachten viel und diskutierten darüber, ob wohl Van Gogh der größte Künstler aller Zeit gewesen war, oder aber Da Vinci. Tessa pochte darauf, dass aufgrund seiner Realitätsgenauigkeit Da Vinci der Beste gewesen sein soll. „Er hat derartig detailliert und genau gearbeitet! Er hat Jahre an Forschung in seine Arbeit investiert und hat Wissen und Forschung zu Kunst gemacht, das kann man doch nicht ignorieren." Sie nippte an ihrem Kaffee und Oliver schmiss seine Arme in die Luft. „Das ist es aber nicht, was Kunst ausmacht, wäre es das, könnte jeder Künstler werden. Van Gogh hat eine ganz neue Art zu malen und zu interpretieren erschaffen. Er hat seine Fantasie auf prägnante Weise dargestellt, und einfach das, was er gesehen hat mit Farbe und Licht auf die Leinwand gebracht. Das ist Kunst. Zu erschaffen, zu kreieren und sich abzusetzen von anderen. Es ist zweifelsohne jeder Künstler, der fotorealistisch malen kann talentiert, aber wenn ich ein Foto möchte, nehme ich meine Kamera. Deshalb finde ich, dass Van Gogh einer der größten Künstler überhaupt war. Weil er etwas Neues, erschaffen und eine Kunstform geprägt hat. Wie Monet, oder Picasso mit seinem Kubismus." Tessa stupste ihn mit dem Finger an. „Einer der größten! du hast es gerade selbst gesagt, aber nicht der größte." Sie lachten beide und Oliver schüttelte den Kopf. „Was habe ich erwartet, ich rede mit einer Wissenschaftlerin. Eure faktenbesessene Wahrheitsgier ist der Tod jeder Kunst." Tessa seufzte und klatschte sich auf die Knie. „Trotzdem ist es immer wieder schön mit jemandem zu diskutieren, der eine andere Meinung vertritt. So bekomme ich jedes Mal einen ganz neuen Blickwinkel auf die Dinge", stellte Oliver fest und lächelte dabei.

„Deine Meinung änderst du jedoch trotzdem nicht", setzte Tessa entgegen und lachte.

„Nein, dazu braucht es schon mehr als einen anderen

Blickwinkel".

Als sie sich auf dem Heimweg befand, ging sie ihr Gespräch in Gedanken noch einmal durch. War es möglicherweise wirklich so, wie Oliver es sagte? Der Durst nach
Wahrheit und Forschung tötete die Kunst und jegliche
Fantasie. Aber dennoch verspürte sie ihn und oftmals
konnte sie die Vorstellung, dass manche Dinge absolut unrealistisch und unlogisch waren, beruhigen. Da kam ihr sofort wieder dieses verfluchte Buch in den Sinn. Seit sie es
gestern lesen konnte, verspürte sie eine gewisse Angst davor es nochmal zu öffnen. Was wenn es nicht ihre Müdigkeit war, sondern wirklich so passiert? Tessa kam sich
selbst lächerlich vor. Angst vor einem Buch zu haben! Als
sie die Stimme ihrer Mutter durch das geöffnete Fenster
hörte, viel ihr ein Stein vom Herzen. Sie hatte komischer-
weise gehofft, nicht allein zu Hause zu Hause zu sein, auch
wenn sie normalerweise die Stille genoss.

„Da bist du ja endlich", stieß ihre Mutter aus, als sie
die Tür hereinkam. „Langsam macht mich deine lange Arbeit wütend. Wie um Himmelswillen möchtest du deine
Prüfung übermorgen bestehen, wenn du keine Zeit hast dich
darauf vorzubereiten?". Mit ihrem engen Kostüm, dem
strengen Dutt und den stechend blauen Augen wirkte sie geradezu wie eine Hyäne. Tessas Puls raste, sie fühlte sich
einfach nur müde und erschöpft. „Ich lerne seit zehn Wochen jede freie Minute. Ich werde das schon irgendwie
schaffen". Sie wunderte sich darüber, wie sehr sie ihre
Selbstzweifel zum Zwecke des Selbstschutzes überspielen
konnte. Dabei redete ihre Mutter ihr aus der Seele.

„*Irgendwie* ist aber nicht gut genug, Theresa! Du möchtest nach Oxford, da ist harte Arbeit angesagt. Diesen Buchladen kannst du dann vergessen, du wirst so oder so umziehen müssen. Ich habe soeben mit deinem Bruder telefoniert, er meinte du hättest noch eine Chance, wenn du mindestens neunzig Prozent in deiner Klausur erreichst, dich beim Vorstellungsgespräch richtig ins Zeug legst und dich von deiner besten Seite präsentierst." Dass ihre Mutter sie bei ihrem richtigen Namen nannte, kam nur vor, wenn sie stinksauer war und die Situation wirklich anfing zu eskalieren. Aber die Tatsache, dass sie mit Colin telefoniert und über sie gesprochen hatte, brachte Tessa innerlich zum Kochen. Es war diese Vorstellung, dass ihre Mutter ihren so erfolgreichen Bruder anrief, der mit Kusshand für Jura in Oxford angenommen wurde, ohne jemals dafür gearbeitet zu haben und mit ihm über ihre unbekannte Zukunft redete. Colin fielen die Dinge zu und sein Studium meisterte er mit Bravour. Sie, Tessa, musste für alles ackern, ihr flog nichts einfach so zu. Es konnte auch gut sein, dass ihr einfach die Intelligenz fehlte, und sie nicht so viel draufhatte, wie ihr Bruder. Aber sie wollte definitiv nicht, dass ihre Mutter ihn anrief, um sich mit ihm über Tessa zu unterhalten und sie als Versagerin darzustellen. Die ganze Situation war schon belastend genug, auch wenn niemand es ihr glauben wollte. „Ich werde das schon schaffen. Und wenn nicht in Oxford, dann eben auf einer anderen Universität. Es ist doch letztlich nicht so wichtig, Hauptsache, ich kann überhaupt Historikerin werden." Ihre Mutter blickte sichtlich bestürzt drein und presste sich eine Hand auf ihr Herz. „Ich glaube du unterschätzt die Dringlichkeit dort angenommen zu werden. Dein Berufswunsch ist absolut brotlos! Was glaubst du, was du im Leben damit erreichst, etwas Geschehenes, etwas Totes zu studieren? Ich bitte dich Theresa, es in Oxford zu studieren ist deine Chance eine Garantie zu erhalten. Wenn jemand sieht, dass du da studiert hast, werden sie dich mit Kusshand nehmen, egal wie schlecht deine Abschlussprüfung war." Tessa kochte vor Wut. Einerseits, weil sie wusste, dass etwas Wahres an den Worten ihrer Mutter war. Seit sie ein kleines Mädchen gewesen war, hatte sie den sehnlichen Wunsch in Oxford Historikerin zu werden, doch sie wollte ihrer Mutter nicht die Genugtuung lassen, die, obwohl sie keine Ahnung hatte, wie sehr Tessa dafür arbeitete, nicht sehen wollte, wie sehr sie ihre Selbstzweifel auffraßen. „Und woher willst du das wissen?", presste sie unter Tränen hervor. „Woher willst du wissen, dass meine Prüfung so schlecht wird? Ich habe sie noch nicht einmal geschrieben, und schon rufst du Colin an und redest mit ihm über mein Versagen. Lass sie mich schreiben und dann kannst du immer noch darüber urteilen. Aber *lass* sie mich schreiben. Gib mir eine Chance." Ihre Mutter sänftigte ihren Blick und schluckte.

„Ach Tessa, ich weiß doch, dass du dein Bestes geben wirst, aber wir wissen auch beide, dass das Studienleben vielleicht einfach nicht für dich gemacht ist. Nein, andersherum, du als Mensch… bist vielleicht einfach nicht fürs Studienleben gemacht. Das ist auch keine

Schande, ich möchte einfach nur das Beste für dich." Tessa sah sie eine Minute lang an und ließ ihre Aussage schließlich im Raum stehen, ohne sie zu kommentieren. Sie nickte bedrückt, drehte sich um und ging dann nach oben auf ihr Zimmer. Vielleicht hatte ihre Mutter Recht. Sie fühlte sich bereits jetzt leicht überfordert, wie sollte sie es erst auf einer Universität schaffen, an der sie die fünffache Menge des Stoffes innerhalb weniger Wochen erlernen musste? Tessa war gefangen zwischen ihrer tosenden Wut, ihrer abgrundtiefen Verzweiflung und ihrer ergreifenden Angst vor dem Versagen. *Egal,* sagte sie sich selbst, sie würde es schaffen. Sie *musste* es schaffen! Entschlossen setzte sie sich an den Schreibtisch. Ihre Finger zitterten, aber sie ignorierte das und schob all die Nebensächlichkeiten von sich. Für die nächsten Stunden zählten bloß die historischen Kontexte der einzelnen Themenbereiche. Sie schrieb sie auf, immer und immer wieder, alles, was sie wusste. Und als sie das Geschriebene mit ihren Lernzetteln verglich, war jedes kleinste Detail, jedes Datum, jede Information... Tessa konnte es nicht glauben, aber alles war richtig. Sie war sprachlos und starrte auf die Kontexte, die sie in ihrer Ekstase geschrieben hatte. Wahrscheinlich nur ein guter Durchlauf, dachte sie, man sollte sich nicht darauf ausruhen. Sie setzte sich gerade hin und lernte weiter. Mit einem Mal fuhr sie hoch und riss die Augen auf. Schnell suchte sie auf ihrem Handy Display nach der Uhrzeit und ein Schock fuhr durch ihre Glieder. Es war kurz vor elf! Sie musste schon wieder eingeschlafen sein, verriet der große

Buchabdruck auf ihrem Arm. Aber das war nicht der Grund, aus dem sie aufgeschreckt war. Sie hatte etwas gehört, ein ungewöhnlich lautes Geräusch. Ihre Mutter war schon vor Stunden gegangen, heute war Dienstag, der Opernabend in der Royal Albert Hall. Ihr Vater war auch nicht daheim, er befand sich wie immer auf Geschäftsreise. Tessa war also allein zu Hause. Ein Schauer lief ihr über den Rücken und sie merkte, wie sich all ihre Körperhaare aufstellten. Sie stand auf und lugte vorsichtig aus der Tür. Draußen war es noch nicht vollständig dunkel, trotzdem lag das Haus leise und verlassen vor ihr. Einen Moment lang, tastete sie zitternd nach dem Lichtschalter, bevor ihr wieder einfiel, dass er sich genau neben dem Türrahmen befand. *Reiß dich zusammen Tessa*, ermahnte sie sich selbst. Diese Angst war bloß ein Produkt ihrer Psyche, das war alles. Trotzdem war es eventuell besser den Besen mitzunehmen, mit dem sie vor zwei Tagen noch in ihrem Zimmer gekehrt hatte, um jemanden damit einen überbraten zu können, falls sich jemand versteckte. Es hätte auch ein Einbrecher sein können! Das war gar nicht so unrealistisch hier in London. Noch dazu sah es aus, als sei niemand zu Hause, denn unten war alles stockdunkel. Tessa machte das Licht mit Schwung an, dann wäre ein Einbrecher gewarnt und würde sich verziehen. Wie einfältig das klang! Aber sie war eben seit ein paar Tagen nicht mehr sie selbst. Vorsichtig schlich sie die Treppenstufen herunter und überlegte, ob sie sich nicht doch lieber zurück nach oben verziehen und ihre Tür abschließen sollte. Nein, der Sache musste auf den Grund gegangen werden. Ihre Hände versteiften sich so um den Besenstiel, dass ihre Handknöchel weiß hervortraten. Ihre Fußknöchel knackten. Als sie im Flur ankam, knallte sie auch dort den Lichtschalter an. Gott sei Dank, hatte das Haus keinen Keller und war auch sonst recht überschaubar. Es schien jedoch alles in Ordnung zu sein. In den Räumen war niemand, alles stand so wie vorher und nichts schien in irgendeiner Weise verändert. Tessa seufzte. Sie wusste, dass sie in den letzten Tagen verrückt geworden war, aber das war nun echt der Höhepunkt. Am besten wies sie sich direkt selbst beim Psychiater ein. Als sie hochgehen wollte, sah sie, dass die Jalousien im Wohnzimmer noch nicht runtergefahren waren, wahrscheinlich war ihre Mutter mal wieder in Hektik verfallen und hatte sie vergessen. Als sie gähnend vor der Fensterscheibe stand und in den Garten starrte, merkte sie es erstmal gar nicht, doch als ihre Augen begriffen, was sich vor ihnen abspielte, fiel Tessa die Kinnlade herunter. „Unmöglich", flüsterte sie und riss die Augen auf. Auf dem kleinen Stück Rasen in ihrem Garten stand eine riesige, goldene Gondel. Wie angewurzelt stand Tessa da, mit zitternden Beinen, die sich zudem anfühlten, als wären sie aus Pudding. Ihr Herz raste und blöderweise machte sich gerade in solchen Situationen immer ihre Blase bemerkbar. Trotzdem schaffte sie es, die Gartentür zu öffnen und in die lauwarme Luft hinauszutreten. Die Gondel stand jetzt so nah vor ihr, dass Tessa zögerlich ihre Finger ausstreckte und das glänzende Material sanft mit ihren Fingerkuppen berührte. Es war real. Es passierte wirklich. Tessa schüttelte kaum merklich den Kopf. Sie fragte sich nicht mehr was hier vor sich ging, es war so oder so nicht zu erklären. Aber sie wusste, dass sie es sich nicht ausdachte, dass es wirklich passierte und dies hier kein Produkt ihrer Fantasie war. Als auf einmal ein strahlendes Licht aus der Gondel drang und die Nacht erleuchte, sprang Tessa einige Schritte zurück und entfernte sich hastig aus dem Lichtpegel. Dann erst sah sie ihn. Lässig und mit verschränkten Armen lehnte er an der Gondel und lächelte sie spitzbübisch an. Tessa entfuhr ein lauter Schrei aus vollem Halse.

GEORGE

Sie schrie, bis sie keine Stimme mehr hatte, dann nahm sie tief Luft und schrie noch weiter. Er stieß sich von der Gondel ab und kam auf sie zugerannt, um ihr seine Hand auf den Mund zu pressen und sie zum Schweigen zu bringen. Panisch versuchte sie seine Hand wegzureißen und ihn von sich zu stoßen, doch er war zu stark.

„Ich will dir nichts tun, nun sei doch still, verflixt und zugenäht!", sagte er leise und ließ sie los. Tessa hob den Besen auf, welchen sie vor Schreck hatte fallen lassen, und schlug leicht auf ihn ein. „Aua!", er rieb sich den Arm.

„Was machen Sie hier, wer sind Sie, was zur Hölle ist das für ein Ding auf unserem Rasen?", ihre Stimme zitterte und sobald er sich bewegte, hielt sie den Besen schützend vor sich, um ihm damit zu drohen. „Ich wollte nicht in dein Haus einbrechen! Ich bin zwar vieles, aber kein Einbrecher!", sagte er verteidigend und wich einem ihrer Schläge aus. „Der Rasen gehört aber sehr wohl noch zu unserem Grundstück, Sie Wahnsinniger, Sie Krimineller! Und jetzt sagen Sie mir besser sehr schnell, wer Sie sind, was Sie hier wollen und... und... das ist schon das Wichtigste, und antworten Sie schnell, bevor ich den Besen gegen eine andere Waffe austausche!", sie zitterte immer noch am ganzen Körper, klang jedoch schon viel stärker. „Und mich einen Kriminellen nennen! Wer hat denn bitte einfach mal so eine Waffe zu Hause rumliegen? Gut… ich bin hier, weil du mein Buch gestohlen hast", sagte er rechtfertigend und deutete mit seinen Händen stirnrunzelnd auf ihren Besen. „Würdest du den runternehmen, ich fühle mich ein wenig bedroht." Tessa kniff ihre Augen zusammen.

„Das ist der Sinn davon! Wer sind Sie?", wollte sie nochmal wissen, auch wenn die grün-braunen Augen, die schlaksige Haltung und das feuerrote, wirre Haar unverkennbar waren. „Mein Name ist George", sagte er langsam und beschwichtigend. Tessa hob die Augenbrauen. „Und der Nachnahme? Ihr richtiger Name, und zwar schnell!", forderte sie und drohte ihm noch einmal in einer ausschweifenden Geste mit dem Besenstiel. „Ich sage doch nicht irgendeiner Fremden meinen Nachnamen, zumal sie noch eine Diebin ist", beschwerte er sich. Tessa kam sich vor wie in einer heimlichen Comedy Show, in der man sie zum Narren halten wollte. „Ich heiße George und das ist meine Zeitgondel", er deutete mit dem Daumen hinter seine Schulter. „Und ich hätte wirklich gerne mein Buch wieder". Tessa verstand kein Wort, nahm jedoch langsam und zögernd den Besen runter. „Ich habe Ihr Buch nicht gestohlen, es lag in den Kisten für die Lieferungen und hatte keinen Besitzer, da habe ich es… konfisziert", rechtfertigte sie sich. George lachte lauthals. „Es gehört mir, ich war sogar da, um es mir zu holen, da behauptetest du es wäre nicht auf Lager. Demnach haben wir jetzt Lügen, Diebstahl und Bedrängung, ganz schön viele gebrochene Gebote, findest du nicht auch?", fragte er schelmisch. Tessa zuckte die Achseln.

„Ich bin nicht gläubig!", entgegnete sie, doch George hob bloß die Hände. „Ich auch nicht, aber euch Normalos kann man so gut ein schlechtes Gewissen einreden." Euch *Normalos*? „Was ist das für ein Buch?", fragte sie und hob den Besenstiel erneut. „Es ist mein Buch. Es ist alles und es ist nichts." *Ah ja*, dachte Tessa, *vielen Dank für diese hilfreiche Information*. „Versuchen Sie mysteriös zu klingen?!" George stöhnte und rollte die Augen. „Kannst du es mir nicht einfach zurückgeben, ich steige in meine Gondel, verschwinde und wir hören nie wieder etwas voneinander?". Tessa sah ihn bestimmend an. „Nein!". Da lächelte er und nahm tief Luft.

„Hol es her und ich erkläre es dir".

Auch wenn es Tessa einige Überwindung kostete, ihm den Rücken zuzudrehen und das Buch holen zu gehen, sah sie ein, dass dies wahrscheinlich die einzige Möglichkeit war herauszufinden, was es damit auf sich hatte. Sie warf ihm einen letzten eindringlichen Blick zu, rannte ins Haus, schnappte das Buch und brachte es mit nach draußen. George hatte sich zwischenzeitlich auf den Gartenstuhl fallen lassen. „Ich habe mich mal hingesetzt, das könnte ja etwas länger dauern. Außerdem finde ich den Stuhl wirklich sehr komfortabel", er ließ seine Hände über die hölzernen Stuhllehnen gleiten. Tessa hielt ihm das Buch hin, doch als er danach griff, zog sie es zurück. „Wenn Sie mich täuschen, oder mich irgendwie hinters Licht führen, wird es Ihnen leidtun", warnte sie. Tessa bezweifelte, dass sie sehr bedrohlich wirkte, aber der Gedanke, er könnte verschwinden, ohne ihr zu erklären, was hier vor sich ging, ängstigte sie und die Vorstellung für immer im Dunkeln tappen zu müssen verursachte eine regelrechte Panik in ihr. Er lächelte sie bloß an und lehnte sich näher zu ihr herüber, sodass sie sich in die Augen sehen konnten. „Warum sollte ich das denn tun?", fragte er leise, aber bestimmt. Sie wich ein wenig zurück und verschränkte die Hände vor der Brust, nachdem sie ihm das Buch überlassen hatte.

„Haaach", schwärmte er und fuhr mit seinen Händen liebkosend über den Einband. „Endlich habe ich dich wieder". Tessa wusste nicht mehr, was sie gruseliger finden sollte, die Tatsache, dass ein völlig Fremder, dessen Name bloß George war mit einer Gondel in ihrem Garten erschienen war, oder dass er mit einem Buch sprach. Sie entschied sich für das Gesamtpaket und beobachtete ihn weiterhin aufmerksam. „Es wäre ohnehin nutzlos für dich gewesen, es öffnet sich nur für diejenigen, die die Anleitungen und Prophezeiungen lesen können." Tessa schluckte. „Ich habe es leicht öffnen können", sagte sie leichthin. George hielt abrupt inne und sah sie dann mit großen Augen an. „Unmöglich!", stieß er hervor.

„Sagte der Mann mit der leuchtenden Gondel", merkte Tessa ironisch an. Einen Moment lang legte er seine Stirn in Falten und blätterte ungläubig durch die Seiten. „Welche Sprache ist das?", fragte Tessa in die Stille herein, „Ich bin sämtliche orientalische und asiatische

Sprachen durchgegangen, aber ich habe keine von denen in diesen Schriftzeichen wiedererkannt. Es könnte sein, dass sie persischen Ursprungs ist, so eine Art Altpersisch, Sie können es hier an den-", sie wollte es ihm an einem der Zeichen erklären, aber er hob die Hand.

„Es sind uralte, antike Runen. Wenn ich ganz ehrlich bin, weiß ich selbst nicht so genau, wie sie genannt werden, ich habe noch nie wirklich drüber nachgedacht. Aber ich schätze ganz stark es ist Vernianisch." Tessa fiel die Mundklappe herunter. „*Vernianisch*? So wie... Jules Verne?", sie blinzelte und hob ungläubig eine Augenbraue. „Ganz genau! Ursprünglich hieß die Sprache anders, für lange Zeit wurde sie sogar gar nicht mehr verwendet. Erst als Jules Verne mithilfe dieses Buches in der Zeit reiste, um die Technik in *20.000 Meilen unter dem Meer*, sowie *Reise zum Mond* erklären zu können, tauften sie einige seiner engsten Anhänger in Vernianisch um." Warum kannte sie diese Sprache nicht? Sie hatte die alten Sprachen in den Ferien bis ins Detail studiert, das war eine Voraussetzung fürs Studium in Oxford. Zwar sprach sie sie nicht fließend, und auch verstehen funktionierte eher schlecht als recht, aber die Schriftzeichen konnte sie schon erkennen. „Es hätte mich auch sehr gewundert, wenn du die Sprache kennen würdest", las er ihre Gedanken. „Kaum einer auf diesem Planeten kann Vernianisch, nicht einmal ich kann Vernianisch fließend... Ich finde es sehr seltsam... du konntest es lesen?", hakte er skeptisch nach. Tessa schluckte. Wahrheit oder Lüge? Sollte sie einem fremden, seltsamen... was auch immer er war, die Wahrheit sagen? Immerhin war er der Einzige, der es ihr erklären könnte. Also nahm sie tief Luft. „Es war ein seltsamer Abend. Ich hatte seit zwei Tagen nicht geschlafen, ich muss nämlich für eine sehr wichtige Prüfung lernen, dann habe ich noch den Job im Antiquariat, da ist man manchmal ziemlich geschafft, wissen Sie", sie schweifte aus und merkte es, aber plötzlich verspürte sie diesen Drang jemandem von ihrem Leid zu erzählen. „Ja, sehr spannend, aber konzentrieren wir uns vorerst auf die wichtigen Sachen... also, das Buch", erinnerte er sie. Tessa nickte und versuchte sich an jedes Detail von diesem Abend zu erinnern, was sich als relativ schwer herausstellte, denn anscheinend war sie müder gewesen als gedacht. „Es war wirklich sehr seltsam, vielleicht lag es auch nur an meiner grenzenlosen Müdigkeit, aber als ich meine Brille abnahm, konnte ich die Schriftzeichen ganz klar verstehen. Sie standen dort, als wären sie auf Englisch. In dem Moment, in dem ich meine Brille wieder aufsetzte, waren sie wieder unleserlich." George musterte sie mit zusammengekniffenen Augen, bis er auf einmal anfing zu Lächeln und aufsprang, als wäre ihm ein Licht aufgegangen. „Weißt du was? Das lag nicht an deiner Müdigkeit. Die Brille ist ein Filter und auf diesen reagiert das Buch." Tessa verstand weiterhin nur Bahnhof. „Ein Filter?", fragte sie und sah ihn eindringlicher an. „Oh verstehe, ich muss mehr erklären", George rieb sich die Hände und fuhr sich dann aufgeregt durch die Haare. „Das Buch ist höchste Zeitmächtigen Technologie. Für Menschen demnach unverständlich, deshalb die Blockade. Es öffnet sich nur, wenn es erkennt, dass derjenige der es lesen kann, Zeitmächtigen Blut besitzt. Das wäre das erste

Mysterium, du bist ganz klar ein Mensch, warum ließ es sich von dir öffnen?", er sprach mehr zu sich selbst, als zu ihr, grübelte schwer nach und blätterte wie wild in dem Buch rum, als erwartete er eine Lösung auf dessen Seiten zu finden. Dann hielt er inne und sah auf. „Würdest du mir kurz deine Brille geben?". Mit zitternden Händen griff Tessa nach ihrer Brille und zog sie sich von der Nase. Ungeduldig nahm er sie entgegen und setzte sie auf. Tessa kicherte, er sah ziemlich komisch damit aus. „Ja, ganz genau, wie ich es mir gedacht habe! Ein Filter...", er zog sie immer wieder ab und setzte sie sich wieder auf, während er zwischen verschiedenen Seiten herumblätterte. „Das Buch hat eine Art Schutzfunktion, die ist recht nützlich, denn es gibt immer noch viel zu viele neugierige Leute. Eine Erklärung haben wir also schon, die viel Wichtigere jedoch fehlt uns noch...", er bedachte Tessa mit einem Röntgenblick und schien selbst wenig Ahnung von der Situation zu haben.

„Könnte ich meine Brille zurückbekommen?", fragte Tessa ins Verschwommene hinein. George zog sie aus und setzte sie ihr auf. Endlich wurden die Umrisse wieder zu gestochen scharfen Bildern. „Das ist alles sehr merkwürdig", grummelte er. „Wenn Sie keine Antwort darauf haben, wie könnte ich dann verstehen, was hier vor sich geht? Ich habe bisher ein völlig normales, ödes Leben geführt und auf einmal taucht hier ein... was auch immer Sie sind auf, mit dieser Gondel und einem mysteriösen Buch, welches auf irgendeiner außerplanetischen Sprache geschrieben ist, ich im idealen Falle gar nicht lesen dürfte, aber auf unerklärliche Weise lesen kann und keiner von uns beiden, nicht einmal Sie wissen, warum!". Sie ließ sich auf einen der anderen Gartenstühle fallen und atmete hysterisch ein und aus. „Sagen Sie mir nur eins...", bat sie, das Gesicht in den Händen vergraben. „Bin ich ein Alien?". Sie öffnete die Finger ein Stück weit, um seine Reaktion sehen zu können, die anders verlief, als sie es sich vorgestellt hatte. Er hob die Augenbrauen und wog den Kopf hin und her. „Um ehrlich zu sein, ich habe keine Ahnung. Du siehst aus wie ein Mensch, lebst, wie einer und verhältst dich wie einer. *Wärst* du jedoch einer könnte ich mit sehr hoher, wenn nicht sogar eindeutiger Wahrscheinlichkeit sagen, dass du nicht einen Buchstaben von dem verstehen könntest, was in diesem Buch geschrieben ist. Außer...", er stoppte sich selbst und sah sie mit großen Augen an. „Außer was?", pochte Tessa, die diesen Wirrwarr so langsam ziemlich satt war. „Nicht wichtig", antwortete er auf eine Art und Weise, die jedem zu verstehen gab, dass es sehr wohl wichtig war.

„Beziehungsweise unwichtig, weil unmöglich", er winkte ab und stand auf, lief die Terrasse rauf und runter. „Ich sage dir etwas... Ich muss gerade mal wohin, werde aber in fünf Minuten wieder zurück sein und dann haben wir die ganze Sache hoffentlich ein wenig geklärt." Tessa wusste nicht, was sie darüber denken sollte, hatte aber auch keinen besseren Vorschlag parat. Also seufzte sie und nickte. „Ich warte dann hier", versprach sie und klopfte demonstrierend auf die Lehnen vom Gartenstuhl. George stieg in die Gondel und sah noch einmal zurück.

„Bloß fünf Minuten", beteuerte er noch einmal, während er den Finger hob. „Rühr dich nicht von der Stelle". Die

Gondel löste sich immer mehr auf und war mit einem grellen Licht binnen weniger Sekunden völlig verschwunden.

VICTORIAS BIOGRAFIE

Unwirsch rüttelte etwas ihren Arm, doch Tessa hielt die Augen fest geschlossen und gähnte laut. „Tessa!", rief die Stimme energisch. Sie bekam einen leichten Klaps gegen den Arm. Erschrocken öffnete Tessa die Augen, kniff sie aber schnell wieder zusammen, als das beißende, helle Licht sie blendete, wobei sie keine Ahnung hatte wo sie sich eigentlich befand. „Theresa, du wirst jetzt sofort aufstehen!". Die Welt wurde ein wenig klarer und auf einmal erschien das Bild ihrer Mutter vor ihren Augen, die ärgerlich, die Arme vor der Brust verschränkt, dastand und mit zusammengezogenen Augenbrauen auf sie herabsah. „Mum?", fragte sie und legte die Hand auf ihre Stirn. „Kannst du mir mal bitte erklären, warum ich dich morgens hier im Garten finde? Schlafend, während im ganzen Haus die Türen offenstehen? Ich habe den Schreck meines Lebens bekommen, als ich von der Oper kam und du nicht aufzufinden warst! An dein Handy gehst du auch nicht, und dann finde ich dich hier vor. Und verschlafen hättest du auch noch beinahe. Jetzt kannst du mir das alles bitte sehr detailliert erklären", schrie sie Tessa an. Diese verstand die Welt nicht mehr. Was machte sie denn hier, und warum war ihre Mutter nicht einfach in den Garten gekommen, wenn sie doch gesehen hatte, dass die Tür offenstand? Schweigend setzte sie sich auf und rieb sich den Nacken, der nach der Nacht im Gartenstuhl lautstark knackte. „Ich... Es war so warm in meinem Zimmer, da dachte ich, naja... Ich wollte mich etwas raus setzen und lesen, ich muss eingeschlafen sein. Es tut mir leid", beteuerte sie. Ihre Mutter musterte sie skeptisch. „Du erscheinst mir sehr verändert im Moment. Was ist nur los mit dir? Liegt es an der Abschlussprüfung?", fragte sie nun ein wenig sanfter. Tessa stöhnte und stand auf. „Wenn du mich doch bloß endlich damit in Ruhe lassen würdest! Nein, es liegt nicht an dieser Prüfung, ich bin einfach nur ein wenig kaputt, das ist alles." Ihre Mutter schnalzte genervt mit der Zunge.

„Meine Güte, Tessa. Wenn du jetzt schon erschöpft bist, wie soll denn das in Oxford werden? Arbeite bitte einfach an deiner Kapazität. Und reiß dich heute ein wenig zusammen, ist das zu viel verlangt? Du musst morgen absolut ausgeruht sein. Keine Schwächeanfälle mehr, das hält ja kein Mensch aus." Mit diesen Worten rauschte sie an Tessa vorbei und knallte energisch die Gartentür zu. Erleichtert atmete Tessa aus und wischte sich über die Stirn. Der Druck, den ihre Mutter auf sie ausübte, ging ihr mächtig auf die Nerven. Tessa wusste, wie schlecht es um eine Aufnahme in Oxford stand, aber warum musste sie es ihr schon am frühen Morgen auf ihr nicht vorhandenes Butterbrot schmieren? Apropos Butterbrot, ihr Magen knurrte laut und gierig, also beschloss Tessa reinzugehen und sich ein großes Frühstück zu machen. Gerade hatte sie den Gartenstuhl wieder an den Tisch geschoben, da fiel ihr Blick auf den zweiten, einen Meter vom Tisch entfernten, Stuhl. Ihr Traum... Tessa kratzte sich am Kopf. Sie hatte etwas absolut Seltsames geträumt von diesem Typ, der ihr das Buch im Antiquariat abkaufen wollte. Doch warum stand der Stuhl dort hinten? Tessa schob ihn wieder richtig an den Tisch, da bemerkte sie etwas aus dem Augenwinkel. Zögernd drehte sie sich um und plötzlich donnerte ihr Herz gegen ihren Brustkorb, als sie den riesigen Abdruck auf dem Rasen bemerkte. Tessa überschwemmten die Erinnerungen an die letzte Nacht. Es war kein Traum gewesen. George war real.

Sie hatte die Gartentür hinter sich zugezogen und ging in die Küche, um völlig geistesabwesend ein Frühstück vorzubereiten. Es war also wirklich passiert, er war gekommen mit seiner riesigen, fliegenden Gondel und hatte das Buch mitgenommen. Wie bescheuert sich das anhörte, dachte Tessa, als sie sich einen Kaffee einschüttete und in ihr Sandwich biss. Aber warum war er nicht zurückgekehrt? Fünf Minuten, hatte er ihr versichert! Tessa ärgerte sich, warum bloß hatte sie ihm vertraut? Er könnte ein Wahnsinniger sein, oder ein Krimineller und dazu noch jemand der ihre Adresse kannte. Seufzend räumte sie ihren Teller in die

Spülmaschine ein. Sie wusste ja doch, dass er all das nicht war. Aber wie sonst sollte sie sich seine Existenz erklären? Eine Person, die unmöglich *sein* konnte. Tessa stemmte Ihre Handflächen auf die Arbeitsplatte und starrte aus dem Fenster. Dort draußen war er also, im Irgendwo. Aber er war nicht zurückgekehrt, trotz dass er es ihr versprochen hatte. Trotzig schüttelte sie den Kopf und versuchte all diese unsinnigen Gedanken loszuwerden. Sie brauchte einen klaren Kopf, denn sie musste sich voll und ganz auf ihre Prüfung morgen konzentrieren. Wenn es eines gab, was sie sich nicht leisten konnte, dann sich ablenken zu lassen. Den Tag heute würde sie ruhig angehen lassen. Auf der Arbeit hatte man ihr heute freigegeben, also würde sie sich entspannen, eventuell eine Folge ihrer Lieblingsserie schauen, was sie schon seit Wochen nicht mehr getan hatte, eventuell etwas lesen und dann früh zu Bett gehen, um morgen absolut ausgeruht zu sein. Vom Lernen würde sie sich fernhalten, oder eventuell nur noch mal einige Sachen wiederholend durchlesen, aber den letzten Tag vor der Prüfung sollte man sich bloß entspannen und sich mental vorbereiten. Wenn Tessa ganz ehrlich war, freute sie sich bloß auf die Vorstellung, dass es morgen vorbei sein würde. Seit Wochen, nein Monaten lernte sie nun schon vor sich hin, machte sich selbst Panik, hatte Alpträume von möglichen Prüfungsszenarien. Sollte es sich so anfühlen? Sollte es nicht eigentlich aufregend sein, jung zu sein, seinen Abschluss zu feiern, sich auf die Uni zu freuen? Tessa stocherte in ihrem Essen, doch irgendwie war ihr nicht nur der Hunger vergangen, ihr war regelrecht schlecht. Sie schob den Teller frustriert von sich und stützte den Kopf auf ihre Hände, so wie damals, als sie klein war und ständig von ihrer Oma deswegen gescholten wurde. „Sitz gerade", hörte sie die alte, grantige Stimme, „Ist dein Kopf wieder so schwer, dass du ihn halten musst?". Tessa hatte es sich dennoch nicht abgewöhnt. Als sie klein war, einfach aus Gewohnheit, als sie älter wurde aus Trotz, um den Leuten zu zeigen, dass sie sich nicht herumkommandieren ließ, und ihren eigenen Kopf hatte. *Und nun*, dachte sie, *lasse ich mich wieder herumkommandieren.* Nur dieses Mal von ihrer Mutter. Sie stand auf und legte ihr Besteck in die Spüle, bevor sie nach oben trottete und sich auf ihr Bett fallen ließ. In diesem Moment fühlte sie sich, als könnte sie einfach nur schlafen. Am besten den ganzen Tag. Doch dann rappelte sie sich wieder auf und strich sich eine Strähne ihres widerspenstigen Haares aus dem Gesicht. Sie würde jetzt runter gehen und eine Folge ihrer Lieblingsserie schauen, denn das hatte sie sich wirklich verdient. Eigentlich... hatte sie es sich noch gar nicht verdient, aber immerhin hatte sie so viele Wochen gelernt, da würde es nichts ausmachen zwanzig Minuten nur auf einen Bildschirm zu starren und sich berieseln zu lassen. Tessa nickte enthusiastisch und stand auf, als sie plötzlich ein vergilbtes Blatt Papier auf ihrem Schreibtisch liegen sah, was ganz sicher nicht von ihr oder ihrer Mutter stammte. Verdutzt las sie die wenigen, handgeschriebenen Zeilen.

„Queen Victoria- A Portrait! Mit Bedacht lesen und vorbereitet sein.

Tessa schluckte sichtlich. Wie war die Nachricht hier hereingekommen und warum sollte sie sich über das Leben von Queen Victoria informieren, über das sie wohlgemerkt schon einiges wusste. Es gab kaum einen Engländer, schon gar keinen Londoner, der rein gar nichts über die mit Abstand größte englische Monarchin der Geschichte gehört hatte. In Gedanken entschuldigte sich Tessa bei beiden Elizabeths, die Victoria in Berühmtheit nicht nachstanden. Aber nein, irgendwie schlug niemand Queen Victoria in diesem Vergleich. Konnte er sich kein neueres Papier leisten? Tessa hatte Angst den Zettel in die Hand zu nehmen, so fragil wirkte das Papier. Einerseits war sie gewillt ihn einfach in den Papierkorb zu schmeißen und die Nachricht zu ignorieren, so sauer war sie auf ihn. Andererseits ärgerte sie sich über ihre eigene Neugier, welche es ihr verbat, eben das zu tun und sie dazu aufrief weiter zu recherchieren. Tessa stöhnte laut auf, schnappte sich ihre Tasche, packte ihr Portemonnaie hinein und legte den Zettel vorsichtig zwischen ihre Bücher, sodass ihn keiner fand und er nicht beschädigt wurde. Sie schob es auf die Zerbrechlichkeit des Pergaments, innerlich aber wusste sie, dass sie den Zettel bloß so zärtlich behandelte, weil er der bisher einzige Beweis für Georges Existenz war. Die Versicherung, dass es ihn tatsächlich gab und er nicht nur ein Produkt ihrer, durchaus stressbedingt angeknacksten, Psyche war. Als sie die Treppe herunterflog, hielt ihre Mutter sie auf. „Wo möchtest du hin?", wollte sie wissen und sah Tessa erwartungsvoll an. „Nur ein bisschen in die Stadt", entgegnete sie schnippisch. „Und was ist mit lernen?", ihre Mutter hob die nachgezeichneten Augenbrauen. Tessa zuckte mit den Achseln. „Was ich jetzt nicht kann, werde ich bis morgen wohl auch nicht mehr lernen". Einen Moment lang schaute ihre Mutter so erschrocken, dass Tessa dachte, ihre Mutter falle jeden Augenblick einfach um. „Nimm es nicht so schwer, Mum", sagte sie daraufhin und rannte an ihr vorbei. „Wird schon schief gehen". Lächelnd öffnete sie die Tür, die mit einem lauten und demonstrativen Knall hinter Tessa ins Schloss fiel. Genüsslich sog sie einen großen und befriedigenden Strom Luft ein, nachdem sie sich endlich wenigstens ein kleines bisschen gegen ihre Mutter durchgesetzt hatte.

Ihre erste Anlaufstelle war der kleine Buchladen in der Regent Street, in dem Tessa die meisten ihrer Bücher kaufte. Dieses Mal jedoch schüttelte der in die Jahre gekommene Buchhändler bloß seinen Kopf und zog seine Brille bis auf die Nasenspitze, während er im Register nach dem Titel suchte. „Tut mir leid, Miss. Aber diesen Titel haben wir weder auf Lager, noch wird er überhaupt weiter aufgelegt. Schauen Sie doch einmal in einem der Buchantiquariate nach, die werden ihn vielleicht noch haben", mutmaßte er. Tessa seufzte und bedankte sich bei ihm. Den Laden zu verlassen, ohne dennoch ein Buch zu kaufen, konnte sie aber nicht, schließlich musste man sich selbst auch mal etwas gönnen. Bezüglich der alten Victoria Biografie würde sie selbstverständlich bei Oliver vorbeisehen und dort nachfragen. Sie selbst hatte diesen

Titel noch nie irgendwo gesehen. Sie nahm die U-Bahn und kämpfte sich durch eine Gruppe asiatischer Touristen, die vor den Underground Schildern Fotos machten. Gerade so stürzte sie in den Waggon und fiel gegen die erste, vorne stehende Person. „Entschuldigen Sie bitte", fluchend versuchte sie sich an der gelben Stange festzuhalten, geriet jedoch ins Stocken, als sie aufsah. Vor ihr stand ein großer, junger, dunkelhaariger Mann, in einem eleganten Anzug, dessen eindrucksvolle, blauen Augen ihre verpeilte und zerknitterte Erscheinung begutachtete, bevor sich seine wohlgeformten Lippen zu einem Lächeln formten. „Es ist ja nichts passiert". Seine Stimme klang dunkel, warm und sanft. Tessa versuchte aufzuhören ihn anzustarren, aber sie konnte nicht. Es war nicht gelogen, noch nie in ihrem Leben hatte sie einen so schönen Mann gesehen. Als er anfing sie etwas skeptisch zu mustern, lachte sie nervös und nickte zustimmend.

„Diese U-Bahnwaggons! So unglaublich... aufrüttelnd". Gott, was redete sie überhaupt? Leicht verlegen wandte sie sich ab. Er lächelte und hob spöttisch die Augenbrauen. Gott sei Dank kam ihre Station als nächstes, und sie würde die peinliche Stille nicht sehr viel länger ertragen müssen. Als sich einige Sekunden später die Türen öffneten, stürmte sie aufgeregt heraus und hetzte die Rolltreppen hoch, bloß, um aus seiner Reichweite zu verschwinden. Als sie dann endlich das Antiquariat erreicht, ließ sie sich schwer atmend gegen die geschlossene Tür fallen. Ein paar Schritte näherten sich und Olivers blonder Haarschopf kam aus dem Personalraum.

„Tessa?", Oliver betrachtete sie und legte die Stirn in Falten. „Ist heute nicht dein freier Tag?". Tessa röhrte immer noch wie ein angeschossener Hirsch und schwankte von der Tür zu ihm herüber. Schnaufend stemmte sie ihre Hände in die Hüfte, eine Geste, die sie sonst nie machte. „Richtig", bestätigte sie, als fragte sie sich selbst, warum sie an ihrem freien Tag hierherkam. „Ich suche ein Buch, das nicht mehr produziert wird, vielleicht haben wir es auf Lager?", hoffnungsvoll sah sie ihn an. „Ach ja, der Titel ist *Queen Victoria - A Portrait*". Oliver lachte leise.

„Weißt du nicht bereits jedes kleinste Detail über sie? Ich würde mich wundern, wenn es nicht so wäre", er ging hinter den Tresen und holte eine Kiste hervor. „Ganz zufällig haben wir heute eine Lieferung erhalten und eben dieses Buch war dabei. Eine Fügung des Schicksals?", er blinzelte und zog den Mund zu einem schiefen Lächeln. Tessa stockte der Atem. „Steht da eine Lieferadresse?", sie folgte ihm und warf einen Blick über den Zustellungszettel. Doch da stand bloß die Adresse eines Lieferanten von letzter Woche. „Das ist der alte Schein, bei dieser Kiste lag nichts dabei, sie stand heute Morgen auf der Treppe zum Laden. Keine Anmerkung oder Ähnliches, nur die Kiste mit diesem und einigen anderen Büchern." Dort lag das Buch vor Tessas Augen. Auf dem Cover lächelte sie ein etwas properes Mädchen in einem purpurroten Umhang an. Die Haare hatte sie in zwei Zöpfen um die Ohren geflochten, der Blick war stark und siegessicher nach vorne gerichtet. Königin Victoria in ihren jungen Jahren. „Wie viel?", fragte Tessa. Oliver legte den Kopf schief und grinste sie an. „Hab' es noch nicht Etikettiert, also... heute wohl umsonst." Tessa sah ihn an, lehnte sich herüber und gab ihm einen leichten Kuss auf die Wange. „Danke, Oliver." Sie, schnappte sich das Buch und steckte es in ihre Tasche. Oliver schien sichtlich überrumpelt und wusste nicht, was er antworten sollte. Außerdem merkte Tessa, dass er leicht errötete. Sie lächelte unsicher und nickte ihm zu, bevor sie sich umdrehte und die Tür aufzog. „Ach, Tessa?", Oliver kam ihr hinterher. Sie sah ihn mit großen Augen an. „Denkst du an unsere Verabredung morgen Abend?". Tessa hob ironisch eine Augenbraue. „Als ob ich die jemals vergessen würde". Erleichtert wischte er sich über die Stirn und machte ein pfeifendes Geräusch. „Viel Erfolg für deine Prüfung morgen. Ich weiß du wirst es schaffen", er machte einen Schritt nach vorne und schloss sie in seine Arme. Tessa roch den Duft seines Parfums ein und genoss seine Wärme. In diesem Moment hatte sie das Gefühl, dass wenigstens ein Mensch an sie dachte und an sie glaubte. Ein Gefühl, das ihr bisher völlig fremd gewesen war. Jetzt erst merkte sie, wie gut und stärkend es sich anfühlte, wenn jemand einem das Gefühl gab verstanden zu werden.

Wieder zu Hause angekommen, setzte sie sich mit einer Tasse Tee in den Garten und schlug das Buch auf. Was genau hatte George gemeint, sie solle das Buch mit Bedacht lesen und vorbereitet sein? Tessa runzelte fragend die Stirn. Nachdem sie die ersten Seiten überflogen hatte, wunderte es sie nicht, dass es sich nicht gut verkauft hatte. Der Ton gegenüber Victoria und Albert war so scharf, es war Tessa schleierhaft, warum es überhaupt gedruckt worden war. Nach fünf Kapiteln sah Tessa auf und nahm tief Luft.

„Quellen Belegen eindeutig, dass die Beziehung zum Prinzgemahl sie um ihren Verstand brachte und ihr die Fähigkeit nahm gewissenhaft und zum Wohle des Volkes zu regieren"

Was für Schwachsinn, dachte Tessa und schlug das Buch zu. Sie hatte es bis zur Hälfte gelesen und wenn sie ehrlich war, ertrug sie den unwissenschaftlichen Ton nicht, in dem der Autor versuchte, die Königin mit furchtbaren Lügen in ein schlechtes Licht zu rücken. Tessa mochte es allgemein nicht, wenn über so große historische Persönlichkeiten von heutigen Historikern derart geredet und geurteilt wurde (Es sei denn es waren solche wie Adolf Hitler oder Stalin, dann war ein abfälliger Ton durchaus angemessen.) Aber in diesem Falle war es einfach nicht berechtigt und die Fakten, die hier als nachweisbar belegt waren, reine Fiktion aus dem Kopf des Autors, der wohl gemerkt nicht einmal Historiker war. Warum hatte George gewollt, dass sie so etwas las? Inwieweit sollte es sie bereichern? Tessa lies es gleichgültig in ihrer Tasche versinken und ging nach oben, um sich bettfertig zu machen. Sie hatte es wieder nicht geschafft eine Folge ihrer Lieblingsserie zu schauen, und ihre wertvolle Zeit für diese grauenhaften Abgründe der Literatur vergeudet. Ihre Mutter saß noch immer über ihren Wirtschaftsbüchern, als Tessa am Arbeitszimmer vorbeiging. Sie wünschte ihr eine gute Nacht und schenkte ihr ein liebevolles Lächeln. Doch als sie, mit der Decke bis ans Kinn gezogen, im Bett lag, war an Schlaf nicht einmal ansatzweise zu denken. Morgen war es so weit, morgen war es endlich vorbei. Sie drehte sich auf die Seite, um ihr Gesicht in ihrem Kissen zu vergraben. Und dann? Was kam danach? Genervt stieß sie einen Schwall Luft aus. Was, wenn ein Thema kam, dass sie nicht konnte und nur kurz angeschnitten hatte? Eigentlich wusste sie, dass das unmöglich war, denn über Wochen hinweg hatte sie alles mehr als bloß einmal durchgearbeitet und konnte die Daten im Schlaf aufzählen. Plötzlich wirkte alles sehr winzig gegen das, was sie in den letzten drei Tagen erlebt hatte. Alles erschien ihr so schrecklich *normal*. Tessa kniff die Augen aufeinander und befahl sich selbst nun endlich zu schlafen. Und nach endlosen Stunden voller Sorge, Unruhe und Nachdenken fiel sie in einen tiefen Schlaf.

ABSCHLUSSPRÜFUNG

Tessa saß am Küchentisch und starrte auf ihr Müsli. Sie hatte keinen Hunger, ihr war furchtbar übel. Unwohlsein grummelte in ihrem Bauch. „Und denk immer daran: Nimm dir Zeit, lies dir in Ruhe durch was gefordert wird, strukturiere deine Arbeit vor und behalte immer einen klaren Kopf, egal wie aussichtslos die Klausur erscheinen mag. Man hat immer etwas zu sagen." Als sich ihre Mutter umdrehte und sah, wie schlecht Tessa dran war, lächelte sie sanft und setzte sich neben sie auf die Küchenbank. „Tessa", sagte sie ruhig und legte ihr die Arme um die Schultern. „Sieh mich an". Tessa sah mit leidvollen Augen auf. „Du kannst das. Denk an meine Ratschläge und glaub an dich selbst. Ich weiß nicht, weshalb du irgendwann all deinen Selbstglauben verloren hast, aber es war nicht richtig." Sie machte eine Pause und legte Tessa eine Locke hinter ihr Ohr. Schon lange hatte Tessa keine so liebevolle Geste mehr erfahren. „Und wenn du dann deine Ergebnisse hast, werden wir sofort einige Kontakte in Oxford aufsuchen, mal sehen, was sie für uns tun können." Tessa konnte es nicht fassen. Erst machte ihre Mutter einen auf Selbstvertrauen und jetzt begann sie wieder zu zweifeln, ob Tessa überhaupt eine Chance hätte. Die Frage, warum Tessa ihren Selbstglauben verloren hatte, wäre dann auch geklärt. Der hatte ohnehin nie existiert. „So, jetzt muss ich zur Arbeit. Fährst du allein zur Schule?", sie griff nach dem Schlüsselbund auf der Arbeitsplatte und zog sich den braunen Trenchcoat an. „Nein, ich denke Finn wird mich abholen kommen." Ihre Mutter hielt in ihrer Bewegung inne und strahlte Tessa über das ganze Gesicht. „Ich dachte schon ihr hättet euch gestritten und deswegen käme Finn gar nicht mehr". Wenn es um ihren besten und wohl auch einzigen Schulfreund ging, war Mrs Fallmann nicht von der Meinung abzubringen, dass er wohl der galanteste, besterzogene, intelligenteste, zielstrebigste junge Mann auf Tessas Schule war. Und während Tessa diese völlig übertriebene Aufzählung von Adjektiven in ihrem Kopf wiedergab, hörte sie dabei den schwärmenden Tonfall ihrer Mutter, der ihre Übelkeit bloß noch verschlimmerte. „Wir hatten bloß beide viel zu tun, Mum", versicherte Tessa leise. Ihre Mutter beäugte sie missbilligend. „Was nur an diesem lächerlichen Job im Antiquariat liegt", murmelte sie und zog perfekt frisierten Haare aus dem Kragen des Mantels. Tessa erwiderte nichts, sie fühlte sich einfach zu aufgewühlt, um jetzt mit ihrer Mutter zu streiten. „Heute Nachmittag trinken wir zusammen Tee", rief diese ihr zu und verließ noch im selben Augenblick das Haus. Die Tür knallte ins Schloss und das erste Mal an diesem Morgen schloss Tessa für einen Augenblick die Augen, sog gierig eine Menge Luft ein und presste sich die Hand auf ihr pochendes Herz. Sie fühlte eine Stärke in ihrer Brust, eine Gewissheit, die ihr versprach, sie würde nicht versagen. Sie spürte, dass sie es schaffen könnte und das Leben ihr zum ersten Mal ihren Ehrgeiz auszahlte. Doch was, wenn nicht? Die Zweifel holten ihre Stärke ein und eine Welle der Dunkelheit erstickte sie im Keim. Tessa fasste sich an den Kopf, als sich allerhand Szenarien vor ihren inneren Augen abspielten. Ihre Mutter beäugte sie mitleidig, Oxford lachte über ihre Bewerbung, ihr Bruder ergötzte sich an ihrem Versagen, wo er selbst doch in so gutem Licht dastand. Und ihr Vater? Der würde es sicherlich nicht einmal mitbekommen, denn er war ja ständig auf irgendeiner Geschäftsreise. Was interessierten ihn da die mittelmäßigen Leistungen seiner Tochter? Diesen Gedanken dachte sie weiter. Wollte sie überhaupt, dass jemand sich für sie interessierte? Natürlich, auf eine gewisse Art und Weise, wollte sie das. Aber eben nicht auf diese. Sie wollte frei sein, wie Oliver. Sie wollte von sich selbst überzeugt sein und ihr wollte es egal sein, was andere über sie dachten. Tessa drehte ihren Kopf und sah ihr Gesicht in dem kleinen, runden Wandspiegel im Flur. Die blauen Augen mit dem winzigen, grünen Schimmer. Das widerspenstige braune Haar, die schmalen Lippen und leichten Pausbacken. Sie sah noch so unschuldig aus, so kindlich. so unscheinbar. Aber hinter den runden Brillengläsern, tief in ihrer Seele sah sie Stärke. Tessa wollte weder ihrer

Mutter noch ihrem Bruder oder ihrem Vater was beweisen und schon gar nicht den Leuten in der Schule. Der
einzige Mensch, den sie nicht enttäuschen wollte, war sie
selbst.

„Du warst Ewigkeiten nicht mehr da". Finn sah mit
hochgezogenen Augenbrauen auf sie herunter. Seine
braunen Augen musterten sie ungläubig.

„Zwei Tage sind keine Ewigkeit", entgegnete
Tessa und dachte an die ganzen Ereignisse der letzten
Tage, die sich anfühlten, als seien sie Jahre her.

„Kurz vor den Prüfungen sind zwei Tage Welten,
Tessa. Du hast wichtige Themen verpasst." Tessas Griff
versteifte sich so hart um die Henkel ihres Rucksacks,
dass ihre Handknöchel weiß hervortraten. „Was ist denn
bloß los mit dir?", er schüttelte mit gerunzelter Stirn den
Kopf.

„Was soll schon mit mir los sein? Ich war eben
krank", antwortete Tessa schroff und beschleunigte ihren
Schritt. Ein Verhör von Finn war wirklich das Letzte, was
sie jetzt gebrauchen konnte. Sie wusste, es war nicht richtig gewesen die letzten Tage des Vorbereitungskurses für den
Job im Antiquariat zu schwänzen, aber es hatte ihr einfach
gutgetan und ehrlicherweise, tat es ihr nicht einmal leid.

„Offensichtlich nicht zu krank, um arbeiten zu gehen.
Aber deine Bücher hast du ja noch nie im Stich gelassen",
schob Finn mit einem merkwürdigen Unterton hinterher.
Tessa blieb abrupt stehen. Zum Glück waren sie sehr früh
dran und mussten sich nicht beeilen. „Sag mal habt ihr

euch jetzt eigentlich alle gegen mich verschworen?",
schrie sie mit schriller Stimme. Ein paar Passanten um
sie herum drehte sich erschrocken um und gingen schnell
weiter. Auch Finn sah sie erstaunt an, bevor sein Gesicht
wieder sanftere Züge annahm. „Wir wollen doch alle
bloß, dass du ein gutes Ergebnis bekommst", behauptete
er ruhig. Tessa presste die Lippen aufeinander und stieß
einen Schwall Luft aus.

„Ist klar", lachte sie ironisch. „Allen voran du! Wie
wäre es, wenn du dich um dein eigenes Ergebnis küm-
merst, anstatt deine Nase in meine Angelegenheiten zu stecken? Die gehen dich nämlich überhaupt nichts an." Einen Moment stand Finn fassungslos da und schien sich
nicht rühren zu können. Tessa hatte noch nie so mit
ihrem besten Freund gesprochen. Die meiste Zeit war
sie zwar schlagfertig und ironisch, aber diesmal war es ihr
Ernst. „Warum bist du nur so?", fragte er diesmal ungedul-
diger. *Warum?* schrie Tessa innerlich, *weil ihr mich nicht
in Ruhe lassen könnt! Weil ihr euch ständig in mein
Leben einmischt und mir sagt was ich zu tun, oder zu lassen
habe. Weil ihr mich tyrannisiert und mich diese Prüfung
mental vollkommen fertig macht, und weil ich verdammte
Angst um meine Zukunft habe.* Doch all das sagte sie natürlich nicht. Stattdessen lächelte sie bloß müde und rieb sich
die Augen. „Es ist bloß der Stress, entschuldige". Auch Finn
lächelte versöhnlich, aber offensichtlich noch nicht vollständig überzeugt. Danach gingen sie schweigend nebeneinander über die Millennium Bridge. Als Tessa von weitem
das große Wappen der *City of London School* sah, zog sich

ihr Magen krampfartig zusammen und sie verspürte das dringende Bedürfnis sich über die Brücke zu hängen und sich geradewegs runter in die Themse zu stürzen. Nein, sagte sie sich selbst und ballte die Hände zu Fäusten, *du wirst dich jetzt nicht übergeben, du wirst jetzt mit erhobenem Haupte da reingehen und es absolut fantastisch meistern*! Na ja, wägte sie ab, es überhaupt zu meistern würde ja auch schon reichen. Finn und sie betraten das Schulgebäude und sofort roch sie diesen vertrauten Geruch, der sie immer an die wohl schrecklichsten Jahre ihres bisherigen Lebens erinnern würde. Sie war dieser Schule und ihrer Schüler nicht zugeneigt und anders als die anderen, verzichtete sie gerne auf *Abschlusstrinken* und *Trauern um die Schulzeit*. Als Tessa und Finn den Prüfungsraum betraten, zog sich die lose Übelkeit in Tessas Magen zu einem harten Brocken zusammen und lag nun wie ein Stein in ihr drin. Vor diesem Tag hatte sie sich seit zwei Jahren gefürchtet und nun erschien es ihr wie ein Traum. Tessa nahm mit schlotternden Beinen Platz und versuchte ihre zitternden Hände unter Kontrolle zu bringen, was ihr nur mäßig gelang. Auf einmal schwang die Tür auf und ihre Lehrerin Mrs Smith trat herein, mit einem Stapel Blätter unterm Arm. Die Klausuren! Tessa lief der Schweiß von der Stirn, ihr Herz raste so schnell und schlug so laut, dass sie Sorge hatte jemand konnte es hören. Sie wusste nicht weshalb, aber der Gedanke daran die anderen könnten wissen, wie nervös sie war, störte sie. Sie wollte nicht diejenige sein, die vor lauter Selbstzweifel in der Klausur beinahe angefangen hätte zu weinen, sie wollte stark wirken, als sei sie sich selbst absolut im Klaren darüber, dass sie die Beste war, auch wenn das keineswegs der Wahrheit entsprach. „Guten Morgen!", rief Mrs Smith, um Ruhe in den, noch belebten, Raum zu bringen. Auf einmal richteten alle ihren Blick auf die Lehrerin, als seien sie verstummt. Aha, dachte Tessa, sie war also doch nicht die Einzige, die ein so ausgeprägtes Nervositätssyndrom hatte. „In meinen Händen halte ich eure Abschlussprüfung, die ich in den nächsten Minuten verteilen werde". An das, was Mrs Smith danach sagte, konnte sich Tessa kaum noch erinnern, denn sie sah nur noch diesen weißen Stapel Papier in ihren Händen. Dann fing sie an die Klausuren zu verteilen. Tessa schloss für einen Moment die Augen und sog tief die Luft ein. Als sie Mrs Smiths Parfum roch, sah sie auf. „Viel Glück, Tessa", flüsterte sie. „Ich weiß du schaffst das". Sie legte einen Stapel Papier auf Tessas Pult, welcher an der rechten, oberen Ecke mit einer Büroklammer zusammengehalten wurde.

„Ihr dürft eure Klausuren jetzt umdrehen", bemerkte Mrs Smith und klatschte einmal in die Hände. „Eure Arbeitszeit beginnt ab...", sie sah auf die Uhr und nickte leicht, „jetzt". Ein aufgeregtes Rascheln fuhr durch den Raum, gefolgt von einem scharfen Lufteinziehen hier und einem verzweifelten Seufzer da. Tessas zitternde Hände ergriffen den kleinen Stapel Blätter und drehten ihn um. Ihr Herz machte einen gigantischen Satz, als sie das Überthema und die Aufgabenstellung las. *„Gesellschaft und Wirtschaft im Viktorianischen England 1840 bis 1880".* Tessa traute ihren Augen nicht, deshalb las sie das Thema wieder und wieder. *Fassen sie die Ansichten des Verfassers zusammen, ordnen Sie sie in den historischen Kontext von 1840 bis 1880, mit besonderem Augenmerk auf die gesellschaftliche und wirtschaftliche Ordnung, ein und beurteilen sie die Schlussfolgerung des Verfassers sowohl aus zeitgenössischer, als auch moderner Sicht.* Das war ein Scherz, dachte Tessa, es könnte nicht sein. Die Klausur war Tessas Fachgebiet, die historische Zeit, über die sie am meisten wusste. Und als sie so dasaß, und mit offener Kinnlade auf die Klausur starrte, fühlte sie, wie sich ihre Finger beruhigten. Da wusste sie es. Sie würde in dieser Klausur neunzig Prozent erreichen können, sie hätte eine Chance auf Oxford, wenn sie es nun nicht vergeigte. Sie könnte sich in den nächsten zweieinhalbstunden das erarbeiten, wovon sie seit Jahren träumte. Tessa nahm ihren Stift in die Hand und ließ die Mine mit einem lauten Klicken aufspringen. Sie schrieb ihren Namen und das Datum an den oberen Rand des Klausurbogens. Sie konnte es schaffen. Erneut tief Luft holend beugte sie sich über das Papier und setzte an, als plötzlich ein ohrenbetäubendes Geräusch ertönte, während der Raum in grellem, weißem Licht erstrahlte. Tessa wusste sofort, was dieses Geräusch verursachte, und schreckte auf. Alle anderen waren völlig vertieft in die Klausur, keiner schien etwas zu bemerken, als die Gondel mitten im Raum erschien. Tessa rieb sich die Augen. Es war definitiv kein Schlafmangel, der diese Halluzination verursachte, denn sie hatte letzte Nacht mehr als genug geschlafen. Perplex wartete sie darauf, dass alle um sie herum aufschreckten. Tessa starrte die goldene Gondel entgeistert an, während alle anderen hochkonzentriert weiterschrieben. Auch die Aufsicht schien nichts zu bemerken, denn sie las einfach weiter ihr Buch und kicherte manchmal leise. Was ging hier vor sich? Tessa sollte eigentlich gerade schreiben, die Zeit lief ihr davon, und sie würde sie brauchen, sonst konnte sie Oxford vergessen. Doch da stand die Gondel, mitten im Klausurraum und niemand, außer ihr, schien sie zu bemerken. Wie sollte man sich da konzentrieren? Mit einem Mal schwang das Dach auf und George trat heraus. „Tessa, ich habe einen Lösungsansatz!", rief er und schloss die Dachklappe hinter sich. Als er jedoch sah, wo er gelandet war, hielt er inne und sah sich um. „Schulprüfungen... wie ich die gehasst habe", verekelt zog er eine Grimasse. Tessa war so perplex, dass sie kein Wort herausbekam. „Das hier ist meine Abschlussprüfung!", flüsterte sie deshalb. Das konnte doch nicht sein, waren die anderen etwa dermaßen in Trance? „Die sehen dSie nicht", stellte sie fest. „Warum sehen die anderen Sie nicht?". George winkte ab.

„Simpler Wahrnehmungsfilter, die anderen bemerken gar nichts, nur Zeitmächtige nehmen die Gondel und den Zeitstrom wahr. Also... Abschlussprüfung, hm?", er kreuzte die Arme vor der Brust und lächelte schelmisch. Tessa nickte und versuchte gar nicht erst darüber nachzudenken, wie verrückt das alles war. „Also Tessa, ich mache dir ein ultimatives Angebot. Da vorne steht meine Gondel und wir sind unterwegs in ein riesiges, absolut abgefahrenes Abenteuer. Ich reise allein, also hätte ich noch Platz für eine Person." In Tessas Kopf ratterte es. Warum ratterte es überhaupt?! Sie kniff vor lauter Wut über sich selbst die Augen zusammen. Es sollte nicht rattern, sie sollte nicht einmal darüber nachdenken! Sie sollte ihm jetzt sagen, er solle verschwinden, ihm erklären, dass das wohl die wichtigste Klausur ihres Lebens war, noch dazu ihre Eintrittskarte nach Oxford und sie diese nun unbedingt schreiben musste. Aber warum wollte sie dann sein Angebot in Erwägung ziehen? Der Drang in ihr wurde stärker und plötzlich öffnete sie die Augen und sah ihn an. Breit lächelnd, als hätte er ihre Entscheidung bereits gekannt, streckte er ihr die Hand entgegen. Tessa warf einen letzten Blick auf ihre ungeschriebene Klausur. Dann ließ sie den Stift fallen, sprang auf und ergriff Georges Hand.

FÜNF FRAGEN

„Willkommen auf meinem bescheidenen Schiff", George machte eine einladende Geste, wobei Tessa diese bloß am Rand mitbekam, denn als sie die Gondel betrat, stockte ihr der Atem. Es war unglaublich. Wie konnte so etwas bloß möglich sein? Tessa drehte sich gefühlte tausend Mal zu allen Seiten, um sich zu vergewissern, dass dies auch alles echt war. Es sah aus wie die *Nautilus,* das berühmte Unterseeboot von Kapitän Nemo aus *20.000 Meilen unter dem Meer*. Es gab einen großen, offenen Raum, in dem ein braunes Sofa, und eine kleine Kochnische standen, der Boden war bedeckt von einem roten Teppich. Vorne befand sich ein kleines Cockpit mit zwei Sitzen, ein Schaltpult mit jeder Menge Knöpfen und einer riesigen, gläsernen Scheibe, durch die Tessa noch immer ihre schreibenden Mitschüler sehen konnte. „Wie ist das alles bloß möglich?", wisperte sie, während sie sich auf das Cockpit zubewegte. George folgte ihr. „Ziemlich dufte, stimmt's? Du glaubst gar nicht, wie sehr die Ladies auf so etwas abfahren", er lachte und kratzte sich am Hinterkopf. Tessa traute sich nicht eines dieser Geräte anzufassen, also legte sie ihre zitternde Hand aufgeregt auf die Sofalehne und schüttelte ungläubig den Kopf. „Oh, ich nehme an du hast ein paar Fragen", vermutete er, allerdings in einem Tonfall, der verriet, dass er ziemlich wahrscheinlich keine genaue Antwort darauf haben würde.

„Nur so um die eine Millionen", Tessa zuckte mit den Achseln. George lachte und dabei bemerkte Tessa seine jungenhaft wirkenden Grübchen. „Dafür haben wir kaum Zeit, können wir uns auf fünf beschränken?", er ging ins Cockpit, ließ sich in den Sitz sinken und betätigte einen Hebel, der einen Moment später begann zu vibrieren.

„Was tun Sie da?", fragte Tessa und trat näher an ihn heran. Der Hebel summte und leuchtete grell auf.

„Ich starte die Gondel, damit wir schnellstens hier wegkommen, bevor der Wahrnehmungsfilter den Geist aufgibt. Da gibt es ab und an ein paar Schwierigkeiten. Wir wollen doch die Schüler nicht bei ihren Abschlussprüfungen stören, nicht wahr?", er blickte auf und sah Tessa mit einem Lächeln in die Augen. Sie wandte peinlich berührt den Blick ab, denn eigentlich sollte auch sie jetzt dort draußen sitzen und sich nicht beim Schreiben ihrer Klausur stören lassen, das wurde ihr nun schmerzlich bewusst. Aber andererseits, hätte sie dann all das nie gesehen. „Ich bin mal so frei und rechne diese Frage nicht von den fünf ab, die ich dir gestattet habe", riss er sie aus ihren Gedanken. Mit einem heftigen Ruck setzte sich die Gondel in Bewegung. Tessa stolperte und wäre fast hingefallen, hätte der Sitz sie nicht abgefedert.

„Oh, ich hatte wohl vergessen, Bescheid zu sagen, dass die Gondel ab und an ziemlich ruckeln kann." Tessa strich ihr Kleid glatt und fasste sich an das zerzauste Haar. Sogar ihre Brille saß noch, und zwar gerade! Oliver hatte volle Arbeit geleistet. „Also... fünf Fragen habe ich frei, sagten Sie?", sie warf ihm einen prüfenden Blick zu. George schob einige Knöpfe empor, zog hier und da noch einen Hebel und sah sich dann sein vollbrachtes Werk an. „Ganz genau, jedenfalls vorerst. Mit dem Rest der Fragen können wir uns dann später irgendwann beschäftigen, wenn wir da sind". Er klatschte in die Hände, drückte einen weiteren, roten Knopf und blickte sie auffordernd an. „Na, schieß los". Tessa hatte einen Moment darüber nachgegrübelt, welche der Millionen Fragen wohl die oberste Priorität hatte. Und da kam ihr besonders eine in den Sinn, die sich wohl jeder normale Mensch gestellt hätte, bevor er mit einem fremden Kerl in einer fliegenden Gondel, mit einer Menge Hebel und Knöpfen, durchgebrannt wäre. „Wer sind Sie wirklich?". George legte die Stirn in Falten. „Diese Frage habe ich bereits beantwortet, du solltest deine Fragen intelligent auswählen. Und ich weiß, dass du intelligent bist", er hob einen Mundwinkel. Dann deutete er auf den Sitz neben ihm. Tessa setzte sich, ließ ihn dabei jedoch nicht aus den Augen. Er lehnte sich vor, den Hebel, wie ein Lenkrad fest umklammernd. „Eines kann ich dir versichern, ich werde dich niemals anlügen. Wenn ich dir also sage, dass mein Name George ist, dann kannst du mir das glauben. Sieh es so, du findest es seltsam mit einem Fremden in einer Gondel zu sitzen, aber sie ist eben mein zu Hause, und kann unendlich viel Schaden anrichten, wenn man das möchte. Wenn ich dich also hier mit reinnehme, zeigt das, dass ich dir vertraue. Und genauso kannst du auch mir vertrauen." Tessa beäugte ihn noch einmal. Sie hatte ihn schon gefühlt Stunden lang vorher betrachtet und noch immer suchte sie die Wahrheit in seinen grünen Augen. Dabei sah er aus, wie ein völlig normaler, junger Mann mit einer gewissen Affinität für Kleidung aus der Altkleidersammlung. Konnte sie ihm vertrauen? Ihr Bauch sagte ja, ihr logisch denkender Kopf sträubte sich dagegen. „Gut, Frage zwei dann also. Sie sagten Sie seien in fünf Minuten zurück!", ihre Stimme klang etwas schriller als beabsichtigt. George warf einen Blick auf seine Uhr, die er mit dem Ziffernblatt nach unten trug und dafür immer auf die Innenseite seines Armes gucken musste. „Oh stimmt, hat zehn gedauert, habe mich schon gewundert, wo du steckst! Ich habe erst im Garten Halt gemacht, doch da saß bloß eine äußerst streng aussehende Frau mittleren Alters. Etwas erschrocken war sie auch", bemerkte er jedoch mehr zu sich als zu Tessa. „Das war meine Mum!", erklärte Tessa. „Und es waren zwei Tage, keine zehn Minuten". George winkte ab.

„Ich habe es nicht so mit Pünktlichkeit. Dieses Mal jedoch lag es wahrscheinlich daran, dass ich mit der Begründung etwas beschäftigt gewesen bin. Du weißt schon, die Runen". Oh ja! Tessa wusste ganz genau, wovon er sprach, schließlich hatte sie es in den letzten Tagen nicht einfach so abgetan.

„Und was ist dabei herausgekommen?", drängte Tessa. „Ist das schon Frage drei?", neckte er, merkte aber, dass er Tessa nicht noch mehr reizen sollte. „Na ja, dabei herausgekommen sind viele Dinge. Zum einen gibt es die Variante, die besagt, dass du Zeitmächtigen Blut in dir trägst, und deshalb die Runen entziffern kannst, das wäre auf jeden Fall die logischste. Nun, die einzige Option, wie ich das herausfinden könnte, wäre eine Blutprobe zu entnehmen und sie untersuchen zu lassen. Könnte allerdings schmerzhaft sein." Tessa schüttelte wild den Kopf. „Nein, nein, nein!", sagte sie und fuchtelte wild mit ihren Händen in der Luft herum.

„Gut, die zweite Option wäre... es ist nicht so einfach zu erklären. Okay, fangen wir mal ganz am Anfang an. Die Gondel hat eine Seele, und weiß, wem sie vertrauen kann. Ich bin ein Zeitreisender, ich habe die Macht eine Gondel zu führen. Durch die letzten Jahrhunderte gab es auch einige Menschen, die kein Zeitreisendenblut besaßen, aber dennoch die Macht hatten eine Gondel führen zu können. Sie trainierten ihr sozusagen an, ihnen zu vertrauen. Man nannte sie die Auserwählten. Ist nicht sehr einfallsreich, ich weiß, aber das tut nichts zu Sache. Diese Menschen waren erwählt das Buch der Zeitmächtigen lesen zu können, dort steht alles drin, von einem Wesenverzeichnis, über die Gebrauchsanweisung der Gondel, aber eben auch Voraussagen und Legenden.", George biss sich auf die Fingernägel und betrachtete Tessa, die mit grübelnder Stirn versuchte seinen Worten zu folgen. „Demnach ist es möglich, dass du eben ein solcher Mensch bist. Eine Auserwählte. Ich kann nur noch nicht genau sagen, was dich zu einer solchen macht." Nun nickte Tessa und löste sich aus ihrer Starre.

„Das war es? Ich bin entweder eine Außerirdische, oder eine außerirdische Auserwählte?", sie sah ihn ungläubig an, doch George hob seinen Finger. „Es kommt auf die Formulierung an. Du bist keine außerirdische Auserwählte, sondern eine Auserwählte, die von Außerirdischen sozusagen bestimmt wurde. Warum und weshalb habe ich noch nicht richtig herausgefunden, aber das werde ich noch. Versprochen". Tessa sah auf ihre Hände. Früher, wenn sie Klausuren geschrieben hatte, waren die Seiten ihrer Hände blau von der Tinte gewesen, denn meistens hatte sie so schnell und pausenlos geschrieben, dass einiges verwischt wurde. Nun waren ihre Hände weiß. Keine Spur Tinte war an ihnen zu finden. Sie hatte keine Klausur geschrieben. „Warum die Biografie von Queen Victoria?", fragte Tessa ruhig.

„Als Vorbereitung auf unsere Mission, das heißt, solltest du mitkommen wollen." Tessa dachte angestrengt nach, sie hatte nur noch zwei Fragen frei. Diese musste sie nutzen, um die wirklich wichtigen Dinge zu klären. „Wenn ich mitkomme...", sie stockte blinzelnd und sah George an. „Wenn ich mitkomme, käme ich dann wieder hierher zurück? Ich meine zu meiner Mutter, zu meinem Job... nach London?". Er hob die Augenbrauen.

„Klar, das hier ist eine Zeitmaschine. Wir können überall hin, immer, wenn wir wollen. Sobald du also sagst, es soll nach Hause gehen, wird es auch nach Hause gehen."

Jetzt war es nur noch die eine Frage, die sie frei hatte. Und doch waren da so viel mehr in ihrem Kopf. Doch sie musste sich entscheiden. Und das tat sie schließlich auch.

„Warum ich?", fragte sie und sah ihm dabei eindringlich in die Augen. Er strahlte so viel Wärme aus, als er seine Mundwinkel hob und sie anlächelte. „Ich muss schon sagen, das ist eine denkbar langweilige und vorhersehbare Frage, aber du bist mir gefolgt, ohne zu wissen, dass du hierher zurückkehren könntest. Anscheinend wolltest du entweder vor etwas weglaufen, oder aber du konntest dir einfach das Abenteuer nicht entgehen lassen... es ist egal, welche dieser beiden Optionen die Wahrheit ist, aber ich wusste, du bist die Richtige, als du mir vorgaukelt hast das Buch sei nicht auf Lager. Du bist eine Abenteuerin, Tessa. Noch dazu ausgefuchst clever, mit unheimlich viel Wissen. Aber das hat dir vermutlich noch niemand gesagt." Tessa blinzelte Tränen in ihren Augenwinkeln weg. Hatte er Recht? Ja, das hatte er. Sie war ihm gefolgt, ohne zu wissen, wer er war und was sie erwartete, ja, sogar… ohne zu wissen, ob sie die Klausur noch schreiben könnte. Bei diesem Gedanken schluckte sie. Aber sie konnte sich dieses Abenteuer nicht entgehen lassen. Noch nie war ihr etwas Derartiges im Leben geschehen und wer weiß, ob sie noch einmal eine Chance wie diese erhalten würde? „Also?", fragte George. „Wirst du bei mir bleiben, und mir helfen diese Mission auszuführen? Dann verspreche ich dir meine Hilfe dabei herauszufinden, wer du bist. Ich werde dich nicht im Stich lassen." Erneut streckte George seine Hand aus, doch als Tessa sie ergreifen wollte, zog er sie noch einmal zurück.

„Eine Bedingung habe ich jedoch", wandte er ein. „Du duzt mich von jetzt an."

„Einverstanden" sagte sie und ergriff seine Hand. Als sie ein wenig zu lang an ihren Händen festhielten, und George dann auch noch zart lächelte, stieg Tessa die Röte in die Wangen. Räuspernd rückte sie von ihm ab. „Worum geht es eigentlich in dieser Mission?".

DIE MISSION

„Ah, da ist es", rief George, der immer noch zur Hälfte und mit dem Kopf nach unten in einer riesigen Kiste steckte. Tessa hatte längst herausgefunden, dass er ziemlich chaotisch war, denn er wusste niemals, wo er etwas suchen sollte. Mittlerweile hatte es Tessa auch aufgegeben sich das alles hier erklären zu wollen, es hätte so oder so keine Antwort gegeben, die sie zufriedengestellt hätte. „Wir haben alle Zeit der Welt den Dingen auf den Grund zu gehen", hatte George geantwortet, als könnte er ihre Gedanken lesen. „Ist immerhin eine Zeitmaschine, dieses Baby". Des Öfteren erwischte Tessa ihn auch dabei, wie er sein *Baby* verträumt ansah und liebevoll über die Hebel streichelte, was sie echt schräg fand, aber irgendwie mochte sie seine Art. Er war zwar quirlig, seltsam und verpeilt, aber auch ziemlich witzig und, auf seine Art, besonders. Tessa hatte noch nie einen Menschen wie ihn kennengelernt. Sein Strampeln, um aus der riesigen Kiste rauszukommen holte sie zurück aus ihren Gedanken.

„Warte, ich helfe dir", rief Tessa und zog an seinen Beinen, bis er laut plumpsend mit einem Buch in der Hand auf dem Boden landete. Sein Haar war völlig zerzaust. Als Tessa den Titel des Buches sah, stöhnte sie laut auf.

„Deswegen haben wir eine halbe Stunde nach dieser Kiste gesucht?!". George stand auf und nickte.

„Ich habe es dich nicht ohne Grund lesen lassen! Es ist sehr wichtig für die Mission", vorsichtig streichelte er den Einband. „Es ist historisch absolut unverschämt und inkorrekt. Ich kann nachvollziehen, dass dieses Buch nicht mehr gedruckt wird." Achselzuckend schlug er es mit einem lauten Knall zu und hielt es hoch.

„Es ist nicht historisch inkorrekt... es wurde manipuliert. Von jemandem, der uns glauben machen wollte, Prinz Albert sei die Personifikation des Bösen gewesen, um ihn und die Ehe der beiden in ein schlechtes Licht zu stellen." Tessa legte die Stirn in Falten. „Wer sollte so etwas tun? Und weshalb? Jetzt nach einem Jahrhundert kann es demjenigen doch egal sein, was die Leute über Victoria denken. Außerdem ist es eine fälschliche Darstellung der historischen Ereignisse." George kratzte sich den Hinterkopf.

„Genau das ist der Punkt. Hast du dir angesehen, wann das Buch geschrieben wurde? Jedenfalls nicht vor kurzer Zeit. Der Autor hat zu Victorias Zeit gelebt und das Buch im Jahre 1860 veröffentlicht, kurz vor Alberts Tod." Tessa fiel die Mundklappe herunter. Wie konnte ihr dieses Detail bloß entgangen sein? Sie war enttäuscht von sich, aber sie war sofort davon ausgegangen, das Buch sei von einem modernen Historiker geschrieben worden. Die Art und Weise, wie er Victoria, Albert und die Beziehung der beiden darstellte, grenzte an Hochverrat. Ganz sicher hätte er zu seiner Zeit dafür gehangen.

„Steht da nichts über den Autor?", wollte sie wissen und nahm das Buch an sich, doch George schüttelte bloß den Kopf. „Nein, kein Wort. Diesen Gedanken habe ich auch bereits verfolgt. Aber eines ist klar, wer auch immer das Buch geschrieben hat, er war kein herkömmlicher Mensch." Tessa hielt in ihrer Bewegung inne und sah zu ihm auf. „Wie meinst du das?", fragte sie langsam und betont. George kratzte sich nun unsicher an der Nase und zuckte dann mit den Schultern. „Ich bin zwar ein Zeitreisender, aber manchmal entfallen auch mir gewisse Daten. Worüber ich mir allerdings sicher bin, ist, dass ein Detail, ein sogar sehr wichtiges Detail, übersehen wurde." Er grinste und sah sie dabei an, als hätte es ihr definitiv auch auffallen müssen. Vielleicht war jetzt der richtige Augenblick, um zu gestehen, dass sie das Buch nicht ganz gelesen hatte, dachte Tessa und fuhr sich verlegen über den Nacken. Er schien es jedoch gar nicht zu bemerken und blätterte wie wild die Seiten um.

„Aha!", rief er triumphierend, als er die Seite anscheinend gefunden hatte. „Nun, Miss Tessa, wie würdest du dir erklären, dass in einem Buch, geschrieben 1860, die Kaiserkrönung Victorias in Indien erwähnt wird, die allerdings erst 1876 stattgefunden hat?". Ungläubig las Tessa die Stelle, an der es hieß

Die Krönung zur Kaiserin von Indien markierte den großen

Triumph Victorias nach Alberts Tod. Die Königin, die seit jeher eher ungeeignet für ihren Posten war, demonstrierte, dass sie ohne ihren Prinzgemahl auch weiterhin eher als Statistin in ihrem eigenen Land lebte. Die Kaiserkrönung bescherte Großbritannien dennoch ein Jahrhundert des Glanzes und der Größe.

Tessa stockte der Atem, als sie George mit großen Augen ansah. Diesmal hatte er es nicht bemerkt, und dabei hatte er es anscheinend sogar gelesen!

„George, sieh nur", Tessa legte ihren Zeigefinger auf die Zeile. „Hier ist noch ein unmögliches Detail. Wie hatte der Verfasser im Jahr 1860 wissen können, wie lange die britischen Monarchen gleichzeitig auch die Kaiser von Britisch-Indien waren?". George sah sie mit einem breiten Lächeln an. „Die Beweise sammeln sich, Tessa, und meine Vermutung wird derweilen immer mehr bestätigt." Er blickte auf sie hinab, in seinem Blick spiegelte sich jedoch nicht nur Bestätigung, sondern auch Sorge und eine gewisse Vorahnung. „Von was für einer Vermutung sprichst du genau?", fragte Tessa vorsichtig. Er runzelte die Stirn.

„Eigentlich dachte ich, das sei bereits klar", seufzte er. „Der Autor dieses Buches muss ein Zeitreisender sein". Tessa hob die Augenbrauen.

„Wow, und du hast jetzt echt geglaubt, das wäre sofort klar gewesen? Aber, eigentlich hast du recht, nachdem ich einem... was auch immer du bist, begegnet bin mit einer Zeitmaschine, sollte ich aufhören logisch zu denken und so tun, als würde ich mir einfach einen schlechten Science-Fiction Film ansehen."

„Erstens weißt du ganz genau, dass ich ein Zeitreisender bin, ich habe es ja jetzt zum wiederholten Male erwähnt, zweitens wäre das ein ganz fantastischer Science-Fiction Film, aber bitte bleib dann auch bei den Kostümen akkurat, ich mag es nicht, wenn ich in falscher Weise dargestellt werde", erklärte er, bevor er sich durch die Haare fuhr und dann erneut in Tessas verwirrtes Gesicht blickte. „Na schön. Die Mission lautet wie folgt: Jemand versucht ganz dringend, das Paar in ein schlechtes Licht zu stellen, findest du nicht?". Tessa nickte zustimmend. „Das auf jeden Fall. Aber könnte es nicht auch einfach auch ein übertrieben kritisches Werk über die Königin sein, mit ziemlich simplen Motiven wie... Naja, vielleicht waren sie sich unsympathisch." Als sie seine ungläubige Miene sah, stöhnte sie laut. „Ich meine ja nur, vielleicht messen wir dem ganzen auch schlicht und weg zu viel Bedeutung bei." Er schüttelte den Kopf und ließ sich seufzend in einen Lesesessel fallen.

„Tessa, nichts geschieht zufällig. Alles, was passiert hat einen Grund, ein Ziel, das verfolgt werden soll. Du siehst es in allen Bereichen des Lebens, in der Biologie, in der Physik, nichts ist jedoch so berechnend, wie die menschliche Psyche. Der Mensch, der dieses Buch hier geschrieben hat, hat damit ein genaues Ziel verfolgt, wir wissen nicht welches, aber das sollen wir herausfinden. Ich habe mich die letzte Zeit viel im viktorianischen London vor Alberts und Victorias Hochzeit herumgetrieben und ein bisschen Mäuschen im Klatsch der oberen Gesellschaft gespielt. Seltsame Dinge geschehen und all diese Dinge stehen in engem Zusammenhang mit der bevorstehenden Hochzeit". Und nun fiel bei Tessa der Groschen.

„Jemand versucht...", sie konnte den Satz nicht zu Ende bringen, es hörte sich zu absurd an. George jedoch nickte ernst.

„Jemand versucht die wohl wichtigste englische Monarchin vom Thron zu stürzen."

Direkt neben dem Cockpit befand sich eine kleine Arbeitsplatte mit Kaffeemaschine und Wasserkocher.

„Die Wochen hier drin können manchmal lang werden", erklärte George und reichte ihr einen Tee. Tessa setzte sich auf einen Klappstuhl. „Ich verstehe das nicht, alle Briten lieben Königin Victoria, warum sollte sie jemand sabotieren wollen?"

„So gerne ich es auch würde, ich kann die Frage nicht beantworten. Jeder Monarch hat Gegenspieler. Es gäbe viele Gründe die Monarchie sabotieren zu wollen." Er überlegte angestrengt. „Diese furchtbaren Tassen zum Beispiel mit Harry und Meghan drauf, wer kauft sowas?!" Tessa musste lachen und verschwieg, dass mehrere davon mit Kate und William in ihrem Schrank standen. Oh man, das hier würde wohl das Aufregendste sein, was sie je erleben dürfte. Und doch war ihr ein wenig unwohl bei dem Gedanken. Hier verstieß alles gegen Logik, aber seitdem das Handbuch der Gondel ihr in die Hände gefallen war, hatte sie aufgehört logisch zu denken, und das war für Tessa gar nicht so einfach, denn sie war mit einer Mutter aufgewachsen, die ihr verbot, Fantasybücher zu lesen, weil nur Wissen und Fakten zählten. Dennoch hatte sie die ganze Zeit schon eine Frage im Hinterkopf, die ihr jetzt, immer deutlicher in den Sinn kam. „George", sie biss sich auf die Lippe und knetete ihre Hände. „Was ist... naja, was ist, wenn wir in der Vergangenheit sterben? Sind wir in der Gegenwart dann auch... tot?". Er musterte sie eindringlich, presste die Lippen aufeinander, nickte jedoch kaum merklich.

„Ja, das sind wir. Der Tod ist unumgänglich. Sterben wir in der Vergangenheit, sind wir sozusagen nie geboren. Gelöscht aus dem Leben." Tessa schluckte. Sie wusste nicht warum, aber sie hatte vor dieser Bestätigung Angst gehabt. Natürlich reizten sie Abenteuer, aber wer viele Abenteuerbücher gelesen hat, der weiß: es geht nicht immer ungefährlich zu. Oft sogar blieb der ein oder andere Charakter dabei auf der Strecke. Bisher waren es für sie stets Charaktere gewesen, Worte und Figuren in Büchern, die für sie realistisch gesehen genauso weit entfernt waren, wie die Möglichkeit des Zeitreisens. Doch nun wusste sie, wenn es das eine gab, und dann würde es auch das andere geben, nämlich die Möglichkeit sein Leben bei diesem einen Abenteuer zu verlieren.

„Aber was wäre denn mit all unseren Sachen? Unseren Eltern, Bekannten... würden sie uns alle vergessen?", ihre Stimme klang erstickt.

„Nein, sie würden uns nicht vergessen. Du würdest niemals geboren werden, als hätte es dich von Anfang an nicht... gegeben.", er sprach ein wenig einfühlsamer, als er bemerkte, wie sehr ihr seine Worte zusetzten. „Geschichte kann umgeschrieben werden. Meistens jedoch löst es geradezu Lawinen aus, Schmetterlingseffekte, die die ganze Zukunft verändern. Die Zukunft ist ein Konstrukt aus einer Milliarde winziger Details der Vergangenheit, jedes einzelne ist wichtig und formt damit die, uns bekannte, Zukunft. Schon eine klitzekleine Veränderung in der Vergangenheit bringt dieses Konstrukt zum Wanken, wie einen Turm, dem man einen Pfeiler entzieht. Manchmal, sehr selten, geht es gut, die meisten Male jedoch würde der Turm einstürzen und es wäre ungewiss, wie eine solche Zukunft aussehen würde. Doch ich bin mir sicher, wir würden sie nicht sehen wollen." Tessa verstand, was er ihr damit erklären wollte und nickte, merkte dabei jedoch wie sich ihre Hände um die Tasse herum versteiften.

„Deshalb müssen wir unbedingt aufhalten, was in der Vergangenheit vor sich geht. Und dabei darf uns kein Preis zu teuer sein. Die Geschichte muss gerettet werden." George lächelte kaum merklich, winkte dann jedoch gelassen ab. „Mach dir mal keine Sorgen. Jeder, der mit mir reist, steht unter meinem besonderen Schutz. Und um diesen zu gewähren, würde ich alles machen". Tessa lächelte und wusste, dass er die Wahrheit sagte.

„Also, könnten wir die genauen Ziele dieser Mission noch einmal ziemlich konkret zusammenfassen?", bat Tessa und reckte den Kopf nach George. Sein Kleiderfundus wirkte auf Tessa eher wie eine Altkleidersammlung aus allen Jahrhunderten, auch wenn sie hie und da einen wahren Schatz an Kleid entdeckt hatte. „Herausfinden was vor sich geht, den Typen schnappen, verhindern, dass er eine der wichtigsten Herrscherinnen englischer Geschichte sabotiert und uns ein tolles Abenteuer in der Blütezeit des Empire machen." Gut, dachte Tessa, das war immerhin eine Zusammenfassung.

„Genau genommen war die Blütezeit des Empires, aber in den 1850er bis 1890er Jahre. Wir tauchen in die Anfangszeit von Victorias Herrschaft ein, die ganz und gar nicht blühend war." George stöhnte und trat hinter dem Paravent hervor. Tessa beäugte ihn und verkniff sich ein Lachen. „Du bist eine ziemliche Besserwisserin", kritisierte er und zog sich die dunkelblaue Weste zurecht. Darunter trug er eine cremefarbene Hose mit hochtaillierten Bund und schwarze Lackschuhe. Seinen Hals zierte eine weiße Tuchkrawatte. Tessa erwischte sich bei dem Gedanken, dass er unglaublich gut aussah. Die Kleidung nahm ihm ein wenig seine quirlige Art und ließ ihn männlicher wirken. Reifer. Trotzdem sah er urkomisch aus. Tessa grinste verkniffen. „Ich weiß", erwiderte er nur. „So, jetzt bist du dran, dein Kleid liegt hinten auf der Kleidertruhe", sagte er und deutete hinter sie. Tessa drehte sich um und erspähte ein zweiteiliges himmelblaues Set aus Rock und Oberteil. Der Rock wurde am Saum durch eine zarte Bordüre von Blumen geziert und das Oberteil hatte leichte Puffärmel. Tessa berührte vorsichtig den seidigen Stoff. Es war wunderschön.

„Du brauchst ja keine Hilfe beim Ankleiden, dann werde ich gerade ins Cockpit gehen und die Landung ansetzen", beschloss George und rauschte aus dem Raum, als wolle er ihr genügend Zeit geben sich in Ruhe umzuziehen.

Tessa nahm die einzelnen Teile und verschwand hinter dem Paravent. Schon nach einem kurzen Augenblick, in dem sie versuchte, sich selbst in das Korsett einzuschnüren merkte sie, dass sie kaum ohne Hilfe richtig auskam und nahm die Kritik zurück, die sie einst geäußert hatte, dass die vielen Zofen einer Nobelfrau völlig unnötig gewesen sein und es reines Prestige war viele Zofen beschäftigt zu haben. Nun verstand sie, warum man eine Zofe brauchte. Trotzdem schaffte sie es das Korsett einigermaßen eng zu ziehen und ihrer Figur Form zu verleihen. Als sie damit fertig war, zog sie den bauschenden Unterrock an, darüber den Himmelblauen Rock und das Oberteil, was allerdings von hinten geknöpft werden musste. Einige Minuten lang versuchte Tessa wie ein hampelnder Affe sich mit schwitzender Stirn das Oberteil selbst zuzuknöpfen, bis sie frustriert stöhnte und einfach keine andere Möglichkeit sah, als George zu fragen. Tessa hob bei jedem Schritt den aufgebauschten Rock hoch. „Würdest du mir kurz helfen?". Als er sich von den Hebeln der Gondel wegdrehte und sich ihr zuwandte, merkte sie, wie er kurz stockte und sie betrachtete.

„Ja, natürlich", sagte er schnell und stellte sich hinter sie. Tessa spürte seinen Atem in ihrem Nacken, als er jeden einzelnen Knopf einhakte, sodass Tessa merkte, wie sich das Oberteil eng an ihren Körper schmiegte. Noch nie zuvor hatte sie sich so weiblich gefühlt, wie in diesem Moment, als der Bund des Rockes in ihrer Taille lag und ihre Hüften umschmeichelte, das seidene Oberteil sich an ihre Brust schmiegte und der weite Ausschnitt ihre Schultern freigab. Tessa wusste es, sie spürte, dass sie zum ersten Mal in ihrem Leben genau so aussah, wie sie es sich immer gewünscht hatte.

„So", sagte George und wich vorsichtig ein Stück nach hinten. „Fertig." Tessa drehte sich lächelnd um und dankte ihm. Einen Moment lang breitete sich eine unangenehme Stille aus. Wie unglaublich seltsam das alles war.

„Wenn ich das Kompliment äußern darf, du siehst aus wie eine wahrhaft viktorianische Frau, mit einer guten viktorianischen Figur". Tessa fühlte sich komplett überrumpelt von seinen Worten.

„Meinst du etwa ich sehe fett aus?", fragte sie etwas zornig. George riss die Augen auf und die hielt die Hände hoch. „Was, nein! So etwas hätte ich niemals gemeint, ich wollte nur ein Kompliment äußern, dass dir schildern sollte, wie stattlich ich deine Erscheinung in dieser Aufmachung finde". Tessa schnaufte.

„Pseudo Formalsprache hilft dir auch nicht weiter, aber vielen Dank. Ich nehme das Kompliment an." George wischte sich symbolisch über die Stirn. Auf einmal ruckelte die Gondel und Tessa fiel gegen Sofa und stieß sich den Ellbogen. „Aua!", fluchte sie und rieb sich die rote Stelle. „Was hat das zu bedeuten?".

„Das bedeutet, dass wir gelandet sind", erklärte er aufgeregt und klatschte die Hände zusammen. Tessa verspürte ein ziemlich starkes Gefühl der Aufregung.

„Bevor wir da rausgehen", merkte er an und nahm einen langen, taillierten Mantel, der in seinem Design einem Trenchcoat ähnelte. „Wir beide sind ein Ehepaar. Dein Name ist Lady Tess, ich heiße Sir George Thomas.

Wir sind ein junges Ehepaar vom Land, ich entstamme einer Familie aus dem niederen, verarmten Landadel und habe in London meine große Chance gesucht. Dabei bin ich mehr oder weniger sesshaft geworden und konnte mir dadurch ein kleines Anwesen mit meiner reizenden Frau in Kensington leisten." Während Tessa versuchte sich all diese Details einzuprägen, lief George hin und her und stellte die letzten Maschinen aus.

„Ich bin mir sicher, historisch gesehen wären ziemlich viele Mängel an deiner Geschichte, aber den meisten Leuten wird das wahrscheinlich nicht auffallen." George zuckte mit den Achseln.

„Die interessieren sich sowieso nur für ihre Kutschen, ihre Kleider, ihren Schachclub oder den Geschmack des Brandys, da werden sie sicher nicht nachfragen, schon gar nicht in einer Zeit, in der dutzende Unternehmer ihr Schicksal in der Großstadt gesucht haben". George sog tief die Luft ein, checkte noch einmal alles und legte dann eine Hand auf die Dachluke. „Bereit, Lady Tess?" Tessa knetete nervös ihre Hände, und bedachte ihn mit einem stirnrunzelnden Blick, den er geflissentlich ignorierte und enthusiastisch die Luke aufstieß.

„Willkommen in London, im November des Jahres 1839!".

GEHEIME BRIEFE

„Mein über alles geliebter Albert,

Ich zehre mich nach dir, jeden Tag, wenn ich in den Gärten spaziere, und an die Stelle komme, an der du mich und meinen lieben Dash damals maltest und mir deine Liebe offenbartest. Noch schlimmer ist es jedoch all die Soireés und Tänze, ohne dich tanzen zu müssen. Ich zehre mich nach deinen leichten Küssen, die du auf meine Lippen hauchtest und mir damit den schönsten Augenblick meines Lebens beschertest, nämlich den, indem ich dir so nah war, dass wir zwei beinahe eins wurden. Unzertrennlich waren wir und genau das sind wir auch heute noch. Mein lieber, lieber Albert, wie soll ich die lange Zeit von quälenden vier Wochen denn bloß noch ohne dich aushalten? Die Worte, die du in deinen Briefen für mich wähltest, wecken große Wärme, Geborgenheit und ja, unbeschreibliche Sehnsucht in mir. Aber nichts kann mir das gleiche Gefühl verleihen, wie in deinen Armen zu liegen, wenn unsere Füße sich beinahe schwebend im

Walzer über den Boden bewegen. Oh Albert, die Erinnerung an diese Zeit weckt so viel Leidenschaft in mir, ich kann es beinahe nicht ertragen. Um eines nur bitte ich dich Albert, mir zu sagen, ob du deine Entscheidung, mich zu heiraten, auch wirklich nicht bereust. Ich kann dir versichern, ich tue es nicht, seien die letzten Vorkommnisse auch noch so verstörend und seltsam. Jemand kann unser Glück einfach nicht nachvollziehen, das macht ihn zu einem bedauernswerten Menschen, entschuldigt jedoch in keiner Weise sein Verhalten, das beinahe an Hochverrat grenzt. Albert, ich versichere, ja schwöre dir sogar, dass du keine Gefahr zu befürchten hast. Nach wie vor ist meine Liebe zu dir unbestritten, auch das Volk wird sie bald verstehen. Trotz allem mein lieber Albert muss ich dir ein wenig meine Sorge mitteilen, dass jemand versucht mir etwas anzutun. Es ist gut möglich, dass meine exzessive Fantasie mich manchmal dazu verleitet mir mehr einzubilden, als tatsächlich geschehen ist, aber in diesem Falle bin ich mir ziemlich sicher. Überall, wo ich hingehe, verfolgt mich dieser Schatten, der niemals gesehen werden kann, nicht von mir, nicht von Lehzen und nicht einmal von meiner fantasielosen Mama. Doch ich spüre ihn, ich merke, dass er mir folgt. Deshalb bitte ich dich Albert, du weißt ich bin wenig schreckhaft, aber dennoch ist dies eine sehr heikle Angelegenheit, ich bitte dich komm, schnell zurück. Vor einer winzigen Frau, ihrer fragilen Mutter und einer drahtigen Gouvernante mag der Schatten nicht zurückschrecken, vor einem starken Mann jedoch schon. In deiner Anwesenheit fühle ich mich so sicher, wo sonst nirgendwo.

Diese Bitte geäußert möchte ich mich einem weiteren, erfreulicheren Thema zuwenden. Heute ist ein naher Verwandter von dir aus Coburg angekommen, Mama hat ihn in Empfang genommen und war ganz entzückt von seiner Erscheinung. Er ist jung, ein wenig jünger als wir beide und scheint ganz und gar vernarrt in die englische Kultur zu sein. Er ist wahrhaft witzig und galant und ich freue mich bereits auf den Augenblick, an dem du ihn kennenlernen willst, falls du ihn nicht bereits kennst, immerhin steht er Onkel Leopold sehr nahe. Selbstverständlich ist er in keiner Weise ein Ersatz für dich neben meiner Seite, aber es tut gut, wenn jemand ein wenig Witz in das öde Leben in Buckingham bringt und mich mit Kultiviertheit auf andere Gedanken bringt. Ich liebe dich über alles mein Albert und fiebere dem Tag entgegen, an dem du endlich aus der Kutsche steigst und mir deine Arme aufhältst, damit ich geradewegs hineinlaufen kann.

Deine dich verehrende und auf dich wartende Victoria

P.S. Seit er hier ist habe ich sogar das Gefühl, der Schatten sei weniger häufig hinter mir her. Anscheinend hat er auch die Gabe dieses mysteriöse Wesen zu verschrecken.

VIKTORIANISCHES LONDON

Staunend stand Tessa dort und wusste nicht, was sie sagen sollte. Vor ihr fuhren mehrere Droschken in verschiedenen Farben, sie wusste, dass die Aufmachung der Droschke verriet, von welchem Stand, der in ihr fahrende Gast oft war. Die meisten jedoch waren in einfachen Grau- oder Schwarztönen gehalten.

„Oh, Tessa", flüsterte George, griff ihre Hand und zog sie noch einmal zurück. Tessa stolperte und wäre fast hintenübergefallen, da fing er sie auf und federte den Fall ab. Peinlich berührt spürte sie, wie das Blut in ihre Wangen schoss und sie rot anlief. Ein paar Sekunden in der Vergangenheit und schon hatte sie es beinahe geschafft, sich zu blamieren. Zerknirscht sah sie zu George auf, der sie immer noch in seinen Armen hielt und rappelte sich auf. „Ich habe etwas sehr wichtiges vergessen", flüsterte er und sah sie so eindringlich an, dass sie verstand und ihm gerade um die Ecke eines Hauses folgte, ein wenig aus dem Menschenstrom hinaus. „Die hier musst du immer bei dir behalten, deshalb habe ich dir eine Kette daraus gemacht". George hielt eine kurze Halskette hoch und ließ sie vor Tessas Augen baumeln. Der Anhänger war eine kleine, glänzende Kugel aus poliertem Gold.

„Weshalb?", fragte Tessa, nahm die Kette und hängte sie sich um. George blickte einmal nach rechts und links, um sich zu vergewissern, dass auch sicher niemand hier war, der sie belauschen könnte und kam dann einen Schritt näher, sodass Tessa seinen Atem auf ihrer Haut spürte. „Es wird auf jeder Mission, aber besonders auf dieser, Momente geben, in denen wir getrennt voneinander unterwegs sind. Ich kann nicht versprechen, dass es immer ungefährlich von statten gehen wird, deshalb habe ich diese Kette konzipiert. In einem Moment der größten Not brauchst du nur auf den winzigen Knopf unter dem Anhänger drücken, und es wird ein Mechanismus ausgelöst, der dafür sorgt, dass die Gondel erscheint und du flüchten kannst. Es ist nicht nötig dir zu zeigen, wie man sie fliegt, es reicht schon zu wissen, dass sie kommen wird, denn ich habe sie mit dir vertraut gemacht, dich wird sie hereinlassen, für alle anderen wirkt sie, wie ein Panzer, absolut undurchlässig." Tessa nickte und berührte den kleinen Anhänger an ihrem Hals, der zwar für die meisten ungewöhnlich aussah und definitiv Aufmerksamkeit auf sich ziehen würde, ihr aber ein Gefühl der Sicherheit verlieh.

„Warum das Design?", fragte Tessa skeptisch.

„Weil ich es einfach cool fand, hat keinen besonderen Grund.", entgegnete George. Tessa lachte leise und schüttelte den Kopf. „Also gut, jetzt sollten wir uns auf den Weg machen", er hielt ihr seinen Arm hin. Tessa ergriff ihn und legte sanft ihre Hand darum. Das war nötig, denn es waren die Umgangsformen. Er war ihr Ehemann, noch dazu waren sie ein junges Paar, da hätte jeder von ihnen erwartet sich auch wie eines zu verhalten. Schon immer war diese Epoche ihr die Liebste gewesen, aber sie hatte noch nicht realisiert, dass sie wirklich hier war. Im Jahr 1839! Sie lebte, und zwar zur selben Zeit, wie Königin Victoria! Seit Jahren war es ihr größter Traum gewesen, Geschichte erleben zu können, ein Teil davon zu sein, und nun, wo er endlich in Erfüllung ging, konnte sie es nicht glauben. Es war der helle Wahnsinn. Es hatte sich so vieles verändert. Denn obwohl das London, das Tessa kannte, noch viele Spuren der früheren Zeiten zeigte und besonders die Ecken, die für den Tourismus eher unbedeutend waren, sich jedes Mal anfühlten, wie eine kleine Zeitreise, so war es eben eine moderne Stadt. Nein anders ausgedrückt, es war eine uralte, wunderschöne Stadt, die jedoch mit der Moderne mitgegangen war und dennoch ihre schönen, traditionellen Seiten behalten hatte. Dieses London jedoch, das sich vor ihr erstreckte, hatte weniger hohe Gebäude, und die Straßen waren nass und matschig. Der Smog legte sich in wenigen Sekunden wie eine bleierne Wolke auf die Lunge, auf der Straße standen etliche Händler, die ihr Gemüse, Brot, ihr Hab und Gut und, auf einige weibliche Bürgerinnen anspielend, auch sich selbst zum Verkauf anboten. Tessa schluckte. Je mehr sie in die Straßen einbogen, umso mehr kam ihr die Stadt auf einmal dunkel, nasskalt und unbarmherzig vor. Als sie an sich heruntersah, bemerkte sie, dass sich der Saum ihres Kleides von dem Dreck auf der Straße dunkel eingefärbt hatte und spürte die matschige Konsistenz unter ihren Stiefeln. In einer dunkleren Ecke bemerkte sie eine, auf dem Boden kauernde Frau, mit einem Bündel in den Armen, das sie wie weggetreten hin und her schaukelte. Ihre Arme waren Streichholzdünn, das dunkle Haar wirr und verfilzt, die Augäpfel stachen trübe hervor. Tessa verstärke den Druck ihrer Hand um Georges Arm. Als die Frau ihren Blick bemerkte, sah sie auf und starrte sie mit ihren glasigen Augen an. Beschämt und mit klopfenden Herzen wandte Tessa den Blick von ihr ab und sah zu George auf. „Können wir nicht helfen?", fragte sie mit erstickter Stimme. Er schüttelte kaum merklich den Kopf. „Wir dürfen in keinem Fall in das natürliche Geschehen eingreifen". Tessa zog die Nase hoch und versuchte gleichzeitig den rußigen Smog, nicht weiter einzuatmen, was so gut wie unmöglich war, denn der widerwärtige Gestank war allgegenwertig penetrant.

„Aber wir können ihnen doch etwas zu essen kaufen", schlug Tessa vor. George sah sich hastig um.

„Wenn du das tust, rennt dir die ganze Meute der hungernden Leute hinterher. Gibst du einem etwas, gibst du allen etwas". Tessa spürte, wie ihr die Tränen in die Augen schossen, als sie sich noch einmal zu der Frau umdrehte. Diese war nun weggetreten und hielt das schreiende Bündel mit losen Händen auf ihrem Schoß. George zog sie unbarmherzig weiter. Auf einmal rannte ihnen eine Truppe von schmutzigen, dürren, bettelnden Jungs entgegen, die sich wie eine Traube um sie schlossen und erst weiterzogen, als George einige Münzen aus seiner Westentasche holte und sie ihnen vor die Füße schmiss. Er konnte also auch nicht einfach bloß zusehen, wie sie vor seinen Füßen verhungerten. Danach zog er Tessa schneller mit sich, bis sie um die Ecke bogen und sie eine braune, kleine Droschke erblickte, vor die zwei schwarze Pferde gespannt waren, die genüsslich schnaubten.

„Madam, Sir", der Kutscher stieg vom Sockel und fasste sich, eine Verbeugung andeutend, an den Hut. Dann öffnete er die Tür der Droschke. George hielt Tessa seine Hand hin und ließ sie einsteigen. Tessa hatte gehofft, die Droschke sei vielleicht auch eine besondere Erfindung von Zeitmächtigen und drinnen sähe es aus, wie in einem Luxusbahnabteil, aber leider war es eine völlig normale Droschke der gehobenen Mittelklasse. Hinter ihr kam George seufzend herein und setzte sich neben sie, nachdem er seinen Zylinder abgenommen und den Gehstock neben sich gelegt hatte. Als sich die Tür Schloss und die Kutsche sich endlich in Bewegung setzte, schloss Tessa erleichtert die Augen und zog die Vorhänge vor die winzigen Fenster. Sie konnte den Anblick der leidenden, kranken und hungernden Menschen nicht ertragen. George zog die Augenbrauen empor.

„Entspricht das Bild nicht deiner Vorstellung?". Es war eher eine Aussage als eine Frage, das wusste Tessa. George nahm einen tiefen Atemzug.

„Das Schlimme ist, dass ihr Menschen, die ihr aus

der Zukunft hierherkommt, denkt, das Elend sei eine Begleiterscheinung der Geschichte, dass ihr euch freut, wenn ihr wieder in eurer glänzenden Zeit seid. Und dabei findet ihr dieses Elend, was du da draußen gesehen hast, ständig und in jedem Ort um euch herum, auch in deiner Zeit. Aber es ist alltäglich, deshalb siehst du es nicht. Und genauso ist es für die Menschen hier. Das Elend ist allgegenwärtig, der Tod liegt überall in der Luft. Was meinst du weshalb diese Klassengesellschaft derart isoliert, voneinander ist?", fragte er leise, so leise, dass niemand außer ihr es verstehen konnte. Entsetzt sah sie ihn an. „Es kann aber keine Entschuldigung sein", entgegnete sie. „Die Entschuldigung für ein nicht Eingreifen der Reichen in dieses Elend kann doch nicht der Ekel vor den Armen sein." George schüttelte wild den Kopf.

„Diese Gegenden, Tessa, diese Armenviertel sind gefährlich und niemand, der nicht hierhergehört, würde sich hier herumtreiben. Du kannst die Geschichte nicht mehr ändern, du kannst allerhöchstens von ihr lernen und versuchen sie in deiner Zeit anzuwenden." Tessa ließ den Kommentar so stehen und nickte. Er hatte Recht. Sie liebte die Geschichte, spürte eine Leidenschaft und Neugier für das Vergangene, dabei hatte sie ihre Gegenwart völlig vergessen. Tessa schämte sich dafür und ließ sich die komplette restliche Zeit durch den Kopf gehen, was sie tun würde, wenn sie wieder in ihrer Zeit war. Sie würde ganz sicher nicht mehr den Kopf wegdrehen, wenn ein Armer vor der Underground nach ein paar Münzen fragte, sie würde die Sachen, die sie nicht mehr oft trug, auch nicht länger horten, sondern zu einer öffentlichen Einrichtung bringen, wo Menschen sie besser gebrauchen könnten als sie. Bis dahin müsste sie sich aus Gründen historischer Korrektheit benehmen, wie sich eine Frau ihres Standes nun mal benahm, auch wenn das bedeuten würde, kaltherzig und ignorant zu sein. Nach einigen Minuten kam die Kutschte abrupt zum Stehen, sodass Tessa beinahe auf die gegenüberliegende Sitzbank geschleudert worden wäre. Sie rieb sich die schmerzende Hüfte.

„Wenn das der Komfort ist, den eine gehobene Mittelklassedroschke aufweisen kann, möchte ich nicht wissen, wie es ist mit einer der unteren Klassen zu fahren." George lachte.

„Nun ja, ich würde sagen, das liegt daran, dass die untere Mittelklasse erst gar keine eigene Droschke hat und das unsrige Modell schon ein mehr oder weniger niedriger Standard ist." Er öffnete die Tür und landete mit einem gekonnten Sprung auf dem Boden, bevor er Tessa seine Hand hinhielt, die sie bereitwillig ergriff. Ungeschickt kletterte sie aus der Droschke und stellte mit einem gewissen Entzücken fest, dass der Untergrund nicht mehr rutschig oder matschig war, sondern gepflastert. Tessa strich ihr Kleid glatt und ärgerte sich über den Schmutz an ihrem Saum, der hartnäckig auf der zartblauen Seide eingetrocknet war.

„Wie entzückend es hier ist, George", sagte sie gespielt laut, denn der Kutscher stand neben ihnen und wartete auf seine Bezahlung. George hob die Mundwinkel und drückte ihm drei silberne Münzen in die Hand. Der

Kutscher lächelte gekniffen, fasste sich erneut an den Hut und sprang dann wieder auf den Sockel.

„Es freut mich sehr, dass unser Anwesen in dir Freude hervorruft, meine liebe Tess", erwiderte er und verlagerte sein Gewicht lässig auf den Gehstock. Tessa öffnete weit die Augen. Vor ihr lag ein riesiges Haus mit hellbrauner Steinfassade. Es war jedoch kein typisch viktorianisches Backsteinhaus. Die Fassade war fein säuberlich, mit hellem Stein verarbeitet und eine Treppe mündete hinauf zu einem Vordach, welches von zwei weißen Säulen gestützt wurde. Daneben befand sich ein typisch englischer Ausbau mit drei langen Fenstern. Der Vorgarten war penibel gepflegt, einige Rosenbüsche ragten am Zaun empor. Für Tessa war es das wohl schönste Haus, das sie je gesehen hatte. Und nun sollte es auch noch das ihre sein! Nicht für immer, das war gewiss, ihr längster, richtiger Urlaub hatte allerdings nur zwei Tage gedauert, demnach sah sie es einfach als eine Art Urlaub an.

„Wo sind wir hier?", flüsterte sie, als der Kutscher aus der Reichweite war und sie sich vergewissert hatten, dass auch sonst niemand hier war. „South Kensington", antwortete George mit einem breiten Lächeln auf den Lippen. Auch in ihrer Zeit war South Kensington noch eine Gegend, in der es sich nur wohlhabende Menschen leisten konnten zu leben, wobei sie sich und ihre Familie, die selbst in Kensington lebte, nicht ausnahm. Tessa hielt bei diesem Gedanken inne. Ob ihr Haus schon im Jahre 1839 gestanden hatte? Sie wusste nicht viel über ihr Haus, sie wohnte zwar dort, seit sie geboren wurde, aber ansonsten gab es keine Informationen zu eventuellen Vormietern, oder der Geschichte des Hauses. Vielleicht konnte sie nachsehen gehen, ob es auch damals schon existierte und wer darin gelebt hat. Plötzlich kam ihr ein anderer Gedanke.

„Aber es durften doch nur Adelige hier einen Besitz erwerben? Royal Borough of Kensington and Chelsea war königlicher Privatbesitz". George lächelte vielversprechen. „Wenn auch verarmt, gehören wir ja nun einmal zum Landadel, aber lass uns doch alle Fragen drinnen klären, oder nicht?" Tessa nickte und folgte ihm die Treppen hinauf in ihr neues, vorläufiges zu Hause.

JANE UND MATTHEW

Als Tessa ihre Hand auf den goldenen Knauf legte und ihn umdrehte merkte sie, wie ihr Herz einen Satz machte. Die Eingangshalle war hell, der Parkettboden glänzte, als waren Tessas Füße die ersten, die ihn betraten. Kommoden aus hellem Holz mit filigranen Gravuren zierten die Wände. Tessa ging bis zum Ende durch und kam in ein Zimmer, das ganz klar der Speisesaal war. Dort stand eine scheinbar endlos lange Tafel mit mehreren Kerzenständern auf der weißen Tischdecke. Außerdem befand sich ein edler Kamin am anderen Ende des Raumes, vor den zwei große, lederne Sessel platziert waren. Als Tessa näher heran ging, sah sie außerdem, dass auf dem Kaminsims Fotografien standen. Sie entdeckte George, gekleidet in einen Smoking, der neben einer jungen Frau im enganliegenden Samtkleid stand. Auf der Fotografie zu sehen war... sie selbst. Tessa stand dort neben George, der irgendwie verändert aussah und hielt seine Hand. Wie konnte das sein? Sie hatten kein Foto gemacht, und selbst wenn, wie hätte es auf diese Schnelle hierherkommen sollen? Plötzlich hörte sie Schritte hinter sich, brach den Blickkontakt zu ihrer Fotografie ab und wirbelte herum, als fühlte sie sich ertappt.

„Und, wie findet Ihr das Haus?", fragte George geschwollen und Tessa begriff warum. Hinter ihm stand ein junges Mädchen, allerhöchstens so alt, wie sie selbst, die Arme hinter dem Rücken versteckt. Sie trug ein schwarzes Kleid, darüber eine enganliegende, weiße Schürze mit einem Kragen aus vergilbter Spitze. Das Haar hatte sie gescheitelt und zu einem strengen Knoten im Nacken geschlungen, was ihrer sanften Erscheinung eine gewisse Verbissenheit verlieh. Unsicher schlug sie die Augen nieder, was Demut und Hingabe zu ihren Herren symbolisierte. „Es gefällt mir wahrhaft gut", antwortete Tessa und versuchte ihren eingeprägten Cockney Dialekt zu mildern, indem sie ihm einen sanfteren Ton zu verlieh. Hätte sie zu dieser Zeit in Cockney gesprochen, hätte man sie eventuell noch für ein einfaches Arbeitermädchen aus dem East End gehalten. George lächelte zufrieden. Tessa nahm sich vor, ihn nachher nach den Fotografien zu fragen, nun war dafür kaum der geeignete Moment.

„Das freut mich durchaus, meine Liebe", antwortete er und trat ein Stück beiseite, sodass er das Dienstmädchen freigab. „Das ist Jane, Eure Kammerzofe." Jane trat vor und machte einen Knicks. „Mylady", sagte sie beinahe flüsternd. Tessa lächelte. Wer hätte gedacht, dass sie mal ihre ganz eigene Kammerzofe erhalten würde? Dennoch versuchte sie ihr Lächeln im Zaum zu halten und ihre Rolle zu spielen.

„Erhebe dich", sagte sie hoheitsvoll. Nun sah sie zum ersten Mal Janes treue, braune Augen, die sanft gerundeten Wangen und die vollen Lippen. Sie war ein wahrhaft hübsches Mädchen. Einen Moment später erschien ein älterer Herr neben Jane, dessen Haar war bereits grau meliert, und fein säuberlich zur Seite gescheitelt. Einige wenige widerspenstige Locken fielen ihm auf die Stirn und lange Kotletten zierten die Seiten seines Gesichtes, das jedoch ansonsten glattrasiert war. Er trug ein weißes Hemd mit Tuchkrawatte, darüber eine geknöpfte Weste und eine einfache schwarze Hose mit polierten Lackschuhen in der gleichen Farbe. „Mylord", sagte er mit kräftiger Stimme, „Ihr seid weit früher angekommen, als es vorausgesagt wurde. So weit ist das Haus für Euch zurechtgemacht, nur wir Dienstboten sehen äußerst tadelhaft aus, ich muss mich entschuldigen." Er senkte den Kopf und sah dabei aus, als verkrampfte er sich. Jane stand daneben, blickte nervös drein und nahm sichtlich tiefe Atemzüge.

„Nun richten Sie sich schon auf, Matthew", winkte George ab. „Heute waren es doch nur wir beide. Das nächste Mal können Sie dann wieder in tadelloser Aufmachung erscheinen." George lächelte und Matthew lockerte seine Haltung auf. „Ich wollte Lady Tess nun einmal durch das Haus führen, sie hatten noch nicht das Vergnügen die Renovierungsarbeiten zu sehen. Falls Sie uns eventuell einen Tee kochen und etwas Gebäck zubereiten könnten, wäre ich Ihnen sehr dankbar." Matthew nickte und verschränkte die Hände hinter dem Rücken.

„Selbstverständlich, Mylord", er wechselt rasch einen Blick mit Jane, bevor sie beide aus dem Raum stürmten. Tessa atmete sichtlich aus. Sie hatte gar nicht gemerkt, dass sie derart angespannt gewesen war. Dies war ihr erstes offizielles Auftreten vor Leuten der Vergangenheit gewesen und offensichtlich hatte sie es gut gemeistert. George drehte sich zu ihr um und sah sie mit erwartungsvollen Augen an.

„Nun denn, gehen wir und betrachten die Bibliothek". Tessa folgte ihm. Sie verließen das Zimmer, schritten erneut durch den glänzenden Flur und gingen dann eine sowohl breite als auch lange Wendeltreppe hinauf. Das Geländer war aus dunklem Holz und so poliert, dass man beinahe sein Spiegelbild darin sehen konnte. Als sie oben angekommen waren, blickte George breit lächelnd nach hinten, als würde er sich vergewissern wollen, dass sie auch ja begeistert war. Doch das war sie. Allein von diesem imposanten Haus, ihrer eigenen Kammerzofe und der Tatsache, dass sich jemand in der Küche wahrscheinlich gerade ein Bein ausriss, um ihnen eine zufriedenstellende Teezeit zuzubereiten. Vor einer riesigen Tür blieb er stehen, eine Hand auf den Knauf gelegt.

„Nun, macht es doch nicht so spannend!", bat Tessa, da sie nicht wusste, ob jemand ihnen zuhörte. George grinste noch breiter. „Dieser Raum wird Euch im wahrsten Sinne des Wortes die Sprache verschlagen, Ihr solltet Euch deshalb darauf vorbereiten." Tessa lachte und hob die Augenbrauen.

„Dort, wo ich aufgewachsen bin, habe ich schon

einiges gesehen, ich wette also, dass mich dieser Raum kaum mehr zu überraschen vermag."

„Ich wette dagegen!", sagte George vielversprechend. Tessa konnte nicht verhindern, dass sich nun eine gewisse Skepsis in ihr ausbreitete. Als George dann schließlich die Tür öffnete und sie eintreten ließ, wusste sie auch weshalb. Es verschlug ihr die Sprache, daran bestand kein Zweifel. Vor ihr erstreckten sich schier endlose Reihen von Bücherregalen, alle gefüllt bis zur letzten Lücke. Tessas Augen wurden immer größer, je näher sie den Regalen kam. Eine Schande, dachte sie, dass einige der besten Bücher noch gar nicht geschrieben wurden. Denn *Harry Potter*, *Der große Gatsby* oder die Romane von Thomas Hardy zu lesen, verhalf ihr jedes Mal dazu sich besser zu fühlen. Hinter ihnen fiel die Tür ins Schloss und George trat neben sie.

„Es sind nicht nur Bücher aus dieser Zeit, ich habe sie mit allen guten Büchern deiner Zeit, aber auch der Zukunft ausgestattet. Du findest alles in diesen Regalen, was du dir wünschen kannst. Kleines Geheimnis", flüsterte er. „Es sind einige dabei, die auch zu deiner Zeit noch nicht geschrieben worden sind." Er zwinkerte ihr zu und Tessa konnte es einfach nicht glauben. Sie war immer noch der festen Überzeugung bald aufzuwachen und zu realisieren, dass all dies nur ein Traum gewesen war.

„Woher weißt du, dass uns niemand belauscht?", fragte Tessa noch immer vorsichtig. George ließ sich in einen Lesesessel fallen und fuhr sich durch die Haare.

„Niemand wird in diesen Raum hier kommen, ich

habe ihn vorsorglich mit Zeitmächtigen-Technik verriegelt, und den Dienstboten untersagt ihn zu betreten. Es ist also unser Konferenzraum, wenn du so willst und ein Raum für dich, in dem du dich, naja... wohl fühlst". Tessa lächelte, runzelte jedoch die Stirn und sah sich noch einmal um. „Wie hast du das alles gemacht?", fragte sie leicht den Kopf schüttelnd. „Diesen Raum, die Fotografien auf dem Kaminsims... es ist mir alles so unerklärlich." George lehnte sich vor und stützte die Ellbogen auf den Knien ab.

„Ich habe eine Zeitmaschine, schon vergessen?". Als er bemerkte, dass das für Tessa noch keineswegs ausreichend war, fuhr er fort. „Du musst dich von allen Vorstellungen über Zeit und Geschichte, so wie du sie bisher kanntest, trennen. Zeit funktioniert nicht so, wie es alle glauben, sie kann umgeschrieben werden, zusammenbrechen, sich wieder stabilisieren. Zeit ist das abstrakte Wort für das, mit Abstand komplexeste, Konstrukt der Menschheit. Was ich damit sagen möchte: man kann es nicht immer in Worten erklären, wie die Dinge funktionieren, manchmal kann man es *gar nicht* erklären. Manchmal kann man es einfach nur... selbst erleben. Du bist jetzt eine Zeitreisende, das ändert einiges in dir. Versprich mir, nicht immer nach Antworten suchen zu wollen, und mir in manchen Situationen einfach zu vertrauen." Tessa betrachtete ihn. Der Mann der Bücher aus Zeiten, die noch nicht einmal passiert waren in das viktorianische London brachte und für sie eine zeitlose Bibliothek errichtete. Tessa konnte nicht sagen, wer er war, was er war oder noch viel weniger, wann sie jemals geglaubt hatte, Zeitreisen wären unmöglich, eines aber wusste sie: sie würde ihm vertrauen müssen. Schließlich nickte sie.

„Ich verspreche es". Da klatschte sich George enthusiastisch auf die Oberschenkel und sprang auf.

„Na dann, mit deiner Kette kommst du jederzeit in diesen Raum, pass nur auf, dass du auch wieder rauskommst. Von den Büchern würde ich mich so schnell nicht mehr losreißen können". Gerade als Tessa nach einem Buch in einem purpurroten Einband greifen wollte, nahm er ihre Hand und zog sie hinter sich her.

„Wollen wir mal sehen, ob die Teezeit gelungen ist."

„Ich hoffe die Stärke des Tees ist zu Ihrer Zufriedenheit, Mylady". Ein Dienstmädchen stellte die dampfende Tasse vor Tessas Nase ab und verbeugte sich. Vor ihnen auf dem Tisch stand ein absoluter Festschmaus. Scones, kleine Törtchen, Kekse, Marmelade, alles, was das englische Herz begehrte. George griff beherzt zu. Hungrig nahm Tessa sich Scones und bestrich sie mit Marmelade. Es schmeckte köstlich. „Wie viele Bedienstete unterhalten wir denn, Liebster?", fragte Tessa. George nahm einen Schluck von seinem Tee und hob die Augenbrauen.

„Nun, da wären Jane und Matthew, drei Mann für das Küchenpersonal, die Köchin Mrs Andrews und der Kutscher Mr Scott. Insgesamt macht das sieben Bedienstete". Tessa nickte anerkennend. Das war mächtig viel, dachte sie.

„Die Post, Mylord", erklang Matthews dunkle

Stimme. Er hielt George einen Brief, sorgsam transportiert auf einem silbernen Tablett entgegen. Dieser griff danach. „Danke, Matthew, Sie können sich nun zurückziehen. Es ist schon spät. Ich lasse nach Ihnen klingeln, wenn wir uns zu Bett begeben wollen". Matthew senkte den Kopf und ging dann aus dem Zimmer. Skeptisch brach George das rote Siegel des Briefes und entfaltete ihn.

„Diese verfluchten Buschtrommeln", stieß er genervt hervor. Tessa hätte beinahe ihr Scone fallen lassen. Derart zu fluchen, gehörte sich keineswegs für einen Gentleman seines Standes! „Was ist es, das Euch so erzürnt?" Okay, es fing ihr wirklich an zu gefallen so zu reden. In ihrer Zeit hatten sie alle bloß als Freak bezeichnet, wenn sie erzählte, dass sie am liebsten die Sprache Austens und Dickens wieder einführen würde. Dabei klang sie einfach so schön, galant und wohlerzogen. Genervt legte George den Brief auf den Tisch, sodass Tessa einen Blick auf den Absender erhaschen konnte.

„Sir Walter und Lady Charlotte Babington?", fragte sie skeptisch. Noch niemals hatte sie von diesen Namen gehört.

„Diese furchtbare Klatschtante! Sie muss irgendwie herausgefunden haben, dass wir wieder in London sind". Tessa schob sich den letzten Bissen Scone in den Mund und tupfte sich diesen ladylike mit dem weißen Tuch zu ihrer Linken ab. „Aber Ich bin doch das allererste Mal seit... langem wieder hier. Habt Ihr sie in der Zwischenzeit allein getroffen?", fragte Tessa vorsichtig. George stellte seufzend seine Teetasse ab. „Ich war oft mit ihrem Mann im

Gentlemen 's Club auf einen Whisky, da hat er seine Frau erwähnt. Ich wiederum habe Euch erwähnt und so muss er es seiner Frau erzählt haben, denn seitdem hängt sie mir nur noch in den Ohren, wann genau sie uns denn zusammen mal zur Abendgesellschaft einladen könnte." Tessa musste kichern bei dem Gedanken. Sie stellte sich Lady Charlotte als in die Jahre gekommene, grauhaarige und redenslustige Frau vor. Eine Mrs Bennet aus *Stolz und Vorurteil*.

„Jetzt jedenfalls wurden wir zu einer Soiree in ihrem Anwesen für morgen Abend eingeladen. Ich werde noch heute absagen", beschloss er und zuckte mit den Schultern, doch Tessa schüttelte wild den Kopf.

„Aber überlegt doch nur wie wundervoll es sein kann neue Bekanntschaften zu machen." Während sie diesen Satz sagte, sah sie George so lange an, bis er verstand, was sie meinte. Um herauszufinden, wer in ihrer Mission verdächtig sein könnte, mussten sie so viele Menschen wie nur möglich kennenlernen. „Ah", machte George und lächelte breit, „Ihr habt ja so recht, meine Liebste! Wie konnte ich neue Bekanntschaften nur so leichtfertig ausschlagen."

Sie hatten ihren Tee viel zu spät eingenommen, das wussten sie, jedenfalls waren sie auch zwei Stunden danach noch mehr als gesättigt von all den süßen Leckereien und beschlossen das Abendessen auszusetzen. Als Tessa in ihrem Umkleideraum angelangt war, sah sie die kleine Silberne Glocke, zog an der Schnur und erschrak ein wenig als bloß zwei Minuten später Jane eintrat und vor ihr knickste.

„Hallo, Jane", sagte Tessa liebevoll. „Würden Sie mir beim Umkleiden in mein Nachtgewand helfen?". Jane lächelte und begann Tessas Oberteil aufzuknöpfen, doch es fühlte sich so an, als hatte sie ein wenig Schwierigkeiten damit. Tessa räusperte sich. „Ist alles in Ordnung, Jane?" Das Mädchen lächelte verkrampft.

„Es ist nur, ich möchte keinesfalls unhöflich zu Mylady sein, aber das Mieder wurde derart falsch geschnürt, dass ich einige Zeit brauche es aufzuschnüren." Tessa errötete und lachte leise.

„Ich fürchte das ist meine Schuld. Heute Morgen hatte ich keine Zofe, die mir beim Ankleiden helfen konnte und so habe ich mich selbst geschnürt". Jane machte weite Augen, lachte jedoch dann selbst.

„Oh, Ihr müsst Euch die Finger verknotet haben!", bemerkte sie mitleidig und hatte Tessa binnen weniger Minuten aus ihrem Korsett befreit. Gierig sog sie die Luft ein.

„Mylady haben eine sehr wohlgeformte Figur. Viele Frauen würden Euch für diese Taille beneiden". Tessa, die sich immer bloß als plump und unscheinbar wahrgenommen hatte, fühlte sich beinahe geschmeichelt. Jane nahm die Klammern aus Tessas Haaren und warf dann einen skeptischen Blick auf ihre Länge. Tessa berührte die dicken, widerspenstigen Haare, welche kaum über ihre Schultern reichten und lächelte verlegen.

„Ich habe sie geschnitten. Das ist jetzt sehr in Mode in... Australien. Da ist man viel unterwegs und es ist sehr warm, langes Haar wäre nur lästig", versuchte sie sich zu rechtfertigen. Jane sah sie verwundert an. „Sie gefallen mir! Lässt sich nur fragen, wie wir sie frisieren...", stirn-runzelnd wog sie den Kopf hin und her. „Aber das be-komme Ich schon hin. Meine vorige Herrin war bereits sehr in die Jahre gekommen, aber auch ihr lichtes Haar habe ich zu ganz entzückenden Türmen frisieren kön-nen." Tessa lächelte und staunte darüber, wie redselig Jane war, gar nicht mehr das schüchterne und zurückhal-tende Mädchen aus dem Salon.

„Habt Ihr auch eure Brille aus Australien mitge-bracht?", fragte sie in Tessas Gedanken herein. Unsicher griff sie sich an ihr, braunes Gestell. Beinahe hätte sie die Brille ganz vergessen.

„Ja, ganz genau", stieß sie deshalb hervor. „Ich bin praktisch blind ohne Sehhilfe, deshalb habe ich mir dort eine Spezialanfertigung machen lassen. Australier sind sehr talentiert in solchen Dingen." Jane war sichtlich be-friedigt von Tessas Erklärung und letztere war erleichtert, dass das Dienstmädchen nicht mehr Fragen stellte.

Als Tessa, nur in das leichte, weiße Nachtgewand ge-hüllt, ins Schlafzimmer eintrat, freute sie sich bereits ihre Beine im großen Bett ausstrecken zu können. Es war noch völlig unberührt, die Kissen kunstvoll drapiert und die bordeauxroten Vorhänge gebündelt mit einer goldenen Schnur zusammengehalten. Tessa nahm einen tiefen, ge-nussvollen Atemzug, als sie den Morgenmantel an der Taille zuschnürte, und ließ sich auf das Bett fallen. Ein rie-siges Schlafgemach nur für sie allein! Doch gerade, als sie noch mehr darüber nachdenken wollte, auf welche Weise sie sich in diesem gigantischen Bett breitmachen und den Platz voll ausnutzen könnte, ging die Tür auf und Tessa schrak auf.

„Ich bin es nur", sagte George kauend und starrte sie an, bevor er in schallendes Gelächter ausbrach. „Wie siehst du denn aus?". Tessa versuchte sich trotz des Morgenmantels mit der Decke zu bedecken und presste die Lippen aufeinander.

„Sagt der Mann mit den Aladdin-Schuhen!" George sah an sich herunter. „Die sind echt superbequem und absolut flauschig. Ich sollte darüber nachdenken mir ein paar Hausschuhe für die Gondel zu besorgen! Teilweise verbringe ich Monate darin und habe bisher noch nie darüber nachgedacht, warum meine Füße immer kalt sind." Tessa sah ihn mit einer halb wütenden, halb grübelnden Miene an. „Was tust du hier, George?!", stieß sie hervor. Dieser starrte fragend zurück.

„Wo soll ich denn sonst schlafen, Kronleuchterkopf?". Tessa rollte die Augen. Jane hatte ihre Haare auf gefühlt tausend einzelne Tuchstücke aufgedreht, damit sie morgen prachtvolle Locken hatte.

„Das ist mein Gemach", entgegnete sie und kreuzte die Arme vor der Brust.

„Wir sind verheiratet, schon vergessen?", George zog die lächerlich aussehende Schlafmütze vom Kopf und legte sie auf den Sessel. Den Morgenmantel behielt er an, denn, wie Tessa bereits vermutet hatte, trug auch er bloß ein weißes Nachtgewand darunter. „Aber ich habe Tonnen historischer Verfilmungen gesehen, und immer schliefen die Ehepaare in getrennten Schlafzimmern!", argumentierte Tessa, die sich bereits überaus auf ihr eigenes Zimmer gefreut hatte.

„Wir sind aber weder fünfzig Jahre alt, noch bin ich ein Adeliger von königlichem Blut, der zehn Mätressen hat. Schlafen wir getrennt, denken die Bediensteten wir hätten ernsthafte Probleme in unserer Ehe, das wäre ein Skandal, der sofort die Runde machen würde und wir müssen so wenig Aufmerksamkeit wie möglich auf uns ziehen, ansonsten könnten wir dem Zeitreisenden auch sofort ein Schild vor die Nase hängen, auf dem draufsteht: *„Wir wollen deine Sabotage verhindern!"*. Tessa brummte zustimmend, denn sie wusste, dass er recht hatte. Aus war der Traum vom eigenen Schlafgemach und einer Menge Privatsphäre. Widerwillig rutschte sie ein Stück zur Seite und machte George Platz.

„Also... morgen wird ein aufregender Tag", kündigte er vielversprechend an. „Inwiefern?", Tessa klopfte auf ihr Kopfkissen ein, um es gemütlicher und weicher zu machen. Als sie es jedoch zum zehnten Mal versuchte und sich zur Probe darauf fallen ließ, war es immer noch als hätte sie einen Backstein im Nacken.

„Ich meine die Soiree! Unser erster gemeinsamer Auftritt vor Adeligen in der Vergangenheit, das ist so aufregend." Er hörte sich weitaus enthusiastischer an, als Tessa sich fühlte. „Freust du dich nicht?", fragte er auf einmal und musterte sie aufmerksam. Tessa brachte ein müdes Lächeln zustande und nickte dann.

„Doch, natürlich. Ich habe bloß auch ein bisschen Angst." George lachte und schüttelte den Kopf. „Blödsinn, wovor denn?", fragte er, als sei allein schon die Erwägung Angst zu verspüren absolut schwachsinnig. Tessa nahm tief Luft und bekam feuchte Hände.

„Vor dem Versagen", gab sie schließlich mit zusammengepressten Augen zu. Es hatte sie eine gewaltige Überwindung gekostet, George ihre Angst zu gestehen. Doch dieser lächelte sie bloß sanft an.

„Selbst wenn es so kommen sollte, und das glaube ich nicht, aber selbst, wenn, dann wäre das überhaupt nicht schlimm. Ich habe sehr oft und sehr gravierend versagt, wenn man es überhaupt so nennen kann, denn zu versagen ist meiner Meinung nach keinesfalls negativ. Jeder Mensch versagt ab und zu und das ist auch völlig normal. Stell dir mal vor die Menschen würden aufhören zu versagen und ihnen würde alles gelingen, was sie sich vornehmen. Was das für unglaubliche Folgen hätte!" So hatte Tessa noch nie über darüber nachgedacht. Sie bekam plötzlich einen völlig anderen Blickwinkel auf die Sache und lächelte zaghaft. „Wahrscheinlich schon", bestätigte sie. „Stell dir mal vor Hitler wären alle seine Ziele gelungen. Oder Napoleon hätte England eingenommen!". George lachte.

„Dann hätten alle Engländer jetzt einen furchtbaren französischen Akzent. Frenglisch sozusagen". Tessa hob die Augenbrauen und schüttelte den Kopf.

„Die Vorstellungen finde ich gerade tatsächlich gruseliger, als meine Angst vor den feinen Leuten morgen nicht glänzen zu können."

„Siehst Du, ich rufe gerne Albträume hervor." Tessa fühlte sich sehr viel leichter, als wäre ein unglaublich großer Ballast von ihrer Seele abgefallen.

„Danke", sagte sie schließlich und meinte es auch aufrichtig.

„Alles hat einen Grund, das erwähne ich immer wieder. Auch das Versagen hat einen Grund und oftmals verhindert Versagen sogar große Katastrophen. Das heißt, wenn man es so überlegt, schützt Versagen vor den größten Fehlern der Menschheit. Im Prinzip ist es somit eher eine Wohltat ab und an zu versagen." Tessa schmunzelte. Ob es sie vor einer riesigen Katastrophe namens Oxford geschützt hatte, wenn sie in der Abschlussprüfung versagt hätte? Schuldbewusst biss sie sich auf die Unterlippe.

„Also dann... wir sollten schlafen gehen", beschloss George und pustete die Kerze auf dem Nachtschränkchen aus. Die Dunkelheit breitete sich um sie herum aus, und es kam Tessa vor, als wenn sie noch nie zuvor in ihrem Leben so davon umgeben gewesen wäre. Es war eine Dunkelheit, wie man sie nur in der Vergangenheit finden konnte, eine Dunkelheit befreit von künstlichen Lichteinflüssen der Zukunft. Keine Autolichter, keine Straßenlaternen, einfach nur reine Dunkelheit. Tessa kam sie ein wenig angsteinflößend vor, also nahm sie sich die Decke und riss sie bis unter die Nase. Dann drehte sie sich auf die Seite und schloss erstmals die Augen. Nach ein paar Minuten hörte sie George laut seufzen.

„Ein Problem haben wir allerdings", bemerkte er leise. Tessa richtete ihren Kopf auf.

„Was denn?". George setzte sich neben ihr auf. „Wir haben nur eine Decke".

DIE SOIREE

Als Tessa am nächsten Morgen aufwachte, fühlte sie sich, als hätte sie die letzten zehn Jahre ihres Lebens auf hartem Asphalt schlafen müssen. Das Kissen lag ihr wie ein Backstein im Nacken und bei der kleinsten Bewegung schmerzten ihre Glieder. Ein helles Licht durchflutete den Raum und riss sie endgültig aus dem Schlaf. Verrückt wie schnell man Dinge aus seiner eigenen Zeit vermisste, sobald sie nicht mehr da waren. Elektrische, abdunkelnde Rollläden zum Beispiel. Tessa versuchte sich aufzurichten. Immerhin war es unter ihrer Decke wohlig warm und die Decke samtweich. Sie kratzte kein bisschen, so wie es Tessa von Decken aus dem 19. Jahrhundert erwartet hätte. George hatte anscheinend bloß in das Beste investiert. Auf einmal schlug Tessa die Augen auf und erinnerte sich daran, dass eben dieser mit ihr in einem Bett geschlafen hatte. Erschrocken drehte sie ihren Kopf und zuckte augenblicklich bei dem Schmerz, den diese Bewegung hervorrief zusammen. Diese verfluchten

Nackenprobleme! Aber neben ihr lag niemand, die Bettseite war kalt und verlassen. Müde rieb sie sich über die noch schlaffen Augenlider und streckte sich. Was eine Nacht! Mal abgesehen von den seltsamen Träumen, hätte sie niemals geglaubt eine derartige, absolute Stille könnte sie so sehr am Schlafen hindern. Doch die Stille und die Dunkelheit waren so ausgeprägt, dass Tessa sie bereits als lästig empfunden hatte. Sogar Georges leises Schnarchen, welches im Normalfalle kaum hörbar gewesen wäre, hatte sie beinahe wahnsinnig gemacht, bis sie irgendwann schließlich in einen halbwegs tiefen Schlaf gefallen war. Tessa sah sich um und läutete die Dienstbotenglocke neben ihrem Bett. Sie stieg aus den warmen Decken und bibberte vor lauter Kälte in diesem frostigen Zimmer. Als sie gerade daran dachte, die Heizung aufzudrehen, viel sie ein, dass es noch überhaupt keine elektrischen Heizungen gab, und zum allerersten Mal sehnte sie sich nach der lauwarmen Fußbodenheizung in ihrem Badezimmer zu Hause. *Zu Hause.* Bei dem Gedanken zog sich etwas in ihrer Brust zusammen. Hatte ihre Mutter bereits nach ihr suchen lassen? Was war mit Finn und den anderen, hatten sie bemerkt, dass sie während der Klausur verschwunden war, oder stand die Zeit bei ihr zu Hause gerade völlig still, als wäre sie eingefroren? Tessa hatte sich gerade in ihre Pantoffel und ihren Morgenmantel geschält, da ging die Tür auf und geisterhaft schwebte Jane hinein.

„Guten Morgen, Mylady! Ich hoffe Ihr hattet einen erholsamen und angenehmen Schlaf." Sie senkte unterwürfig den Kopf und lächelte zaghaft zurück, nachdem Tessa ihr angedeutet hatte sich zu erheben.

„Er war zwar nicht angenehm, aber durchaus erholsam, nach all dem Reisestress in den letzten Tagen", gestand Tessa. „Ist eure Lordschaft bereits unten im Salon?" Jane nickte eifrig.

„Er kam schon in den frühen Morgenstunden herunter und hat sich um den Stapel Post gekümmert, Mylady." Tessa hob die Augenbrauen.

„In den frühen Morgenstunden? Wieviel Uhr haben wir denn?". Jane lächelte wohlwollend.

„Der Kirchturm hat bereits zur vierzehnten Stunde geschlagen, doch ich ging davon aus, dass ihre Ladyschaft derart erschöpft seien, dass ich Euch schlafen ließ. Ihr habt eine anstrengende Reise hinter Euch." Tessa legte die Hände auf Janes Schultern und nickte.

„Das war sehr umsichtig von Ihnen, Jane, ich danke Ihnen. Jetzt würde ich jedoch gerne etwas frühstücken." Jane faltete die Hände hinter ihrem Rücken und senkte den Kopf. „Selbstverständlich, Mylady, ich werde mich augenblicklich um die Morgentoilette kümmern." Jane stürmte aus dem Zimmer und bereitete alles mit Bedacht vor. Nach wenigen Minuten kam sie mit einer Schüssel warmgekochtem Wasser zurück, die sie sorgfältig auf der Frisierkommode abstellte und einen weißen Lappen hineingleiten ließ. Danach legte sie Kamm, frisierklammern und Gesichtspuder hin und ging zu Tessas Garderobe.

„Welches Tageskleid wollen Mylady anziehen?",

fragte sie und öffnete die Flügeltüren des hölzernen Schrankes. „Habe ich denn so viele?", fragte Tessa verwundert und wurde augenblicklich eines Besseren überzeugt, als Jane ihr die wahre Kleiderpracht in der Garderobe präsentierte.

„Ich denke da wird sich doch sicherlich ein hübsches finden lassen", versicherte Jane mit einem zaghaften Lächeln, „Eure Lordschaft höchst persönlich hat sogar ein weiteres Kleid in Auftrag für Mylady geben lassen, aufgrund der Soiree heute Abend. Ich werde es selbst heute Nachmittag bei der Schneiderin abholen lassen und wäre Mylady sehr verbunden, wenn sie mitkäme, um es vor Ort direkt anzuprobieren und gegebenenfalls abändern zu lassen". Tessa stutzte. Wie hatte George all das in dieser kurzen Zeit geschafft? *Mit seiner Zeitmaschine,* dachte Tessa und musste schmunzeln, als Jane sie bat an der Frisierkommode Platz zu nehmen.

„Wie möchten sie ihre Haare frisiert bekommen, Mylady, habt Ihr besondere Vorstellungen?" Tessa seufzte.

„Wenn Sie auch nur eine halbwegs passable Frisur aus dem buschigen Schlamassel zaubern, wäre ich Ihnen schon mehr als verbunden, Jane". Diese kicherte und fuhr mit den Fingern durch Tessas dichtes Haar.

„Ihr habt wunderbare Locken, die müssen wir nicht einmal mit einem Brenneisen erhitzen! Außerdem haben die Papilloten herrliches Haar gezaubert. Ich werde Euch eine Frisur zaubern, wie sie die Königin selbst gerne trägt, das ist absolute á la Mode." Tessa ermutigte Jane mit einem verzückten Nicken. Zuerst zog sie sowohl

Morgenmantel als auch Nachthemd aus und ließ sich von Jane waschen, was sie irgendwie als seltsam empfand, jedoch auch wusste, dass dies nun mal zur Etikette einer gehobeneren Frau gehörte und Jane sich eher beleidigt fühlen würde, lehnte Tessa das Angebot ab. Sie fror unglaublich, weshalb Jane sich sehr zu beeilen schien. Aus einem kleinen Glasfläschchen tröpfelte Jane eine Tinktur auf Tessas Haut, die herrlich nach Rosen und Lavendel roch und als Parfum diente. Danach half sie Tessa in Unterhosen und Hemdkleid, bevor sie das Korsett holte und anfing es am Rücken zu schnüren. Tessa hielt die Luft an, merkte jedoch, dass sie das gar nicht brauchte. Entgegen ihren Erwartungen tat das Korsett weder weh, noch schnürte es ihr die Luft ab. Im Gegenteil, sie fühlte sich pudelwohl und als sie fertig geschnürt war, hob Jane den Petticoat über ihren Kopf und band ihn an der Taille fest. Darüber kam ein samtgrüner, weitausgestellter Rock und das dazugehörige Oberteil mit leichten Puffärmeln, aber wundervollem, runden Ausschnitt. Die Haare bekam Tessa zu einem Seitenscheitel gezogen und hinten zu einer Lockenpracht zusammengebunden. Danach arbeitete Jane viele kleine Blüten in die Haare ein, und zauberte Tessa damit eine majestätisch aussehende Blumenkrone. Da es sehr wenig kosmetische Produkte zur Auswahl gab, bepuderte Jane Tessas Gesicht leicht und malte ihr mit einer schmalzigen Substanz etwas Röte auf die Lippen. Es sollte alles sehr minimalistisch wirken, denn das viktorianische Schönheitsideal war die ungeschminkte Natürlichkeit. „Gefällt es Euch, Mylady?", fragte Jane unsicher.

„Sehe ich denn gut aus?", erwiderte Tessa mit einem Strahlen auf den Lippen. Jane beantwortete die Frage mit einem strahlenden Nicken.

„Ihr seht wundervoll aus, ganz bezaubernd. Ein Jammer, dass es bloß euer Tageskleid ist und Ihr Euch für die Soiree heute Abend noch einmal umkleiden müsst. Doch was sage ich da überhaupt, Ihr werdet noch tausendmal wundervoller aussehen! Wartet nur, bis Ihr Euer Kleid seht Mylady." Tessa wurde augenblicklich neugierig. Wenn sie sich schon jetzt fühlte, wie eine wahrhaftige Königin, wie konnte dieses Gefühl ernsthaft noch getoppt werden?

Eine Stunde später schritt Tessa die lange, hölzerne Wendeltreppe hinunter und hörte bereits Georges quirlige Stimme aus dem Salon. Sie trat ein und setzte sich ihm gegenüber an die lange Tafel, auf der bereits Gebäck und Marmelade serviert waren. „Guten Morgen", sprach sie George an und erhoffte sich ein Kompliment oder ähnliches von ihm, er sah jedoch nicht einmal auf, sondern biss von seinem Brot ab und nickte.

„Habt Ihr gut geschlafen?", fragte sie deshalb, denn Matthew war auch anwesend. George klopfte sich die Krümel von den Händen ab, sah endlich auf, und lächelte Tessa freundlich an.

„Sehr sogar, auch wenn ich ab und zu gefroren habe. Wir sollten die Öfen langsam beheizen, Matthew", sagte er deshalb. „Jawohl, Mylord", bestätigte dieser mit einem Kopfnicken und verschwand dann aus dem Salon. George holte tief Luft und lächelte verzwickt, als wollte er etwas sagen, wurde aber daran gehindert.

„Heute Nachmittag werde ich mit Jane zu der Schneiderin gehen, um mein Kleid nochmal anpassen zu lassen", begann sie das Gespräch. George nickte schnell.

„Oh ja, gut, dass sie es noch einmal angesprochen hat, ich hätte es wahrscheinlich vergessen zu erwähnen, doch ich hatte das Kleid schon vor geraumer Zeit in Auftrag gegeben." Bevor Tessa ihn fragend ansehen konnte, seufzte er laut und legte die Zeitung beiseite.

„Freut Ihr Euch bereits auf die Soiree heute Abend? Ich habe gehört die Abendgesellschaften im Hause Babington sollen stets mit viel Tanz, Trunk und Konversationen verbunden sein". Tessa nahm einen Schluck Tee und setzte die Tasse galant wie eine Fürstin ab. „Selbstverständlich freue ich mich. So viele Monate unter Wilden, da habe ich die britische Zivilisation unglaublich vermisst. Was werdet Ihr heute machen, solange ich mit Jane in der Stadt bin?", fragte Tessa. George zuckte mit den Schultern.

„Ich denke ich werde einige alte Bekannte besuchen und kundschaften, was sich in der Zeit meiner Abwesenheit alles in London verändert hat." Tessa wusste sofort, was er meinte. Natürlich musste er versuchen neue Erkenntnisse über die Verschwörung, und ein paar Namen in Erfahrung zu bringen. Sie nickte ihm zustimmend zu und fragte schließlich: „Gibt es etwas ganz Wichtiges, dass ich über Lady Charlotte wissen müsste? Ich meine nur im Falle eines zu besorgenden Präsentes natürlich. Ich möchte mich nicht blamieren, indem ich ihr etwas zukommen lasse, dass ihrem Geschmack in jeder Hinsicht missfällt." George verstand und hob erfreut eine Augenbraue.

„Nein, sie ist mit allem zufrieden, was der Mode entspricht."

„Es wird Euch unglaublich gut stehen", versicherte Jane, als sie sich gemeinsam auf den Weg machten. Tessa hatte sich ein warmes Cape um die Schultern gelegt, und darauf bestanden mit Jane zu Fuß zu gehen, anstatt die Droschke zu nehmen, die er für sie bereitgestellt hatte. Tessa wollte nicht schon wieder in ein ungemütliches, ratterndes Gefährt klettern, wenn der Weg zu Fuß absolut passabel zu bestreiten war. Außerdem wollte sie etwas von der Gegend um sich herum sehen. Es war ein milder Herbsttag, die Bäume hatten schon viele ihrer goldenen Kronen abgeworfen und so lagen die matschigen Alleen voll mit farbprächtigen Blättern. Jane ging gezähmt und wie eine überaus sittliche junge Damit neben Tessa her. Doch diese hatte zu viel Spaß und war zu verzückt von alldem, als hätte sie es mit Sittenhaftigkeit überspielen können. Tessa lachte und kickte die Blätter vor sich her, was bewirkte, dass Jane sie so erschrocken ansah, dass Tessa von diesem Gesicht gerne ein Foto gemacht hätte.

„Mylady", bemerkte Jane erschrocken, „Seht nur, der Herr dort drüben sieht uns schon gänzlich verwirrt an, nicht, dass er Euch nachher in das Irrenhaus schicken lässt!". Tessa folgte Janes Blick und erspähte einen jungen, hochgewachsenen Mann mit schwarzem, lockigem Haar. Er sah amüsiert zu Tessa herüber und erwiderte ganz bewusst ihren Blick. Dieser Schuft! Was fiel ihm ein, sie so provokant anzusehen, nur weil sie ein paar Blätter vor sich her getreten und laut gelacht hatte? Spaß haben war anscheinend verboten. Tessa hakte sich bei Jane unter, hob das Kinn und schritt ganz stolz an diesem Herrn vorbei.

„Guten Tag, die Ladies", bemerkte er amüsiert, doch Tessa antwortete bloß mit einem pikierten: „Guten Tag, Sir!". Dann gingen sie ganz gesittet weiter, ohne sich noch einmal umzudrehen, obwohl Tessa es noch gerne einmal getan hätte, denn dieser junge Mann kam ihr auf eine sehr seltsame Art und Weise bekannt vor.

Als sie den Laden der Schneiderin betraten, stieß Tessa ein sehr penetranter Lavendelgeruch in die Nase.

„Einen kleinen Moment bitte!", flötete es aus dem Hinterzimmer. Tessa und Jane warteten einen kleinen Moment, bis eine große, schlanke Frau mittleren Alters heraustrat und sie mit strahlendem Lächeln empfing.

„Ihr müsst Lady Tess Thomas sein", bemerkte die Schneiderin, „Euer Gemahl hat schon vor einiger Zeit ein Kleid bei mir in Auftrag gegeben, ein Prachtstück, ich hoffe sehr, es sagt Ihnen zu. Er hat einen äußerst exquisiten Geschmack, Euer Ehegatte! Sehr à la Mode." Die Schneiderin lief in das Nebenzimmer und brachte eine riesige Schachtel mit sich.

„Ich denke es sollte Euch passen, jedenfalls hat Sir

George mir genaue Maße durchgegeben. Wäre es Euch dennoch lieber, es sofort hier anzuprobieren, sodass wir es gegebenenfalls nochmal umändern können?" Tessa hatte schon bei ihrer vorherigen Bemerkung gestutzt. Woher wusste George ihre Maße? Hatte er sie irgendwann heimlich im Schlaf ausgemessen? *Wie gruselig*, dachte Tessa, hielt es jedoch für unwahrscheinlich. Es musste definitiv eine andere Möglichkeit geben.

„Nein, das passt so, ich danke Ihnen vielmals. Wir nehmen es einfach so mit", entschied Tessa und nahm das Paket aus den langen, schlanken Fingern der Schneiderin, an deren Kuppen sie mehre winzig kleine Flecken entdeckte, wahrscheinlich von der vielen Nadelarbeit.

„Ich hoffe es gefällt Euch, aber wenn ich Euch so vor mir stehen sehe, kann ich nur bestätigen, dass es majestätisch an Euch aussehen wird. Bezahlt hat Euer Gatte schon." Tessa und Jane schenkten ihr ein freundliches Lächeln und verließen dann den Laden, während der prägnante Lavendelgeruch nun an ihrer Kleidung haftete.

George richtete sich im Sessel auf, um seinem Gegenüber besser beobachten zu können.

„Wenn Ihr den nächsten Zug clever wählt, könnt Ihr die Partie für Euch entscheiden.", schlussfolgerte der grauhaarige Mann ihm gegenüber.

„Ich hatte gehofft es noch etwas in die Länge zu ziehen, um weiterhin Konversationen führen zu können", gestand George und setzte einen Bauer auf ein anderes Feld. „Nun denn, lassen Sie mich lieber gewinnen, als die

Konversation nach der Partie weiter fortzusetzen?", der Alte führte einen fantastischen Zug aus.

„Schach-Matt", sagte er bestimmt. George seufzte theatralisch und ließ sich in den Sessel sinken.

„Sie haben Ihre Strategie verloren, junger Freund. Letztens haben Sie mich noch vernichtend schlagen können, doch jetzt, führen Sie ihre Züge aus wie ein liebeskranker Narr. Was hat Ihnen derartig den Handlungssinn genommen?". George spielte mit seinen Fingern, verschränkte Sie ineinander und legte sie dann ruhig auf seinen Schoß.

„Ich fürchte ein paar Vorkommnisse in der Stadt lassen mich etwas unruhig werden". Der Alte sah ihn verständnislos an.

„Sehen Sie, in London wird das Klima zunehmend unruhig und ich habe Sorge es könnte noch weiter umschlagen. Die junge Königin wird doch vollständig vereinnahmt, davon mal abgesehen, dass die Leute so gnadenlos kritisch mit ihr sind. Sie ist doch noch so jung." Der Alte funkelte ihn an und hob skeptisch eine Augenbraue.

„Ich wusste nicht, dass Sie sich für die Monarchie interessieren, George. Schon gar nicht für das Schicksal eines jungen, dummen Mädchens."

„Ein Mädchen, das ganz zufällig Ihre Königin ist", erwiderte George, wurde jedoch zäh unterbrochen.

„Und drauf und dran ist das Land, das ich als Heimat bezeichne, das Land meiner Vorfahren, dessen Bevölkerung, Geschichte und Tradition aufgrund jugendlicher Dummheiten in den Ruin und in die Schande zu führen". George lehnte sich mit einem skeptischen

Grinsen vor. „Mein guter Freund Baron, solche Äußerungen könnten Sie Ihr Leben kosten. Sie sollten vorsichtiger damit umgehen." Der Baron zog empört die Mundwinkel herunter.

„Ein Leben, dass ich in einem Land führen muss, welches von einem deutschen Prinzen regiert wird, ist für mich mehr Schande als Leben. Ich bin ein Baron, meine Familie hat Jahrhunderte lange britische Tradition im Blut. Wir lassen uns nichts sagen von diesem deutschen Jüngling." George sah ihn eindringlich an.

„Ich kann Ihnen nur raten Baron, machen Sie Sich nicht verdächtig. Nachher denkt man noch Sie könnten einen Komplott im Schilde führen". Einen Moment lang blickte George ihm eiskalt in die Augen und eine frostige Atmosphäre breitete sich um ihn und den Baron herum aus. Sie kannten sich schon seit längerer Zeit, der Baron war es gewesen, der George half, das Anwesen in Kensington zu erwerben und ihm einen Namen innerhalb der Londoner Gesellschaft zu verschaffen. George hatte schon immer die eher kritische Einstellung des Barons gegenüber der jungen Victoria bemerkt, jedoch nie ernsthafte Absichten dahinter gesehen. Er war eben wie die meisten des Adelsstandes, nicht sehr begeistert von der Idee das Land von einem derart jungen Mädchen regieren zu lassen, das keinerlei Erfahrung auf irgendeinem Gebiet hat, das wichtig sein könnte, um ein Land zu wahrer Größe zu verhelfen. Jetzt jedoch, als er dort saß und seinem engen Freund in die Augen blickte, war er sich nicht mehr sicher. Konnte der Baron etwas im Schilde führen? Eine Armee von Rebellen leiten? George fixierte ihn ein letztes Mal und lachte dann laut.

„Ach kommen Sie, Baron, lassen Sie uns noch eine Partie spielen, man weiß nie, wann man das nächste Mal zusammenkommt! Ich besorge uns noch einen guten Brandy und dieses Mal wird keine Konversation der Partie im Wege stehen." George zwinkerte, nahm galant ihre Gläser und stand damit auf. Der Baron war noch nicht völlig überzeugt, das konnte George ihm ansehen, doch auch er verzog seine Lippen zu einem Lächeln und ließ sich dann schließlich seufzend in den Sessel sinken. George zwinkerte ihm ein wenig provokant zu und besorgte zwei weitere Gläser Brandy. Als er an der Theke ankam, schüttete er dem Baron einen guten Schluck ein, und verdünnte den eigenen mit reichlich Wasser. Alkohol lockerte so manche Zunge, weshalb George ihn unter Anderem eigentlich ablehnte, aber auch kam oft unter Alkoholkonsum die Wahrheit zu Tage, nach der viele bereits gesucht hatten. Mit beiden Gläsern kehrte er an den Tisch zurück, an dem der Baron bereits darauf wartete, den ersten Zug zu starten, der oft bereits die Partie und deren Ausgang bestimmte.

Tessa und Jane kehrten nach dem langen, doch sehr angenehmen Spaziergang zurück und merkten, wie herrlich es sein konnte, an der frischen Luft zu sein.

„Ich bringe Euer Kleid nach oben in Euer Gemach und bereite schon die Abendtoilette vor, bevor ich mich in die Küche begebe, um den Nachmittagstee anzurichten, wenn es Euch recht ist, Mylady". Tessa lachte fröhlich und nahm das Cape von ihren Schultern. „Nehmen Sie sich ruhig genug Zeit, Jane, es wird so oder so noch etwas dauern, bis Sir George zurückgekehrt ist. Ich würde den Tee gerne mit ihm zusammen einnehmen. Bis dahin gehe ich hinauf und werde etwas lesen." Jane knickste und lief die Wendeltreppe hinauf, das Paket mit Kleid unter ihrem Arm. Tessa nahm einen tiefen Atemzug. Auf einmal war alles ganz still um sie herum, lediglich das Ticken der großen Standuhr im Flur durchbrach die Stille und schien von Sekunde zu Sekunde lauter zu werden. Tessa beschloss sich ein Buch aus der Bibliothek zu nehmen und sich dann vor den Kamin, den Matthew während ihrer Abwesenheit angezündet hatte, in den Salon zu setzen und sich beim Lesen die wohlige Wärme ins Gesicht fallen zu lassen. Gerade wollte sie aufstehen und hochgehen, da nahm sie hinter sich ein Geräusch wahr und erstarrte in ihrer Bewegung. „Matthew?", fragte sie in die Stille hinein, doch sie erhielt keine Antwort. „Jane?", rief sie erneut, bekam aber wieder keine Rückmeldung. Erst nach einigen Augenblicken hörte Tessa Janes schnelle Schritte im Flur.

„Eure Ladyschaft haben nach mir gerufen?", fragte sie gehetzt, doch Tessa schüttelte ihren Kopf.

„Verzeihen Sie, Jane, es war lediglich ein Irrtum. Ich dachte etwas gehört zu haben." Jane sah Tessa eindringlich an.

„Das kommt ab und zu schonmal vor in diesem Haus. Auch Matthew und ich haben es oft gehört, ein Geräusch aus dem Nichts und dann, nach einem sehr kurzen Augenblick, ist es, als wäre nie etwas gewesen." Tessa schluckte und sah noch einmal über ihre Schulter, um sich zu vergewissern, dass auch wirklich niemand dort war. Sie spürte es im Nacken, irgendetwas war dort.

„Jane, wer hat eigentlich vorher in diesem Haus gewohnt?", fragte Tessa und knetete nervös ihre Hände. Jane zuckte mit den Schultern.

„Ich weiß es nicht, Mylady. Matthew und ich haben beide vorher in anderen Haushalten gedient." Tessa nickte.

„Gut, ich werde Sir George fragen, er wird es wahrscheinlich wissen." Als hätte sie einen Geist heraufbeschworen ging in genau diesem Moment die Tür auf

„Guten Tag!" Anscheinend bestens gelaunt, kam George herein und erstarrte, als er Tessa sah. „Ihr seht aus, als hättet Ihr einen Geist gesehen, meine Liebe Lady Tess", stellte er fest und machte einen Schritt auf sie zu.

„Was? Oh nein", Tessa schüttelte nicht sehr authentisch den Kopf und lächelte ihn an. „Ich dachte bloß ich hätte etwas gehört".

Eine Stunde später saßen sie gemeinsam an der Tafel im Salon und nahmen ihren Tee ein. Mehr war heute nicht nötig gewesen, da sie gemeinsam bei den Babingtons dinieren würden. „Sagt, mein Liebster", begann Tessa und blickte auf zu George. „Wer hat vorher in diesem Haus gelebt, bevor Sie das Grundstück für uns erworben haben?" George hörte auf zu essen und erwiderte ihren eindringlichen Blick mit seinen grünen Augen.

„Ich weiß es nicht genau, muss ich gestehen. Aber ich werde es schnellstmöglich für Euch in Erfahrung bringen, sollte dies Euer Wunsch sein, meine Liebste". Tessa lächelte ihm zu und nickte. George warf einen raschen Blick auf die Standuhr und öffnete erschrocken seine Augen.

„Was so spät schon, da brat mir doch einer einen-",

„Ähem", machte Tessa zurechtweisend. George schnalzte mit der Zunge. „Man wird doch wohl in seinem eigenen Haus noch fluchen dürfen!". Er stand auf und richtete seine Fliege. „Matthew! Es wird Zeit fürs Umkleiden, sonst kommen wir noch zu spät zu der Soiree, und das würde ganz und gar kein gutes Licht auf uns werfen." Matthew betrat den Saal und verbeugte sich.

„Sehr wohl, Mylord. Ich habe ihren Frack bereits hergerichtet." George nickte anerkennend.

„Sehr löblich. Wir sehen uns dann später, meine Liebe", sagte er und verließ dann zusammen mit Matthew den Saal. Tessa schnaubte und trommelte mit den Fingern auf den Tisch. Der Hunger nach Scones war ihr deutlich vergangen. Was war das nur für ein Geräusch gewesen? Vielleicht hatten einfach die Holzdielen geknackst? Nein, das hörte sich völlig anders an, sie kannte das Geräusch arbeitenden Holzes aus ihrem Zimmer. *Dieses* Geräusch ging Tessa nicht aus dem Kopf. Sie wusste, dass George gelogen hatte, denn der Ausdruck auf seinem Gesicht hatte deutlich gezeigt, dass er mehr wusste, als er zugeben wollte. Aber was sollte es, wenn er nicht mit der Sprache herausrückte, müsste sie eben allein auf geheime Mission gehen, um es herauszufinden. Nun kicherte sie. Eine geheime Mission mitten in einer geheimen Mission... die Dinge wurden definitiv nicht einfacher.

„Ihr seht absolut atemberaubend aus, Mylady", bemerkte Jane mit glänzenden Augen, als sie die letzte Falte aus Tessas Kleid gestrichen hatte. Und Jane hatte recht. Noch nie zuvor hatte Tessa annähernd so hübsch ausgesehen, wie sie es jetzt in diesem wundervollen Kleid tat. Der purpurrote Satin schmeichelte ihren haselnussbraunen Haaren und ihr gefiel, wie das Korsett ihren Oberkörper formte und perfekt harmonierte mit den verspielten Puffärmeln. Jane hatte Tessas Haare am Hinterkopf zusammengesteckt und an den Seiten jeweils zwei Partien in Korkenzieherlocken gelegt, den Rest hatte sie mit Blumenblüten verziert, sodass Tessa aussah, als trüge sie eine Blumenkrone. George hatte wahren Geschmack mit diesem Kleid bewiesen. Das einzig dumme war bloß, dass Tessa ihre auffällige Hornbrille mit den runden Gläsern anbehalten musste, um etwas sehen zu können. Jedes Mal fand sie sich gerade schön, doch wenn sie die Brille aufsetzte, hörte sie wieder bloß all die Kommentare, die sie wegen der Hornbrille aufzogen. Seufzend setzte sie sie auf und sah sich frustriert im Spiegel an.

„Diese vermaledeite Brille!", schimpfte sie, „Ich kann es einfach nicht auslassen, ohne halb blind zu sein." Jane schüttelte den Kopf.

„Wenn Ihr mich fragt, dann könnte keine Brille dieser Welt ihre Grazie stören, Mylady". Tessa lächelte Jane zu.

„Vielen Dank, Jane! Ihnen habe ich das meiste daran zu verdanken." Es war Jane offensichtlich unangenehm so gelobt zu werden, denn sie senkte ihren Kopf und machte dabei einen kleinen Knicks. „Wartet, ich hole Euch noch gerade Euer Retikül." Jane hastete zur Kommode und brachte Tessa das zum Kleid passende Täschchen, in welchem sie fürsorglich eine kleine Flasche Duftöl und ein Döschen mit der Substanz eingepackt hatte, die Tessas Lippen einen angenehmen roten Glanz verliehen. Sozusagen der Labello des 19. Jahrhunderts.

„Danke sehr", Tessa nahm das Tässchen an sich, sodass ihr Outfit nun perfekt und vollständig war. Sie verließen das Ankleidezimmer und gingen die Wendeltreppe herunter. George stand bereits im Flur und sah ungeduldig auf seine Taschenuhr. Er trug eine dunkelblaue Weste, darunter ein weißes Hemd, eine elegant gebundene Tuchkrawatte, blaue Kniebundhosen und schwarze Lackschuhe. Viele Leute hätten über diese Aufmachung gelacht, aber Tessa fand sie unglaublich attraktiv. Eine Sekunde bekam sie bei seinem Anblick Herzklopfen, doch dann räusperte sie sich und schüttelte den Kopf. Er hörte ihre Schritte und drehte sich genervt um.

„Na endlich, sonst kommen wir doch niemals pünktlich!", als er sie sah, verschlug es ihm einen kleinen Moment die Sprache.

„Und?", fragte sie und blinzelte übertrieben mit den Augen.

„Ich wusste es, mein Geschmack ist unschlagbar!" Selbstbewusst richtete er seine Krawatte und lächelte verschmitzt. Tessa ließ die Schultern hängen. Sie hätte gedacht, dass er *ihr* ein Kompliment machen würde und nicht sich selbst. „Tja, ich würde mir Gedanken machen", bemerkte sie deshalb schnippisch und ließ sich von Jane das Cape aus weißem Pelz bringen. George grinste und zog seinen

Mantel an. „Die Droschke wurde bereits vorgefahren", Er hielt Tessa die Haustüre auf. „Bereit?", flüsterte er ihr leise ins Ohr. Tessa sah ihm in die Augen und lächelte siegessicher.

„Was glaubst du denn?".

Das Anwesen vor dessen Türen sie ausstiegen versetzte Tessa noch sehr viel mehr in Staunen als es alles andere zuvor getan hatte. Es war nicht so groß und luxuriös wie der Buckingham Palace, trotzdem fühlte sich Tessa, als betrete sie ein Schloss. Die Empfangshalle war mit Säulen aus cremefarbenem Marmor verziert und zwei Flügelartige Wendeltreppen, deren Stufen mit rotem Teppich verziert waren, führten hinauf auf eine Empore. Lauter Skulpturen aus weißem Stein an beiden Seiten umrahmten den Gang. Gigantische, mit Kristallen verzierte Kronleuchter, warfen mit ihren lodernden Kerzen ein dämmriges Licht in den Saal. Ungläubig sah sich Tessa um, und es erschien ihr wie ein Traum, dass sie im Jahr 1839 in einem wunderschönen Abendkleid mit zauberhafter Frisur neben einem so gutaussehenden Begleiter, das musste sie zugeben, die Stufen zu einer Soiree hinuntersteigen sollte. Seit sie denken konnte, hatte sie sich immer bloß ausgemalt, wie all dies wohl ausgesehen haben mochte, wie es wirklich gewesen sein musste Teil der Vergangenheit zu sein. Nun durfte sie es wahrhaftig mit ansehen, und sie konnte ihren Augen nicht trauen.

„Na, habe ich zu viel versprochen?", riss George sie aus ihren Gedanken. Er hatte sich mit einem wohlwissenden Lächeln zu ihr heruntergebeugt.

„Nein, wenn überhaupt viel zu wenig! Das hier ist

einfach... einfach umwerfend", sie rang nach Worten. George nickte und streifte ganz kurz ihre Hand. Tessa zuckte zusammen, auch wenn sie nicht wusste, weshalb, doch diese Berührung kam so unerwartet, dass sie beschloss es sei klüger sie einfach unkommentiert zu lassen.

„Entschuldigt Madam, wäret Ihr so frei mir Euer Cape zu überreichen, damit ich es in der Garderobe für Euch aufbewahren kann? Und Ihr Euern Mantel, Sir?". Ein junger Dienstbote mit stattlicher Haltung und emporgerecktem Kinn trat zu ihnen. Er trug eine rote Uniform, Kniebundhosen und schwarze, fein säuberlich polierte Schuhe. George half Tessa das Cape auszuziehen, bevor er beide Sachen fürsorglich über seinen Ellbogen legte und damit in die Garderobe verschwand. Tessa gab eine geradezu verzaubernde Erscheinung ab, trotz der Brille, die auf die anderen Leute geradezu, wie ein exotisches Tier wirkte.

„Darf ich bitten?", fragte George und bot ihr seinen Arm an. Galant legte Tessa ihre Hand auf seinen Unterarm und lächelte aufgeregt. Als sie laut als Lady Tess und Sir George Thomas angekündigt wurden, drehten sich ruckartig hunderte neugieriger Köpfe um, die sich aufgeregt die neuen Ankömmlinge ansahen. Bei manchen sah sie loderndes Interesse, andere betrachteten neidvoll ihr Kleid und wieder andere weiteten die Augen bei ihrem Anblick und steckten tuschelnd die Köpfe zusammen.

„Halt dich gerade, mit dem Kinn nach oben. Du bist eine stolze und reiche Lady mit einem begehrten Gatten, genau das musst du auch ausstrahlen", raunte George ihr zu.

„Siehst du dich wirklich als dieser?", fragte Tessa

spitz, denn es störte sie, dass er ihre Haltung derart berichtigte. Es viel ihr sehr schwer selbstbewusst und einflussreich zu wirken, selbst in diesem schönen Kleid, denn am liebsten hätte sie sich vor all den neugierigen Gesichtern versteckt, aber sie wusste, dass eine solche Reaktion innerhalb der Adelskreisen völlig normal war. Kam ein neues Gesicht, würde man sofort herausfinden wollen, wem es gehörte. Allem voran aber doch eher *wieviel* ihm gehörte. Als sie sich so durch die gespaltene Gesellschaft bewegten, sah Tessa eine auffällig schöne Frau. Sie stand mit dem Rücken zu ihr, das rötliche Haar in prachtvollen Locken aufgetürmt und mit imposanten Blumen verziert. Ihr mintgrünes Samtkleid, umschmeichelte ihre winzige Taille und ließ sie unfassbar attraktiv erscheinen. Die Art wie sie dort stand, die weißen Handschuhe bis zu den Ellbogen hochgezogen und elegant ihren Fächer schwang, erinnerte Tessa an eine Balletttänzerin, die sich schwebend über den Boden bewegte. Augenblicklich kam sich Tessa erneut wie eine kleine, plumpe Ente vor. Das kleine hässliche Entlein neben dem großen, schönen Schwan. Auf einmal hörte sie George sich laut räuspern. Die Schwanenfrau drehte sich um und sah Tessa aus großen, grünlich schimmernden Augen an. Sie hatte schmale Lippen, aber wunderbar geformte Wangenknochen und geschwungene Augenbrauen.

„Tess, das ist Lady Charlotte Babington, die Gastgeberin des heutigen Abends", stellte er vor. Tessa schluckte. Das war also Lady Charlotte. In Gedanken verabschiedete sie sich von dem Bild einer alten, korpulenten

Frau mit piepsig aufgeregter Stimme.

„Nein, wie ich mich freue, endlich Eure Bekanntschaft zu machen, Lady Tess! Unser guter Sir George hier hat gar nicht mehr aufgehört über Euch zu sprechen. Dementsprechend ist die Erwartungshaltung unglaublich hoch, auch wenn Ich bereits zugeben muss, dass Eure hinreißende Erscheinung diese übertreffen." *Heiliger Scheiß, sogar ihre Stimme schwingt elegante Wellen*, dachte Tessa und lächelte bloß verkniffen.

„Auch mich freut unsere Bekanntmachung sehr und besonders die Einladung auf solch eine wundervoll imposante Soiree, Lady Charlotte. Euer Anwesen ist atemberaubend." Lady Charlotte lächelte galant und legte den Kopf schief. „Vielen Dank! Ich hoffe doch ich werde auch das Ihre bald einmal besichtigen können, damit ich Ihnen ein solches Kompliment zurückgeben könnte." Dabei warf sie vor allem George tiefe Blicke zu. Als Tessa sah, dass auch er sie ansah und dabei lächelte, spürte sie ein Ziehen in der Brust. Lief da etwas zwischen den beiden? Tessa ärgerte sich über sich selbst. Selbst wenn, das ginge sie überhaupt nichts an und es sollte sie auch nicht stören. Ihr lag ja nicht mal besonders viel an ihm, also konnte er machen, was er wollte. Es war klar, dass der einzige Grund, weshalb sie dieser Gedanke so störte, Lady Charlottes Schönheit war. Sie war so oft in ihrem Leben für jemand Schöneren versetzt oder abserviert worden, dass sie bereits paranoid wurde, wenn eine derart schöne Frau im selben Raum war.

„Lady Tess, darf ich Euch zu unserem Frauenkreis entführen? Sir George hat bestimmt nichts dagegen, zumal sich die Männer im Salon eingefunden haben und eine Runde Karten spielen wollten, selbstverständlich bei einem guten Whisky!". Tessa lächelte George gekünstelt an und nickte. „Aber natürlich!", stimmte sie ein und warf George einen letzten Blick über ihre Schulter zu, doch er verschwand einfach im Salon.

„Ich kann es gar nicht abwarten Euch vorzustellen! Wir sind alle so dermaßen gespannt auf die Gemahlin des schönen Sir George!", sie zwinkerte und quiekte erfreut. Aha! Sie fand ihn schön. Es war ihr nicht zu verdenken, in diesem Aufzug gab er eine wirklich gute Gestalt ab.

„Ich würde mich auch mal sehr darüber freuen, Ihren Gatten kennenzulernen, Charlotte. Ich fühle mich ein wenig unbehaglich dabei dem Herrn dieses Hauses nicht für die Einladung zu danken, wie unhöflich wäre das bloß?". Ein guter Einfall, dachte Tessa, sie musste sich mehr in den Männerkreisen umhören, dort wurden die Revolutionen geplant. Doch Lady Charlotte winkte ab.

„Ach, der Esel, er würde es keineswegs zu würdigen wissen Ihre Bekanntschaft zu machen! Er kann sich nicht einmal daran erinnern, was er zuletzt getrunken hat. Aber haben Sie keine Sorge, Sie werden meinen Gemahl noch früh genug kennenlernen.", versprach sie mit einem seltsamen Unterton, den Tessa nicht genau deuten konnte. Auf einmal stoppte Charlotte und Tessa sah sich fünf weiblichen Gesichtern gegenüberstehen.

„Meine Damen, darf ich Ihnen Lady Tess Thomas vorstellen? Die Frau des berühmten Sir George, kürzlich erst in London angekommen, ist das nicht aufregend?".

Berühmter Sir George?! Langsam wurde es Tessa aber zu wild. Was genau hatte er denn gemacht, dass er so bekannt war? „Ihr Glückliche!", stieß eine der Frauen hervor. Ihre kleine, rundliche Erscheinung zierten zwei treue, braune Augen und ein liebevoller Gesichtsausdruck.

„Ihr glaubt ja nicht, was eine von uns für einen Sir George machen würde! Stattdessen haben wir uns mit furzenden, stinkenden Eseln rumzuschlagen, die einmal in Monat ihre Eheschuld einfordern und sich ansonsten kein bisschen für uns interessieren". Sie nahm einen heftigen Schluck aus ihrem Punschglas.

„Ich muss zugeben, manchmal träume Ich von Sir George", gab eine andere zu. Tessa fand das schon ziemlich lustig und zog eine übertriebene empörte Miene.

„Muss ich mir etwa ernsthafte Gedanken machen? Womöglich könnte eine von Ihnen meinen Mann noch um seinen Verstand bringen, mit Ihrer Schönheit". Die Frauen kicherten laut, Lady Charlotte hielt sich sogar die Hand im Satinhandschuh vor dem Mund.

„Da braucht Ihr Euch definitiv keine Sorgen machen, meine Liebe. Während Eurer Abwesenheit hat Euer Gemahl nur von Euch gesprochen, egal welches Thema die Konversation behandelte. Ihr Name fiel unentwegt." Die andere Frau nickte bedauernd.

„Es wirkte schon beinah unwirklich wie talentiert, kultiviert und weltgewandt Ihr sein sollt, manchmal hat man sich gefragt, ob diese mysteriöse Ehefrau überhaupt wirklich existiert, oder ob Sir George doch nur eine nette Ausrede dafür suchte keinerlei Interesse an einer von uns zu haben." Tessa sah mit hochgezogenen Augenbrauen in die Runde. So sollte George über sie gesprochen haben? Sie konnte sich all das nicht vorstellen. Wie konnte er all das hier in der Vergangenheit einrichten? *Weil er eine Zeitmaschine hat...* ging es Tessa durch den Kopf. Was also kannte er aus der Zukunft? Und wenn er die Zukunft kannte, warum konnte er dann nicht vorhersehen, wer der Attentäter war? Vielleicht weil dieser auch ein Zeitreisender war und... ach, Tessa verstand das alles nicht. Und Georges Aussage, sie solle einfach vertrauen und keine Fragen stellen, kam ihr langsam vor, als wüsste er selbst nicht wirklich, was er tat, und hatte keine Lust Antworten zu geben, die er nicht geben konnte. Plötzlich hörte Tessa worüber die anderen sprachen.

„Habt Ihr ihr Kleid gesehen? Dass eine Königin derart geschmacklos auftritt, müsste boykottiert werden!", empörte sich Charlotte. Auch die anderen nickten betroffen, die kleine mit den braunen Augen fasste sich sogar ans Herz.

„Und dieser Backfisch soll unser Land repräsentieren". Bingo, dachte Tessa und spitzte die Ohren.

„Da hat der Prinzgemahl doch schon mehr Attitude. Er sieht immer durchaus galant aus", bemerkte eine weitere Frau mit blonden Locken. „Er ist Deutscher!", stieß Charlotte empört hervor. „Ich verstehe nicht viel von Politik und Juristerei, das ist die Aufgabe meines Mannes, dennoch, die Königin sollte ihre Kammerzofe herauswerfen. Ich akzeptiere ja, dass sie jung ist, aber mit diesen Flechten um ihre Ohren sieht sie aus, wie ein junges Dienstmädchen, nicht wie die Monarchin eines so einflussreichen Landes", fügte sie mit gerecktem Kinn hinzu. Tessa hob erfreut die Augenbrauen.

„Ich dachte Ihr hättet keine Ahnung von Politik, woher wollt Ihr also wissen, wie einflussreich unser Land ist?", sprach sie, bevor sie dachte. Die anderen sahen sie erschrocken an und auch Lady Charlotte wirkte sichtlich überrumpelt. Tessa fasste sich an den Mund. Wie hatte sie das nur sagen können? Wie hatte sie so dumm sein können? Ein verlegenes Räuspern entfuhr ihr.

„Entschuldigt bitte vielmals meine unverzeihliche Neugier, ich hätte nicht nachfragen dürfen. Ich fürchte da hat meine... weibliche Eigenschaft, unersättliche Neugier, überhandgenommen." Einen Moment lang sahen sie alle an, dann kicherte Charlotte und lächelte zaghaft.

„Nein, nein. Das ist schon völlig in Ordnung, Tess, Ihr hattet jeden Grund nach meinem Wissen zu fragen. Ich war eine törichte Ente und habe Dinge behauptet, die ich bloß von meinem Ehemann aufgeschnappt und eigentlich doch gar keine Ahnung habe." Tessa schluckte und auf einmal tat Charlotte ihr leid. Sie konnte nichts dafür, war lediglich ein Kind ihrer Zeit. Eine Frau schön anzusehen, aber von innen doch so naiv.

„Lasst uns die politischen Gespräche den Männern überlassen und zu so viel schöneren Themen zurückkehren", schlug die blonde Frau vor. Charlotte atmete erleichtert auf. „Zum Beispiel unser Vorhaben morgen neue Kleider kaufen zu gehen!". Alle Frauen stimmten begeistert ein und Tessa fühlte sich absolut hilflos ausgeliefert. Shopping Gespräche? Das war ihr Ende.

„Lady Tess Ihr müsst unbedingt morgen mit uns einkaufen gehen!", beschloss Charlotte. Tessa wollte dankend ablehnen, aber Charlotte hatte schon ihren Arm gegriffen und sie zu sich herangezogen. „Keine Widerrede meine Liebe, das wird ein unglaublich toller Tag!". Tessa nahm tief Luft und einen kräftigen Schluck aus ihrem Punschglas. Na, das könnte ja heiter werden!

DER AUSFLUG

„Dann haben wir eine Menge Whisky getrunken und immer noch war das einzige Thema, das diese Männer beschäftigte, ob es legitim sei mit einer Frau eine Partie Schach zu spielen und ihrem Gehirn dermaßen anstrengende Strapazen anzutun. Die Standpunkte, die dort vertreten wurden...", George dachte einen Moment lang nach und lachte dann, während er sich müde die Augen rieb, „sagen wir mal so, sie waren überaus interessant." Sie saßen in der Bibliothek, nur um auf Nummer sicher zu gehen, dass auch wirklich niemand sie belauschen würde. Zwar hatte George geschworen die Hausbediensteten gut ausgewählt zu haben, aber man wusste ja nie. Tessa hörte ihm aufmerksam zu, auch wenn sie fand, dass das, was er sagte, absolut unwichtig und uninteressant war. Lauter Gespräche über Schach, Whisky, Frauen und Schach und das Leistungsträge Gehirn von Frauen. Nicht ein winziger Funken, der interessant war oder auch nur als halbwegs wichtig hätte ausgelegt werden können.

Tessa seufzte und streckte sich im Sessel.

„Nun mit einer dieser Frauen habe ich ganz besonders viel unternommen." George lachte leise auf.

„Charlotte ist eine einzigartige Frau". Tessa kniff die Lippen aufeinander und verengte ihre Augen zu Schlitzen. „Wenn du das so siehst, kannst du dich doppelt und dreifach freuen, denn sie hat mich für morgen zum Shoppen eingeladen." Sie hörte, wie George laut knallend ein Buch zusammenschlug, in dem er geblättert hatte und sich dann mit skeptischem Gesichtsausdruck zu ihr umdrehte.

„Charlotte und du... ich meine ihr geht zusammen shoppen?", fragte er noch einmal und räusperte sich dann. Tessa musterte ihn verdächtig.

„Ja. Ist das ein Problem?", fragte sie und verschränkte die Arme vor der Brust.

„Warum sollte es das sein? Genieß es, sie hat einen hervorragenden Geschmack. Die Idee deines Kleides heute Abend stammt auch von ihr". Tessa fiel die Mundklappe runter. Sie fühlte sich, als hätte man sie überfahren, wieder aufgesammelt und geschreddert. „Warum schaust du denn so schockiert?", fragte George und lachte dabei.

„Ich dachte *du* hättest das Kleid für mich ausgesucht! Das heißt du hast es mit ihr geplant?"

„Was, Ich dachte du magst sie? Und Ich wüsste nicht was daran so unglaublich schlimm sein könnte. Ich bin ein zeitreisender Mann, woher soll ich bitte wissen, was im Jahre 1839 modisch bei Frauen angesagt ist?! Ich habe Charlotte von deiner Ankunft erzählt und sie bot an mir ein wenig zu helfen, also hat sie ein Kleid für dich entworfen, das ich dann von der Schneiderin habe anfertigen lassen." Für ihn schien das alles absolut normal, bloß Tessa fühlte sich, als wäre sie unglaublich naiv gewesen zu glauben er hätte das Kleid selbst auf sie abgestimmt und so entworfen, wie er es gerne an ihr gesehen hätte. Doch wenn sie so recht darüber nachdachte, kam ihr der Gedanke kindisch und töricht vor. Tessa merkte immer mehr, wie die Vergangenheit ihre Gedankengänge veränderte. Vor nicht allzu langer Zeit hätte sie nicht einmal darüber nachgedacht. „Sie ist quirlig! Außerdem fand ich es sehr suspekt, wie sie sich heute gegenüber der Königin geäußert hat." Auf einmal wurde George hellhörig und setzte sich schleunigst neben sie.

„Du hast mich eine halbe Stunde über Whisky und Schach reden lassen und nicht mal eine Minute darüber nachgedacht mich zu unterbrechen und mir von wirklich wichtigen Sachen zu berichten?!". Tessa schmiss die Hände in die Luft.

„Das nennt man ausreden lassen, George, solltest du auch mal probieren!". Er legte seine Stirn in Falten und schlug die Beine übereinander. „Was bist du denn so sauer, das hält man ja nicht aus!", warf er ein. Tessa zog eine trotzige Schnute.

„Ich bin überhaupt nicht sauer! Nun denn, wenn du es wissen möchtest: Charlotte hat sich über Victorias Auftreten ausgelassen." George schien nicht ganz zu verstehen. Tessa stöhnte genervt. „Sie findet, dass die Königin eine vollends unpassende Garderobe hat! Sie bezeichnete ihre

Kleider als plump und mittelständig." Einen Moment lang sah George aus, als würde er scharf nachdenken. Dann lehnte er sich vor und schüttelte den Kopf.

„Nur damit ich das richtig verstehe... Du denkst die Ablehnung Charlottes gegenüber Victorias Kleidung sei ein wichtiges Detail für unsere Mission, auf der es aber herauszufinden gilt, warum jemand versucht das Königspaar ins schlechte Licht zu rücken und Victoria vom Thron zu stürzen?" Tessa nickte entschlossen.

„Allerdings! Sich über die Garderobe einer Königin auszulassen, gilt als herablassend. Denk diesen Gedanken doch mal weiter, George! Dass sich eine Lady von niederem Adelsstand herablassend gegenüber der Königin äußert, gilt als Hochverrat und würde bedeuten, dass sich Charlotte als etwas Besseres erachtet." Es entstand eine laute Stille und Tessa merkte selbst, wie ihr Ton immer lauter wurde. George betrachtete sie mit aufgerissenen Augen und spitzte die Lippen, bevor er einen tiefen Atemzug nahm und sich räusperte. „Es geht aber immer noch um Kleider, ja?" Nun riss bei Tessa endgültig der Geduldsfaden und sie sprang explosiv auf.

„Wenn du meine Beiträge nicht als wertvoll oder weiterbringend erachtest verlade mich doch in deine Gondel und bring mich zurück nach Hause!", schimpfte sie erzürnt. George wusste sich nicht zu helfen, stand auf und legte einen strengen Blick auf.

„Wenn ich das täte, hätte ich mich gar nicht erst für dich als Begleiterin entschieden! Aber bitte denk doch selbst mal darüber nach, was du da sagst, es sind nur

Kleider, Tessa!" Tessa kochte vor Wut.

„Ja genau, und ein Mord ist bloß Abhilfe schaffen.", entgegnete sie. George knetete seine Hände.

„Okay, Tessa, es tut mir leid. Wenn du das so siehst, wird es einen Grund haben und vielleicht stimmt es und... Lady Charlotte hegt wirklich einen Groll gegen... Victorias Kleider". Das unterdrückte Gelächter in seiner Stimme ließ Tessas explosives Fass noch weiter überkochen. Aufgebracht drehte sie sich um und brauste zur Tür. „Wenn du meine historische Meinung dazu nicht berücksichtigst, brauchst du mich hier ja auch nicht länger!", sie riss die Tür auf und stampfte wütend aus der Bibliothek.

Am nächsten Morgen wachte sie auf und erfuhr von Jane, dass George bereits vor Anbruch des Morgens mit der Droschke nach Westminster gefahren sei, um dort beim Parlament ein paar wichtige Dinge zu regeln.

„Wo hat der eigentlich noch seine Finger mit im Spiel?", murmelte Tessa sauer, als Jane ihr Korsett enger zog. „Was meint Ihr, Mylady?", wollte ihre Zofe wissen. Tessa lachte und winkte ab.

„Ach, nicht wichtig. Manchmal wundere ich mich so sehr über meinen Mann, dass ich gar nicht weiß, ob ich ihn wirklich kenne." Dabei betonte sie das Wort *Mann* ein wenig zu verächtlich. Sie wusste nicht einmal, weshalb sie derart verärgert war. Doch sie wusste es. Als er sie gebeten hatte mitzukommen, dachte Tessa er würde sie aufgrund ihrer Fähigkeiten als angehende Historikerin wertschätzen und dennoch hatte er ihre Kompetenz in Frage gestellt und sich abfällig über ihre Beobachtungen geäußert. Warum fühlte sie sich nur ständig so unsicher? Warum hatte sie immer den Drang allen beweisen zu müssen, dass sie zu etwas taugte und dann wieder so verunsichert zu sein? Auf einmal zog Jane die Schnüre ihres Korsetts so fest zu, dass Tessa die Luft wegblieb.

„Oh, das tut mir leid, Mylady, Ich hoffe Ich habe Euch nicht zu sehr wehgetan. Es ist nur, Ich wollte nur... heute kommt doch Lady Charlotte Babington und ich dachte, wenn ich Euch extra stramm schnüre, kommt Eure Taille noch sehr viel besser zum Vorschein und sie stehlen dieser Frau mit ihrer Schönheit die Bühne". Auch wenn Tessa durchaus gerührt war, so spürte sie doch einen Funken Unbehagen in der Magengegend.

„Meinen Sie Ich würde sonst in ihrem Schatten stehen, aufgrund ihrer Figur? Und ihrer Erscheinung?". Das war nicht schwer, dachte Tessa, bei den ellenlangen Beinen und der Elfenhaften Figur. Doch das Dienstmädchen schüttelte hastig den Kopf. „Aber nein, Mylady, so etwas würde ich niemals behaupten! Ihr seid sehr viel besonderer und vielschichtiger, als diese Frau. In meiner Stellung ist es einem nicht gestattet über Höherständige zu urteilen, aber bei Euch kann ich es ja sagen, ich finde diese Frau und ihren Mann unglaublich einfältig. So einfach gestrickt, nicht mal annähernd so komplex und vielseitig wie Eure Lord- und Ladyschaft." Tessa bedachte das Dienstmädchen mit einem herzlichen Lächeln.

„Vielen Dank, Jane. Es ist wirklich sehr wohlwollend

von Ihnen. Aber ich glaube, wenn Sie mich noch enger schnüren ersticke ich, oder eine meiner Rippen wird gebrochen." Jane lockerte verständnisvoll das Korsett, bis Tessa endlich wieder freier atmen konnte.

„Wie wunderschön! Ihr Anwesen steht meinem in keiner Weise nach. Dieser wundervolle, helle Flur, und diese gemütlichen komprimierten Räume, ich fühle mich gleich, wie auf in einem verwunschenen Märchenhaus." Tessa lächelte verkniffen. Es war nicht mal die versteckte, verächtliche Kritik an der Größe ihres Anwesens von Charlotte, die sie so unruhig und angespannt machte, es war viel mehr die Art und Weise, wie sie dort stand in ihrem perfekten Kleid, in dem sie aussah, wie eine Elfenkönigin, während ihre roten Locken ihre Wangen umschmeichelten. Tessa konnte sich nicht helfen, sie, anders als das Haus, stand Charlotte in einer Menge Dinge nach. Charlotte war sogar beinahe so groß wie George. Tessa war um einiges kleiner als George, weshalb sie sich neben ihm stets fühlte wie ein kleines Kind, das seiner Aufmerksamkeit bedurfte.

„Vielen Dank, Charlotte, aber ich glaube wir wissen beide, dass unser Anwesen nicht einmal annähernd an das Ihre rankommt. Wo sind denn die anderen?", fragte Tessa, um von dieser ganzen unangenehmen Situation abzulenken. Charlottes Gesicht nahm bedauernde Züge an, wie sie so die Mundwinkel herunterzog und den Kopf schief legte. „Leider haben sie abgesagt. Haben sich wohl den Magen verdorben am Punsch gestern, so ein Jammer. Ich wüsste nicht, weshalb sie sonst ablehnen könnten und auf eine Einkaufstour verzichten!". Tessa musste ein Lachen unterdrücken, denn sie konnte sich ganz gut vorstellen, wie man eine Einkaufstour mit Lady Charlotte ablehnen konnte. konnte. „Nun denn, die Droschke ist bereits vorgefahren worden, lassen Sie uns aufbrechen." Als Charlotte lächelnd ihren Arm unter Tessas hakte, hätte Tessa ihre Hand am liebsten weggeschlagen, aber sie musste unauffällig bleiben. Sie gab sich große Mühe dabei historisch korrekt zu agieren, doch war sie sich ganz genau darüber bewusst, dass das nicht immer möglich war. Egal wie viel Zeit jemand in der Vergangenheit verbrachte, egal wie sehr man sich für Geschichte und deren Gepflogenheiten interessierte, letztlich blieb man ein Kind seiner Zeit. Matthew half ihnen in die Kutsche, nicht die ihre, sondern eine von Lady Charlotte, die von innen sehr viel komfortabler ausgestattet war, mit Sitzpolstern und grünen Samtvorhängen. Immer musste sie mit allem angeben, dachte Tessa genervt, weshalb auch hätten sie eine schlichtere Kutsche nehmen sollen.

„Entschuldigt bitte die unbequeme Rappelkiste hier... unsere eigentliche Droschke wird gerade renoviert, ein Reifen hatte Schieflage." Tessa lächelte kokett. Sie wusste nicht, warum sie die Reifen von Charlottes Droschke interessieren sollten.

„Ich finde sie höchst komfortabel, auch wenn sie nicht Wirklich luxuriös ist", antwortete sie deshalb und hätte am liebsten laut gelacht, als sie die Reaktion von Charlotte sah. Der hatte gesessen. Den Rest der Fahrt saßen sie schweigend nebeneinander und keiner sagte irgendetwas. Immerhin nicht verbal, denn Lady Charlottes Gesichtsausdruck sprach wahre Bände. Tja, dachte Tessa, wer die ganze Zeit nach Bestätigung verlangte, indem man andere Menschen abwertete, hätte es nicht anders verdient. Als die Droschke stoppte, atmete Lady Charlotte erleichtert auf. Sie stiegen aus und diesmal verzichtete Charlotte darauf sich bei Tessa unterzuhaken, was wiederum letztere eher glücklich stimmte.

„Die Schneiderin, die wir nun besuchen werden, ist eine der Besten in ganz London, und wer eine der Besten in London ist, ist eine der Besten der Welt." Tessa horchte auf und sprang auf den Zug auf.

„Ganz genau! Ich hoffe sehr sie wird mir ein ähnliches Kleid, wie das unserer Majestät der Königin schneidern können. Sie wissen schon, das von dem einen Ball. Ich fand es geradewegs verzaubernd", schwärmte Tessa und quiekte dabei aufgeregt mit der Stimme, während sie hoffte, dass es überhaupt letztens einen Ball gegeben hatte und sie nicht aufflog. Gott sei Dank, gab es immer irgendeinen Ball, und Charlotte rümpfte missbilligend ihre Nase.

„Das fandet Ihr schön?! Der Geschmack der Königin lässt mich erschaudern. Ihre Kleider sind so einfach, so ordinär, nichts für eine junge, stolze Königin, wie sie es sein sollte." Tessa legte die Stirn in Falten.

„Denkt Ihr auch so über den Prinzen?", fragte Tessa geradeaus. Es war eventuell ein wenig zu offensichtlich, doch übertriebene Offensichtlichkeit hatte oftmals einen Tarnfaktor. Wiedererwartend fingen Charlottes Augen an zu glänzen, als der Name des Prinzen fiel. „Was, Prinz

Albert? Oh nein, ganz und gar nicht, er ist so exquisit gekleidet und sieht geradezu stattlich aus in seinen sorgfältig ausgewählten Uniformen. Dann noch diese majestätische Erscheinung dazu, nein, ich widerspreche meinem Gemahl! Meiner Meinung nach gibt der Prinz einen weit besseren Monarchen ab als dieses junge Ding."
Tessa fiel die Mundklappe herunter. Es konnte nicht sein, und dennoch, Lady Charlotte hörte sich an... es war geradeso als sei sie...

„Ihr hört Euch beinahe an, als hättet Ihr eines Eurer hübschen Augen auf den Prinzen geworfen, meine Liebe", wagte Tessa die Vermutung aufzustellen. Charlotte errötete.

„Ach was. Ich sehe schöne Männer und sie gefallen mir, da ist nichts Verwerfliches dran. Nun ist es in der Tat so, dass ich denke, Victoria wäre besser dran ohne den deutschen Prinzen und mit einem guten englischen Monarchen an ihrer Seite. Und Albert wäre besser dran bei einer einfachen Herzogin." Dass Tessa diese Möglichkeit nicht bereits vorher in den Sinn gekommen war! Lady Charlotte war in Prinz Albert verschossen. Kein Wunder eigentlich, bei diesem alten Ekel von Ehemann. Es war nur logisch, dass sie sich nach etwas anderem, jüngeren und hübscheren umsah. Trotzdem, ihre Verliebtheit zu Albert ließ sie eine negativ konnotierte Einstellung gegenüber Victoria einnehmen, also war sie doch verdächtig und diesmal musste George diesen Grund einfach tolerieren, denn es war ein sehr guter Punkt! Und ein sehr mächtiger, so wie es Liebe immer war. Und Charlotte war, zugegebenermaßen, eine verdammt attraktive Frau. Trotzdem fiel Tessa ein wahrer Stein vom Herzen. Sie war nicht an George interessiert, sondern an Albert. Mittlerweile waren sie an der Boutique angekommen, doch Tessa hatte keine Ahnung, was sie hier eigentlich wollte. Vielleicht sollte sie sich wirklich einfach ein neues Kleid gönnen. Shopping in der Vergangenheit ist sowas von aufregend, schwärmte sie innerlich. Einfach total abgefahren! Oh je, dachte Tessa, sie musste schnellstens diese Fanattacken loswerden!

Aus einem Kleid wurden dann zwei Tageskleider und ein Hut, doch Tessa strahlte über beide Wangen, genauso wie Charlotte. Wer hätte gedacht, dass es doch so viel Spaß machen könnte, mit dieser Frau einkaufen zu gehen? Tessa sah sie strahlend an. „Zufrieden?", fragte Charlotte, die sich selbst drei neue Kleider gegönnt hatte, dazu zahlreiche paar Handschuhe und einen neuen Hut mit blumenbesticktem Muster.

„Über alle Berge", schwärmte Tessa. „Ohne Eure Hilfe hätte ich niemals eine derart gute Beratung erhalten, Charlotte! Sie kennen sich so gut aus mit all den Farben und Stoffen, meine Kleider standen mir unglaublich gut." Charlotte hakte sich bei ihr unter und dieses Mal ließ Tessa sie gewähren.

„Wenn es eines gibt, was eine Frau können sollte, dann sich mit Stoffen und Farben auskennen. Unsere Kleider sind schließlich das Einzige, was wir noch haben, um uns in der Welt Aufmerksamkeit zu verschaffen." Damit hatte sie sogar recht. Sie gingen lächelnd weiter die Straße hinunter, an deren Ende bereits der Kutscher mit der Droschke auf sie warten würde, als sie auf einmal jemanden auf der anderen Straßenseite erblickte, und auch wenn Tessa ihn nur aus dem Augenwinkel wahrnahm, so wusste sie sofort, wer er war.

„Guten Tag, die Ladies", rief er ihnen zu und tippte sich an den Rand seines schwarzen Zylinders. Lady Charlotte hob ihren Arm und winkte ihm zu.

„Guten Tag, Sir Frederick! Wie wunderbar Euch hier zu treffen". Er lief über die Straße und blieb galant vor ihnen stehen. Wie bekam er es nur hin, dass sein schwarzes, krauses Haar so gewollt kraus aussah, dass die Welle an seinem Scheitel fiel, als hätte er sie stundenlang mit Pomade frisiert. Er trug einen dunkelblauen Mantel, cremefarbene, hochtaillierte Hosen und glänzende, schwarze Stiefel. Seine blauen Augen fixierten Tessa und blickten sie spöttisch an.

„Heute habe ich gar keine Blätter vor Euch fliegen sehen, Madam", sagte er und lächelte dabei kokett. Auch Tessa lächelte und hob die Augenbrauen.

„Oh, ich war viel zu aufgeregt dafür heute, ansonsten hätte ich es jedoch getan. Des Öfteren genieße ich es einfach den Menschen etwas zum Lachen zu geben, wisst Ihr". Sir Frederick lachte etwas amüsiert auf.

„Das ist Euch wunderbar gelungen, Miss...?". Tessa wollte gerade zivilisiert ihren Namen kundgeben, aber Charlotte kam ihr da zuvor.

„Wie unglaublich unhöflich von mir Sie beide nicht einander vorzustellen. Das ist meine liebe Freundin Mrs Tess Thomas und das hier ist ein guter Bekannter Sir

Frederick Williams". Tessa schluckte bei der Bezeichnung *Gute Freundin* ein wenig. Seit sie herausgefunden hatte, dass Charlotte gar nichts von George wollte, sondern Prinz Albert angetan war, konnte sie sich mit der Vorstellung anfreunden mit dieser Person einkaufen zu gehen, aber als *gute Freunde* würde sie sich längst nicht bezeichnen. Sir Frederick ergriff Tessas Hand, beugte sich etwas herab und hauchte einen Kuss auf den weißen Seidenhandschuh. Tessas Hand begann zu kribbeln, bis sie sie ihm sanft entzog.

„Mrs Thomas", sagte er charmant. „Es freut mich sehr Sie kennenzulernen." Tessa fixierte ihn und zog die Mundwinkel zu dem kokettesten Lächeln, das sie zustande brachte.

„Die Freude ist ganz meinerseits, Sir Frederick". Lady Charlotte beäugte die beiden mit einem amüsierten und erahnenden Gesichtsausdruck und klatschte dann in die Hände. „Nun denn, ich fürchte unser Kutscher wartet bereits auf uns, es war äußerst angenehm Sie noch einmal zu treffen", wandte sie sich an Frederick. Dieser tippte sich erneut an den Zylinder und zwinkerte Charlotte zu, bevor er ein wahrhaft charmantes Lächeln an Tessa richtete. „Ich hoffe, Ich sehe Euch schon bald wieder, Tess. Ich könnte sogar einrichten ein paar Blätter zu besorgen, allerdings müsste das Treffen dann schon sehr bald stattfinden, da der Herbst doch beinahe vorbei ist." Tessa überhörte diese Anmache ganz bewusst und reckte ihr Kinn empor.

„Werden wir uns wiedersehen, dann im ehesten

Falle auf einer Abendgesellschaft. Ich rate Euch also dringendst dazu, Euch mit meinem Ehegatten vertraut zu machen. Vielleicht haben Sie ja etwas gemeinsam", sagte sie leichthin. Bei der Erwähnung ihres Ehegattens huschte ein skeptischer Zug über sein Gesicht, den Tessa ganz genau merkte, auch wenn er nur für Millisekunden da war.

„Ja, vielleicht haben wir das", erwiderte er und setzte zum Abwenden an, „Ich wünsche den Damen noch einen angenehmen Tag". Charlotte winkte ihm ein letztes Mal zu und hakte sich dann erneut bei Tessa unter.

„Ist er nicht ein bemerkenswert attraktiver Mann?", sagte Charlotte in die Stille der Kutsche hinein. Tessa hob die Augenbrauen. „Prinz Albert?", nahm sie an. Doch Charlotte winkte ab und nickte dann zu selben Zeit.

„Nein! Ich meine ja, der selbstverständlich auch, aber gerade meinte ich in erster Linie Sir Frederick." Tessa entfuhr ein Seufzer und kniff die Lippen aufeinander. „Er ist anmaßend!", erwiderte sie und sah, dass Charlotte verwundert eine Augenbraue hob.

„Was, so nehmt Ihr ihn wahr? Das wundert mich doch sehr, er kommt durchweg gut bei den Frauen der Gesellschaft an." Tessa verschränkte die Arme vor der Brust.

„Habt Ihr denn nicht gemerkt, wie er sich über mich lustig gemacht hat? Er hat mich geradezu verspottet!", sagte sie mit einem pikierten Unterton. Lady Charlotte lachte auf einmal laut auf. „Ach nun seid doch nicht päpstlicher, als der Papst meine liebe Tess! Er hat mit Euch geflirtet, ist Euch das denn etwa nicht aufgefallen?". Auf einmal löste Tessa ihre Arme aus der starren Haltung und legte den Kopf schief. „Was, *hat* er?". Charlotte, sah aus, als würde sie innerhalb weniger Sekunden vor Lachen Platzen.

„Ihr könnt mir nicht ernsthaft erzählen, dass Ihr dieses offensichtliche Hofieren nicht gemerkt habt. Er hat so augenfällig mit Euch geflirtet, das hätte ein Blinder gesehen." Tessa sah einen Moment aus dem Fenster und kicherte dann. „Ich nicht. Nun ja, selbst wenn, ich bin liiert und habe einen sehr netten Gatten!". Manchmal. Charlotte kicherte. „In der Tat scheint Sir George eine durchaus gute Partie zu sein, dennoch, einen Gatten zu haben schließt es nicht aus, sich einen Liebhaber zu ergattern." Tessa keuchte nach Luft.

„Charlotte! Als würde ich nach etwas Derartigem suchen." Es störte Tessa, dass Charlotte konstant so klang, als machte sie sich über Tessa lustig. Dennoch, es war ihr egal. Die Frauen in diesem Zeitalter hatten Liebhaber, so wie die Männer ihre Mätressen, bloß, dass es den meisten Frauen dann doch um Liebe ging, die sie von ihren Ehemännern nicht bekamen. Aber Tessa hatte einen Ehemann, und sie würde ihn nicht betrügen. Auch wenn... Tessa rümpfte die Nase, denn eigentlich war er gar nicht ihr Ehemann, weshalb sie doppelt und dreifach keine Begründung hatte, jemanden wie Sir Frederick abzulehnen. Auf einmal kam ihr ein Gedanke. Was wenn sie Sir Fredericks augenscheinliche Affektion für sie ausnutzen könnte, um herauszufinden, ob er etwas im Schilde führen könnte? Oder, ob er mit der Verschwörung irgendwas zu tun hätte? George würde es sicher gutheißen, bestimmt würde es ihn nicht einmal interessieren, ob sie mit einem anderen Mann flirtete.

„Demnach ist es für Euch besonders wichtig ein Kleid in einem royalen Blau zu tragen, damit es die Farbe Eurer Augen unterstreichen kann.", riss Charlotte sie aus ihren Gedanken. „Sie sind ja rundherum entzückend, selbst wenn diese störende Brille ihre Schönheit um einiges herabsetzt! Es wirkt plump und tölpelhaft, können Sie es nicht absetzen?", Lady Charlotte hechtete nach vorne, und nahm Tessa die Brille von der Nase.

„He!", stieß Tessa hervor, „ich kann nichts sehen, Charlotte, ich brauche diese Brille!". Als sie von Charlotte nur noch Umrisse erkannte, rieb sie sich die Augen und tastete mit zittrigen Händen nach ihrer Brille. Charlotte schien das absolut zu amüsieren, doch Tessa begann zu zittern. „Ich bitte Euch, Charlotte, gebt es mir wieder." Auf einmal rappelte die Kutsche heftig und Charlottes Lachen verstummte. Die Kutsche blieb ruckend stehen. „Was ist denn da los?", fragte Tessa mit zitternder Stimme. Sie hörte Charlottes leises Schnauben.

„Dieser Kutscher ist schon seit längerem absolut unfähig!" Doch Tessa wusste irgendwie, dass es nicht die Unfähigkeit des Kutschers war, weshalb sie stehen geblieben waren.

„Da stimmt etwas nicht", mutmaßte sie. Einen Moment lang war es vollkommen still in der Kutsche und man hörte nichts bis auf den angestrengten Atem der beiden. Dann wurde die Stille von einem dumpfen Knall unterbrochen, welcher Lady Charlotte aufschreien ließ. Auch Tessa fuhr der Schreck bis ins Knochenmark. Es war ein Schuss gewesen. Als Lady Charlotte jedoch lauthals begann zu wimmern, schnellte Tessa nach vorne und hielt ihr den Mund zu.

„Shht!", machte sie warnend. „Seid ganz still." Vielleicht, wenn sie völlig leise waren, dachte, wer auch immer den Schuss abgefeuert hatte, dass die Kutsche leer war und kam nicht auf den Gedanken nachzusehen. Tessa wusste, wie hirnrissig dieser Gedanke war und verfluchte sich selbst dafür, dass ihr nichts Besseres einfiel, aber das war die erste Situation, in der sie unter anderem Druck handeln musste, als unter Klausurdruck, und der kam ihr gegen diese Situation bloß unbedeutend und lächerlich vor. Ihre Hände zitterten und das Herz schlug ihr bis zum Halse.

„Steigt sofort aus!", schrie eine dunkle, männliche Stimme. Aus Charlottes Augen tropften stumme Tränen herab. Tessa war von oben bis unten voller Adrenalin und auch wenn ihre Beine drohten nachzugeben presste sie noch weiter die Hand auf Charlottes Mund und schüttelte warnend den Kopf.

„Wir werden diese Anweisung nicht wiederholen!", dröhnte es von draußen. Tessa ließ nun von Charlottes Mund ab und zog sie hoch. „Kommt schon!", bat sie. Sie würden sich einfach stellen, noch bevor jemand anderes sie aus der Kutsche zerren und ermorden könnte.

Tessa nahm einen tiefen Atemzug und öffnete die Tür. Das helle Licht floss ihr beißend in die Augen, auf denen sie noch immer nichts sehen konnte.

„Charlotte, meine Brille!", flüsterte sie zitternd. „Bitte, Charlotte, wo ist es?"

„Ruhe!", brüllte ihr jemand ins Gesicht. Furchterfüllt presste Tessa die Augen zu. Charlotte wimmerte zitternd neben ihr, das spürte sie. Obwohl sie selbst angsterfüllt war, hielt sie tröstend Charlottes Hand. Offensichtlich waren sie Opfer einer Straßenräuberbande geworden.

„Ich- Ich möchte nur gerade meine Brille holen, ich kann nichts sehen!", bat Tessa und hielt schützend die Hände vor sich. Sie erkannte bloß die vagen Umrisse von schwarzen Gestalten vor sich.

„Du brauchst nichts mehr sehen", spottete einer von ihnen. Tessa nahm tief Luft und schloss die Augen. Sie würde lieber gar nichts sehen als diese bedrohlichen schwarzen Kreaturen, die, wie es sich anhörte, Männer waren. Bei dieser Anlehnung an ihren nahenden Tod schluchzte Charlotte laut auf und sackte auf die Knie. Tessas Griff um Charlottes Handgelenkt verstärkte sich und sie versuchte, Charlotte erneut auf die Beine zu ziehen.

„Steh auf!", presste Tessa leise hervor. Wenn sie hier starben, würden sie es wenigstens mit Würde tun und nicht wimmernd auf den Knien.

„Beseitige die Rothaarige!", sagte die bedrohliche männliche Stimme, die Tessa auf einmal unfassbar bekannt vorkam. Sie wusste einfach, dass sie diese Stimme schon einmal gehört hatte.

„Nein!", schrie sie dennoch. „Nehmt Euch die Kutsche, nehmt jeglichen Schmuck von uns, alle Habseligkeiten, aber lasst sie am Leben!", bat Tessa bestimmt. Eine von den Kreaturen fing an zu lachen.

„Dummes Mädchen!". Moment mal, dachte Tessa. Jeglichen Schmuck... Auf einmal fiel es ihr ein und ließ ihren Körper elektrisch aufflimmern. Langsam griff sie sich an den Hals und holte die kleine goldene Kugel hervor, welche George ihr am Anfang ihrer Reise gegeben hatte. Sie schloss sie in ihre Faust, bis sich das kühle Metall mit Wärme auflud und in ihrer Hand zu glühen begann. Sie vibrierte langsam, dann immer stärker und gerade als Tessa das Gefühl hatte es würde tatsächlich etwas bringen, hörte es auf. Tessa presste die Augen fest zusammen. Es war ihre einzige Hoffnung gewesen, die sich innerhalb weniger Millisekunden in Luft aufgelöst hatte und ihr schmerzhaft klarmachte, dass dies hier kein Abenteuerroman war, auch kein Historienfilm, in welchem sie die drei Musketiere retten kamen. Wenn Tessa ihr Leben etwas wert war, musste sie sich selbst retten. Aber es fiel ihr einfach keine Möglichkeit ein und sie hätte innerhalb von Sekunden handeln müssen. Und das konnte sie nicht. Sie konnte einfach nicht. Tessa merkte, wie ihr eine Träne der Angst aus dem Auge tropfte, als sie jemand an der Hand packte, fest und unerbittlich. Schon wieder hatte sie versagt und konnte sich einfach nicht helfen.

„Warum haben wir nicht vorerst etwas Spaß mit ihnen, bevor wir sie beseitigen? Das wäre so eine

Verschwendung", sagte ein anderer. Selbst wenn Tessa auch nur eine kleine Ahnung von Selbstverteidigung gehabt hätte, würde sie jetzt nicht die Kraft dazu aufbringen können, denn sie zitterte am ganzen Körper vor Angst. Von Charlotte hatte sie auch seit einigen Sekunden nichts mehr gehört, ihr Wimmern war einfach verstummt. Tessa wünschte sich in dem Moment nichts weiter, als klar sehen zu können.

„Sieh mich an!", befahl der Angreifer und quetschte ihr Handgelenk. „Ich habe gesagt du sollst mich ansehen!", wiederholte er, als sie sich weigerte. Doch als er erneut ihren Arm gewaltvoll zerrte, öffnete sie die Augenlider und sah ihn stark und abweisend ins Gesicht. Sie konnte ihn sehen, beziehungsweise die kalten, blauen Augen unter dem schwarzen Cape.

„Ah!", machte er genüsslich, „Welch treue, grüne Augen". Tessa wollte den Blick gerade abwenden, da riss er sie herum und drückte einen heftigen Kuss auf ihren Mund. Seine Lippen waren kratzig und kalt, von einer schockierenden Gefühlslosigkeit. Tessa versuchte ihn von sich zu schieben, doch er krallte sich in ihr Kleid und dachte nicht einmal annähernd daran seine fordernden Lippen von ihr zu lösen. Sie biss ihm so stark sie konnte auf die Lippe. Eine Sekunde schmeckte sie eisernes Blut, doch dann stieß er sie so gewaltvoll gegen die Kutsche, dass sie den Aufprall am Hinterkopf spürte.

„Du Schlampe!", rief er aus und wischte sich das Blut von der Lippe. Jetzt würde er sie töten, das wusste Tessa, und sie wollte sich nicht einmal ausmalen, wie er es tun würde. Doch die Vorstellung von seinen schwieligen Lippen auf den ihren, war für sie schlimmer als der Tod. „Na warte!", brüllte er und auf einmal konnte Tessa Charlottes spitzen Aufschrei hören. Sie war noch am Leben! Es beruhigte Tessa, dass Charlotte noch lebte, auch wenn sie sich von dem ihren nun verabschieden musste. Auf einmal, es war Klischee, aber es zog an ihr vorbei, wie ein Werbespot im Fernsehen. Seltsamerweise zeigte ihr dieser Spot jedoch nicht die erhofften schönsten Momente, sondern diejenigen, in denen sie arbeitete, für alles, was sie je hatte erreichen wollen. Die Monate am Schreibtisch vor der Abschlussprüfung, das gerissene Band im Fuß bei dem Versuch in Sport eine gute Note zu ergattern, wobei sie wusste, dass sie es nie gekonnt hätte, die Tage im Antiquariat, in denen sie mit Oliver gelacht und gewitzelt hatte und sich mühsam ihr Geld erarbeitet hatte. Oliver. Sie hörte sein Lachen, spürte die Berührung seiner Umarmung, sah sie auf dem Boden sitzend reden. Nicht einmal das Versprechen sich mit ihm zu treffen hatte sie eingehalten. Aber doch, das würde sie! Sie würde mit Oliver ausgehen zu einem richtigen Date, doch dazu musste sie das hier überleben. Sie öffnete die Augen, sah ihn auf sich zulaufen, wie in Zeitlupe, etwas Glänzendes in der Hand auf sie gerichtet und sie sah ihm fest in die Augen, fester als jemals zuvor. Wenn er sie umbrachte, sollte er ihr dabei in die Augen sehen, dabei zusehen, wie er jegliches Leben aus ihr nahm. Als sie fast seinen Atem auf ihrer Haut spürte und sich der Dolch in ihr Fleisch graben konnte, fiel ein Schuss. Der Angreifer sackte zu Boden.

„Und jetzt packt ihr eure Sachen und nehmt eure dreckigen Hände von meiner Frau!" Als Tessa Georges Stimme hörte, gaben ihre Beine nach und sie fiel auf das nasse Gras. Ihr Herz, was ihr vor einigen Sekunden noch bis zum Hals geschlagen hatte, fühlte sich jetzt wie tot an. Kein Herzschlag, kein Puls, kein Leben. Lediglich das schwarze Loch, welches sie immer mehr zu verschlingen drohte. Tessa nahm den wohl tiefsten Atemzug ihres Lebens und merkte, wie ihr Bewusstsein immer mehr schwand. Jemand kniete sich neben sie und berührte ihren Arm.

„Tessa! Tessa, bleib wach". Es gab nur einen Menschen um sie herum, der sie bei ihrem richtigen Namen nannte. George. Sie versuchte sein Gesicht zu betrachten, seine braun-grünen Augen, das rostige Haar, aber sie starrte ins Leere. „Komm Tessa, wir helfen dir!". Tessa merkte, wie er ihr Gesicht in seine warmen Hände nahm und sie ansah. Sie versuchte wach zu bleiben, ihn zu fixieren, auch wenn ihr Hinterkopf dermaßen schmerzte, dass sie kaum noch klarsehen konnte, und das lag nicht an ihrer Brille. „Tessa, es tut mir so leid, so unendlich leid." Sie wollte lächeln, und ihm versichern, dass es schon gut war, doch sie konnte sich einfach nicht rühren. Sie hing dort, ihr wunderschönes Tageskleid völlig mit Blut und Matsch beschmiert und sah ihn einfach nur an, während sie seine Hand presste. Und als die Welt um sie herum immer glasiger wurde, war es, als schwebte sie nur noch über dem Geschehen, friedlich und losgelöst von Zeit und Raum, bis ein großes schwarzes Loch sie in seinen Bann zog.

AUSSÖHNUNG

Besorgt lief George im stickigen Raum herum. Immer wieder sah er zu Tessa und unterdrückte ein lautes Schluchzen, denn er wollte es selbst nicht wahrhaben, wie ernst die Situation war und jedes Mal, wenn er sich in den Sessel setzen wollte, stand er wieder auf und lief weiter Löcher ins Parkett. Was hoffte er damit zu erreichen? Es stand fest, gar keine Frage, Tessa war seinetwegen in diesem Zustand. Er hätte sie niemals allein lassen sollen. Er hätte nicht zulassen dürfen, dass sie unbegleitet wegfuhr. Gott sei Dank hatte er ihr den Anhänger gegeben! Dennoch, sein Gewissen fraß Löscher in seinen Bauch. Nervös kaute er an seinen Fingernägeln, doch da wachte sie plötzlich unter stöhnendem Schmerz auf. George hastete zum Bett und war blitzschnell an ihrer Seite.

„Wie geht es dir?", fragte er und merkte dabei gar nicht, dass er nach ihrer Hand gegriffen hatte. Sie sah schwach so schwach und blass aus, als wäre sie ein Geist. Kraftlos öffnete sie ihre Augen.

„Ich habe Kopfschmerzen", presste sie hervor und wollte sich an den Hinterkopf fassen, da stoppte George sanft ihren Arm. „Nicht! Wir haben einen Verband um die Wunde gelegt. Es sollen keine Bakterien reinkommen", warnte er leise. Tessa sah ihm in die Augen.

„Es war meine Schuld", flüsterte sie. „Alles war meine Schuld. Ich hätte reagieren sollen, ich hätte uns verteidigen sollen". Eine Träne lief ihr aus dem Auge und tropfte lautlos auf das Kopfkissen. George schüttelte wild den Kopf.

„Sag so etwas nie wieder!", entgegnete er bestimmt. „Es war nicht deine Schuld, dass ihr überfallen wurdet. Und du hättest gar nichts machen können, hörst du? Es hätte keine Chance für dich gegeben, die waren zu viert und ihr zu zweit. Gegen vier ausgebildete Männer kommt ihr nicht an." Tessa schniefte und wandte den Blick ab. „Du solltest dich noch etwas ausruhen", schlug George vor. „Du siehst furchtbar aus." Tessa schloss die Augen.

„Ich bin überfallen worden, was ist deine Ausrede dafür furchtbar auszusehen?" George schmunzelte.

„Wahrscheinlich die Gene meiner Eltern." Als er dachte, dass Tessa eingeschlafen war, stand er auf und wollte sich aus dem Zimmer stehlen, da griff Tessa nach seiner Hand und hielt sie fest. „Bleib bitte hier. Ich möchte nicht allein sein", murmelte sie geistesabwesend. George lächelte und umschloss ihre Hand mit den seinen.

„Ich werde hier sein", versprach er.

Als sie aufwachte, saß er noch immer dort in seinem Sessel, ein Buch in der Hand und einen Stift in der anderen. „Du bist ja immer noch hier", stellte Tessa mit leiser Stimme fest. George sah auf und zuckte mit den Schultern.

„Du hast mich doch darum gebeten". Tessa versuchte sich schwindelnd aufzusetzen. „Warte, ich helfe Dir", er stand blitzschnell auf und stützte ihren Arm. Sanft legte er eine Hand unter ihren Rücken und half ihr, sich aufzusetzen. Als sie dann endlich saß, war der Schwindel schon um einiges besser.

„Wie viel Uhr haben wir?", fragte Tessa. George gähnte und sah auf die Uhr.

„Halb sechs." Tessa hob fragend die Augenbrauen, bis George verstand und „Abends", hinzufügte.

„Ich habe den ganzen Tag geschlafen?", fragte Tessa geschockt. George sah sie besorgt an.

„Du hast ganze zwei Tage geschlafen. Zwar bist du immer mal wieder aufgedämmert, dann aber sofort wieder eingeschlafen. Jane kam des Öfteren hoch und fragte nach deinem Befinden, ich bat sie eben, dir einen Teller heiße Suppe vorzubereiten, falls du aufwachst. Möchtest du nun etwas?", fragte er hoffnungsvoll. Eigentlich verspürte Tessa viel mehr einen Druck auf dem Magen, als dass sie Hunger gehabt hätte, doch die Art, wie er sie ansah sagte ihr, dass es ihm besser ginge, wenn sie etwas aß. Tessa wusste, dass er sich die Schuld an dem Überfall gab, und diese Vorstellung wollte sie ihm nehmen. Er hatte keine Schuld. An Ereignissen, wie diesen trug niemand Schuld. Sie geschahen einfach. „Ja, gerne", sagte sie deshalb und schenkte ihm ein schwaches Lächeln. George atmete erleichtert auf, erhob sich aus seinem Sessel und verschwand aus der Tür hinaus. Drei Minuten später, Tessa hatte gerade erneut die Augen zugemacht, traten George und Jane zusammen ein. Beide trugen ein Tablett. Auf Janes befand sich ein großer Teller voller herrlich duftender Suppe, mit einem kleinen Stückchen Brot und auf Georges ein dampfendes Kännchen Tee. Tessa lächelte breit.

„Mein Gott, das bekomme ich doch niemals alles allein runter!", schwärmte sie. George hob eine Augenbraue.

„Oh doch, das glaube ich schon!". Tessa antwortete auf diese freche Vermutung mit zusammengekniffenen Augen und aufeinander gepressten Lippen. Doch George zwinkerte bloß und stellte das Tablett mit dem Suppenteller auf ihrer Bettdecke ab.

„Ich hoffe so sehr es geht Mylady bald schon besser", stieß Jane mit zitternder Stimme hervor. „Wir alle haben uns im Dienstbotentrakt solche Sorgen gemacht, als wir von dem Überfall hörten, es war wahrhaft fürchterlich." Tessa schüttelte den Kopf. „Aber nein, Jane! Ich bin doch zäh, wie ein altes Stück Beef! Mir ist nur ein kleiner Kratzer zugefügt worden." Jane wechselte einen schnellen Blick mit George, der jedoch bloß den Kopf schüttelte und ihr anwies sich fortzubegeben. Also drehte sie sich mit schniefender Nase und einem lauten Schluchzen um und zog die Tür hinter sich zu.

„Was war denn das?", fragte Tessa mit hochgezogener Augenbraue. George biss herzhaft in sein Törtchen. „Sie ist eben etwas sensibel!", brachte er mit

171

vollem Mund heraus. Tessa stöhnte.

„Ich meinte diesen Blick, den ihr miteinander getauscht habt!", erklärte sie, als sei das selbstverständlich. George verschluckte sich und hustete laut.

„Wehe du krepierst jetzt, bevor du mir eine Antwort geben konntest!" Doch er sammelte sich wieder und nahm einmal dramatisch tief Luft.

„Tessa... Deine Wunde war nicht bloß ein kleiner Kratzer. Du wärst beinahe verblutet. Alle im Haus sind durchgedreht, weil niemand einen noch besseren Arzt wusste, der sauberer mit der Wunde umgehen könnte als der andere. Und alles musste so furchtbar schnell gehen." Tessa ließ ihren Suppenlöffel sinken und sah ihn mit großen Augen an. Sie wäre also wirklich beinahe gestorben, ihre Erinnerung hatte sie nicht getrübt. Dabei hatte sie geglaubt, das alles nur geträumt zu haben. „Und welchen Arzt habt ihr letztlich gefunden?", fragte sie leise und fasste sich dabei instinktiv an den Verband. George lächelte schief. „Ich habe Antibiotikum aus dem einundzwanzigsten Jahrhundert geholt und es selbst genäht." Nun war es Tessa die laut hustete und dabei fast die ganze Suppe verschüttete.

„Du hast eine Wunde an meinem Kopf genäht, bist du des Wahnsinns?! du bist doch nicht mal Arzt!", presste sie so laut es ging hervor. George sah sie beleidigt an. „Ich bin sehr wohl imstande dazu eine Platzwunde zu nähen! Schließlich habe ich schon sehr viel mehr Wunden gesehen als du. Vertraust du mir nicht?". Er schien sichtlich bestürzt über Tessas Zweifel zu sein.

„So eine Wunde am Kopf ist eben etwas heikel! Und ja mir geht es nicht gerade super bei dem Gedanken, dass jemand von Mitte zwanzig, noch dazu ein Alienzeitagent, an meinem Kopf rumnäht!". Er stand auf und stützte die Hände in die Hüfte. „Ich dachte du seist so zäh, wie altes Beef?!", entgegnete er ironisch.

„Bin ich auch! Aber für deine Amateurhände ist wahrscheinlich hartes und vergammeltes Fleisch noch zu sensibel!". Jetzt war es endgültig vorbei und er wandte sich ab, um aus dem Zimmer zu stürmen, da hielt Tessa ihn auf. „Ist das so eine Angewohnheit von dir immer zu verschwinden, sobald man versucht zu diskutieren?", rief sie empört. George schmiss die Hände in die Luft.

„Du diskutierst nicht, du verurteilst! Ich habe dir das Leben gerettet und alles, was ich von dir zu hören bekomme ist, dass meine Amateurhände nicht gut genug dafür seien dir das Leben zu retten, findest du das nicht etwas undankbar?". Tessa wandte beschämt den Blick ab. Er hatte recht! Doch gerade war sie so sauer, dass sie ihm das nicht sagen wollte und entschied sich deshalb für:

„Hat dich ja niemand gezwungen mir das Leben zu retten!". Melodramatisch, das war gut!

„Jetzt komm mir nicht mit irgendeiner Melodramatik, Tessa!". Verdammt! Er hatte sie enttarnt. Einen Augenblick verharrten sie einfach so. Sie in ihrer Sturheit und er in seiner Gekränktheit. Es war Tessa, die tatsächlich als erstes einknickte und schnuteziehend „Danke", sagte. Langsam blickte sie zu ihm auf und sah, dass er zufrieden lächelte. „Gern geschehen".

Nachdem sie sich die Suppe runtergezwungen hatte, döste sie erneut weg und schlief traumlos. Ein paar Stunden später wachte sie auf, draußen war es bereits dunkel.

„George?", rief Tessa schläfrig. Augenblicklich richtete sich dieser im Sessel neben ihr auf und lächelte sie an.

„Du siehst ziemlich käsig aus", ärgerte er sie lachend. Tessa lächelte. Da fiel ihr etwas ein. „Meine Brille", erschrocken richtete sich auf. George legte die Stirn in Falten. „Tut mir leid wegen der Brille. Ich habe alles versucht sie zu retten, aber sie war leider völlig kaputt. Ich werde dir schnellstmöglich eine neue besorgen." Tessa bekam ein flaues Gefühl im Magen. Ohne Brille fühlte sie sich schutzlos und verletzlich. Sie war ein Teil von ihr. Seit sie denken konnte, hatte sie eine Brille getragen.

„Warum konnte ich bei dem Überfall kaum etwas ohne Brille sehen und nun sehe ich ganz klar?" George beäugte sie und legte den Kopf schief.

„Um ehrlich zu sein, habe ich keine Ahnung. Doch es muss ein Muster geben... ich wünschte ich könnte es dir sagen, doch das werde ich herausfinden. Darauf gebe ich dir mein Wort." Tessa hob eine Augenbraue.

„Oho, große Worte", versuchte sie die seltsame Situation aufzulockern, doch George schien absolut nicht auf Spaß aus zu sein. Ganz im Gegenteil, er wirkte geradezu angestrengt, als versuchte er die ganze Zeit nicht zu weinen. „George", begann Tessa sanft. „Bitte sei nicht so ernst". Er seufzte und rieb sich die Hände.

„Ich kann nicht anders. Es fällt mir so unendlich schwer, dich da liegen zu sehen und zu wissen, dass es meine Schuld ist. Dass ich dich fast verloren hätte." Tessa deutete ein Kopfschütteln an, auch wenn ihr bei der Bewegung schwindelig wurde.

„Ich wusste doch worauf ich mich hier eingelassen habe. Du hast mich gewarnt, und ich habe trotzdem zugestimmt. Dich trifft keine Schuld." George stand auf und sah aus dem Fenster. Ein richtiger Mr Darcy Moment, dachte Tessa und musste sich selbst daran hindern laut zu kichern.

„Ich hätte dich beschützen sollen. Wenn ich daran denke, was hätte passieren können. Was er gemacht hätte, wenn ich nur ein wenig später da gewesen wäre."

„Es tut nichts zur Sache. Das Leben verläuft so, wie es verläuft und wir können nichts daran ändern. Lass uns einfach froh darüber sein, dass ich nur halb tot bin und dich noch lange weiter berichtigen kann." Auf einmal stahl sich ein klitzekleines Lächeln auf Georges Mund und er sah Tessa herausfordernd an.

„Wenn du halb tot bist, könnte das nicht zufällig die eine Hälfte deines Gehirnes sein, die für dein Besserwisser-Syndrom verantwortlich ist?". Tessa wiegte den Kopf hin und her.

„Ich glaube, bevor das passiert, bin ich komplett tot." Nun lachte George endlich und drehte sich zu ihr herum. Er war wieder der Alte in seiner völlig witzigen, ironischen und auf eine gewisse Weise selbstgefälligen Art. „Warum bist du eigentlich noch gar nicht umgekleidet?

Es ist doch schon spät, zieh dich um und komm ins Bett", schlug Tessa vor. George lächelte sie breit an.

„Nur, wenn du mir etwas von der Decke abgibst", forderte er. Bereitwillig griff sie einen Zipfel der weißen Bettdecke und hielt ihn George entgegen.

„Ich glaube ich kannte einen der Angreifer", sagte Tessa mit bedrückter Stimme. George runzelte die Stirn. „Bist du dir da ganz sicher?", fragte er ungläubig.

„Ich weiß nicht, welcher von ihnen es war und wer er war, doch ich erkannte seine Stimme. Als er anfing zu sprechen, kam sie mir so unglaublich bekannt vor, ich wusste einfach, dass ich sie schon einmal gehört hatte." Als sie seinen Blick sah, wusste sie, dass er es für unwahrscheinlich hielt. „Das ist es auch, es ist nicht sehr wahrscheinlich. Aber es ist nicht unmöglich. Was ist, wenn der Angreifer aus einem bestimmten Grund unsere Kutsche gewählt hat?", deutete Tessa an. George verstand sofort.

„Das würde bedeuten, dass unsere Gegenspieler über uns Bescheid wüssten und das wäre schlecht. Aber du hast recht, es wäre nicht unmöglich. Kannst du dich denn wirklich nicht daran erinnern, woher du die Stimme kanntest?", fragte er verzweifelt, doch Tessa schüttelte bloß den Kopf.

„Nein, absolut nicht. Das ist so wahnsinnig untypisch für mich. Ich habe ein super Gedächtnis, ich kann mir normalerweise alles merken, und so ein wichtiges Detail würde mir nicht entfallen.", ärgerte sie sich. George seufzte lächelnd. „Versuch dich nicht aufzuregen und dich auszuruhen. Alles ist manchmal seltsam und oft müssen wir uns ins

Gedächtnis zurückrufen, weshalb wir überhaupt hier sind. Wir sind hier, um eine Anomalie in der Zeit zu verhindern. Das heißt es ist ganz natürlich, dass alles ein wenig schiefläuft." Tessa nahm einen Löffel aus ihrer Suppe, von der sie nun bestimmt drei Teller gegessen hatte und seufzte.

„Es kommt mir so surreal vor, weißt du. Dass ich fast gestorben wäre, meine ich." George nickte betroffen.

„Das kann ich mir denken. Darf ich dich was fragen?" Tessa wandte ihm den Kopf zu und sah ihn an.

„Hattest du große Angst? Kurz vorher?" Einen Moment lang brach sie den Blickkontakt ab, biss sich auf die Unterlippe und sah ihn dann erneut in die Augen.

„Ja", hauchte sie. „Ich hatte riesige Angst. Und ich fürchte mich nicht davor zuzugeben, dass ich mir beinahe in die Hosen gemacht hätte. Auch wenn das beutet, dass ich schwach und ängstlich bin." George schüttelte den Kopf und schnalzte mit der Zunge.

„Jeder der behauptet er fürchte sich nicht vor dem Tod, lügt. Denn die Frage ist doch, wenn wir etwas derart Endgültiges wie den Tod nicht fürchten, was könnte uns noch mehr Angst bereiten? Letztlich fürchten wir uns vor allem, weil wir fürchten dadurch zu sterben." Tessa hob die Augenbrauen.

„Eine gewagte These. Aber ja, ich denke, da könnte etwas dran sein." Einen Augenblick lang herrschte zwischen ihnen eine angespannte Stille, als wüssten sie, dass jeder von beiden etwas zu sagen hatte.

„Ich hätte es mir niemals verziehen, wenn du gestorben wärst. Erst recht nicht, dass ich dir nicht mehr sagen konnte, wie leid mir dieser Streit tut, den wir vorher hatten." Tessa erwiderte nichts darauf. Sie war noch immer ein wenig beleidigt, auch wenn sie wusste, wie unsinnig das war, wegen so einer Kleinigkeit noch immer sauer zu sein. Doch für sie war es eben mehr als das. Es hatte sie ernsthaft verletzt.

„Ich war so ein Idiot, Tessa. Es tut mir unendlich leid, und nichts, was ich jetzt sage, könnte mein Verhalten rechtfertigen. Für mich klang es einfach unplausibel, dass sowas wie Kleider ernsthaft Bedeutung haben könnte und dabei habe ich selbst vergessen, wie wichtig Details sind. Und ich mache das hier schon seit ein paar Jahren! Ich hätte auf dich hören sollen, von Anfang an, denn auch wenn ich meinem Ego selbst damit wehtue, deine historische Meinung anzuzweifeln ist sinnlos, du hast weitaus mehr Ahnung als ich." Tessa winkte ab.

„Jetzt übertreib mal nicht, George. Ich glaube kaum, dass ich so viel gesehen habe, wie du. Schließlich bist du der Zeitreisende von uns. Weißt du... mein Wissen und meine Fähigkeit Dinge im historischen und kulturellen Kontext zu sehen, ist so ziemlich alles, was ich habe. Als du meine Meinung angezweifelt hast, fühlte es sich an, als würdest du das Letzte, was mir bleibt auch noch nehmen. Ich denke der Grund, weshalb es mir so wehtat, was du gesagt hast, war einfach verletzter Stolz." George schmunzelte und nickte daraufhin.

„Ja und das stand mir in keiner Weise zu! Ich habe dich aus gutem Grund ausgewählt meine Begleiterin zu werden und ich hatte so viel Glück, dass du auch noch zugestimmt hast! du bist so viel mehr als nur das. Und du hast so viel mehr an dir als bloß deine historischen Fähigkeiten, das musst du mir glauben." Tessa lächelte, auch wenn sie es ihm nicht hundertprozentig glaubte. „Danke", sagte sie sanft und meinte es auch so. Seine Entschuldigung bedeutete ihr viel, denn manchmal lag Stärke eben nicht in Sturheit, sondern im Eingestehen und Verzeihen.

„Ich weiß nicht einmal, wer du bist, George. Ich bin Hals über Kopf mit dir in diese Vergangenheit abgehauen, habe die wichtigste Prüfung meines Lebens sausen lassen und weiß nicht mal, wer du bist", stellte sie nervös lachend fest.

„Die wichtigste Prüfung deines Lebens?", fragte George skeptisch. „Das bezweifle ich". Tessa sah ihm fest in die Augen. „Ich habe Jahre auf diese Prüfung hingearbeitet. Jahre in meinem Zimmer an meinem Schreibtisch verbracht. Diese Prüfung hat alles für mich bedeutet, denn sie wäre mein Ticket nach Oxford gewesen." George runzelte die Stirn.

„Jahre für eine Prüfung? Was soll schon so toll daran sein nach Oxford zu kommen?" Tessa lachte empört. „Oxford ist die beste Universität, die man sich vorstellen kann. In Oxford wäre ich die beste Historikerin geworden, ich wäre endlich für das belohnt wurden, wofür ich all die anderen Jahre ausgegrenzt und ausgelacht wurde. Meinen Verstand."

„Da stellt sich mir doch gleich eine sehr interessante Frage...", deutete George an. „Warum hast du sie sausen lassen und bist mit mir mitgekommen?". Tessa raste das Herz. Sie brach den Blickkontakt ab und schluckte, während sie nervös ihre Finger knetete.

„Du sagtest du hättest all die Jahre nichts anderes gemacht und in dem Moment, in dem du endlich das Siegel unter den Vertrag deines neuen, intellektuellen Lebens hättest setzen können, läufst du weg. So ganz verstehe ich es nicht." Wie konnte er auch, wenn Tessa es selbst nicht verstand? Doch seine Frage war berechtigt, schließlich hatte sie sich selbst schon eine Millionen Mal etwas ähnliches gefragt.

„Es kommt mir ganz so vor als...", er brach ab und sah sie an. Tessa wandte den Blick ab und merkte, wie sich ihre Augen mit Wasser füllten.

„Als...?", fragte sie ihn.

„Als wärst du dir doch nicht mehr so unglaublich sicher, dass du nach Oxford möchtest. Als würdest du zögern. Tief in dir weißt du, dass es dir vielleicht einfach nicht reicht. Dass es nicht genug ist Sachtexte zu lesen und ein Leben für das Lernen zu führen in dem du das absolut Wichtigste überhaupt vergisst, nämlich zu leben." Tessa rann eine Träne aus dem Auge.

„Wirklich hübsche Schlussfolgerung", sagte sie ironisch und wischte die Träne schnellstens weg. „Aber ja, vielleicht hast du sogar recht. Ich habe die Aufgabenstellung gelesen, und ich wusste, dass ich die neunzig Prozent erreichen kann. Ich wusste es auf einmal und da wurde mir klar, dass ich es entgegen all der Erwartungen meiner Mutter, meines großartigen Bruders und ja, sehr wahrscheinlich auch meines nie anwesenden Vaters schaffen könnte. Und in genau dem Moment wusste ich auch, dass es mehr für mich geben muss, als zu lernen. Da muss noch mehr sein! Mein ganzes Leben habe ich für alles gearbeitet und war mittelmäßig, bei weitem nicht die Beste, wie sollte das erst in Oxford werden? Ich glaube letztlich war der Grund für mein Weglaufen einfache Angst, davor was kommt, wenn ich die Prüfung mit neunzig Prozent schaffe. In Oxford bin ich nicht mal mehr eine unter den Besten, ich bin nur noch eine unter vielen. Und wenn es hochkommt, eine aus dem unteren Mittel. Und all das wurde mir schlagartig bewusst."

„Ganz schön viele Gedanken innerhalb von zwei Sekunden", bemerkte George und hob anerkennend die Augenbrauen. Tessa lachte.

„Ich denke relativ schnell." George fuhr sich durch das wirre Haar. „Weißt Du, was ich glaube? du denkst nicht nur zu schnell, sondern auch zu viel. Wen interessiert es, zu welcher intellektuellen Schicht du in Oxford gehörst? Wen interessiert es, wieviel Prozent du in der Abschlussprüfung schaffst? Du möchtest Historikerin werden, weil du es liebst, weil du Geschichte lebst. Du tust das alles für niemand anderen als für Dich. Und ich soll absolut verdammt sein, wenn du zum unteren Mittel gehörst!"

„Du hast gut reden, hast *du* eine Mutter, die von morgens bis abends erwartet, dass du genauso gut und erfolgreich wirst, wie dein großer Bruder, der zu den besten zehn in Oxford gehört? Der in absolut allem glänzt, was er tut? Und das auch noch ohne jede Anstrengung?", ihre Stimme klang nun sehr viel erhitzter und aufgebrachter als sonst. „Die einfach nicht sieht, wieviel du arbeitest, Tag für Tag und wie du leidest unter diesem ganzen Druck, der auf dir lastet? Ja, ich liebe Geschichte und ich wollte schon immer nach Oxford, aber ich habe gemerkt, dass ich einfach nicht gut genug bin, ich reiche einfach nicht." Die Tränen liefen ihr unkontrollierbar über die Wangen und sie machte sich nicht einmal die Mühe sie wegzuwischen. Gerade sprudelte alles aus ihr heraus, all die Anstrengung und die Sorgen, die sie seit Jahren begleiteten. George griff ihre Hand und wandte sich ihr zu.

„Tessa! In so vielen Jahren und durch alle Zeiten hinweg habe ich eines gelernt, und zwar, dass jeder Mensch seinen besonderen Platz im Leben hat. Und genau dort gehört er hin. Du bist genug, so wie du bist."

„Woher weißt du das?", fragte Tessa leise. George zog seine Mundwinkel zu einem kleinen Lächeln.

„Weil absolut jeder von uns, jeder einzelne, so genug ist, wie er ist und wie er sich glücklich fühlt."

Als Tessa am nächsten Morgen aufwachte, war die andere Seite des Bettes verlassen, George war also bereits aufgestanden. Nach ihrem Gespräch gestern war Tessa kurz darauf voller Erschöpfung eingeschlafen und doch hatte es ihr so unglaublich gutgetan, darüber zu sprechen, was sie so lange bereits beschäftigte. Sich George zu offenbaren war ihr schwergefallen, so wie es ihr immer schwer fiel den Menschen ihr wahres *Ich* zu zeigen. Denn sobald man sich offenbarte, machte man sich an den Punkten angreifbar, die man eigentlich tief in sich verborgen hält, von denen nur man selbst etwas weiß und von denen man sich bewusst ist, dass sie einen verletzen werden. Doch Tessa wusste, dass George sie nicht gegen sie verwenden würde. Überhaupt wusste sie genauso viel über George, wie sie nicht über ihn wusste, auch wenn ihr immer wieder auffiel, wie bescheuert sich das anhörte. Sie wusste, dass sie ihn mochte. Sie konnte nur nicht sagen wie. Gerade, als sie diesen Gedankenstrang weiterführen wollte, klopfte es an der Tür und Jane trat ein.

„Ihr seht so viel gesünder aus, Mylady!", schwärmte sie und stellte eine Schüssel mit warmem Wasser und zwei weißen Lappen auf dem Nachttisch ab. „Kommt, ich helfe Euch beim Frischmachen". Doch als sie einen der Lappen ausgewrungen hatte, stürmte George in das Zimmer, bereits vollständig angekleidet.

„Großartige Neuigkeiten! Wir wurden auf den Ball der Königin eingeladen."

DER BALL DER KÖNIGIN

Tessa überkam die Angst. „George, ich bin noch nicht so weit! Ich kann unmöglich in diesem Zustand auf dem Ball der Königin erscheinen, was werden wohl die Leute denken! Keine Chance, das ist viel zu auffällig." George stöhnte und bedachte Tessa mit einem genervten Blick.

„Ach was, ist doch schon wieder fast verheilt, jetzt stell dich mal nicht so an. Das können wir uns nicht entgehen lassen, derjenige wird ganz eindeutig da sein." Wie konnte er nur so etwas sagen und sich so wenig um Tessas Gesundheit scheren? Langsam beschlich sie das Gefühl, sein Verständnis und die Art wie er gestern mit ihr gesprochen hatte, könnten nur ein einziges Schauspiel gewesen sein. „Und wenn ich zu erschöpft bin?", fragte sie deshalb. Er zuckte mit den Schultern.

„Dann gehe ich eben allein, ist kein Problem, ich werde mir schon etwas ausdenken, weshalb meine Gattin nicht hat mitkommen können."

„So ein selten dämlicher Plan, zumal du dann gänzlich ohne Schutz wärst, wenn du angegriffen würdest. Das werde ich nicht zulassen", sagte sie mit fester Stimme.

„Dann pell dich raus aus der Bettdecke, nimm Schmerzmittel und setz dich mit Jane auseinander, ihr müsst ein absolut beeindruckendes Kleid für morgen Abend finden!" Damit drehte er sich um und verschwand freudig singend aus dem Raum. Tessa dröhnte der Kopf. Dieser Blödmann! Ihn interessierte einzig und allein diese Mission. Tief in ihr, wusste Tessa natürlich, dass auch sie sich dafür zu interessieren hatte, aber bei der Vorstellung sich morgen Abend in ein Korsett zwängen zu müssen und sich beinahe den ganzen Abend nicht setzen zu können wurde ihr schwindelig. Dennoch, George hatte Recht, sie musste sich aufmachen. Tessa griff nach der silbernen Glocke neben ihrem Bett und ließ nach Jane klingeln, die wenige Momente später im Türrahmen erschien.

„Ja, Mylady?", fragte sie zart und knickste. Tessa lächelte sie an. „Guten Morgen, Jane! Würdest du mir eventuell einen Tee aufkochen und mir ein paar Scones bringen? Oder nein, noch besser, ich würde mich gerne ankleiden und unten meinen Tee einnehmen." Jane weitete die Augen.

„Fühlen sich Mylady denn bereits kräftig genug dafür unten zu speisen? Entschuldigt, ich möchte keinesfalls anmaßend wirken, doch Ihr seht noch nicht sehr wohlauf aus und solltet Euch gewiss schonen."

„Lord Thomas hat soeben eine Einladung für den Ball der Königin erhalten, also muss ich bis morgen Abend wohl bei Kräften sein", erwiderte Tessa mit einem gewissen Bedauern in der Stimme. Jane klatschte aufgeregt die Hände zusammen. „Wie schön, zu dem Ball der Königin, das erfreut Euch sicher ungemein! Nicht jeder wird zu dem Ball der Königin geladen, Mylady werden sicherlich glänzen mit ihrer Gewandtheit. Aber wie schade, dass Ihr Euch noch so schwach fühlt und es gar nicht genießen könnt." Tessa nickte.

„Ich werde mich bemühen, die Scones zu backen und den Tee anzurichten, nachdem ich Mylady beim Ankleiden und der Toilette geholfen habe! Vielleicht könntet Ihr es Euch anstatt am Tisch auf einem der Lesesessel vor dem Kamin gemütlich machen, mit einem der Bücher, die Mylady so gerne lesen, ich werde Matthew Bescheid geben das Feuer zu stochern, sodass Ihr es ganz gemütlich habt." Tessa strahlte Jane an.

„Das wäre ganz wundervoll, Jane! Ich danke dir von ganzem Herzen". Jane huschte zu Tessas Bett herüber und half ihr aufzustehen. Als die Decke von ihr genommen wurde, fror sie und schlang die Arme um sich, doch Jane hatte bereits eine Schale mit warmem Wasser geholt und half Tessa sich zu waschen und den Körper mit einer nach Lavendel riechenden Lotion einzureiben, sodass sie wieder herrlich roch. Beim Ankleiden verzichtete Jane darauf das Korsett enger zu schnüren, als nötig und suchte ein warmes Kleid aus karierter Baumwolle heraus.

„Wie soll ich Mylady die Haare frisieren?", vorsichtig hielt Jane den goldenen Kamm hoch, doch Tessa fasste sich schützend an den Kopf.

„Ich glaube meine Kopfverletzung lässt eine

wirkliche Frisur noch nicht zu. Lieber wäre es mir, ich könnte sie offen tragen, oder lediglich zu einem losen Zopf geflochten." Jane lächelte zart.

„Ich werde zwei Strähnen nach hinten binden, so-dass Mylady die Haare aus dem Gesicht hat." Als sie fertig waren, half Jane ihr die Treppe hinunterzugehen, setzte sie in den Lesesessel im Salon und legte ihr ein Tuch über die Beine. „Ich werde rasch nach oben laufen und in der Bibliothek ein Buch für Euch besorgen." Jane hatte sich schon zum Gehen bereitgemacht, da hob Tessa die Hand.

„Ach nein, Jane, Sir Thomas hat es gar nicht gerne, wenn jemand in seiner Bibliothek herumschwirrt. Es liegt noch ein Buch auf meinem Nachttisch, das würde ich gerne lesen." Jane nickte zustimmend und eilte hinauf, um Tessa das Buch zu holen. Tessa lehnte sich in dem Sessel zurück und sah in die lodernden Flammen vor sich. Wie sie zün-gelten und knackten und flogen.

„Ist es das Buch von... Thomas Hardy?", fragte Jane, als sie zurück in den Salon geeilt kam. „Ja", bestätigte Tessa. Jane legte das Buch auf Tessas Schoß und stemmte die Hände auf die Hüften.

„Ich muss schon sagen, es war natürlich keines-wegs meine Absicht in Myladys Sachen zu lesen, aber ein-mal lag das Buch offen und ich konnte einfach nicht wider-stehen die Seite zu lesen. Die Szene erschien geradezu tragisch, die arme Tess... so geächtet und das nur, weil sie sich in ihn verliebt hatte und er sie verführt." Tessa lä-chelte. „Ich habe lesen gelernt, von meinem Onkel, bevor ich Hausmädchen wurde, er hat es mir beigebracht, aber ich kann mir keine Bücher leisten, um das Lesen anzuwenden." Tessa wog das Buch von Thomas Hardy in ihren Händen, fuhr über den Einband und den Titel, der in goldenen Buchstaben vor ihr lag und hielt es Jane entgegen.

„Möchten Sie es gerne lesen?" Jane schien sprachlos und weitete ungläubig die Augen. „Mylady würden es mir leihen?" Tessa streckte ihr das Buch entgegen.

„Aber natürlich, sehr gerne! Ich möchte niemandem Hardy enthalten, es ist großartig." Jane strahlte über das ganze Gesicht.

„Ich danke Euch von ganzem Herzen. Mylady und nun werde ich in die Küche eilen und die besten Scones backen, die es jemals gegeben hat." Jane huschte davon und Tessa lächelte in sich hinein. Sie hatte ohnehin viel zu starke Kopfschmerzen gehabt, um sich auf das Lesen konzentrieren zu können. Lieber würde sie gerade die Augen etwas schließen und einfach vor dem warmen Feuer vor sich hindösen. Gerade war ihr Kopf noch voller Gedanken, als das leise Knistern sie in einen tiefen Schlaf gleiten ließ. Ein seltsames Geräusch jagte ihr einen Schauer über den Rücken und ließ sie aufschrecken. Tessa sah sich um, aber niemand war dort. Verdutzt schüttelte sie den Kopf. Man hat das Knacken laut und deutlich gehört, als sei jemand von hinten an sie herangetreten. Und dabei kam ihr das Geräusch sehr bekannt vor, es war nämlich noch gar nicht so lange her, da hatte sie es schon einmal gehört. Unbehaglich legte Tessa ihre Hände unter die Decke, eine Geste, die sie immer machte, wenn sie sich vor etwas gruselte. Dann schloss sie erneut die Augen und ließ sich die beruhigende Wärme des Feuers erneut ins Gesicht scheinen.

„Lady Tess, wacht auf meine Liebe!" Tessa öffnete verschlafen die Augen. Vor ihr stand George mit einem gigantischen Lächeln auf den Lippen.

„Wo wart Ihr?", fragte Tessa ihn und streckte ihre Arme. „Ich war bei einem Treffen der Gentleman im Whisky Club und habe mich dort etwas umgehört bezüglich des Balls der Königin und ganz wie erwartet: alle werden da sein! Mir pocht das Adrenalin in den Adern, so sehr freue ich mich!", enthusiastisch klatschte er und bediente sich an einem der Scones, die neben Tessa auf dem Tisch standen. Jane hatte sie wahrscheinlich nicht aufwecken wollen und sie deshalb für sie dorthin gestellt. Auch Tessa griff danach und ließ sich das köstliche Gebäck im Mund zergehen. George setzte sich in den Sessel neben ihr und überschlug die Beine. „Im Whisky Club haben sie heute alle davon berichtet, dass wohl die komplette Londoner Gesellschaft auf dem Ball erscheinen soll!" Tessa runzelte die Stirn.

"Was soll unsere Königin denn dazu verleiten einen derart großen Ball zu feiern? Es müssen hunderte von Leuten da sein." George zuckte mit den Schultern und gab einen schnaufenden Laut von sich.

"Sie mag eben Festivitäten und Tanz... auch erwähnenswert ist das Essen!" Tessa blickte ihn einen langen Moment skeptisch an und seufzte dann. "Kann es sein, dass Ihr euch niemals wirklich Gedanken über die Motive der Menschen macht, mein Gemahl?" George stopfte sich einen weiteren Scone in den Mund und legte die Stirn in Falten.

"Geht heute Nachmittag mit Jane in die Stadt zur Schneiderin und lasst Euch ein entsprechendes Ballkleid anfertigen. Richtet der Schneiderin aus, sie bekommt einen kräftigen Zuschlag, wenn sie das Kleid bis morgen fertig hat." Tessa protestierte.

"Ich habe noch immer eine Kopfverletzung, ich kann nicht in die Stadt gehen!" Doch George war bereits aufgestanden und im Zuge zu gehen, als er sich noch einmal umdrehte und sie eindringlich ansah. Tessa war dieser Blick von ihm peinlich, weshalb sie rasch ihre Augen abwandte und die Arme vor der Brust verschränkte.

"Na dann nehmt eben die Kutsche!", stieß er hervor und drehte sich so hastig um, dass die Tür mit einem lauten Windstoß ins Schloss fiel. Was für ein Trottel, dachte sich Tessa und lehnte sich grummelig zurück. Wie sollte sie heute zur Schneiderin fahren, wenn sie kaum aufstehen konnte und jedes einzelne, erschütternde Steinchen unter der Kutsche ihren Kopf zum Schmerzen bringen würde? Sie rief nach Jane, welche einen Moment später in der Tür erschien und höflich knickste.

„Mylady haben gerufen?", fragte ihre Zofe und lächelte Tessa mit genau dem gleichen, mitleidigen Blick an, den sie seit dem Unfall unterbrochen trug.

„Ja, wir müssen in die Stadt fahren zur Schneiderin!", seufzte Tessa. Jane sah sie verständnislos an.

„Jetzt? Sofort? Aber Mylady können doch

unmöglich in diesem Zustand schon aufbrechen." Tessa rieb sich die Stirn und wartete darauf, dass Jane endlich die Toilette herrichtete, damit sie unbemerkt eine Schmerztablette nehmen konnte, die George Gott sei Dank unbemerkt aus ihrer Zeit mitgebracht hatte und Tessa gut in der Innentasche ihres Kleides versteckte.

„Das geht schon in Ordnung, Jane, mach dir bitte keine Sorgen. Würdest du mein Tageskleid aus blauer Baumwolle herausholen?" Jane nickte und ging die Treppe hinauf in Tessas Gemach. Blitzschnell holte Tessa die kleine, weiße Tablette aus ihrer Tasche und nahm sie mit einer kalten Tasse Tee ein.

„Ich kann das blaue Kleid aus Baumwolle nicht finden, Mylady", klagte Jane, die schon fast gänzlich vom Kleiderschrank verschluckt wurde.

„Oh, ich muss es wohl in die Reinigung gegeben haben", rief Tessa bedauernd, „Dann einfach das Smaragdgrüne". Das hing ganz links und war kaum zu übersehen. Jane lächelte zufrieden, als sie es aus dem Schrank nahm.

„So", rief sie, und Tessa wusste, was jetzt kam. Sie bibberte schon in ängstlicher Erwartung darauf ihre warme, weiche Decke beiseitelegen zu müssen. Eine Stunde später saß sie gestriegelt, mit süßer Flechtfrisur in der Kutsche auf dem Weg zur Schneiderin.

„Wissen Mylady schon, was für eine Art Kleid es werden soll?", fragte Jane aufgeregt. Tessa dachte an hunderte von Kleidern, die sie im Victoria und Albert Museum in London begeistert betrachtet, und sich gewünscht hatte, ein solches ihr Eigen nennen zu dürfen.

Aber dann fiel ihr wieder ein, dass George sich bereits um das Kleid gekümmert hatte und der Entwurf schon von Charlotte Babington festgelegt wurde. Tessa grummelte es schon wieder bei diesem Gedanken.

„Lord Thomas hat es bereits anfertigen lassen", antwortete sie deshalb enttäuscht. „Ansonsten hätte ich aber hunderte Ideen gehabt." Sie hielten vor der Schneiderei und traten ein. Das Glöckchen über der Tür kündigte sie klingelnd an, sodass die alte Frau hinter dem Tresen zögernd und missmutig aufsah. Das, von Falten überzogene, Gesicht der alten Schneiderin erinnerte Tessa an eine schrumpelige Rosine. „Ja?", fragte die missmutige Rosine. Karl Lagerfeld wäre wahrscheinlich bestürzt über diesen mangelnden Elan gewesen.

„Guten Tag, mein Name ist Tess Thomas und ich komme, um ein Kleid anfertigen zu lassen." Die Rosine riss eine Augenbraue empor.

„Die meisten kommen in eine Schneiderei, um ein Kleid anfertigen zu lassen, meine Liebe. Also, wenn es ginge, ein bisschen konkreter." Tessa nahm einen tiefen Atemzug. „Mein Gatte hat hier bereits ein Kleid in Auftrag gegeben, und möchte, dass Sie es bitte bis morgen an mir anpassen und abändern." Nun blickte die Rosine sie mit purem Entsetzen an.

„Ich soll innerhalb eines Tages für Sie ein Kleid anfertigen? Für wen halten Sie mich, Lady?" Ganz langsam schritt Tessa in Richtung Tresen, beugte sich zu der Frau herunter und lächelte sie kokett an. „Außerdem lässt mein Gatte ausrichten, dass sollten Sie es schaffen das Kleid bis morgen fertig zu bekommen, eine großzügige Entlohnung auf Sie warten wird." Jetzt ratterte es im Kopf der Rosine und nach einem winzigen Augenblick sagte sie: „Na gut. Sagen Sie mir noch einmal den Namen." Tessa wiederholte, was sie bereits gesagt hatte, und die Rosinenschneiderin eilte in ihr Lager. Als sie wieder kam, sah Tessa, wie sie ein wunderschönes, sanft lilafarbenes Seidenbündel in den Ankleideraum brachte.

„Lady Thomas, kommt bitte in den Ankleideraum." Tessa folgte ihr zögerlich, aber erst als sie hinter die weißen Vorhänge trat, sah sie das Kleid in seiner ganzen Pracht. *Scheiße nochmal*, dachte Tessa, Lady Charlotte hatte wirklich einen exklusiven Geschmack. Als die Rosine es ihr anzog, auch wenn es noch nicht gänzlich an ihren Körper angepasst war, fühlte sie sich einfach wunderschön. Die Rosinenschneiderin rupfte an ihr herum und steckte das Kleid ab. „So, das war's", sagte sie und erst jetzt fiel Tessa der ausgeprägte Cockney Dialekt auf, in welchem die Rosine sprach. Er erinnerte sie ein wenig an zu Hause.

„Kommen Sie es einfach morgen früh abholen." Dann stiegen Tessa und Jane wieder in ihre Kutsche und fuhren davon.

„Mylady, ihre glänzende Schönheit überwältigt mich". Tessa fing an sich zu fragen, ob George die Zofe dafür bezahlt hatte ihr so viele Komplimente zu machen. Für den Ball an diesem Abend hatte sich Jane besonders viel Mühe gegeben. Tessa lächelte sie im Spiegel an. Nachdem Jane ihr die letzte Blume ins Haar geflochten hatte, stand Tessa auf, nahm ihr Retikül und ging die Treppe hinunter, an deren Ende George bereits stand und auf sie wartete. Tessa legte extra ein sehr langsames Tempo an, damit das zu einem typischen *Oh-sieh-wie-wundervoll-ich-aussehe* Moment werden konnte, aber Georges Miene verriet nur Ungeduld.

„Sind dir die Beine eingeschlafen?", fragte er und sah auf die Uhr. Tessa sackte etwas zusammen und stöhnte genervt auf. „Hallo?! Könntest du mal einen Moment versuchen ein normaler Kerl zu sein?" George starrte sie entsetzt an.

„Normal? Willst du mich veräppeln? Komm jetzt, die Kutsche wartet draußen schon." Großartig, das hätte sie sich wirklich anders vorgestellt. Aber jetzt war nicht der Zeitpunkt die beleidigte Leberwurst zu spielen, Jane warf ihr ein Cape um die Schultern und schon wanderten sie hinaus in die dunkle Kälte. Als sie in die klappernde Kutsche einstiegen, wünschte sich Tessa einfach wieder in ihrem weichen Bett liegen zu können, denn wahrscheinlich würde das ein langer und anstrengender Abend werden.

„So, das wird ein langer und anstrengender Abend werden", las George laut aus ihren Gedanken. Tessa stutzte und sah aus dem Fenster. „Haben wir einen Plan für heute Abend?", fragte sie. George überschlug theatralisch die Beine und sah auf seine silberne Taschenuhr.

„Einen Plan...", sagte er gezogen, „Ja... einen Plan... Natürlich, klar! Einfach darauf achten, was da alles so komisches passiert." Tessas Miene versteinerte.

„Das heißt also wir haben keinen Plan." George gestikulierte wild, als würde er eine Fliege von sich schlagen wollen. „Dafür nutze ich die Kutschfahrten! Die Zeit sollte man ja auch nicht einfach so absitzen." Tessa schmunzelte. Sie hatte nicht erwähnt, dass sie sich zusätzlich zu den Änderungen noch eine Tasche in ihren Rock hatte einnähen lassen, aus der sie nun ein kleines Buch herausbeförderte.

„Der Meinung bin ich auch", bestätigte sie.

„Das ist jetzt nicht, dein heiliger Ernst, du hast ein Buch dabei?", fragte George in scharfem Ton.

„Man soll ja die Kutschfahrten nicht einfach so absitzen.", gab sie schnippisch zurück. „Also, mach du dir mal Gedanken um einen adäquaten Plan und ich gebe mich dieser Lektüre hin." Eingeschnappt kreuzte George die Arme vor der Brust und sah angestrengt aus dem Fenster. Tessa öffnete ihr Buch, kam aber gar nicht dazu auch nur einen Satz zu lesen, weil es einfach stockdunkel in der Kutsche war.

„He!", rief George aus. „Warum hilfst du mir denn nicht bei dem Plan?" Tessa hob eine Augenbraue.

„Ich dachte du hättest Erfahrungen in dieser Art von Mission."

„Tja, ganz richtig... dann fangen wir mal an." Tessa holte tief Luft, legte ihr Buch auf Seite und lehnte sich zu dem grübelnden George vor. „Na gut, fangen wir an. Also bisher haben wir drei Verdächtige, die wirklich plausibel sind, Lady Charlotte, ihr Ehemann und der Baron. Und jede dieser Personen wird auf dem Ball sein."

George hakte ein. „Aber jeweils zu jeder dieser Personen gehört ein größerer Kreis an Personengruppe. Lady Charlotte hat ihre Lästerschwestern, und ihr Gatte hängt mit dem Baron zusammen." Tessa nickte.

„Natürlich, aber machen wir den Drahtzieher ausfindig, finden wir die dazugehörige Gruppe. Also teilen wir uns auf. Du klebst an die Gruppe vom Baron und Lord Babington und ich quatsche weiter mit Lady Charlotte und den lustigen Lästerschwestern." Auf einmal prustete George los.

„Quatschen? Hört sich nach harter Arbeit an." Tessa zog eine Grimasse. „Glaub ja nicht, dass ich das gerne mache."

„Selbstverständlich nicht… das muss ein großes Opfer für dich sein", höhnte er und Tessa hätte die Ironie auch ohne das übertriebene Augenzwinkern verstanden. Abrupt kam die Kutsche zum Stehen und schleuderte Tessa mal wieder nach vorne.

„Kannst du mir mal verraten, warum *ich* nie irgendwo hingeschleudert werde?", fragte George und schob sie wieder auf ihren Platz.

„Weil du dich auf die richtige Seite setzt!"

Aus den Fenstern des Palastes drang bereits dämmriges Kerzenlicht, und Geigenmusik ertönte in der nächtlichen Stadtlandschaft. George stieg aus und reichte ihr die Hand, als sie aus der Kutsche kletterte. Es war, wie alles hier, ein Traum für Tessa. Wirklich realisieren konnte sie es gar nicht. Und doch war alles so anders, als sie sich das jahrelang vorgestellt hatte. Wie hätte sie ahnen können, wie es wirklich aussah? Wie es sich wirklich anfühlte in der Vergangenheit zu sein? Sie schritten auf die geöffneten Türen zu, näherten sich dem Palast, den Tessa noch vor zwei Wochen mit einer Freundin besichtigt hatte, und in dem zu ihrer Zeit Königin Elizabeth lebte. Und Tessa musste feststellen, es hatte sich gar nicht so viel verändert, wie sie geglaubt hatte. Auch über einhundert Jahre zuvor, sah der Buckingham Palace genauso bei Nacht aus, wie sie es gewohnt war und sogar die Eingangshalle roch beinahe genauso, wie zu ihrer Zeit. Zwei bedienstete in der typischen roten Uniform eilten alsbald herbei und nahmen ihnen die Capes ab. Dann wurden sie angekündigt und der Abend begann. Schon wieder musterten sie hunderte neugieriger Augenpaare, diesmal war der Saal sogar so dicht mit Menschen gefüllt, dass es Tessa unmöglich erschien sich einen Überblick zu beschaffen. Betont legte Tessa ihre Hand auf Georges Arm und sie gingen gemeinsam die Treppe zum Ballsaal hinunter. Als sie ankamen, wurden sie unmittelbar von einem Herrn mittleren Alters angesprochen.

„Thomas, wie schön es ist Sie mal wieder zu sehen! Und das ist Ihre liebe Gattin? Welch eine Augenweide Sie sind", er neigte den Kopf und Tessa knickste. Dann vertieften sich die beide in ein Gespräch über Whiskey, und aus mangelndem Interesse, ließ Tessa den Blick durch den Raum streifen. Auf einmal blieb er an einem wundervollen, porzellanartigen, rothaarigen Wesen hängen, das heute in ein zartrosa Kleid gehüllt war. Tessa wandte sich von George ab und ging unverzüglich zu Lady Charlotte. Als diese sich umdrehte, veränderte sich ihr versteinerter Gesichtsausdruck zu einem breiten Lächeln. „Lady Tess! Wie ich mich freue, dass Ihr endlich hier seid." Sie musterte Tessas Kleid, wobei sich ihre Miene in ein breites, zufriedenes Lächeln verwandelte.

„Ich wusste es würde einfach entzückend an Euch aussehen. George beauftragte mich ein Kleid für Euch in Auftrag zu geben und beschrieb mir, wie Ihr ausseht, und dabei hat er maßlos untertrieben, was Ihre Grazie angeht." Ein Eiszapfen traf Tessa ins Herz, die Spitze hätte sich Charlotte auch sparen können. Aber viel mehr interessierte Tessa die Tatsache, dass Charlotte aussah, als wäre sie nie Teil eines Überfalls geworden und als würde sie nicht eine Minute darüber nachdenken Tessa auf den Überfall anzusprechen, geschweige denn sie zu fragen, wie es ihr denn ginge.

„Ihr seht sehr… wohlauf aus", sagte Tessa deshalb bloß, „Ihr scheint euch nach dem Überfall wirklich gut erholt zu haben, Charlotte." Daraufhin bröckelte Charlottes Fassade ein wenig und ihr starres Lächeln taute auf.

„Wo wir gerade davon sprechen…", hakte Tessa noch ein wenig nach, „wo seid Ihr denn so schnell hin, nachdem sie uns fast getötet hätten?" Charlotte schluckte sichtlich, fasste sich aber einen kurzen Moment später schon wieder und lachte dann ein wenig auf.

„Ach, es ist mir geradezu unangenehm, dass Ihr mich darauf ansprecht, Tess! Ich hatte gehofft diese Unterhaltung nicht führen zu müssen, denn auch für mich

waren die Ereignisse sehr belastend, ja geradezu trauma-
tisch", theatralisch fasste sich Charlotte an die Stirn, „ich
weiß gar nicht, wie ich mich dafür entschuldigen kann,
dass-", doch weiter kam sie mit ihrer herzzerreißenden
Entschuldigung nicht, denn auf einmal tauchte Sir Frederick hinter ihr auf. Tessa schoss Adrenalin durch ihre
Adern. „Ladies…", sagte er sanft, „der nächste Tanz wird
ein Walzer sein und ich kann es gar nicht abwarten ihn mit
einer von Ihnen beiden zu tanzen." Dabei musterte er
Tessa und diese konnte ein Lächeln nicht verhindert.

„Tut mir sehr leid, aber ich brauche meine Gattin
leider gerade selbst." Tessa fuhr herum und sah George
bestürzt an. Wo kam der denn jetzt her? Und warum ver-
saute er ihr den Tanz mit Sir Frederick. Aber George
starrte sein Gegenüber bloß mit eisigen Augen an und auch
Frederick kniff die seinen kaum merklich zusammen.

„Lord Thomas", spuckte er beinahe verächtlich aus.
George lächelte knapp. „Tja, das ist sehr schade… aber
vielleicht beim nächsten Tanz", sprach er zu Tessa gewandt. Diese nickte und lächelte höflich, bevor George
sie ziemlich barsch am Handgelenk griff und sie auf die
Tanzfläche zog.

„Sag mal!", flüsterte Tessa scharf. „Geht es dir noch
gut?" George stellte sich vor sie und legte seine Hand auf
ihr Schulterblatt, wie man es bei einem Walzer machte.

„Du liebst doch den Walzer, meine Liebe", sagte
er laut. Wütend setzte Tessa an etwas zu sagen, aber als die
Musik erklang und sie sich im Rhythmus dem Walzer
hingaben, war es, als wäre alles andere um sie herum

unwichtig. Tessa hörte nur noch die Musik, fühlte nur noch ihre Schritte und roch bloß noch den Duft von Georges Eau de Cologne. Er wirbelte sie herum und für einen winzigen Moment glaubte sie, dass dort zwischen ihnen eine Macht entstanden war, die stärker war als jede andere, und als jede böse Kraft. Aber ein Tanz währt nun einmal nicht ewig und als die Musik verklang, wurde Tessa aus dieser Welt und diesem Bund gerissen. Geblieben war ihr nur noch die Realität. Und die sah vor, dass George von ihr wegrückte, sich vor ihr verbeugte, so wie es sich gehörte und sich wieder in die Rolle einfügte, die er spielen musste oder vielleicht auch spielen wollte. Tessas rasendes Herz beruhigte sich und ganz kurz dachte sie sogar es wäre stehen geblieben. Und dann bemerkte sie, dass ein ganz bestimmtes Augenpaar sie die ganze Zeit gemustert hatte. Tessa hielt dem Blick stand, und konnte es nicht fassen. Alle ihre Gliedmaßen fingen an zu kribbeln, als sie sich immer näher auf Königin Victoria zubewegte. Sie kam ihr entgegen, mit dem Stolz einer gestandenen Frau, die sie mit ihren zwanzig Jahren wohl kaum war, und einem Ehrgeiz in ihrem Blick, wie nur eine Königin ihn haben konnte, die sich jahrelang ihren Posten eisern erkämpft hatte, und sich durchsetzen musste gegen hunderte von älteren Männern, gegen ein ganzes Land, das ihr nichts zutraute. Und diese Person kam direkt auf sie zu und blieb unmittelbar vor ihr stehen.

„Dieser Walzer war geradezu magisch", komplimentierte Victoria. Tessa fiel in eine tiefe Audienz, die sie aus ganzem Herzen genau so meinte.

„Bitte steht auf, meine Liebe", bat Victoria mit fester

Stimme. Tessa erhob sich und fand einfach keine Worte. „Wo habt Ihr gelernt so Walzer zu tanzen?" Tessa lachte kaum merklich.

„Ich fürchte ich habe es mir selbst beigebracht. Der Walzer ist für mich einer der emotionalsten Tänze und ich genieße nichts mehr, als ihn zu schöner Musik zu tanzen." Victorias Lippen umspielten ein Schmunzeln.

„Wir haben eine sehr wichtige Sache gemeinsam", sagte sie, dann zu George gewandt: „Ihr seid der junge Lord Thomas. Ich habe schon viel von Euch gehört." George richtete sich stattlich auf, Tessa bemerkte, dass auch er sich etwas beklommen fühlte, natürlich im positiven Sinne. „Ihr habt eine beeindruckende Gattin, Thomas. Lady Thomas, Ihr solltet morgen zum Tee hier in den Palast kommen. Ich würde mich sehr freuen." Auf einmal blickte George auf Tessa hinab.

„Das habe ich...", bestätigte er und beugte sich ohne Vorwarnung zu ihr herab, um sie in einen langen, zarten Kuss zu verwickeln. Nun blieb Tessa tatsächlich das Herz stehen. Es war, als wäre die Zeit um sie herum stehen geblieben, als falle sie metertief in lauwarmes Wasser. Dann löste er seine Lippen von ihren und sah sie einen Moment lang an, bevor sein Blick in eine andere Richtung wanderte und Tessa schmerzlich bewusstwurde, was gerade geschehen war. George fixierte Sir Frederick mit einer selbstgerechten und stolzen Miene. Es war wertlos gewesen.

„Ach, wie entzückend Ihr seid!", stieß Victoria aus.

„Ich wünschte so sehr mein lieber Albert könnte bei mir sein." Tessa machte sich von George los und stieß ihn dezent zur Seite. Wie konnte er sie so barsch benutzen? In ihr breitete sich ein Zorn aus, den sie auf keinen Fall hier vor der Königin herauslassen wollte. Doch diese hatte sich schon zum Gehen abgewandt.

„Also, Lady Thomas, dann bis morgen", verabschiedete sich. Und plötzlich geschahen mehrere Dinge auf einmal. Tessa bemerkte, dass George sich bereits aus dem Staub gemacht hatte, als sie einen seltsam gekleideten, großen Mann durch die Menge huschen sah, dessen Kopf ein, ihr sehr bekannter, Zylinder zierte. Da niemand sonst sich wagen würde auf dem Ball der Königin eine Kopfbedeckung zu tragen, viel er in der Menge auf. Heftig stieß er die Leute zur Seite und streifte sogar Tessa, nur dass es so rasch vorbei war, dass sie absolut keinen Blick auf sein Gesicht bekam.

„He!", schrie Tessa, „halt!", und machte dabei alle geschockten Gäste auf sich aufmerksam. Der Fremde versuchte daraufhin noch schneller durch das Getümmel zu kommen, und lief Richtung Ausgang, hin zum Garten. Tessa dachte gar nicht groß nach, sondern fuhr die Ellbogen aus und versuchte ihm so schnell wie möglich zu folgen. „Halt!", schrie sie noch einmal, aber da passierte es. Ihr Schuh verfing sich in ihrem Rocksaum und brachte sie in einem dramatischen Fall zu Boden. Sie schlug mit dem, sowieso schon verletzten, Kopf auf und konnte sich nicht schnell genug wieder hochreißen. Gerade so, sah sie ihn noch durch die Tür zum Garten laufen, da wusste sie, dass es zu spät war. Die Gärten im Dunkeln nach einem fremden Mann abzusuchen, würde zu viel Zeit kosten, da wäre er schon über alle Berge.

„Kommt", sagte ein netter, alter Herr und griff sie am Arm. „Ich helfe euch auf." Alles um Tessa herum drehte sich, sie konnte nur schwer einen klaren Gedanken fassen, und nun hatte sie ihn auch noch entkommen lassen. Sofort eilte George herbei, aber sie wies ihn ab, unhöflich hin oder her. Er war der letzte, dessen Hilfe sie wollte. „Ich werde nach Hause fahren.", kündigte sie an. An Georges Gesicht erkannte sie, dass er genau wusste, worum es ihr ging. Er nickte bloß knapp und begleitete sie nach draußen. Blöder Idiot, dachte Tessa noch, als sie wütend und verletzt in die Kutsche stieg.

TEE IM PALAST

„Wollen Mylady etwas essen? Gerade hat die Köchin frisch gebackene Scones gezaubert." Tessa seufzte.

„Ja, gerne, danke, Jane", sie erhob sich aus ihrem Sessel und schlurfte zum Tisch, hinter dem sie sich lustlos auf einen der Stühle plumpsen ließ und sich daraufhin wieder einmal die schmerzende Stirn rieb. Wo war George bloß? Es sah ihm nicht ähnlich einfach so zu verschwinden und keiner Menschenseele etwas davon zu erzählen, erst recht wäre er niemals abgereist, ohne Tessa davon in Kenntnis zu setzen. Und wenn er nun von ihr abgeschreckt war? Wenn er sie nun nicht mehr dabeihaben wollte, nach allem, was am gestrigen Abend geschehen war? Bei dem Gedanken daran presste sie wieder die Lippen zu einem strengen Strich aufeinander und schnaubte laut. Eigentlich sollte sie verärgert sein und nicht er! Welchen Grund hätte er dafür haben können, nachdem er sie so bloßgestellt hatte? Aber gerade, als sie sage und klanglos entscheiden wollte ihm die Schuld für alles zu geben, meldete sich ihr gesunder Menschenverstand und flüsterte ihr widerwillig zu, dass sie sich verhalten hatte, wie ein pubertierender Teenager in einer grottenschlechten Romcom. Tessa rieb sich den Nacken. Und wenn ihm nun doch etwas passiert war? Wenn er irgendwo gefesselt und geknebelt lag, in großer Gefahr, während Tessa gemütlich auf ihr Frühstück wartete? Besorgt biss sie sich auf die Unterlippe. Nein, sie konnte hier nicht einfach so sitzen und köstliches Gebäck verzehren, sie musste losziehen und ihren Partner (Reisepartner!), fügte sie in Gedanken hinzu, suchen, ihn retten, so, wie er sie gerettet hatte. Sie hatten sich nun einmal versprochen, aufeinander aufzupassen, egal, was am Abend zuvor passiert war. Nun überfiel Tessa ein Schwall Euphorie, mit einer kräftigen Prise Tatendrang, sie schob energisch den Stuhl vom Tisch richtete sich auf und sah zielsicher in die Ferne. *Ich lasse ihn nicht allein*, dachte sie, *ich werde ihn aus den Fängen unserer Feinde befreien.* Dann griff sie sich ein Scone, (Nur für alle Fälle) und raste aus dem Hausflur. Es war klirrend kalt draußen, aber Tessa fror nicht, ihr ganzer Körper war mit Adrenalin durchflutet. Sie stürmte in Richtung Scheune, doch als sie geradewegs auf eines der Pferde zusteuerte, fiel sie über etwas Großes und landete mit dem Gesicht direkt auf einem Heuhaufen. Angeekelt richtete sie sich auf, zog sich die Ähren aus dem Ausschnitt und wollte gerade verärgert nachsehen, worüber sie gefallen war, da rappelte sich dieses Etwas auf und fixierte sie durch halb zusammengekniffene Augen. Tessa brodelte vor Wut, als sie

George musterte, dessen Anorak über und über verdreckt war und dessen Haare wie angeleimt zur Seite standen. Seine Tuchkrawatte hing ihm lose am Hals und er trug nur einen Schuh. „Tessa?", wollte er fragen, aber aus seinem Mund kam nur unverständliches Geschwafel.

„Du... du...", setzte Tessa an und rappelte sich vom Heuhaufen auf. „Du volltrunkener Idiot!", beschimpfte sie ihn. In dem Moment war es ihr auch leider völlig egal, ob der Ausdruck nun historisch korrekt war, oder nicht. „Du Trunkenbold, du Heini!", ging die Schimpftirade weiter. „Bist du völlig von allen guten Geistern verlassen?! Da mache ich mir Sorgen um dich, und du liegst hier total besoffen in der Scheune! Das muss ja ein toller Abend für dich gewesen sein." Trotzig kreuzte sie die Arme vor der Brust, aber George starrte sie nur wortlos an.

„Trunkenbold?", fragte er, nun um einiges deutlicher, „ich habe keinen Schluck getrunken, bist du wahnsinnig?" Dann fasste er sich an den pochenden Kopf. „Oh man, mir dreht sich alles." Empört trat Tessa mit einem Fuß auf den Boden.

„Kein Wunder, wenn man sich so volllaufen lässt! Hast du mal daran gedacht, was alles hätte passieren können? du hättest verschleppt werden können, uns verraten können und all das nur, damit du dein Amüsement genießen kannst. Wie kannst du nur so egoistisch sein?" George schaute ihr nun trotzig zurück in die Augen.

„Jetzt mach aber mal halblang, Miss Obertoll, ich habe absolut keinen Schimmer, was du da faselst! Ich habe

keinen Schluck angerührt, ich habe nicht mal mehr irgendeine Ahnung, was gestern Abend überhaupt passiert ist."
Da wurde Tessa hellhörig.

„Überhaupt keine Ahnung? Rein gar keine? du
kannst dich an nichts von diesem Abend erinnern?".
George schwankte ein wenig nach vorne.

„Nein, an nichts", beteuerte er und ließ sich ungeschickt auf den Heuhaufen fallen.

Tessa glaubte kein Wort von dem, was er von sich
gab. Er klang zwar keineswegs unglaubwürdig, aber leider traute sie ihm sehr wohl zu, sich einfach auf einer
Festivität, wie sie gestern stattgefunden hatte, zu betrinken und mit anderen Ladies zu flirten. Vielleicht sogar mit
Lady Charlotte, nein *höchstwahrscheinlich* mit Lady
Charlotte. Allein der Gedanke löste bei Tessa einen
Brechreiz aus. Diese ordinäre, blöde, selten hübsche und
grazile Person, die mit ihren einfältig glitzernden grünen
Augen jeden um den Finger wickeln konnte!

„Du meine Güte, Lord George!" Jane hielt sich bei
seinem Anblick die Hand vor den Mund und schaute erschrocken an ihm herab.

„Würden Sie Matthew Bescheid sagen mir ein Bad
einzulassen, Jane?", angewidert roch er an seiner Jacke
und drehte den Kopf wehleidig zur Seite. „Ich stinke",
stellte er abschließend fest. Tessa verschränkte die Arme
vor der Brust. „Nicht nur dein Körper", murmelte sie,
doch als George sie ansah und nachfragte, was sie gerade
gesagt hatte, schüttelte sie bloß mit dem Kopf und winkte

ab. Eine Stunde später saß George gewaschen und gestriegelt am Frühstückstisch und breitete seine weiße Stoffserviette vor sich aus.

„Du kannst mir doch nicht allen Ernstes weiß machen, dass du dich nicht einen kleinen Deut darüber wunderst, was gestern Abend geschehen ist!", stieß Tessa gereizt hervor. George zuckte mit den Schultern.

„Irgendjemand wird mir wohl etwas in mein Getränk gegeben haben, so etwas passiert doch ständig." Tessa fiel die Kinnlade herunter.

„So etwas passiert ständig? Bist du des Wahnsinns, du könntest tot sein!" George presste die Lippen aufeinander. „Ja, dann würde es mich doch erst recht nicht mehr stören." Tessa schnaubte empört und stieß ihre Gabel mit voller Wucht in ihre Rühreier.

„Was bist du denn so gereizt?", fragte George mit einem halb lachenden Unterton. Tessa fixierte ihn mit ihren Augen und funkelte ihn wütend an.

„Bist du eigentlich in irgendeiner Situation auf dieser Mission eine Hilfe? Hast du auch nur die leiseste hilfreiche Funktion?" Er legte sein Besteck nieder und bedachte sie mit halb zusammengekniffenen Augen.

„Was meinst du damit, ob ich irgendwie hilfreich bin? Ich habe zufällig die Zeitmaschine." Tessa lachte.

„Ja, aber die ist nicht dein Verdienst. Wir sind bisher kein bisschen weitergekommen, wir haben nicht mal ansatzweise einen Verdächtigen gefunden, und alles, was du machst, ist essen, mit anderen Frauen flirten und unnütz sein." George riss die Augenbrauen empor.

„Ach, ist das so? Und was ist mit dir, Miss Historikerin in Spe? Hast du irgendeine Funktion, die hilfreicher ist, als ein paar Kleidermuster und Korsetts zu erkennen? Wer im Glashaus sitzt, sollte nicht mit Steinen schmeißen", entgegnete er lässig und nahm einen Bissen von seinem Frühstücksei. Tessa kochte vor Wut.

„Wenn du mich für so inkompetent hältst, weshalb hast du mich dann mitgenommen?" Er zuckte erneut mit den Schultern und runzelte die Stirn.

„Ich hatte einfach keine Lust mich hier um alles allein zu kümmern". Darauf antwortete Tessa nicht mehr. Sie schluckte ihre warme Milch herunter und stand dann auf, um röckerauschend den Raum zu verlassen. Sie war so unglaublich wütend auf ihn, nicht einmal, weil er sich betrunken hatte, sondern auch weil er sie anlog. Das war noch sehr viel schlimmer als die Tatsache, dass er sich so unprofessionell verhielt. Tessa ließ sich auf ihr Bett plumpsen und vergrub ihre Hände in dem Stoff ihres Kleides. Sie befahl sich selbst nicht zu weinen, wenigstens dies eine Mal. Einfach mal stark zu sein, denn um ehrlich zu sein, wusste sie selbst nicht, weshalb sie weinte. Doch tief innerlich wusste sie es, aber zugeben würde sie es nicht in hundert Jahren! Wütend wischte sie sich die Träne aus dem Auge und stand dann auf, um aus dem Fenster zu sehen. Draußen herrschte ein trüb-nebeliges Novemberwetter, man konnte kaum etwas sehen, außer der hohen Baumkronen, die sich aus der dichten Nebelwolke herausreckten. Tessa ließ ihren Blick über die Straße huschen. Gerade als sie sich abwenden wollte, da sah sie etwas im Augenwinkel. Sie zog grübelnd ihre Augenbrauen zusammen und versuchte den Umriss mehr zu fixieren. Dort stand jemand, gekleidet in einen schwarzen Anorak. Sein Zylinder bildete eine nahezu perfekte Silhouette. Wo sah er hin? Sah er zu ihr herauf? Sah er auf die Straße? Eine Gänsehaut überzog Tessas Arm und sie begann zu frösteln. Sie wandte sich kurz ab und rief nach Jane, welche bloß einen Wimpernschlag später ins Zimmer gerannt kam.

„Jane, sehen Sie mal da- ", doch als Tessa auf den Unbekannten aufmerksam machen wollte, war von ihm nichts mehr zu sehen.

Während Jane sie in ihr Kleid schnürte, konnte Tessa an nichts anderes denken als an den Fremden vor ihrem Fenster. Wie oft hatte sie nun schon diese Person gesehen? Plötzlich erinnerte sie sich, denn auch gestern auf dem Ball war er da gewesen. Er hatte den gleichen Anorak und den gleichen Zylinder getragen. Dann war er irgendwie in der Menge verschwunden. Abgesehen von seiner Kleidung, konnte Tessa sich nicht daran erinnern, etwas von seinem Gesicht gesehen zu haben.

„Wollt Ihr das blaue, oder das violette Kleid tragen, Mylady?", fragte Jane und riss sie aus ihren Gedanken. Tessa sah sie verdattert an. „Oh, ähm, das Blaue", beschloss sie, denn gerade hatte sie wirklich keinen Kopf frei, um über ein Kleid nachzudenken. Jane kleidete sie vollständig an und legte ihre Haare in winzige Ringellocken um ihre Ohren. Tessa betrachtete ihr Bild im Spiegel vor sich und schmunzelte. Sie bedankte sich bei Jane, nahm ihr Retikül, eine Schmerztablette und ging dann die Treppe hinunter. Der Kutscher wartete bereits auf sie. Am Treppenende begegnete sie George, welcher wütend davonhuschte. Tessa sah ihm verwundert nach und griff sich dann ihr seidiges Cape. Das Kleid war definitiv eines der ungeeigneteren für nasskalte Nebelwetter. Sie stieg in die holprige Kutsche und nahm einen tiefen Atemzug. Kurze Zeit später traf sie im Buckingham Palast ein. Ein Bediensteter in roter Uniform kündigte sie an und einen Wimpernschlag später erschien die Königin in einem blassgrünen Traum von Kleid, die Haare aufwendig frisiert und mit Blumen geschmückt. Tessa fiel in eine tiefe Referenz.

„Meine liebe Lady Tess, bitte erhebt Euch", sagte Victoria lachend und schenkte ihr ein Lächeln.

„Eure Majestät, ich danke Euch vielmals für die Einladung", sagte Tessa ehrfürchtig und traute sich kaum, ihrem Idol in die Augen zu sehen.

„Es war nun einmal mehr als nötig einen gemeinsamen Tee zu trinken, meine Teure. Wir sind beinahe wie Schwestern. Bitte folgt mir." Sie schritten grazil die endlos wirkenden Gänge mit edlem, roten Teppichboden entlang, während der Saum ihrer Kleider auf dem Boden schliff.

„Ich habe mich gefreut, wie eine Wilde, dass Ihr mich heute besucht", flüsterte Victoria und hielt sich dann eine Hand vor ihren Mund, „oh je, so etwas sollte ich unterlassen zu sagen, die Wilden werden ja so grausam verfolgt." Tessa lächelte betreten, und räusperte sich.

„Auch ich habe unserem Tee herbeigesehnt. Der Ball gestern war wundervoll. So aufbrausend und spannend, dass man sich gar nicht wirklich in Ruhe miteinander unterhalten konnte." Victoria nickte.

„Oh ja, dem stimme ich vollkommen zu". Sie setzten sich an einen kleinen, runden Tisch im Salon, welcher mit vergoldeten Beinen in der Sonne strahlte. Die dazugehörigen Stühle waren mit edlen Ornamenten bestickt und wiesen eine komfortable Polsterung auf. Victoria wies eine Bedienstete an, ihnen zwei Tassen Tee zu bringen und dazu kleine Törtchen. Die Bedienstete, ein junges Mädchen mit großen Kulleraugen, knickste galant und huschte davon.

"Der Palast ist traumhaft", schwärmte Tessa, doch Victoria rümpfte die Nase.

"Er ist vor allem furchtbar kalt! Aber immer noch die weitaus bessere Variante, als weiterhin mit meiner Mutter in Kensington zu leben. Hier haben wir unsere eigenen Flügel und ich muss sie bloß ertragen, wenn ich es wünsche." Tessa wusste selbstverständlich von Victorias eher mäßigem Verhältnis zu ihrer Mutter und der politischen Debatte darum, wer denn bloß die Fenster putzen sollte, einer von den Whigs, oder einer von den Tories? Sie fühlte sich an diesem Ort beinahe wie zu Hause, und Victoria so verbunden, als wäre sie ihre Schwester. Dennoch lächelte sie und antwortete: "Das kann ich selbstverständlich nachvollziehen, Eure Hoheit." Das junge Mädchen kam erneut herein und brachte ihnen zwei Tassen herrlich duftenden Tees und eine kleine Platte mit Törtchen.

"Vielen Dank", sagte Tessa und nahm ihre Tasse

entgegen. Sie verschwand und Tessa roch neugierig an ihrem Tee. "Ich hoffe er mundet Euch", bemerkte Victoria. "Es ist eine ganz neue Mischung aus den Kolonien, ich vergöttere ihn. So viel delikater als die nach Stroh schmeckenden Earl Grey Mischungen! Da schüttelt es mich immer". Tessa schmunzelte und dachte an die tausenden von Teevariationen im London des 21. Jahrhunderts. Aber Victoria hatte recht, dieser Tee war mehr als köstlich. Als der erste Tropfen Tessas Zunge berührte, fühlte sie sich, als hätte man sie in einem magischen Zauberstrahl in das farbenprächtige Indien katapultiert. Ein wenig zu gierig nahm sie einen zweiten Schluck.

"Ihr habt eine wirklich faszinierende Brille, Lady Tess", stellte Victoria lächelnd fest, "woher sagtet Ihr habt Ihr sie?" Mist! Woher hatte sie es noch einmal. Nachdenklich knetete sie den Teelöffel in ihrer Hand.

"Aus Australien", antwortete sie enthusiastisch, "wir sind in den letzten Jahren viel gereist, mein Gatte und ich." Gott sei Dank hatte George ihr in der Zwischenzeit eine neue Brille besorgt, die sogar fast die richtige Seestärke hatte. Victoria hob die Augenbrauen.

"Das muss ja aufregend gewesen sein! Aber auch sehr anstrengend, wo Schiffsreisen doch häufig so unhygienisch sind", sie rümpfte die Nase. Tessa seufzte.

"Das war wirklich das Härteste! An eine vernünftige Toilette war kaum zu denken, und dann diese ganzen ungehobelten Schiffsmänner." Hoffentlich merkte man ihr nicht an, dass sie all diese Beschreibungen über die Schiffsfahrt bloß aus ihrer Erinnerung an *Fluch der Karibik* rekrutierte.

Aber woher sollte Victoria das schon wissen?

"Ach du meine Güte, Ihr seid mit einem ganz normalen Handelsschiff gereist? Wie unglücklich." Tessa nickte mit weit aufgerissenen Augen.

"Und all der Gestank des zerstörerischen Skorbuts, welches so viele Männer das Leben gekostet hatte. Es war so tragisch, noch heute habe ich in vielen Nächten Albträume." Victoria nickte betreten und blinzelte.

"Dennoch, sollte ich in nächster Zeit jemandem über den Weg laufen, der zufällig nach Australien aufbricht, muss ich in bitten mir eine dieser Brillen mitzubringen. Auch mein Augenlicht lässt ein wenig zu wünschen übrig." Tessa wollte gerade etwas zu entgegnen, da stoppte sie und sah Victoria an. Irgendwie wurde sich das Gefühl nicht los, dass diese Situation ein wenig seltsam war. Victoria brach plötzlich in schallendes Gelächter aus, sodass ihr Haarschmuck gefährlich auf und ab wippte. Sie hielt sich ihre weiße Serviette vor den Mund, und versuchte ihren Lachanfall unter Kontrolle zu kriegen, als sie einen tiefen Atemzug nahm und sich die Tränen aus den Augen wusch.

"Oh je, bitte verzeiht vielmals, Lady Tess! Es ist nur so, dass euer Gesichtsausdruck gerade einfach zu herrlich war, als dass ich mein Lachen hätte im Zaum halten können". Tessa sah sie verdutzt an. Hatte sie etwas verpasst? Doch plötzlich fing sie an zu verstehen. Victoria hatte sie nicht ohne Grund zum Tee eingeladen...

"Ich hoffe Sir George erfreut sich besten Befindens?", fragte sie und lächelte spöttisch, "ich fürchte er hat gestern Abend zu tief ins Glas geschaut, nachdem Ihr abgereist wart. Welch Glück Ihr habt, gleich von zwei so schmucken Herren umgarnt zu werden. Wobei natürlich bloß einer der beiden zu Euch gehört." Tessa seufzte.

"Mir hat er gesagt er hätte nichts getrunken. Dieser Wicht!" Victoria lachte und biss in ein Erdbeertörtchen.

"Er hat nicht unrecht. Ich zumindest habe ihn den ganzen Abend über bloß an einem Glas Whisky trinken sehen. Doch Sir Frederick, der hat Euch mit seinen Blicken gar verschlungen." Tessa zuckte mit den Schultern.

"Irgendwie sind sie doch alle gleich." Victoria lächelte verträumt aus dem Fenster.

"Mein Albert nicht", schwärmte sie. "Er hat es ganz unverdient hier so schwer." Tessa horchte auf, denn das Gespräch schien eine interessante Wendung zu nehmen.

"Sie wollen ihn einfach nicht akzeptieren. Einen Deutschen auf dem Thron…" Tessa schluckte. Dachte Victoria, dass all die Vorfälle einzig und allein aus dem Grund stattgefunden hatten, weil die Bürger Albert aufgrund seiner Nationalität ablehnten? Gewiss stimmte das auf eine gewisse Art und Weise, aber sie musste doch gemerkt haben, dass mehr dahintersteckte als bloß die Fremdenfeindlichkeit der Engländer.

"Glaubt Ihr da könnte noch mehr dahinterstecken?", fragte Tessa deshalb vorsichtig. Victoria nahm einen tiefen Atemzug.

"Ich hoffe es bald herauszufinden. Ich selbst weiß nicht mehr weiter, aber ich möchte ihn auf keinen Fall verlieren. Albert ist eine sehr stolze Person. Er würde seine

Stellung ablehnen, wüsste er, wie außerhalb der Presse über ihn geredet wird. Es werden ihm schwerwiegende Sachen hinterhergesagt und er wird häufig beschuldigt seine Stellung hier nur bestreiten zu wollen, um an mein Geld zu kommen. Aber das ist mehr als lächerlich. Albert braucht das alles nicht. Ihm reichen ein Wald, ein Pferd und die unendlichen Weiten, um mit hinfort zu reiten." Tessa wendete ihren Blick ab. Sie hatte großes Mitleid mit Victoria, die mit so viel Liebe und Leidenschaft über ihren Verlobten sprach. Wie würde sie sich fühlen, liebte sie jemanden, doch dürfte ihn nicht ohne schlechtes Gewissen und Angst bei sich haben? "Ihr habt mich nicht ohne Grund zum Tee eingeladen, ist es nicht so?", fragte Tessa mit Bedacht. Erst antwortete Victoria nicht, und dann sah sie langsam zu Tessa, die Augen gefüllt mit Tränen, die sie jedoch stark weg blinzelte.

"Das erste Mal traf ich George an meiner Krönung. Bei der Zeremonie hatte es einen... sonderbaren Zwischenfall gegeben, den jedoch keiner außer mir bemerkt zu haben schien. Später bei der Krönungsfeier wurde er mir unter dem Namen George Thomas vorgestellt. Natürlich fand ich ihn augenblicklich verzaubernd, sowie das alle jungen Frauen tun, aber da war noch mehr. Ich tanzte einen Walzer mit ihm, am nächsten Tag erhielt ich einen Brief mit einem Hinweis darauf, dass er mir eventuell helfen könnte. Ich war natürlich durchweg neugierig, also ließ ich nach ihm rufen und lud ihn in meinen Palast ein. An diesem Tag sagte er mir, dass sollte ich irgendwann, egal wann, Schwierigkeiten haben, oder in Gefahr sein, so würde er mir helfen. Um sich an ihn zu richten, ließ er mir dies hier". Victoria griff in das

Mieder ihres Kleides und holte eine goldene Kette hervor, an der eine glänzende goldene Kugel baumelte. Tessa riss die Augen auf. Es war die gleiche Kugel, die er ihr gegeben hatte. "Vor zwei Monaten machte ich von ihr Gebrauch. Albert kam, um mich zu besuchen und da geschahen sie. All die seltsamen Ereignisse, welche stets ein Ziel zu haben schienen: Albert von mir zu trennen, oder ihn gar zu beseitigen. George kam, und versprach mir uns zu helfen. Allerdings gestand er, es ist nicht allein zu schaffen und zuerst jemanden zu holen, der ihm helfen könnte." Tessa wurde flau im Magen. Er hatte es also alles geplant. Von Anfang an hatte er sie dazu ausgewählt ihm zu folgen. Er hatte alles so gelenkt, wie er es wollte. Aber warum sie? Wie hätte sie ihm helfen können? Das würde voraussetzen, dass er sie bereits vorher kannte... Nein, das war unmöglich.

"Er sagte mir also, dass Sie beide meinen Albert retten könnten, und erklärte mir die Art wie er arbeite". *Also gar nicht*, dachte Tessa und presste die Lippen aufeinander.

"Was hat Euch George genau über uns erzählt?", fragte Tessa. Victoria zuckte mit den Schultern.

"Dass er aus der Zukunft kommt... Und Ihr natürlich auch, Lady Tess", fügte sie schmunzelnd hinzu. Tessa räusperte sich. "Na ja... das ist tatsächlich wahr." Victoria lächelte zufrieden. „Darf ich Fragen stellen?" Tessa hob die Hand.

"Entschuldigt, Eure Hoheit, aber ich habe leider keine Ahnung wie viele ich davon beantworten dürfte. Da müsste ich zuerst George fragen". Victoria atmete aus.

"Selbstverständlich. Ich bin einfach nur so furchtbar

neugierig darauf, ob sich in ein paar hundert Jahren die Menschen noch an mich erinnern werden." Wenn du nur wüsstest, dachte Tessa und aß genüsslich ein Apfeltörtchen.

"Die sind sehr köstlich", seufzte Tessa und biss gleich noch einmal rein.

"Aber wenn Ihr aus der Zukunft stammt, wisst Ihr doch sicher, was meinem armen Albert widerfahren wird." Tessa legte den Kopf schief.

"So einfach ist es leider nicht", versuchte sie sanftmütig zu erklären. „Die Vergangenheit kann sich ändern, sie kann umgeschrieben werden. Zwar nicht ohne schwerwiegende Konsequenzen, aber es funktioniert. Wir vermuten, dass im Moment jemand weiteres aus einer anderen Zeit versucht den Prinzen... zu entfernen". Victoria sah erschrocken auf.

"Aber das werdet ihr doch nicht zulassen, oder?" Tessa lehnte sich vor und drückte Victorias Hand.

"Natürlich werden wir das nicht, Eure Hoheit. Ich werde euren Albert mit meinem Leben verteidigen, um Ihn und die Vergangenheit zu retten, darauf gebe ich Euch mein Wort."

Zwei Stunden später spazierten sie im Schlosspark, während Victoria ihren Hund Dash, einen süßen Cocker Spaniel mit aufgewecktem Blick, einen kleinen Ball apportieren ließ. "Super Dashy!", lobte sie ihn und streichelte seine Ohren. Tessa lächelte und konnte es kaum fassen. "Erzählt mir von euerer Beziehung zu Sir Frederick!", bat Victoria und lächelte dabei spitzbübisch. Tessa kicherte.

"Da gibt es überhaupt keine Beziehung. Er ist sehr galant, wohl gebildet und natürlich unleugbar gutaussehend und charmant." Victoria bedachte sie mit einem forschenden Blick.

"Da scheint mir jedoch jemand sehr viel verzückter zu sein, als zugegeben wird." Tessa zuckte mit dem Schultern und versuchte ihre geröteten Wangen zu verdecken.

"Natürlich empfinde ich es als recht angenehm von jemandem wie ihm den Hof gemacht zu bekommen. Aber ich habe doch George". Jedenfalls in dieser Version der Vergangenheit, gestand sie sich ein, und sie wollte ihn ja auch gar nicht. In letzter Zeit war sie bloß noch sauer und genervt von seinem unschicklichen Verhalten. Victoria zog ihr Cape enger um die breiten Schultern.

"Ach ja, Sir George. Beide dieser Männer kamen in mein Leben, ohne Vorahnung oder Erwartung." Tessa stockte. "Aber sagtet Ihr nicht Sir Frederick sei von Adel?", fragte sie skeptisch. Victoria nickte.

"Oh ja, von deutschem sogar! Doch mein Albert hatte noch nie etwas von ihm gehört. Das ist jedoch keineswegs verwunderlich, Albert hat recht wenig Ahnung darüber, wie tief die Wurzeln seiner Verwandtschaft sind". Doch Tessa empfand das als recht sonderbar, sie wusste, dass Prinz Albert sehr wohl ein gebildeter Mann war, der von so vielen Dingen Ahnung hatte, dass ihm eine Unstimmigkeit in seiner Verwandtschaft sofort auffallen würde. Und auf einmal kam Tessa der Gedanke, dass Victoria möglicherweise gar nicht die richtige Ansprechpartnerin in dieser Sache war. Wohlmöglich sollten sie mit Albert selbst sprechen, wenn sie wahrhaftig weiterkommen wollten.

"Meine Liebe, Ihr wirkt ja beinahe wie eingefroren!", bemerkte Victoria lachend. "Wir sollten reingehen." Sie begleitete Tessa noch bis zum Ausgangstor und strahlte sie zum Abschied an.

"Ich danke Euch tausend Male für diesen wundervollen Tag, ich habe ihn zutiefst genossen", Tessa fiel in eine galante Referenz. Victoria nickte zustimmend.

"Auch ich fand ihn sehr schön. Beizeiten sollten wir das wiederholen." Tessa stimmte zu und wandte sich ab, da drehte sich Victoria noch einmal um.

"Ach, Lady Tess! Bei all den Sir Georges und Fredericks... passen sie auf ihr Herz auf. Dass sie es ja nicht an den Falschen verschenken". Tessa wollte noch etwas erwidern, doch die kleine Königin war bereits davongeeilt, ohne ihre Antwort abzuwarten und ließ Tessa im Grübeln mit diesem doch sehr sonderbaren Rat.

Die ganze Kutschfahrt lang, hatte Tessa über den letzten Satz der Königin nachgrübeln müssen. Sie hatte sowohl von George als auch von Frederick stets positiv gesprochen und es verwirrte Tessa, dass sie ihr nun einen solchen Rat mit auf den Weg gab, der ja nun einmal implizierte, dass sie im Begriff war ihr Herz an jemanden zu verschenken, der es nicht verdiente. Aber wen hatte Victoria damit gemeint? Tessa stieg aus der Kutsche und ging den Weg zur Eingangstür entlang, da kam ihr Jane entgegen. Auf ihrem Gesicht lag ein gehetzter Ausdruck und Tessa hätte schwören können, dass Schweiß ihre Stirn runterperlte.

"Jane, was machen Sie zu einer solchen Uhrzeit hier draußen in der Kälte?" Jane schien von Tessa vollkommen überrascht zu sein, denn augenblicklich wechselte sie ihre Miene gegen die der gewohnten Gelassenheit und Naivität.

"Mylady, ich habe Euch gar nicht kommen sehen", entschuldigte sie sich mit einem kleinen Knicks, "ich muss nur noch einmal für eine Besorgung in die Stadt." Tessa sah sie verwundert an.

"Um diese Uhrzeit? Es ist schon fast acht Uhr." Doch Jane nickte bloß. "Das macht mir nichts, Mylady, ich bin die Kälte gewöhnt." Mit einem weiteren Knicks beendete sie die Konversation und ging schnellen Schrittes an Tessa vorbei. Ihr machte das vielleicht nichts, dachte letztere, aber besorgen könnte sie um diese Uhrzeit sicher nichts mehr.

Tessa atmete die wohlig warme Luft ein und rieb sich die kalten Arme. Fröstelnd nahm sie ihr Cape ab und hing es in die Garderobe, bevor sie geraden Weges ins Wohnzimmer ging, um sich vom Kaminfeuer erwärmen zu lassen. Als die knisternde Hitze des Feuers ihr ins Gesicht stieg, schloss sie für einen Moment die Augen und sog gierig die, nach Holz duftende Wärme ein. Noch immer spukte ihr Victorias Satz im Kopf herum. Wie schön, aber auch gleichermaßen seltsam dieser Tag gewesen war. Victoria hatte nicht einmal annähernd auf die Frage reagiert, weshalb sie Tessa eigentlich eingeladen hatte. Sicher, sie wusste um die Freude der Königin an Tee und Gesellschaft, aber eine Königin lud niemanden einfach so ohne Grund ein. Im gleichen Moment kam ihr der Gedanke, dass Victoria eventuell dieses Treffen einfach dafür genutzt hatte, Tessa wissen zu lassen, dass sie über ihre Pläne informiert war. Dennoch, irgendwie kam Tessa all dies sehr komisch vor. Laut Victorias Erzählung hatte George sie schon früher kennen müssen, das würde auch zu dem Foto passen, das bereits seit ihrer Ankunft auf dem Kaminsims stand. Hatte er sie in der Zukunft anfertigen lassen? Tessas Blick blieb an einem der Bilder hängen, auf denen sie neben George abgebildet war. Sie trug ein Kleid mit Spitzenornamenten, seine Hand ruhte auf ihrer Schulter. Tessa lächelte ein wenig. George hatte mit einem sanften Lächeln glücklich seinen Blick auf sie gerichtet. Sie jedoch sah in die Kamera, grazil mit einem leisen Schmunzeln. Seltsam, dachte Tessa, sie trug ihre Brille auf dieser Fotografie gar nicht. Sie richtete ihren Blick noch stärker auf ihr Bild. Was hatte sie da an ihrem Oberarm? Es war eindeutig zu erkennen, eine kleine Narbe. Tessas Herz begann zu rasen. Unsicher fasste sie sich an ihren Oberarm, dann, sehr stockend, richtete sie ihren Blick auf die Stelle, als hätte sie es nicht sowieso schon gewusst. Es war keine Narbe zu sehen. Sie erschrak. War es eventuell eine Narbe, die sie erst in der Zukunft sich zuziehen würde? Aber nein, auf einmal bemerkte sie auch, dass die Frau auf der Fotografie um einiges schlanker und graziler wirkte als sie. Jedoch sah sie auch ganz subtil, nur in Form eines kleinen Schattens über ihrem linken Mundwinkel, eine weitere feine Narbe, die beinahe aussah, wie ein Muttermal. Was sie aber nicht sah, war die Narbe direkt über ihrem Auge, die sich über ihre Wange erstreckte. Jene, welche ihr bei dem Überfall zugezogen wurde. Es beschlich Tessa leise, ihr Herz pochte mit einer Heftig gegen ihre Brust, dass man es wahrscheinlich bis draußen schlagen hören konnte. Die Frau auf dem Foto, auf den ersten Blick ihr Ebenbild... war es möglich, dass...

"Was machst du denn da?", fragte eine Stimme hinter ihr, die sie auffahren ließ. George stand hinter ihr und bedachte sie mit einem halb amüsierten, halb verdutzten Blick. Tessa war nicht dazu fähig, ihm zu antworten. Sie sah ihn einfach nur groß an und fragte sich, wie sie all die Zeit nicht auf diesen Gedanken hatte kommen können, dass es vor ihr eine Frau Tess Thomas gegeben haben mag. Es war George zu unglaublich leicht gefallen allen hier von seiner Gattin zu berichten, die gerade aus Australien wiedergekehrt war. George sah immer wieder zu der Fotografie und dann zu Tessa. In ihrem Gesichtsausdruck sammelte sich eine Variation aus Emotionen, am deutlichsten jedoch die Verwirrung.

„Nichts", stotterte Tessa, „ich habe bloß... habe bloß, na ja ich wollte mir einfach noch einmal unsere Fotografien ansehen. Mir hat das Kleid so sehr gefallen, das ich auf ihnen trage." Sie würde George kein Wort über ihre Vermutung sagen. Hätte er gewollt, dass sie die

Wahrheit wusste, hätte er ihr schon längst etwas darüber erzählt. Nein, sie würde ganz allein herausfinden, was es damit auf sich hatte.

Beim Dinner saßen sie weitgehend schweigend nebeneinander und aßen ihre Pastete, ein typisch viktorianisches Gericht, dass besser schmeckte, als man dachte. Tessa wusste nicht weshalb, aber sie misstraute George immer mehr. In der letzten Zeit war er so oft unehrlich gewesen, woher wollte sie wissen, dass er nicht von Anfang an gelogen hatte? Sie kannte ihn ja nicht einmal richtig und war viel zu unvoreingenommen gewesen. Jetzt fixierte sie ihn misstrauisch und spießte vielleicht etwas zu passiv aggressiv ein Stück Pastete auf ihre Gabel. George roch entzückt an den frisch gewaschenen Servietten. Sein rotes Haar war sorgfältig mit Pomade bearbeitet und lag in einer sanften Welle an seinem Kopf. Nachdem er die Serviette inspiziert hatte, legte er sie sich auf seinen Schoß und fing an über das Essen herzufallen. Tessa saß noch immer da und hielt die Gabel mit dem Stück Pastete in der Hand. Ihre Augen waren zu Schlitzen verengt. Auf einmal hielt George in seiner Bewegung inne und sah sie mit großen Augen an.

„Habt Ihr etwas, Liebste?", fragte er, da er nicht sicher war, ob nicht irgendjemand zuhörte. Tessa hob die Augenbrauen. „Nein", entgegnete sie leichthin. „Was soll ich denn haben?" George zuckte mit den Schultern.

„Wenn man das bei weiblichen Wesen immer wüsste, dann bräuchten wir keine Enzyklopädien mehr", lachte er. Tessas Druck um ihre Gabel verfestigte sich.

„Jane war heute noch sehr spät aus. Sie stand um acht Uhr vorm Haus und behauptete einkaufen gehen zu wollen. Was sagt Ihr dazu... *Liebster*?". Das letzte Wort hatte eine viel zu ironische Konnotation, das wusste Tessa, doch es kam aus ihr herausgerutscht und sie hätte es nicht aufhalten können. George schien weitgehend unbeeindruckt.

„Vielleicht ein heimlicher Liebhaber. Oder eine familiäre Sache." Tessa hatte zwar noch nicht über diese Optionen nachgedacht, sie schienen ihr aber auch nicht besonders wahrscheinlich.

„Gewiss", antwortete sie dennoch. „Was hatte es denn mit Eurem wütenden Verschwinden heute Morgen auf sich?" Zögernd sah sie zu ihm auf und doch noch früh genug, denn der Ausdruck in seinen Augen verriet, dass er genau wusste, wovon sie sprach. Eine Sekunde später jedoch verwandelte sich seine Miene und er lachte kurz auf.

„Ach so, heute Morgen, ja... da war ich etwas erzürnt. Der Grund war jedoch kaum nennenswert, es war so eine Angelegenheit bei den Lords, es hat sich derweilen längst geklärt." Tessa hob die Augenbrauen und nickte. *Du elender Lügner*, dachte sie sich und aß endlich dieses einsame, traurige Stück Pastete auf ihrer Gabel.

DER SCHWARZE ZYLINDER

„Ich werde für ein oder zwei Tage verreisen müssen", kündigte George am nächsten Morgen an, als Tessa sich gerade im Bett aufrichtete.

„Was?", gähnte sie, „Wohin um Himmels Willen musst du denn abreisen?" George schlüpfte in einen samtigen, blauen Anorak, dessen Farbe sein Haar bloß noch roter erscheinen ließ. „Ich habe einen Verdacht, und genau dieser Verdacht hat mich zur Jagd eingeladen, nach Windsor." Tessa rieb sich ungläubig die Augen.

„Windsor?", fragte sie plötzlich hellwach. „Und was ist mit mir?" George musterte sie lächelnd und kam dann zu ihr, um ermutigend ihre Hand zu drücken.

„Dir wird es schon ein oder zwei Tage gut ergehen. Richte dir ein Zimmer in der Bibliothek ein, geh mit Jane zum Markt, oder ruf Lady Charlotte herbei, es gibt hunderte von Dingen, die du unternehmen könntest." Tessa schob ihre Unterlippe vor und verschränkte ihre Arme.

„Ganz sicher werde ich diese einfältige Person nicht

herbeirufen! Vorher sterbe ich lieber vereinsamt mit Büchern." George zuckte mit den Schultern und fuhr sich durch die Haare. „Auch das hört sich für mich akzeptabel an. Versuch einfach nichts Leichtsinniges in den nächsten zwei Tagen zu machen und dann bin ich im Nu wieder da!" Er griff sich seinen schwarzen Zylinder und hatte die Hand bereits auf die Türklinke gelegt, da stockte er einen Moment. „Was ist denn?", fragte Tessa, die sich gerade aus der warmen Decke gepellt hatte und nun die Arme von sich streckte. George stand unruhig an der Tür und drehte sich letztlich eher unwillentlich zu ihr.

„Während ich weg bin", mahnte er leise, darfst du dich unter keinen Umständen mit diesem Sir Frederick treffen." Tessa bedachte ihn mit zusammengekniffenen Augen.

„Warum?", fragte sie skeptisch. George erwiderte ihren Blick standhaft und knetete an dem Rand seines Zylinders herum. „Weil er mir seltsam vorkommt. Und weil ich nicht hier sein werde, um dich zu beschützen." Tessa hob eine Augenbraue.

„Ich denke ich werde auch ohne dich überleben können, George. Außerdem...", sie stand mit verschränkten Armen auf und trat, nur in ihr Nachtgewand gekleidet, an ihn heran, um ihm besser in seine Augen blicken zu können, „warum gehst du so automatisch davon aus, dass Sir Frederick seltsam ist oder... mit Misstrauen gesehen werden muss? Auf mich wirkt er wie ein ziemlich normaler Kerl." George zog missbilligend seine Mundwinkel herunter.

„Weil ich diesen Job schon etwas länger mache", antwortete er, als hätte sie ihn mit ihrem Zweifel über sein

Urteil beleidigt.

„Vielleicht hat dich ja genau diese Tatsache für Menschenkenntnis abgestumpft." George schüttelte seinen Kopf und seufzte. „Beherzige meinen Rat, oder nicht. Aber wenn du ihn missachtest, denk daran, dass ich nicht derjenige gewesen bin, der nicht hätte da sein wollen, um dich vor ihm zu retten." Und mit diesen Worten öffnete George die Tür und stürmte davon. Tessa stand wie angewurzelt da und konnte sich nicht rühren. Sie wusste genau, was er damit gemeint hatte, und dennoch regte sich in ihr ein Widerstand gegen seine Zweifel, und ein Drang zu beweisen, dass er falsch lag. Mit klopfendem Herzen schluckte sie ihren Drang herunter und setzte sich auf die Bettkante. Neben der Wut in ihrem Bauch, war da noch etwas anderes, was ihr Sorgen machte. Sie wusste nicht weshalb, aber ohne George fühlte sie sich hilflos und verletzlich. Was wenn er recht hatte und jemand wirklich versuchte sie anzugreifen, genau jetzt, wo sie so angreifbar war? Vielleicht wäre es wirklich das Beste, wenn sie sich oben in der Bibliothek einquartierte, bis George wieder zurückkehrte. Andererseits kam ihr plötzlich noch einmal der Gedanke daran herauszufinden, was es mit dieser Fotografie auf sich hatte. Und wann wäre wohl der bessere Zeitpunkt für ein wenig Recherche als jetzt? Tessa klingelte nach Jane und legte sich ihren Schal um die Schultern. Sie hörte bereits die Schritte des Hausmädchens auf den hölzernen Treppenstufen und konnte sich nicht erklären, weshalb sich nicht die gewohnte Vorfreude auf ihre liebe Freundin in ihr einstellte. Aber als Tessa Jane gestern noch so spät abends begegnet war, und merkte, dass ihre Zofe sie angelog, war ihre gute Beziehung ein wenig gebrochen und statt der Freude, spürte Tessa nun ein gewisses Misstrauen gegenüber Jane. Letztere trat nur einen Augenblick später ein und strahlte Tessa wie gewohnt aus ihren warmen, lieben Augen an, sodass eine Spur Misstrauen in Tessa schrumpfte.

„Sir George ist für ein oder zwei Tage abgereist, ich werde wohl allein hier sein", bemerkte Tessa, als sie von Jane frisiert wurde.

„Soll ich Lady Charlotte einladen?", fragte Jane und sah Tessa im Spiegel an. Sturköpfig knabberte Tessa an ihren Fingernägeln. „Ich sträube mich eigentlich zutiefst gegen diese Person", brummte sie. Jane flocht eine Blume in Tessas wildes Haar.

„Aber dennoch braucht man manchmal einfach eine Freundin, besonders, wenn der Liebste außer Haus ist." Tessa lächelte.

„Sie haben recht", gab sie zu und nahm dann einen tiefen Atemzug voller Motivation. „Ja, wir laden sie ein." Jane lächelte und nickte, doch Tessa dachte weniger daran eine Freundin einzuladen, als viel mehr daran eine Verdächtige zu verhören.

Das Alltagsleben zu dieser Zeit konnte ziemlich langweilig sein, und allmählig hatte es Tessa satt zu Hause rumzusitzen oder im Bett zu liegen, also hatte sie Jane gesagt sie bestehe darauf den Einkauf für ihr Dinner mit Lady Charlotte selbst zu erledigen. Was brachte es ihr endlich im viktorianischen London zu sein, und gar nichts davon zu sehen? Der Winter erreichte die Stadt nun immer mehr und die Kälte in der Luft zirkulierte zusammen mit den winzigen Partikeln Ruß, welche sich immer dichter formatierten, je näher man in das Zentrum kam. Fröstelnd zog Tessa ihr Cape enger um die Schultern. Ihr winziges Täschchen baumelte von ihrem Handgelenk, aus Vorsicht hatte sie bloß ein paar Münzen mit sich genommen. Das schlichte, grüne Wollkleid wärmte sie wenigstens zunehmend, denn sie hatte lange Unterwäsche und einige Unterröcke darunter drapiert. Da es in diesem Jahrhundert noch keine Strumpfhosen gab, musste sich Tessa mit Kniestrümpfen begnügen, aber ihre Beine froren dennoch fürchterlich. Es würde noch gut Einhundertzwanzigjahre dauern, bis richtige Strumpfhosen auf dem Markt zu finden wären. Die Menschenmassen wurden immer dichter, vor allem kleine Kinder in zerrissenen Klamotten liefen an ihr vorbei. Tessa zog die Nase hoch und fröstelte erneut, als sie plötzlich jemanden auf der anderen Seite der Straße erblickte. Sein schwarzer Zylinder ragte aus der Menge heraus, genauso wie das tiefe Blau seines Anoraks. Seine schwarzen Locken lugten unter dem Zylinder hervor. Er schien wild zu gestikulieren, während er mit einem anderen Herrn sprach, dessen Gesicht Tessa verborgen blieb. Sie stellte sich auf die Zehenspitzen, um wenigstens einen kleinen Blick auf den Herrn erhaschen zu können, doch die Menschenmassen vor ihr waren zu dicht und sie selbst zu klein. Gerade, als sie dabei war sich durch die Menschen zu prügeln, wandte sich der Herr ab und verschwand im Getümmel „Mist!“, flüsterte Tessa, und stieß einen Schwall Luft aus. Als sie aufblickte, hatte Sir Frederick sie bereits erkannt und kam lächelnd auf sie zu. Seine blauen Augen strahlten. Sie waren sich seit dem Ball nicht noch einmal begegnet.

„Lady Tess!“, rief Sir Frederick erfreut, „welch Überraschung Euch hier anzutreffen. Seid ihr in Begleitung?“ Sein Blick suchte nach George, doch Tessa schüttelte bloß den Kopf.

„Nein, ich mache einen kleinen Ausflug zum Markt. Lady Charlotte kommt mich heute Abend besuchen und ich habe noch vor einige Leckereien zu besorgen. Man sagte mir, dass der Wochenmarkt ein beträchtliches Angebot an Pasteten und Kuchen habe.“ Sir Frederick lachte und entblößte seine wundervollen, ebenen und weißen Zähne. Wie ungewöhnlich schön sie waren, und das für das viktorianische Zeitalter, dachte Tessa und merkte, wie sie nervöses Herzklopfen bekam.

„In der Tat, auch Ich kann bloß selten den Pasteten widerstehen. Lasst mich Euch begleiten und dabei helfen die Pasteten zu Euch nach Hause zu tragen.“ Tessas Herz machte einen Sprung, doch die Freude währte nicht lange, denn augenblicklich kam ihr Georges Warnung in den Sinn. Sollte sie sich wirklich Gedanken darum machen? George konnte Frederick kein bisschen ausstehen, das wusste Tessa. Aber sie gehörte sich selbst und keinem anderen, außerdem vertraute sie Frederick. Und *ihre* Menschenkenntnis hatte sie nie im Stich gelassen. Also was konnte schon dabei schief gehen, wenn er ihr lediglich half Pasteten auszusuchen?

„Das wäre sehr nett", antwortete sie und reichte Frederick den Korb. Er nahm ihn entgegen und sie machten sich weiter auf zum Markt.

„Wir hatten noch gar nicht die Gelegenheit uns zu unterhalten nach dem Ball", schnitt er das Thema an, welches Tessa noch immer einen kleinen Stich versetzte.

„Stimmt, ich musste kurzfristig abreisen. Leider, denn das Fest hat mir sehr gefallen", sie sah ihm dabei gewollt nicht in die Augen, sondern betrachtete einen Schal, welcher an einem der Stände mit dem Wind wehte. Er hatte eine wunderschöne, puderrosa Farbe und glänzte, als wäre er aus Seide. Tessa musste ihn einen Moment zu lang gemustert haben, denn Sir Frederick lachte, als er ihren Blick verfolgte, nahm den Schal in seine Hand und hielt ihm dem Händler entgegen.

„Wir wollen einmal diesen hier", sagte er, während er dem Händler mit der anderen Hand eine Münze reichte. Tessa stockte und schüttelte den Kopf.

„Oh nein, Sir Frederick, Sie müssen mir keinen Schal kaufen, das wäre doch nicht nötig." Aber er lächelte bloß und legte ihr den Schal um den Hals. Tessas Herz setzte einen Moment aus, denn er stand so nah vor ihr, dass sie intensiv seinen Geruch nach Rasierwasser und Laub wahrnehmen konnte. Seltsame Mischung, aber an ihm roch sie gut. „Schon geschehen. Eine Frau wie Ihr solltet einen solchen Schal besitzen. Außerdem fröstelt Ihr schon eine ganze Weile." Tessa vergrub ihr Gesicht in dem weichen

Schal und nahm einen tiefen Atemzug.

„Vielen Dank, ich liebe ihn schon jetzt." Sie wanderten weiter durch die kleinen Gassen, in welchem sich bettelnde Kinder um das Essen schlugen und Händler sich die Seele aus dem Leib schrien, um ihre Waren zu bewerben. Dabei waren sie und Frederick natürlich Blickfänger, denn mit ihrer noblen Kleidung stachen sie dermaßen aus der Masse der Armut hervor, dass Tessa ihr kleines Täschchen mit den Münzen fest umklammerte, um es im Blick zu behalten.

„Sie sind eine vorzügliche Tänzerin, Tess", bemerkte Frederick mit fester Stimme. Das Kompliment schmeichelte Tessa und sie strahlte über das ganze Gesicht, verbarg es jedoch, indem sie auf den Boden schaute.

„Ich würde sagen ich bin eine passable Tänzerin." Sir Frederick schnalzte mit der Zunge.

„Falsche Bescheidenheit, das ist alles! Ihr wisst, dass Magie entstanden ist, als Sie tanzten." Nun drehte sich Tessa zu ihm herum und nickte lächelnd.

„Ja, das weiß ich. Ihr seid eben auch nicht ganz so übel, wie ich sehen durfte." Derweilen waren sie bei den Ständen für die Pasteten angelangt. Da diese Tessa jedoch bloß wenig ansprachen, entschied sie sich für drei Törtchen und ein paar Scones mit eingebackenen Rosinen. Als Tessa der Frau die Münzen überreichte, senkte letztere den Kopf und nahm die Bezahlung dankbar entgegen. Tessa legte die Törtchen und die Scones in den Korb, dann machten sie und Sir Frederick sich auf den Weg.

„Sir Frederick, verzeiht mir meine Neugierde, aber

wer war der Herr, mit dem Ihr Euch so lebhaft unterhieltet?"
Sie sah zu ihm auf und bemerkte, wie sich sein Kiefer anspannte, er jedoch einen kleinen Moment später wieder lächelte und abwinkte. „Das war bloß Lord Brombton. Er ärgerte sich mal wieder über etwas, nicht der Rede wert. Kauziger Kerl, dieser Lord." Tessa runzelte die Stirn.

„Ich habe das Gefühl ihm öfter zu begegnen", bemerkte sie leise. „Auf dem Ball zuletzt." Sir Frederick nickte. „Ja, der Ball. Er war dort eingeladen, fand das Fest jedoch eher dürftig, weshalb er es früher verließ. Ist nicht so gesellig, eher ein Einzelgänger." Doch auf irgendeine Art und Weise wusste Tessa, dass mehr dahintersteckte als eine eigensinnige Natur. Immer noch kam ihr der Kerl mit Zylinder seltsam vor. Warum sollte er ansonsten einfach so vor ihrem Haus stehen? Sir Frederick öffnete das kleine Tor zum Vorgarten des Anwesens und hielt es für Tessa auf. Vor der Tür kamen sie beide zum Stehen und standen sich schweigend gegenüber. „Ich danke Euch, für den Schal und für Eure Hilfe", brach Tessa als erste das Schweigen.

„Ich bin Euch jederzeit behilflich, Lady Tess." Er nahm ihre Hand, um sie an seine Lippen zu einem Kuss zu führen. „Wir sollten bald selbst Magie durch einen Tanz entstehen lassen", schlug er vor. Tessa wandte beschämt den Blick ab.

„Ich denke nicht, dass mein Ehemann es dulden würde. Außerdem habe ich von keinen Bällen in nächster Zeit gehört." Sir Frederick stieß ein Seufzen aus.

„Ihr gehört nur Euch. Gegen einen Tanz kann Euer

Gatte wohl sicher nichts haben. Außerdem irrt Ihr Euch, ich habe just heute Morgen entschieden eine Soiree in meinem Anwesen zu geben." Tessa hob die Augenbrauen. „So? Wann soll diese Soiree denn stattfinden?" Frederick stellte den Korb ab und bedachte sie mit einem grübelnden Blick.

„Wenn die Voraussetzung für einen Tanz mit Euch die Unwissenheit Eures Gatten ist, dann soll sie schon morgen Abend sein. Eine Soiree ohne einen Tanz mit Euch, Tess, ist für mich undenkbar." Tessa witterte eine Gefahr und ein Schauer durchfuhr ihren Körper. Sie konnte nicht sagen, was dieses Gefühl auslöste, aber es war, als würde sie eine unsichtbare Kraft mit seinen Augen fixieren.

„Wenn Ihr so wünscht", sagte sie dennoch, „so möchte ich mich auf einen Tanz mit Euch freuen".

„Jane, Sie sind die Allerbeste!", Tessa sah sich in dem wundervoll hergerichteten Speisesaal um. Jane hatte den Tisch mit Tannenzweigen verziert, zwei Kerzenleuchter angemacht, und das Feuer im Kamin vorbereitet, dessen orangefarbenes Licht den Raum in ein wohliges Zimmer voller Wärme verwandelte. Auf dem Tisch hatte Jane das Essen angerichtet, eine noch kochend heiße Suppe, neben der, kunstvoll drapiert, die Törtchen auf einer Etagere standen. Alles sah so gemütlich und einladend aus.

„Dennoch kann ich es einfach nicht nachvollziehen, wie Mylady selbst in der Kälte losziehen konnte und nicht *mich* geschickt hat, die Törtchen zu besorgen. Ich gehe doch sowieso jeden Tag zum Markt." Tessa legte den Kopf schief. „Aber warum hätte ich Sie schicken sollen, Sie haben doch bereits gestern Abend alle Besorgungen erledigt und ich hätte nur hier herumgesessen und nichts zu tun gehabt." Janes Gesichtsausdruck änderte sich schlagartig und sie blickte Tessa mit einer Angst in ihren Augen an, als wäre sie bei etwas ertappt worden.

„Sagen Sie mal Jane...", Tessa biss sich auf die Unterlippe, „haben Sie etwa einen heimlichen Verehrer?" Sie wusste, dass sich die Frage sich nicht ziemte, eine Herrin hatte sich nicht für die Privatangelegenheiten ihres Personals zu interessieren, aber es quälte Tessa schon seit gestern Abend. Außerdem hatte sie in Jane eine Freundin gefunden und ihr ertapptes Gesicht bestätigte Tessas Vermutung, dass sie definitiv nicht der Einkäufe wegen außer Haus gewesen war.

„Ich... es ist...", stotterte sie und knetete unsicher ihre Hände. „Ich wollte nicht, dass Mylady misstrauisch werden, es hatte ganz sicher nichts mit Euch oder Mylord zu tun. Ich habe mich lediglich mit jemandem getroffen und... wollte nicht, dass es jemand wusste." Tessa sah sie mit großen Augen an. „Ich werde dich nicht fragen, wer es gewesen ist. Aber ich möchte, dass wir uns vertrauen. Auch wenn ich deine Herrin und du mein Hausmädchen bist." Janes Augen füllten sich mit Tränen und sie schniefte mit ihrer Stupsnase.

„Dessen bin ich mir bewusst, Mylady, gewiss! Und ich würde niemals etwas tun, was Ihnen oder Mylord schaden könnte, das verspreche ich Euch." Tessa legte ihre

Arme um Janes Schultern und umarmte sie sanft.

„Ich glaube Ihnen", beteuerte sie, „Sie unterscheidet nichts von mir. Nicht mein Rang und nicht mein Besitz, Sie sind eine junge Frau, wie ich es bin. Und als diese werde ich Sie sehen." Tessa konnte beinahe spüren, wie heftig Janes Herz klopfte, also lächelte sie liebevoll und nickte ihr wohlwollend zu. Jane senkte demütig ihren Kopf. „Ich hoffe, dass Mylady wissen, welch noble und intelligente Frau sie ist." In just diesem Moment klingelte es an der Tür und Jane fuhr erschrocken hoch, bevor sie schnell in den Flur tapste, um die Tür zu öffnen. Doch Matthew war ihr bereits zuvorgekommen und so huschte sie schnellen Schrittes in die Küche. Tessa betrat die Eingangshalle und begrüßte Lady Charlotte, welche elegant wie eh und je vor ihr stand. Heute war sie in ein wunderbares Kleid aus glänzendem, smaragdgrünem Stoff gekleidet, welches ihr rotes Haar nur umso feuriger erscheinen ließ. Sie würde wunderbar zu George passen mit ihrer hohen, grazilen Statur und ihrem roten Haar. Dieser Gedanke fühlte sich schmerzhaft für Tessa an und sie schob ihn beiseite.

„Willkommen, liebste Charlotte!" Charlotte trat herein, legte ihr Cape ab und strahlte über beide Wangen.

„Meine liebe Tess, Ihr könnt Euch ja gar nicht vorstellen, wie sehr ich mich über Eure Einladung gefreut habe! Nur hat sie mich so gewundert, hätte ich gewusst, dass Ihr so allein seid, die Tage, hätte ich Euch auch gewiss zu uns eingeladen." Tessa lächelte galant.

„Aber weshalb denn, wir können es uns auch in

unserem Anwesen bequem machen, zudem noch ganz ohne Gatten! Kommt herein, ich habe bereits das Essen vorbereiten lassen." Sie gingen ins Wohnzimmer. Lady Charlotte sah sich gebannt um und bemerkte: „Wie unglaublich gemütlich es hier ist. Und sogar Törtchen habt Ihr besorgt, du meine Güte, wann hat mich das letzte Mal jemand so nett zu sich eingeladen." Tessa schluckte. Sie mochte Charlotte nicht besonders, aber immer mehr kam sie zu der Erkenntnis, dass diese verdammt einsam gewesen sein musste. Ihr Betragen Tessa gegenüber hielt eine Fassade aufrecht, und versteckte dabei, wie sehr sie als Frau in diesem Zeitalter litt. Für sie waren Kleider und Soireen die einzige Sprache, die auszudrücken vermochte, was Frauen nicht laut sagen sollten.

„Setzt Euch, die Suppe ist noch heiß." Matthew eilte herbei und zog den Damen die Stühle zurecht. Tessa bedanke sich und wies ihm an, dass er sich zurückziehen durfte. „Wie geht es Eurem Gemahl?", fragte Tessa Charlotte, welche bereits ihren Löffel in die Suppe getaucht hatte und genüsslich daran roch.

„Ach, der", erwiderte Charlotte bloß und verdrehte die Augen. „Furzt und futtert vor sich hin. Ich hatte ihm dazu geraten mit diesem äußerst sonderbaren Baron, dessen Name mir leider abhandengekommen ist, Jagen zu gehen, dann hätte er mal etwas zu tun gehabt." Tessa verschluckte sich beinahe an der heißen Suppe.

„George ist auch auf die Jagd gefahren! Hätte ihn das nicht umstimmen können? Die beiden verstehen sich doch ganz gut, soweit es mir bekannt ist." Lady Charlotte tupfte sich die Mundwinkel mit der Tuchserviette ab.

„Ich wusste nicht, dass auch Sir George mit auf die Jagd gegangen ist! Es hätte wahrscheinlich doch nichts geändert. Walter hasst diesen Baron wie-auch-immer-er-heißt. Er sagt, er möchte nichts mit einem Hochverräter zu tun haben und er sei ihm zutiefst zuwider." Tessa klingelte es in den Ohren. „Hochverräter?", fragte sie verwundert.

„Walter sagt dieser Lord hätte sich der Opposition gegen die Königin angeschlossen und würde einen geheimen Umsturz planen, womit er wahrscheinlich Recht hat. Walter meine ich. Er behauptet die Oppositionellen wollen eine reine Parlamentsherrschaft und es den Franzosen gleich machen." Schlagartig wurde Tessa bewusst, weshalb George diesem Jahresausflug zugestimmt hatte.

„Und was denkt Ihr darüber?", fragte Tessa vorsichtig. Charlotte zuckte mit den Schultern.

„Ich finde die Königin weder ansehnlich noch galant, ihre Garderobe bringt mich des Öfteren zum Weinen, aber ich bin der Königin treu und werde es auch immer bleiben. England ist eine Monarchie und wir brauchen unseren Monarchen. Victoria mag vielleicht nicht ansehnlich sein, aber ich würde sie unter keinen Umständen auf dem Schafott sehen wollen. Meiner Meinung nach ist der deutsche Prinz nicht der Richtige an ihrer Seite." Schon wieder betonte Charlotte diesen Aspekt und Tessa musste unwillkürlich lächeln.

„Es wirkt, als habt Ihr ein Auge auf den Prinzen geworfen, meine Liebe, wenn ich das so unter uns äußern darf." Auch Charlotte begann zu lächeln und roch an einem Erdbeertörtchen.

„Wer könnte das nicht?", schwärmte sie. Tessa konnte es ihr nicht verübeln, Albert war charmant, gebildet, elegant und versehen mit den besten Manieren. Aber die Art und Weise, wie Charlotte über ihn sprach brachte bei Tessa die Frage auf, ob eine Frau, die so verliebt war, imstande dazu war einen Anschlag zu verüben. Doch sie hatte soeben ihre Treue gegenüber der Monarchie betont und Tessa konnte nicht anders, sie glaubte ihr. Denn je öfter sie diese junge, wunderschöne Frau traf, desto bewusster wurde ihr, dass sie lediglich zutiefst unglücklich war und sich nach etwas Liebe und Freundschaft sehnte. Ihre Fassade begann langsam, aber immer mehr zu bröckeln. „Wie kommt es, dass sie ihn so verehren?", fragte Tessa und meinte es ehrlich. Charlotte betrachtete ihr Törtchen und lächelte es traurig an.

„Wenn Ihr zu Hause einen fetten, faulen Ehemann sitzen hättet, der Euch behandelt, wie eine Puppe, die er sich zum Spielen ausgesucht hat, und Euch nicht ansieht, niemals, nicht an einem Tag, wenn Ihr Euch so sehr nach... Zuneigung sehnen würdet, wie ich es tue, dann würde euch der Anblick eines Prinzen vielleicht auch so verzaubern." Tessa betrachtete sie mitleidig, auch wenn sie es überhaupt nicht wollte. Aber anders, als Charlotte es vielleicht dachte, wusste sie sehr wohl, wie es war sich nach Zuneigung und Anerkennung zu sehnen. Und genau deshalb verstand sie auch so gut, wie sich Charlotte fühlen musste. Aber das konnte sie ihr natürlich nicht sagen, denn in dieser Vergangenheit war sie überglücklich mit ihrem Ehemann. „Aber warum genau Prinz Albert? Ich meine ja, er ist charmant und galant, aber gibt es denn niemanden in Eurer näheren Umgebung, der Euch genauso bezaubernd findet, wie das wahrscheinlich alle tun? Ich könnte mir vorstellen, dass alle jungen Männer geradezu dahinschmachten, wenn sie Eure Schönheit sehen", bemerkte Tessa mit ein wenig zu viel Neid, wie ihr auffiel. Lady Charlotte schmunzelte.

„Den Einzigen, den ich kenne, und der mir gefallen würde, hat nur Augen für Euch." Sie führte ihr Punschglas an ihre Lippen und nahm einen Schluck, ohne Tessa dabei aus den Augen zu lassen. Tessa verschluckte sich bei dieser Aussage und schüttelte wild den Kopf.

„Du meine Güte, ich hätte nicht gedacht, dass es Euch so aus der Fassung bringt, meine Liebe. Keine Sorge, Euer Geheimnis ist bei mir sicher", sie blinzelte. Tessa hob die Hände. „Oh, aber nein, da ist überhaupt nichts, Ihr irrt! Sir Frederick er ist nur ein guter Freund, mehr nicht." Lady Charlotte kicherte und hielt sich die Hand vor den Mund.

„Ich glaube das sieht der liebe Frederick aber anders! Ihr habt ihn vollkommen verzaubert, Tess, der Arme kann sich gar nicht mehr helfen. Ich muss immerzu an den Tag unseres Überfalls zurückdenken. Was eine grausame Tat, und wie schrecklich es beinahe geendet wäre. Aber Sir Frederick war da, um uns zu retten." Tessa ließ ihr Törtchen fallen und blickte in Charlottes Augen, als suche sie nach einer Antwort. Sie räusperte sich.

„Sir Frederick hat... er hat was getan?", fragte sie mit

belegter Stimme. Charlotte nahm einen tiefen Atemzug und presste eine Hand auf ihr Herz. „Es schmerzt so sehr sich an diesen Schreckenstag zu erinnern. Ich hatte eine solche Angst, und als ich sah, was einer von ihnen Euch antun wollte. Ihr wart schon beinahe bewusstlos, da tauchte Sir Frederick aus dem Nichts auf, kurz nach Sir George. Während dieser versuchte Euch wachzuhalten und gegen die Halunken kämpfte, rettete Sir Frederick mich und brachte mich fort in Sicherheit. Ich stand vollständig unter Schock, konnte mich nicht bewegen, nicht sprechen, aber er kam wie ein Held." Tessa schlug das Herz bis zum Halse. „Ja", hauchte sie, „wie ein Held."

Dass Charlotte schon früh aufbrechen wollte, empfand Tessa enttäuschender, als sie es erwartet hatte.

„Es war ein wundervoller Abend, meine liebe Freundin und ich danke Euch ungemein für die Einladung. Ihr habt mir etwas sehr Gutes damit getan." Tessa nahm Charlottes Hand und drückte sie fest.

„Auch mir hat es unfassbar gut gefallen, Charlotte. Ich hoffe, dass Ihr mich noch häufiger besuchen kommt." Ziemlich unerwartet und stürmisch schloss Charlotte Tessa in ihre Arme.

„Ich habe noch einen Vorschlag. Wie wäre es, wenn wir uns, als gute Freundinnen, einfach duzen? Ein kleines Geheimnis unter uns beiden." Tessa schmunzelte und nickte. „Das fände ich sehr schön! Dann mach es gut, Charlotte, auf dass wir uns bald wiedersehen." Als Matthew die Tür öffnete, wehte ein Schwall eiskalter Luft in die Eingangshalle. Charlotte zog sich bibbernd das Cape an. Tessa begleitete sie noch bis zur Tür und wartete darauf, dass sie sicher in der Kutsche saß und diese ratternd in die schneiende, kalte Nacht davonfuhr. Überraschend fröhlich lächelte Tessa und wunderte sich über die Erkenntnisse, die der Abend ihr gebracht hatte. Erkenntnis Nummer eins: Charlotte war nun als Verdächtige definitiv ausgeschlossen. Tessa hatte sie nun so häufig getroffen und wirklich nichts sprach für einen Verdacht, auch wenn sie es anfänglich angenommen hatte. Und Erkenntnis zwei: ihre Flucht am Tag des Überfalls war auf jeden Fall nicht ihr verdienst gewesen. Na gut, es gab auch noch Erkenntnis drei: Sir Frederick war stärker in das Geschehen verwickelt als angenommen. Denn eins wusste sie, und das war, dass er nicht weit weg vom Geschehen hätte sein können, andernfalls hätte er Lady Charlotte niemals so schnell retten können. Und gerade, als Tessa hinauf in ihr Schlafgemach gehen wollte, sah sie ihn wieder an der Straßenlaterne stehen. Das Licht umspielte die Silhouette seines schwarzen Zylinders. Angst zuckte durch Tessas Glieder. Es wäre so unglaublich einfach, sie müsst nur rausgehen und ihn zur Rede stellen. Sie würde ihm den Zylinder vom Kopf reißen und ihm in die Augen sehen, ihn fragen, was er von ihr wollte und warum er sie beobachtete. Aber sie war wie gelähmt vor Angst, angewurzelt auf der Treppenstufe, ihre Hand um das Geländer so fest wie Stein. Sie konnte nichts weiter machen, als den Blick aus dem Fenster zu richten und *ihn* zu beobachten, zu warten, dass er sich bewegte, entweder fortging, oder aber... oder aber zu ihr kam. Auf einmal fühlte sie sich so einsam wie noch nie, so hilflos, als bräuchte sie jemanden, der sie beschützte. Er war es nicht, der ihr Angst machte, es war die Einsamkeit selbst. Und innerlich betete sie dafür, dass George so bald wie möglich zurückkäme.

JAGDFIEBER

Das Gras unter Georges Schuhen war nass und matschig. Er kämpfte sich in seiner zwickenden Jagdkleidung durch den Wald und versuchte den Schein aufrecht zu erhalten, er hätte auch nur ein Minimum an Ahnung von der Jagd. Schließlich setzte er jedes Mal sein Jagdgewehr an und tat dann so, als sei ihm das Wild einfach so entwicht. Auch in diesem Moment, als der dicke Baron wieder einmal einen Schuss abfeuerte, jedoch noch kein einziges Mal getroffen hatte, stöhnte George mitleidig auf.

„Welch ein Jammer, beinahe hättet Ihr es gehabt, mein Freund, und wir etwas zu essen für heute Abend." Die klebrige Masse namens Porridge, welches rund um die Uhr in der Herberge serviert wurde, hatte George allenfalls satt, er würde keinen einzigen Löffel von dieser Pampe mehr herunterwürgen können. Umso mehr wunderte er sich deshalb über den durchaus stattlichen Appetit seines Begleiters, wobei er sich auch nicht ganz sicher war, ob dieser nicht absolut alles verschlingen würde, damit sein permanenter Hunger gestillt werden würde. Draußen war es eisig kalt, Georges Glieder waren schon ganz steif gefroren, und seine Schuhe bis auf die Strümpfe durchnässt. Was gäbe er jetzt nur für das warme Feuer zu Hause im Kamin und das leckere Essen, das ihm immer vorgesetzt wurde. Auch konnte er es nicht leugnen, er machte sich permanent Sorgen um Tessa. Natürlich hatte er ihr geraten sich von Frederick fernzuhalten, aber Tessa war nun einmal Tessa und hörte sicherlich nicht eine Sekunde auf ihn. Die Sturheit in Person.

„Ja", riss die brummende Stimme des Barons ihn aus seinen Gedanken. „Die Viecher sind uns heute nicht wohlgesonnen." Unter Aufstöhnen ließ der Baron sich auf einen Stein sinken und wischte sich den Schweiß von der Stirn.

„Vielleicht sollten wir verfrüht zurückkehren", schlug George vorsichtig vor. Der Gedanke an eine weitere Nacht in dieser Kaschemme ließ ihn bloß noch mehr frösteln.

„Was, vermisst Ihr etwa Euer Weib? Oder was könnte Euch sonst nach Hause locken?", der Baron brummte ein Lachen.

„Ich denke lediglich die Tiere haben wohl einen stärkeren Lebenswillen, als gedacht und warum sollten wir uns noch weiter der Kälte und dem schlechten Essen aussetzen, wenn doch das Paradies zu Hause auf uns wartet?" Der Baron fixierte ihn mit seinen Augen, die aussahen wie winzige, schwarze Perlen in seinem massigen Gesicht.

„Das nennt man Ehrgeiz und Durchhaltevermögen, Thomas! Sollte jeder Mann von Ehre besitzen. Die Tiere wollen nicht sterben, keiner will das. Aber sie haben keine Gewehre, wir haben die schon. Unsere Waffen geben uns einen Vorsprung, den wir nutzen sollten. Wir machen uns die Tiere eigen, sie folgen unserem Willen, wir lassen uns nicht von ihnen zum Narren halten." George hörte den stillen Vorwurf und schmunzelte vor sich hin.

„Sie haben eine starke Meinung zum Mannsein, Baron", bemerkte er, „Ich allerdings finde, dass die Tiere manchmal einfach klüger sind als wir. Warum also lassen wir ihnen nicht ihr Leben, wenn sie es sich doch so clever verdienen? Ich finde Fairness ist die Tugend, die einen Gentleman ausmacht. Verdient sich jemand etwas mit Weisheit und Scharfsinn, muss man sich ehrenhaft geschlagen geben." Der Baron fixierte ihn jetzt noch mehr, indem er seine Augen zusammenkniff und die Hände derart zu Fäusten ballte, dass die Knöchel weiß hervortraten.

„Überlegt mal, wo dieses Land wäre, wenn wir Fairness hätten walten lassen, Thomas. Glaubt Ihr England wäre zu wahrer Größe gewachsen, wenn wir uns clever hätten besiegen lassen?" Seine Stimme hatte einen unangenehmen Ton angenommen und George merkte, dass er mit seiner Bemerkung einen Nerv getroffen hatte. Er räusperte sich und fuhr sich mit dem Handrücken über die Stirn. Der Zeitpunkt war nun gekommen, dass ihn die körperliche Anstrengung nicht mehr wärmte und sich der nasse Schweiß auf seiner Stirn kalt im Wind auf seinem Gesicht ausbreitete. „Ich hatte Eure Einstellung zu dem

Thema vergessen", bemerkte er mindestens so kühl, wie der Blick des Barons sich auf seiner Haut anfühlte. Letzterer schnaubte bloß missbilligend und schüttelte den Kopf.

„Meine Einstellung! Die Einstellung aller nennenswerter Menschen in England. Euch da ausgeklammert", spuckte er George entgegen. George setzte zu einem gewagten Konter an.

„Sie müssten sich ja bestens mit Sir Frederick verstehen." Schon einen kurzen Moment später beschlich ihn der Gedanke, dass diese Äußerung nicht so klug gewesen war, wie George es sich ausgemalt hatte. Der Baron legte die schwulstige Stirn in Falten.

„Der Deutsche, der aus dem Nichts aufgetaucht ist? Wie könnt ihr auch nur einen Augenblick lang glauben, dass ich mich mit einem solchen Menschen verbunden fühlen könnte, einem Mann, welcher der Kinderkönigin die Schleppe hält, während sie über die Scherben trampelt, zu denen sie unser Land erlegt hat? Eine Schande ist dieser Frederick und eine Schande sein englischer Freund, der an ihm klebt, wie eine Bazille und damit sein Land verrät." Während der Baron sich in Rage schrie, horchte George ruckartig auf. „Sein englischer Freund?", hakte er nach.

„Dieser nichtsnutzige Lord wie- auch-immer-er-heißt! Stolziert herum in seinem feinen Gehrock und verkündet mit lauten Parolen königstreues Zeug, dabei wissen alle, dass er in der Opposition unterwegs ist. Falsches Pack, alle miteinander verlogen und prätentiös. Ich sehne mich nach den alten Zeiten, in denen unser Land noch von

Männern regiert wurde, die wussten, was es heißt ein Land zu führen, es wachsen zu lassen und ihm einen Namen in der Welt zu verschaffen! Von englischen Männern, diese... kleine Prinzessin mit ihrer deutschen Mutter und ihrem deutschen Verlobten, mein Vater dreht sich in seinem Grabe um!" Und während der Baron immer mehr in seinen hasserfüllten Monolog verfiel, kreisten Georges Gedanken einzig und allein um Sir Fredericks Freund, mit welchem er keinerlei Gesicht verbinden konnte. Bisher hatte er ihn noch nie mit jemand anderem zusammen gesehen.

„Baron verzeiht mir, doch wer genau ist dieser besagte Freund von Sir Frederick?", fragte er misstrauisch. Doch der Baron winkte ab, er hielt diesen Narren für vollkommen unnütz und unwichtig.

„Fragt mich nicht, wo er herkommt, tauchte eines Tages einfach im House of Lords auf und meinte lange Reden zu schwingen, wollte Premierminister Melbourne davon überzeugen die Königin zu stürzen, so etwas muss man sich mal vorstellen. Und jetzt ist er abgetaucht, nur noch selten zu sehen. Hat wohl Wind davon bekommen, dass er für seine Reden hätte gehängt werden können. Jedenfalls hätte ich ihm das gegönnt." George merkte, wie sein Puls begann zu rasen.

„Es tut mir außerordentlich leid Baron, aber ich muss unseren Jagdausflug leider vorzeitig beenden. Ich glaube meine Frau ist in Gefahr."

DER FALSCHE ADELIGE

Die Nacht hatte Tessa lieber in der Bibliothek verbracht als in ihrem Gemach, denn dort fühlte sie sich einfach am sichersten. Georges wunderbar ausgefeiltes
Sicherheitssystem hielt doch den einen oder anderen Einbrecher von ihr fern. Die ganze lange Nacht über wurde
Tessas loser Schlaf von grauenvollen Träumen heimgesucht, jene, in denen sie versuchte wegzulaufen vor dem
Mann mit Zylinder und er sie dennoch gepackt bekam,
während sein Gesicht sich unter dem Zylinder als Bes-
tie mit spitzen Eckzähnen herausstellte. Als dann endlich die ersten Sonnenstrahlen durch die Fenster fielen, atmete Tessa erleichtert aus und richtete sich im Sessel auf,
wobei ihr Hals einmal laut knackte. Wenn sie Glück hatte,
würde George ja eventuell schon heute Abend wieder
heimkehren und sie würde sich nicht mehr mit Büchern gegen einen fremden Stalker bewaffnen müssen. Bevor sie
gestern Nacht eingeschlafen war, hatte sie wirklich den
unrealistischen Plan geschmiedet, einen eventuellen

Eindringling mit allen Büchern zu bewerfen, die ihr gerade in die Hände kämen. Schließlich war sie doch noch über einem Buch eingeschlafen, und als sie nun den gigantischen Bücherberg um sich herum sah, konnte sie nicht mal mehr sagen, welches es gewesen war. Seufzend stand sie auf und stapelte die Bücher auf ihrem Arm, um sie nacheinander zurück an die richtige Stelle ins Regal zu stellen. Klassischerweise geriet der Turm auf ihrem Arm bald ins Wackeln, sodass Tessa in letzter Minute versuchte die Bücher vor einem freien Fall zu bewahren. Leider erfolglos, denn eine Sekunde später knallten sie laut polternd zu Boden. Irgendwie wusste Tessa jetzt schon, dass heute nicht ihr Tag werden würde. Unter Rückenschmerzen bückte sie sich, um die Bücher aufzusammeln, da bemerkte sie, dass eines von ihnen mit dem Fall aufgeschlagen war und erinnerte sich plötzlich, dass genau dieses Buch jenes war, welches sie gestern noch vor dem Einschlafen gelesen hatte. Eine zukünftige Biografie über Queen Victoria und ihre Familie. Wie lustig, dachte sich Tessa, Victoria in einer zukünftigen Biografie mit Fotografien beschrieben zu bekommen und sie gleichzeitig in dieser Zeit persönlich zu kennen. Sie war noch nicht bis zu der Seite gekommen, auf der das Buch gerade aufgeschlagen war, aber irgendetwas kam ihr bei näherer Betrachtung des darauf abgedruckten Bildes seltsam vor. So sah die Victoria, die sie kennengelernt hatte gar nicht aus. Ihre Gesichtszüge waren anders, viel sanfter, nicht so rund, eher länger und schmaler. Doch die Fotografie war lediglich ein paar Jahre älter als Victoria zurzeit. Tessa nahm das Buch in ihre Hände, aber auch beim zweiten Hinsehen täuschte sie sich nicht. Sie blätterte ein paar Seiten weiter und merkte, wie sie heftig schluckte.

„Das ist unmöglich", bemerkte sie fassungslos. Aus einer weiteren Fotografie blickte ihr die Queen Victoria entgegen, mit der sie Tee getrunken hatte und mit welcher sie geheime Details über die Mission getauscht hatte. „Ich bin so dumm", sagte sie in die Leere ihr gegenüber und merkte, wie ihr das Buch langsam, aber immer mehr aus der Hand glitt. Ihr blickte die Victoria entgegen, die sie kennengelernt hatte. Nur, dass es gar nicht Königin Victoria war, die sie besucht hatte. Es war unverkennbar. Die fein geschwungenen Augenbrauen, die etwas gebogene Spitznase, die leichten Pausbacken... sie blickte in die Augen von Prinzessin Vicky, der ältesten Tochter Victorias. Die jedoch erst 1840 geboren werden würde. Tessa rang um Luft und suchte nach Halt. Schwindelnd ließ sie sich zurück in den Sessel fallen. Wie hatte sie das bloß nicht merken können, wie hatte ihr dieses Detail bloß entgehen können? Eine Panik stieg in ihr auf, sie realisierte immer mehr, was sie eigentlich getan hatte. Einzig und allein das Klingeln der Tür riss sie aus ihren Gedanken, und als sie Georges Stimme in der Eingangshalle hörte, schreckte sie auf, schmiss das Buch in den Sessel und stürmte aus der Bibliothek.

Sie hörte, wie sich George mit Matthew im Flur unterhielt, sein verfrühtes Erscheinen erklärte und sich amüsiert über seine Jagdaufmachung ausließ. Bei dem Geräusch seines Lachens wurde Tessa warm in der Magengegend. Sie rannte die Treppe herunter und sprang George in die

Arme. Überrumpelt taumelte er einen Schritt nach hinten und vergrub dann sein Gesicht in ihren Haaren.

„Lass mich hier nie wieder allein", flüsterte Tessa, mehr zu sich selbst als zu ihm. Eigentlich wollte sie erst gar nicht, dass er wusste, wie viel Angst sie hier allein gehabt hatte, aber in dem Moment, in dem sie seine Stimme hörte, löste sich jede Anspannung von ihrer Seele. Und doch bildete sich wieder ein Kloß in ihrem Hals bei dem Gedanken daran, was sie ihm gleich gestehen musste. George strich ihr beruhigend über den Rücken.

„Werde ich nicht", versicherte er. Zögernd löste sich Tessa aus der Umarmung und sah ihn an.

„Ich...", stammelte sie unsicher, „habe dir ein paar Dinge zu berichten." George nickte ernst und seine grünen Augen funkelten auf.

„Ich dir auch."

Sie entschieden sich für die Bibliothek, der sicherste Ort im Haus. George verschloss sicher die Tür hinter ihnen und blickte skeptisch auf den Bücherberg am Boden. „Frag erst gar nicht", winkte Tessa ab. Daraufhin hob er bloß die Augenbrauen und zuckte mit den Schultern. „Du zuerst", bat Tessa leise und legte sich die zitternden Hände in den Schoß. George lief unsicher hin und her, während er sich durch die wirren Haare fuhr.

„Es gibt Neuigkeiten bezüglich Sir Frederick. Ich vermute, dass er nicht der Autor ist. Wahrscheinlich ist er nicht einmal der Drahtzieher der Gruppe, denn es deutet alles darauf hin, dass es eine Einzelperson ist." Tessa runzelte die

Stirn.

„Ich hatte Sir Frederick von Anfang an nicht im Verdacht", bemerkte sie etwas zu schnippisch. „Wie kommst du auf deine Vermutungen?" George wirkte sichtlich zerknirscht über ihre Bemerkung und sah sie mit aufeinander gepressten Lippen an.

„Der Baron", fing er an, „er hat mir von einem Freund Sir Fredericks erzählt. Jemand, der stets im Schatten bleibt, sich nicht mehr zeigt und dennoch nie von seiner Seite weicht." Tessa durchfuhr ein ängstlicher Schauer.

„Der Mann mit dem Zylinder", flüsterte sie.

„Wer?", fragte George und setzte sich neben sie. „Das erste Mal, als ich ihn sah, stand er auf der gegenüberliegenden Straßenseite und sah zu mir hoch. Ich wollte Jane auf ihn aufmerksam machen, doch als ich mich umdrehte, war er verschwunden. Das zweite Mal sah ich ihn in der Menge auf dem Ball der Königin, ich wollte ihm folgen, um sein Gesicht zu sehen, aber ich stolperte und fiel zu Boden. Er verschwand im Garten und war wieder, wie vom Erdboden verschluckt. Gestern ging ich zum Markt, um für mich und Lady Charlotte Törtchen zu besorgen und da sah ich, wie Frederick mit dem gleichen Mann eine hitzige Unterhaltung führte. Er gestikulierte wild und sie schienen sich über etwas nicht einig zu sein, aber erneut verschwand er, bevor ich die beiden erreichen konnte. Ich sprach Frederick darauf an, aber er behauptete bloß er, hätte sich mit einem Lord Brompton unterhalten. Gestern Abend, als Lady Charlotte dann abreiste, sah ich ihn vorne vor dem Haus an der Laterne stehen und... mich beobachten. Er beobachtet mich, alles, was ich jedoch von ihm zu sehen bekomme, ist sein großer, schwarzer Zylinder." George hörte ihrer Geschichte gebannt zu und beäugte sie eindringlich.

„Ich glaube du wärst ernsthaft in Gefahr gewesen, hätte ich mich nicht dazu entschieden früher herzukommen. Die Lage spitzt sich langsam zu und ich habe das Gefühl, dass es nicht mehr lange dauernd wird, bis er angreift." Tessa vergrub das Gesicht in ihren Händen.

„Warum sollte er angreifen?", fragte sie voller Unverständnis. Die Puzzleteile wollten sich in ihrem Kopf einfach nicht zusammensetzen lassen. Welche Rolle spielte Sir Frederick, wer war der Mann mit Zylinder und vor allem... wer war sie?

„Weil wir beide etwas haben, was *er* haben möchte. Eine Waffe sozusagen." Er sah sie mit so viel Ernst und Sorge an, dass Tessa ganz flau im Magen wurde.

„Es gibt einen Grund dafür, dass du die Runen lesen kannst, warum du dich so verbunden mit der Vergangenheit fühlst, warum dieser Mann mit Zylinder so unglaublich besessen davon ist, dich aus dem Weg zu räumen, ob am Tag des Überfalls, oder als er dich beobachtete." Als er merkte, dass Tessa ihm nicht folgen konnte, rieb er sich die Hände und faltete sie zusammen. „In dem Buch der Bücher, und so nenne ich es nur, weil ich echt keine Ahnung habe, wie es wirklich heißt, gibt es eine Prophezeiung. Wir, die durch die Zeiten reisen wissen schon seit Jahrhunderten, dass irgendwann der Tag kommen wird, an dem eine böse Macht versuchen wird, die Zeit zu manipulieren und sie ineinander zu eigenen Gunsten zu vermischen. Dabei gibt es nur zwei Personen, die das verhindern können." Tessa hob die Hand und schüttelte verwirrt den Kopf.

„Einen Augenblick mal! Erstens: wie kannst du von diesem Prophezeiungsdingsbums wissen und es mir nicht erzählt haben? Zweitens: ist dir klar, dass absolut *jede* Prophezeiung so anfängt und auch genau das besagt? Ginge es also etwas konkreter? Und drittens: du bist derjenige, der die Zeit retten soll? Haben die niemand anderen gehabt?" George rollte die Augen und stieß einen Schwall voller Frustration aus.

„Du bist so unglaublich nervig, aber nein, anscheinend hatten sie keinen anderen. Und glaub ja nicht, ich hätte nicht schon versucht diese Aufgabe auf irgendjemanden abzuwälzen. Ich habe erst in der Kutsche von der Prophezeiung gelesen. Als der Baron mir dann von diesem Kerl erzählte, wusste ich, dass du in Gefahr bist." Tessas Kopf fühlte sich an, als würde er bald explodieren. Vor ihren Augen begann alles zu verschwimmen und sie wurde immer wieder von Erinnerungen an ihre Alpträume eingeholt. Nur dass es offensichtlich keine Träume mehr waren.

„Erzähl mir, was du herausgefunden hast. Hast du Lady Charlotte doch noch eingeladen?" Tessa blickte auf und nickte. „Ich wollte nicht allein sein, mir war die ganze Zeit mulmig zumute. Ich habe zwei sehr wichtige Dinge herausgefunden. Ich habe Charlotte als

Verdächtige ausgeschlossen. Glaube mir, die Frau ist weitaus frustrierter, als ich es bin. Sie erzählte mir davon, dass ihr Ehemann den Baron, verachtet, weil er zu den Oppositionellen gehört, und auch Charlotte selbst schien nicht sonderlich begeistert davon, weshalb ich ihr definitiv keinen Komplott gegen die Königin zutrauen würde. Sie steht zwar heftig auf Prinz Albert, aber das resultiert eher aus unerfüllten Sehnsüchten bezüglich ihrer Ehe. Na ja, die zweite Sache ist wohl etwas wichtiger...". Tessa schluckte heftig und kämpfte gegen Tränen der Wut an, die immer mehr drohten in ihr aufzusteigen. Sie griff zögernd nach dem Buch vor sich und schlug die Seite auf.

„Gestern Abend las ich eine Biografie über Victoria und als ich heute Morgen aufwachte, erinnerte ich mich daran, was ich so kurios fand." Mit einem leisen Schluchzen drehte sie George das Buch entgegen. „Die Victoria, die wir getroffen haben...", George riss ihr das Buch aus den Händen und weitete die Augen.

„Heiliger Mist", stieß er aus. Tessa nickte und da kullerten ihr die Tränen aus den Augen. Wie in Trance fuhr sich George über seine Bartstoppeln und sah abwechselnd zu Tessa und dann auf das Buch. „Wie haben wir das nicht merken können?", fragte er mehr sich selbst als sie. Tessa gluckste und hob die Schultern.

„Es war meine Schuld, ich hätte es merken müssen." Plötzlich nickte George und zog die Mundwinkel herunter. „Ja, du hast Recht, ich glaube das war Deine Schuld." Tessa funkelte ihn schluchzend und wütend an. „Du bist blöd", erwiderte sie und wischte sich die Nase an ihrem Nachthemd ab.

„Und du bist einfältig. Du gibst die Schuld immer dir selbst Genauso gut könntest du sie einfach mir geben. Aus dir spricht einzig und allein dein verletztes Ego, die große Tessa, der Victoria Experte schlichtweg und dann merkt sie nicht einmal, wenn die Falsche vor ihr steht." Tessa saß kleinlaut im Sessel und sah mit wässrigen Augen zu ihm empor.

„Realisier einfach, dass Geschichte mehr bedeutet als ein paar Daten und ein historischer Kontext in einer Klausur. Die Bedrohungen hier sind echt, von mir aus gib dir die Schuld, aber das ändert unsere Lage nicht. Was hast du ihr erzählt?". Tessa atmete stoßartig.

„W-w-wem?"

„Na Victoria, oder Vicky, oder wie sie auch immer genannt wurde, meine Güte, warum zur Hölle hat die denn jetzt auch noch genau den gleichen Namen, wie ihre Mutter, hätten die nicht mal in Büchern für mehr Inspiration nachsehen können?", beschwerte sich George und stoppte dann ruckartig, die Buchseite fixierend, seinen Monolog.

„Sie sagte mir sie wüsste von allem. Dass wir aus der Zukunft kommen, dass wir versuchen sie zu beschützen, wie hätte ich denn ahnen können, dass...", als sie merkte, dass George ihr nur mit halbem Ohr folgte, stand sie auf und nahm ihm das Buch aus der Hand.

„Was schaust du denn da die ganze Zeit?", bemerkte Tessa schnippisch. George drehte sich zu ihr herum. „Was sagtest du über Sir Frederick und seine Herkunft?", fragte er mit belegter Stimme.

„Dass er aus... Deutschland kommt." Nun hatte auch Tessa die Stelle ihm Buch gefunden.

„Sir Frederick...", erklärte George und zeigte auf einen Namen neben Prinzessin Vickys Hochzeitsfoto, „Friedrich der dritte von Preußen und Ehemann der Prinzessin."

UNERWARTETE PROBLEME

„Ich wusste es!", rief George, „Ich wusste, dass dieser Frederick definitiv seine Finger mit im Spiel hat." Fassungslos starrte Tessa auf den Namen in ihrem Buch. Das konnte nicht sein, es war ein Irrtum, er war es nicht. Ihr Herz klopfte und ein Stein legte sich in ihren Magen.

„Was wenn ihr uns da in etwas verrennen? Was wenn er es nicht ist? Weißt du wie viele Friedrichs es in der deutschen Geschichte gab? Es besteht immer noch eine hohe Chance, dass wir uns einfach irren." George schlug sich die Hand vor die Stirn und wandte sich von ihr ab.

„Du zweifelst nicht ernsthaft immer noch daran, dass er mitschuldig ist, oder? Wie viele Beweise brauchst du denn eigentlich noch?", schrie er und setzte noch ein hysterisches Lachen hinterher.

„Dir kommt das doch ganz gelegen", mutmaßte Tessa und knallte sauer das Buch zu. „Du hast Frederick doch so oder so nie leiden können und jetzt genießt du es so richtig ihm die ganze Schuld in die Schuhe zu schieben und deine angebliche Bestätigung zu bekommen."

George kochte vor Wut.

„Er hat doch jetzt genau das erreicht, was er wahrscheinlich erreichen wollte. Er hat es geschafft, dass wir uns beide seinetwegen in die Haare kriegen, verstehst du das nicht? Hör auf nur seine tollen blauen Augen zu sehen", beschuldigte er zurück, und ahmte ironisch Fredericks Gesichtsausdruck nach.

„Ich soll aufhören? Ich habe es satt mir von dir so etwas unterstellen zu lassen." Tessas Stimme war zittrig und dennoch versuchte sie sich klar und betont auszudrücken. „Wärst du auch nur annähernd nützlich gewesen in dieser Mission, wären wir jetzt schon sehr viel weiter, und wenn du mich auch nur ein kleines bisschen wertgeschätzt hättest, dann... dann würde jetzt keiner die Kraft haben uns beide auseinanderzubringen. Aber du machst dein eigenes Ding und hoffst darauf, dass ich als das Haar in der Suppe die Arbeiten erledige, auf die du keine Lust hast. Du hast mich auf diese Mission mitgenommen, weil du gehofft hast, ich hätte so viel Ahnung und wäre eine Bereicherung, aber offensichtlich hast du dir nun einmal die Falsche ausgesucht. Ich habe keine Ahnung, ich habe noch nicht einmal meine Abschlussprüfung absolviert, wie hätte ich das hier stemmen sollen." Während ihres eskalierenden Monologes merkte Tessa, wie ihr unkontrollierte Tränen über die Wangen liefen. George schluckte und nahm einen tiefen Atemzug, dann fuhr er sich über den Nacken und schüttelte den Kopf.

„Dein Problem bin nicht ich, Tessa. Dein Problem warst von Anfang an du selbst. Du denkst eine

Abschlussprüfung würde dich dafür qualifizieren Historikerin zu sein? Das ist Schwachsinn und du weißt es selbst. Für dich und mich, und für den Ausgang dieser Mission gibt es nur zwei Möglichkeiten. Entweder wir beide sind ein Team und verhalten uns auch so, oder aber die ganze Vergangenheit wird zusammenbrechen und mit ihr auch wir. Deine Abschlussprüfung interessiert absolut niemanden, liegt dir die Geschichte wirklich am Herzen dann ist das hier deine Aufnahmeprüfung." Tessa hatte George mit Widerwillen zugehört, seinen Blick jedoch die ganze Zeit gemieden. Tief in ihrem Herzen wusste sie, dass er Recht hatte. Dass er immer Recht gehabt hatte. Wie viel würde sie nun geben? Genauso viel, wie sie für ihren Abschluss gegeben hatte? Und genauso viel, wie sie geben würde, um in Oxford aufgenommen zu werden? Sie blickte zu ihm auf und presste ihre Lippen aufeinander. In seinen Augen lag ein Flehen, ein Appell an ihre Vernunft und eine Bitte daran diese Sache in Ordnung zu bringen. Kaum merklich nickte sie.

„Wir müssen es retten." Im nächsten Moment formten Georges Lippen ein breites Lächeln.

„Ja", bestätigte er, „ich glaube das wäre nicht schlecht". Als sie sich beide einfach nur ansahen und nicht wussten, wie es jetzt weiter gehen sollte, fiel es Tessa wieder ein.

„Er gibt heute Abend einen Ball", berichtete sie George und fasste sich an die Stirn. „Wie konnte ich das vergessen? Sir Frederick gibt heute einen Ball und er hat mich dazu eingeladen. Ich habe gedacht du kämst erst morgen zurück und da hat er gesagt er wolle mit mir tanzen, ohne dass...", sie stoppte sich plötzlich, als wäre es ihr zu unangenehm auszusprechen, warum der Ball schon heute veranlasst wurde.

„Ohne dass...?", hakte George nach. Tessa knetete ihre Hände und floh vor seinem prüfenden Blick.

„Ohne dass du dabei wärst, um mich davon abzuhalten mit ihm zu tanzen." Sie fürchtete sich bereits vor seiner Reaktion, doch er hob bloß seine Augenbrauen und klopfte ein wenig Staub von seiner Kleidung.

„Wenn das so ist", gab er bloß zurück, „dann solltest du auf jeden Fall hingehen." Tessa war zur gleichen Zeit erleichtert und ein wenig verletzt, dass er auf ihre Bemerkungen überhaupt nicht einging.

„Und dann?", fragte sie, „was soll ich jetzt mit der Information anfangen, die wir eben herausgefunden haben?" George grübelte einen Moment und lief noch einmal im Raum auf und ab.

„Sollte er wirklich etwas im Schilde führen", redete er vor sich hin, „und wir mit unserer Vermutung richtig liegen... Dann hatte es ganz bestimmt einen Grund, weshalb er dich auf diesen Ball heute eingeladen hat. Es wäre der beste Moment dich aus dem Weg zu räumen, wenn ich nicht dabei bin." Tessa stolperte das Herz und Adrenalin drang in ihre Venen. Wollte man sie wirklich töten? All das kam ihr so weit entfernt vor, als wäre alles bloß ein Buch und sie eine der handelnden Figuren. Es war so unwirklich, auch wenn die Erinnerung an den Überfall das Geschehen wieder weitaus realistischer erscheinen ließ. „Er würde denken du seist unbewacht und demnach leicht zu überführen." Tessa zuckte mit den Schultern.

„Was ich ja dann auch bin, solltest du mich allein gehen lassen." George kaute auf seiner Unterlippe.

„Er muss es zumindest denken. Wenn er denkt du seist allein gekommen, wird er seinen Plan fortführen und so könnten wir die Wahrheit herausfinden." Tessa stieß einen Schwall Luft aus. „Das werden wir wohl", sah sie ein, auch wenn ihr der Plan gewaltiges Unbehagen bereitete.

„Ich werde also im Verborgenen bleiben müssen und bereit sein, sobald es los geht", plante George. Tessa sah aus dem Fenster und beobachtete, wie die Zweige der Bäume sich langsam mit dem Wind neigten.

„Bedeutet das, er ist aus der Zukunft?", fragte sie George. Diese Frage brannte ihr schon seit einigen Minuten auf der Zunge, auch wenn sie nicht recht wusste, weshalb.

„Wäre nicht ungewöhnlich", antwortete George, während er sich aus seiner nasskalten Jagdkleidung schälte, „immerhin habe auch ich dich aus der Zukunft mitgebracht. Das bedeutet jedoch, dass Frederick eventuell nur ein Komplize ist, wir über seinen Mitagenten jedoch erst zur richtigen Quelle gelangen." Tessa drehte sich um und beäugte ihn skeptisch.

„Was machst du da?", fragte sie und beobachtete schockiert, wie er erst seinen Jagdmantel und dann das Hemd darunter auszog und auf den Boden warf.

„Mich dieser übelriechenden Kleidung entledigen und mir etwas anziehen, was einem Gentleman würdig ist." Tessa hob eine Augenbraue. „Ich sehe hier aber gar keinen". George schnitt eine Grimasse und rümpfte die Nase.

„Gut, also fassen wir den Plan für heute Abend noch einmal zusammen", bat Tessa, die immer noch bloß ein wirres Netz von Informationen im Kopf hatte.

„Du wirst dich für den Ball ankleiden, während ich mir einen Weg suchen werde, unerkannt, oder noch besser: unsichtbar zu bleiben. Du wirst zu dem Ball gehen und dich so verhalten, wie du dich sowieso verhalten hättest und sobald die Situation aufhört, wie ein freundliches Tänzchen zu wirken, greife ich ein." Tessa hob die Hand.

„Und weiter?"

„Weiter... na dann holen wir unsere duften Kampffähigkeiten heraus, drohen diesem abgehobenem Gentry Sack und lösen die Mission locker flockig." Auf diesen Plan antwortete Tessa nur mit einem zerknirschten Gesichtsausdruck.

„Ich bin nicht einmal ein Meter sechzig groß und du hast die Statur eines Aals", merkte sie an.

„Aber eines ziemlich windigen und durchaus flinken Aals, du kannst dir nicht vorstellen, wie häufig ich dank dieser Statur schon davongekommen bin." Wenn das der beste Plan war, den sie aushandeln konnten, dachte sich Tessa, dann mussten sie eben das Beste daraus machen. Und auf einmal kam ihr eine Idee.

„Ihr wollt jetzt noch ein Kleid bei der Schneiderin bestellen, Mylady?" Jane starrte sie mit großen Augen an und zitterte vor Aufregung, „Warum habt Ihr mich denn nicht sehr viel früher damit beauftragt?" Tessa legte Jane beruhigend die Arme auf die Schultern.

„Aber nein, kein völlig neuer Auftrag, sie soll lediglich noch eines meiner Kleider umändern", erklärte sie mit ruhiger Stimme und deutete auf ein goldenes Kleid, welches sie bereits sorgfältig auf dem Bett drapiert hatte. Jane rang nach Luft.

„Ich werde sofort eilen und die Kutsche bereitmachen lassen." Geschwind wie eh und je raste sie die Treppe herunter. Tessa hatte sich noch schnellstens um einige notwendige Dinge gekümmert, die ihr essenziell erschienen. Je nachdem wie der Abend verlaufen würde, könnte ihr die Brille auf ihrer Nase hinderlich werden, und diesmal wollte Tessa für alle Eventualitäten gewappnet sein. Sie betrachtete das Kleid auf ihrem Bett. Mit großer Sorgfalt hatte sie es ausgewählt, das passende Kleid zum großen Finale. Die kurzen Ärmel waren pompös und mit winzigen, gold-glänzenden Ornamenten versehen, welche sich bis auf das enge Mieder hinunter erstreckten. Den runden Ausschnitt zierten weiße Details aus feiner Spitze. Als Tessa mit der Hand über den noblen Stoff fuhr, war ihr ein wenig unwohl in der Bauchgegend. Konnte sie es wirklich schaffen? War sie für alles, was heute auf sie zukommen könnte, bereit? Laut röchelnd kam Jane zurück ins Zimmer gelaufen.

„Die Kutsche steht bereit, Mylady, soll ich das Kleid jetzt noch vorsichtig für Euch einpacken?" Tessa nickte dankend. „Das wäre wunderbar, Jane."

Die Schneiderin war nicht ganz so bereit, wie Tessa es war und hielt von deren Plan nicht sehr viel.

„*Was* soll ich mit diesem schönen Kleid machen?",
fragte sie nun schon zum dritten Mal und der geschockte
Unterton wurde mit jedem Mal stärker.

„Aber das habe ich doch bereits erklärt", erwiderte
Tessa verzweifelt, doch die Schneiderin winkte ab.

„Diese wunderschöne Kreation zerschneiden um daraus eine was, eine *Pumphose* zu machen, die dann darunter getragen werden soll", sie schmiss die Arme über
den Kopf.

„Sie müssen den Rock doch gar nicht zerschneiden,
Sie sollen ihn bloß so umändern, dass er sich rasch abneh-
men lässt." Aber egal wie oft Tessa es erklärte, die Schneiderin schien den Plan zu verachten. Für sie war jedes einzelne ihrer Kleider ein Kunstwerk, an dem sie lange Zeit
gearbeitet hatte. Es für so abwegige Änderungen grob zu
zerstören, kam ihr dementsprechend inakzeptabel vor.
Tessa konnte das ehrlich nachvollziehen, aber was sein
musste, musste nun einmal sein.

„Wir zahlen Ihnen ein stattliches Gehalt", bot sie an,
um die Schneiderin etwas zu besänftigen.

„Und dann auch noch in so kurzer Zeit, wo ich doch
noch Unmengen an anderen Aufträgen habe", beklagte
sich die Schneiderin weiter in ihrem jammernden Ton.
Tessa beugte sich noch ein kleines Stück mehr über den
Tresen. „Wir zahlen mehr als bloß ein stattliches Gehalt.
Wir werden ein königliches Gehalt zahlen", versprach sie
lächelnd. Die Schneiderin betrachtete sie durch zusammengekniffene Augen.

„Na gut", gab sie endlich nach, „ich werde mich

sofort darum kümmern." Sie riss das Kleid an sich und verschwand wie der Blitz in ihrer Nähstube. Leise schmunzelte Tessa und verließ den Laden.

Der trübe Herbsttag ließ seine Nebelschwaden, wie Dunst über den Straßen hängen und kreierte eine dämmrige Stimmung. Auf einmal sah Tessa Charlotte auf der anderen Straßenseite und ging ihr freudig entgegen.

„Hallo, meine Liebe", rief Lady Charlotte und musste bei dem ansteigenden Wind ihren Hut festhalten, damit er nicht davonflog.

„Was machst du denn hier, Charlotte?", fragte Tessa, nachdem sie ihre Freundin in die Arme schloss, eine Geste, die eher untypisch für diese Zeit war, Charlotte aber dennoch kein bisschen verwunderte.

„Ich wollte ein Kleid abholen, für Sir Fredericks Ball heute Abend, ich habe es vor ein paar Tagen schon in Auftrag geben lassen", flötete sie strahlend. Tessa stockte und ließ sich Charlottes Worte noch einmal durch den Kopf gehen. „Hat es schon vorher einen Anlass für ein neues Kleid gegeben?", Tessa runzelte die Stirn. „Leider keinen einzigen, auch wenn ich mich bei mir zu Hause zu Tode gelangweilt habe." Und auf einmal realisierte Tessa, warum Charlottes Worte ihr so seltsam vorkamen.

„Aber...", setzte sie an, „er hat doch erst gestern entschieden einen Ball zu geben." Es klang mehr nach einer Feststellung als nach einer Frage. Zögernd sah Tessa auf und blickte in Lady Charlottes strahlende Augen.

„Er hat es dir vielleicht erst gestern gesagt, aber wir

hatten uns schon vorher über einen Ball unterhalten. Wahrscheinlich hat er den Termin dann gestern nur bei dir festgelegt, weil er ebenso gut passte.", erklärte sie so selbstverständlich, dass es Tessa die Sprache verschlug. Sie klang nicht ein kleines bisschen danach, als hätte sie schnell eine Ausrede finden müssen. Ob sie die Wahrheit sagte?

„Bestimmt!", antwortete Tessa mit belegter Stimme. „Wenn du mich kurz entschuldigen würdest, ich wollte noch soeben zum Schuster, wir sehen uns ja dann heute Abend auf dem Ball." Die Worte lagen ihr so schwer und steinig auf der Zunge, dass sie kaum in der Lage dazu war, sie auszusprechen. Nachdem sie sich von Charlotte verabschiedet hatte, eilte Tessa schnellen Schrittes über die Straße und verschwand hinter der nächsten Mauer. Wie auf der Flucht presste sie ihren Rücken gegen die Hauswand und kam schwer atmend zum Stehen. Ihre Hände berührten den kalten Backstein und fingen an zu frieren. Tessas Atem löste sich vor ihren Augen in Dunstschwaden voller Kälte auf, und mit ihm auch ihr Vertrauen gegenüber Lady Charlotte. Selbst wenn sich ihre Geschichte vollkommen ehrlich und plausibel angehört hatte, Tessa konnte einfach das Gefühl nicht unterdrücken, dass etwas daran nicht stimmte. Entweder Charlotte log, oder Frederick, und Tessa war sich wirklich nicht sicher, von wem sie es weniger wahr haben wollte. Ein Verrat von Frederick schmeckte in ihren Gedanken jedoch eindeutig bitterer. Tessa schüttelte den Kopf. Vielleicht war alles bloß ein Missverständnis und keiner der beiden log. Sie hoffte es so sehr, dass es sie selbst überraschte, wie viel sie mit den Menschen um sie herum mittlerweile verband.

Nachdem sie ungefähr eine Stunde beim Schuster verbracht hatte, und endlich ein paar passende, sowie angemessene Schuhe zum Kleid gefunden hatte, ging sie trottend zurück zur Schneiderin.

„Wie abgemacht", sagte Tessa, und nahm die Schachtel mit dem Kleid entgegen. „Eine stattliche Entlohnung, und meinen besten Dank." Sie übergab der Schneiderin eine Bezahlung, die für einen Arbeiter dieser Zeit den gesamten Jahreslohn hätte ersetzen können. Die Schneiderin öffnete ihre Augen so weit, dass Tessa befürchtete, sie könnte in Ohnmacht fallen.

„Ich weiß nicht...", stammelte die Schneiderin, „ich weiß nicht, wie ich mich dafür bei Euch bedanken kann, Mylady." Tessa senkte ihren Kopf.

„Ich habe bereits alles bekommen, was ich hätte bekommen können", gab sie zurück und deutete lächelnd auf die Schachtel mit dem Kleid. Der Auftrag war nicht selbstverständlich gewesen, es gab dutzende Schneider zu dieser Zeit, die sich geweigert hätten einer Frau eine Hose zu schneidern. Wenn das herausgekommen wäre! Natürlich hatte Tessas Versprechen auf eine großzügige Entlohnung seinen Teil zu dem Enthusiasmus der Schneiderin beigetragen, aber dennoch war sie einfach nur glücklich den Auftrag erledigt bekommen zu haben. Sie verabschiedete sich von der Schneiderin und stieg schnell in die Kutsche ein, die bereits vor der Tür auf sie wartete.

„Zurück ins Anwesen, Mylady?", fragte Matthew, als er ihr die Tür aufhielt. Tessa bejahte, setzte sich auf die unbequeme Bank und flog erneut fast quer durch die Kutsche, als diese rappelnd anfuhr. In diesem Moment schoss ihr durch den Kopf, dass sie es vermissen würde. Dass sie alles vermissen würde. Die Kutschfahrten, von Jane herausgeputzt zu werden, sich mit Lady Charlotte zu treffen... Georges Frau sein zu können. Tessa wusste nicht recht, warum sie gerade jetzt daran denken musste, aber als die Gassen Londons an ihrem winzigen Fenster vorbeizogen und sie einen Blick auf die Schachtel mit ihrem Kleid warf, versuchte sie sich mit dem Abschiednehmen anzufreunden.

„Das ist ja ein... durchaus interessantes Kleid, Mylady." Jane wog ihren Kopf hin und her, als sie die Pumphose betrachtete, die an die Korsage angenäht worden war und zugegebenermaßen etwas albern aussah.

„Aber welchen Zweck soll diese... Hose erfüllen?" Tessa musste sich ein Lachen verkneifen.

„Nun, ich finde es immer sehr unangenehm bei den Temperaturen nur in Strümpfen raus gehen zu müssen und an meinen Oberschenkeln friert es. Ich habe mir bestimmt schon dutzende Male eine Blasenentzündung geholt", erklärte sie mit jammernder Stimme. Jane hob die Augenbrauen. „Eine was, Mylady?"

„Eine Krankheit bei der man... sich sehr oft erleichtern muss. Und das ist besonders im Winter ein großes Problem, wenn du verstehst, was ich meine." Jane lief rot an und hielt sich kichernd die Hand vor den Mund.

„Aber Mylady hätten mir doch etwas sagen können, dann hätte ich Euch wärmere Unterröcke besorgt. Nicht, dass einer der noblen Leute diese Hose zu sehen bekommt“, äußerte sie sich besorgt.

„Ich denke nicht, dass das geschehen wird“, beruhigte Tessa ihre Zofe, und ein Stück weit auch sich selbst. Sollte die Hose zum Einsatz kommen würde das nämlich bedeuten, dass sie kämpfen müssten, und darauf hatte sich Tessa noch nicht so ganz mental vorbereitet. Jane fing an, Tessas Toilette vorzubereiten. Ihr Haar sollte mit einem dampfenden Brenneisen gelockt werden, doch als Jane das Eisen ansetzen wollte, flog die Tür auf und George stolperte herein.

„Du meine Güte, was ist denn los?“, fragte Tessa und griff hastig nach einem Tuch, um sich zu bedeckten. Da dieses Kleid nicht über den Kopf angezogen wurde, sondern man von oben reinstieg, frisierte Jane Tessa zuerst und wollte sie dann einkleiden, was bedeutete, dass Tessa nun halbnackt dasaß. George schmunzelte und zog sich seinen Gehrock über.

„Ich fahre gerade in die Stadt und mache noch ein paar Besorgungen, das wollte ich nur gerade mitteilen, bevor mich jemand sucht.“ Tessa nickte und verstand. Noch heute Morgen hatte sie mit George in der Bibliothek abgesprochen, dass er ihr für heute Abend Kontaktlinsen besorgen würde. Das Brillenproblem sollte sich nicht wiederholen. Tessa war ohne Brille beinahe blind, und wenn sie ihr jemand von der Nase schlug, sah es nicht gut für Tessa aus. Es sah *nichts* gut aus, weil sie nichts sah, und wie sie bereits merken durfte, was das auf einer Mission eher suboptimal. Also würde George eine Spritztour in die Zukunft machen, und das Problem wäre gelöst. Er gab ihr einen flüchtigen Kuss auf die Hand und verließ dann das Zimmer. Jane seufzte und wickelte eine von Tessas Haarsträhnen auf das dampfende Brenneisen.

„Was ist los Jane?", fragte Tessa und sie im Spiegel an. „Ach", stöhnte diese, „ich dachte nur gerade darüber nach, wie unglaublich schön es sein muss, verheiratet zu sein, noch dazu mit einem Herrn, den man aufrichtig liebt, ohne jegliche Einwände, die die Verbindung verhindern könnten." Tessa lächelte trüb.

„Gibt es bei dir und deinem Liebsten etwa Einwände?" Jane senkte den Blick und presste die Lippen aufeinander.

„Es gibt immer irgendwelche Einwände. Wenn man ein Dienstmädchen ist, ist die Auswahl an potenziellen Ehemännern eben stark dezimiert. Zumal ich mit dem Eingehen einer Ehe meine Arbeit verlieren würde. Und ich könnte Mylady doch nicht im Stich lassen." Tessa bemerkte, wie sich Janes Augen mit Wasser füllten. Sie nahm einen tiefen Atemzug.

„Es werden bessere Zeiten kommen, du wirst sehen", versprach sie Jane und wusste selbst wie nichtssagend ihr Kommentar war. Es würde bessere Zeiten kommen, aber das würde dauern. Noch Ewigkeiten. Eine Ewigkeit, die Jane nicht mehr vergönnt sein würde. Immerhin konnte sie erreichen, dass Jane wieder lächelte, wenn auch nur ihr Mund und nicht ihre Augen.

„Ganz sicher tun sie das, Mylady. Und bis dahin, werden wir Euch weiter in seltsame Hosen und Kleider schnüren." Tessa lachte, auch wenn ihr mehr nach Weinen zumute war. Jane steckte ihre Haare sorgfältig zu einer aufwendigen Frisur zusammen, in welche sie nun nach und nach kleine, goldene Ornamente einflocht. Tessa bewunderte immer wieder, wie talentiert Jane war und was für wundervolle Frisuren sie aus Tessas dürftiger Haarlänge herausholte. „So... Fertig." Jane stemmte die Hände in die Hüften und betrachtete zufrieden ihr Werk. Danach folgte die aufwändige Prozedur des Einschnürens und Einkleidens. Bevor Jane die Schnüren des Korsetts zuzog, holte Tessa tief Luft und hielt sich an dem Pfosten des Bettes fest. Daran würde sie sich wohl nie gewöhnen. Dann zog Jane ihr das Oberteil an, hakte es am Rücken ineinander fest und half Tessa in die Hose zu schlüpfen, welche mit kleinen Knöpfen am Oberteil befestigt wurde. In der Tat, sie mussten sich beide erst einmal an diesen Anblick gewöhnen, die Schneiderin hatte es nämlich durchaus gut mit dieser Hose gemeint. Sie war unter dem Knie mit überdimensional großen Schleifen und Rüschen verziert. Wie sollte sie denn jetzt noch eine ernstzunehmende Agentin sein, wenn sie aussah wie ein rausgeputzter Pudel, dem der Besuch beim Hundefriseur missglückt war? Als letztes schlüpfte Tessa in den Rock des Kleides. Und dann war sie fertig.

„Ihr habt Recht, Mylady", bemerkte Jane und betrachtete Tessa von allen möglichen Seiten. „Die Hose fällt kein Bisschen auf." Tessa stellte sich vor den Spiegel und war durchaus zufrieden, mit dem, was sie da sah. Plötzlich hörte sie unten ein lautes Knallen, das sich anhörte, als sei die Tür mit einem heftigen Windstoß ins Schloss gefallen. Eilige Schritte liefen die Treppe herauf, eine Sekunde später stand George in der Tür, Schweißperlen auf der Stirn und die Angst in den weit aufgerissenen Augen stehen.

„Würdet Ihr mich in der Bibliothek treffen, in genau zwei Minuten", befahl er mehr, als er fragte und stürmte dann sofort wieder raus. Stirnrunzelnd folgte Tessa ihm in die Bibliothek und schloss die Tür hinter sich.

„Was ist los?", Tessa positionierte sich subtil so, dass George sehen konnte, wie toll sie aussah. Doch dieser schien überhaupt keine Augen für irgendwas zu haben. In ihnen spiegelte sich bloß blanke Panik.

„Die Gondel ist weg", sagte er mit fester Stimme.

SCHON WIEDER EIN BALL

Tessa hielt es erst für einen schlechten Scherz, aber Georges Gesicht sagte ihr etwas anderes.

„W-was meinst du damit? Die Gondel kann nicht weg sein", flüsterte sie scharf. George zuckte mit den Schultern und wischte sich den Angstschweiß von der Stirn. „Ist sie aber! Verschwunden, spurlos, keine Ahnung wohin und mit *wem*." Den letzten Teil des Satzes murmelte er voller Panik.

„Aber es kann sie doch gar nicht jeder bedienen", wandte Tessa sprachlos ein, doch George winkte ab.

„Jeder kann sie bedienen, der weiß, wie es geht! Er muss nur Zeitreisender sein." Tessa zählte eins und eins zusammen.

„Das würde ja bedeuten, dass...-", fing sie an, aber George kam ihr zuvor, „Die Theorie des anderen Zeitreisenden unter uns bestätigt ist." Dennoch wollte Tessa es einfach nicht verstehen.

„Warum sollte jemand dann deine Gondel

nehmen? Wenn derjenige selbst ein Zeitreisender ist, hat er doch seine eigene." Verzweifelt warf George seine Hände in die Luft und packte sie an den Schultern.

„Mein Gott, Tessa, denk doch nach! Ohne Gondel, kann ich überhaupt nichts mehr anrichten, wir sind in dieser Vergangenheit gefangen." Tessa dämmerte, was er damit sagen wollte. Ohne Gondel waren sie absolut entwaffnet. Bisher hätten sie jederzeit einfach in ihre Gondel steigen und verschwinden können, wenn sie das gewollt hätten, aber nun waren sie gefangen und bei Gefahr ausgeliefert.

„Wir müssen dennoch heute Abend auf den Ball gehen", sagte sie schnell, bevor George es auch nur in Erwägung zog die Mission abzusagen.

„Nein", lehnte er sofort ab, „ich liefere uns ganz gewiss nicht einfach so ans Messer, du hast es doch selbst gesagt, keiner von uns kann auch nur annähernd mit Situationen umgehen, in denen man kämpfen oder sich verteidigen muss." Tessa stieß einen Schwall Luft aus.

„Wir sind wirklich die miesesten Zeitagenten, die jemals in einer Geschichte hätten auftauchen können." Einen Moment lang standen sie einfach so mit schlaff hängenden Schultern nebeneinander, doch Tessa sah aus dem Augenwinkel, wie George seinen Blick auf sie richtete und als sie ihn erwiderte, konnten sie sich ein Lachen nicht verkneifen, auch wenn George von seiner blanken Angst getrübt war.

„Wir müssen dahin", sagte Tessa vorsichtig. „Wir würden es bereuen, denn das ist vielleicht der wichtigste Abend, seit wir diese Mission angetreten sind." Sie merkte, wie George immer mehr mit sich und der Entscheidung rang. „Ich kann uns nicht beschützen", entgegnete er, als würde er sich aus jeglicher Verantwortung herausziehen.

„Vielleicht wirst du das auch gar nicht müssen", antwortete Tessa und nahm seine Hand.

Eine Stunde später waren sie beide in ihre Capes gewickelt und standen aufgeregt in der Eingangshalle. Tessa richtete nervös die Brille auf ihrer Nase, denn natürlich hatte George ohne Zeitgondel keine Kontaktlinsen besorgen können. Jane hastete mit schnellen Schritten aus dem Salon und trug etwas, das aussah, wie eine Pfanne mit heißen Kohlen.

„Mylady, Mylord, wartet einen Augenblick, ich habe hier noch etwas für den Weg", rief sie.

„Aber Jane, es ist doch bloß eine halbe Stunde bis zu Sir Fredericks Anwesen", Tessa war geradezu gerührt von Janes Fürsorge.

„Draußen friert es und Mylady sind doch so leicht kränkelnd, da habe ich Euch eine Pfanne mit Kohlen erhitzt, die Ihr mit in die Kutsche als Fußwärmer nehmen könnt. Ich bringe sie nur rasch zu Matthew", rief sie noch im Davoneilen. Tessa atmete tief ein.

„Bist du wirklich der Meinung das hier sei eine gute Idee?", wollte George sich noch einmal vergewissern, aber Tessa nickte bloß stark und zog die Schleife ihres Capes enger um ihre Schultern.

„Ich bin mir sicher", bekräftigte sie, während sie sich noch einmal im Haus umblickte. Plötzlich ergriff

Tessa eine melancholische Stimmung und es war, als würde ihr bewusst, dass sie das letzte Mal als Lady Tess Thomas neben George in dieser Eingangshalle stehen würde. Aber der Abschied viel ihr schwer.

„Gut", George schluckte und ballte die Hände zu Fäusten, um sein Zittern zu verbergen. „Bist du bereit?", fragte er. Tessa wollte sagen *ja, verdammt nochmal, ich bin bereit! Ich bin dermaßen bereit!* Aber aus ihrem Mund kam bloß ein dumpfes, „Nö." George stieß ein leises Lachen aus.

„Warum beruhigt mich die Antwort kein Bisschen?".

Die Kutsche polterte in die Nacht hinein, von draußen hefteten sich weiße Flocken an die Fenster und verdeckten Tessa die Sicht.

„Weißt du, was ich von Anfang seltsam fand?", fragte Tessa in die Stille hinein. George seufzte, als er die Füße auf die wohlige Wärme der Pfanne stellte.

„Dass mich Victoria überhaupt erst in den Palast eingeladen hat. Ich meine, ich dachte sie hätte das getan, weil sie meine Gesellschaft so genossen hat, aber da war noch mehr. Davor noch, etwas, das uns entgangen ist." Sie sah Georges Augen in der Dunkelheit funkeln, wie er sie aufmunternd ansah nun endlich weiterzusprechen.

„Dass sie uns überhaupt zu ihrem Ball eingeladen hat... kam dir das nicht seltsam vor?" George zog skeptisch die Mundwinkel herunter. „Nicht wirklich", gestand er, „ich habe mir eine möglichst hochrangige Identität verpasst, ansonsten wären wir niemals in diese Kreise hervorgedrungen." Aber Tessa war mit seiner Antwort kein Stück zufrieden.

„Nein, du verstehst nicht", erklärte sie. „Laut unserer Identität sind wir zwar Lord und Lady, aber in keinem Verhältnis zur Königin und nicht mal dem entferntesten Kreis zugehörig, den sie zu einem Ball eingeladen hätte." George kam nicht mehr wirklich mit und fixierte sie ungläubig.

„Irgendwie habe ich so im Gefühl, dass das nicht alles ist, was du mir sagen möchtest." Tessa nickte bestätigend. „Ich hatte es längst vergessen, es ist schon Ewigkeiten her. Als ich anfing mich mit Victoria als Königin und mit Victoria und Albert als Paar auseinanderzusetzen, schenkte mir mein Bruder ein Buch über die beiden, in welchem die meisten der gesammelten Briefe abgedruckt waren, die man so von ihnen gefunden hat. In diesem Buch hat es einen Brief gegeben, der mir jedes Mal gruselig vorkam, als ich ihn las. In diesem Brief berichtete Victoria von einem Schatten, der ihr immer und überall hin folgte. Sie beschrieb Albert ihre Angst, die sie gegenüber diesem Schatten empfand und äußerte die Sorge, dass sie jemand angreifen könnte." George schien langsam zu verstehen und fing an seine Hände zu kneten, wie er es immer tat, wenn er nervös wurde.

„Mir fiel es erst in dem Moment wieder ein, als ich herausfand, dass ich die ganze Zeit lang der falschen Victoria gegenübergestanden habe." George seufzte.

„Weißt du, was *ich* äußerst seltsam fand?", fragte er bloß. Tessa sah ihn auffordernd an. „Wie konnte der Prinz nicht merken, dass er neben der falschen Frau liegt? Die beiden zeichnet eine so große Liebe aus, da fällt es mir schwer zu glauben, dass er es nicht gemerkt hat." Dieser Gedanke war Tessa tatsächlich noch nicht gekommen, doch nun erschien es ihr so unglaublich logisch.

„Er lag noch gar nicht neben ihr!", Tessa ging ein Licht auf. „Er weiß gar nichts davon! Die beiden werden sich erst in vier Wochen wiedersehen, sie sind noch nicht verheiratet. Und Vicky sieht ihrer Mutter zum Verwechseln ähnlich. Die Frage ist nur...", auf einmal schleuderte ein heftiger Ruck sie quer durch die Kutschte, die eine Sekunde später abrupt zum Stehen kam.

„Wir sind da", sagte Tessa mehr zu sich selbst als zu George. Von außen öffnete Matthew die Tür, augenblicklich kam Tessa ein Schwall Schnee entgegen und legte sich in eisig-kalten Flocken auf ihr Gesicht. Der Schnee hatte sich zu dichten Schwaden formatiert, die die Straße vor ihr trüb und undeutlich erscheinen ließen. Sie ergriff Georges Arm und ließ sich von ihm zum Anwesen begleiten, aus dessen Fenstern dämmriges Licht erstrahlte. Sie traten die Stufen hinauf und teilten dem Hausdiener, welcher vor dem Eingang platziert wurde, ihren Namen mit.

„Lord und Lady Thomas", kündigte er lauthals an, woraufhin Tessas Herz aufgeregt hüpfte. Jedes Mal, wenn sie so angekündigt wurden, erfasste sie eine Welle von Nervosität, denn alle drehten sich in diesem Moment zu ihnen um und musterten sie, ließen ihre Augen prüfend an ihr auf und ab wandern, bewerteten ihre Aufmachung und suchten bereits nach einem neuen Thema für ihren Tratsch. Doch gerade bemerkte sie nur ein einziges Gesicht in der Menge und das war das Gesicht von Frederick, welcher vollkommen überrascht und auch etwas unzufrieden zu ihnen hinaufsah. Natürlich wusste Tessa weshalb, denn der Blick galt weniger ihr als viel mehr George, der ihn stark und herausfordernd erwiderte. Im Hintergrund hörte man das fröhlich-dezente Spiel von Geigen, was das Szenario noch skurriler erscheinen ließ. Sich an Georges Arm klammernd, trat Tessa die Stufen herunter und versuchte ihre Aufregung herunterzuschlucken, was ihr nicht sonderlich gut gelang. Frederick kam auf sie zu, um einen neutralen, wenn nicht sogar freudigen Gesichtsausdruck bemüht. Und je näher er ihnen kam, desto freudiger verzog er seinen Mund zu einem breiten Lächeln.

„Welch eine Freude Euch in meinem Anwesen willkommen heißen zu dürfen", sagte er zu Tessa und ergriff ihre Hand, um sie an seine Lippen zu führen. George räusperte sich leise, sodass Frederick seinen Kuss abbrach und mit erhobenen Augenbrauen zu ihm aufsah. „Sir George", sagte er um Höflichkeit bemüht, aber die Bissigkeit darin war kaum zu überhören. „Ihre Frau sagte mir Sie seien auf einem Jagdausflug auf dem Lande, ich bin ganz überrascht und hätte nicht mit Ihnen gerechnet." George lächelte ironisch, und beugte zur Begrüßung seinen Kopf.

„Die Wälder waren wohl nicht der passende Ort für mich, ich habe mich gänzlich bei der Jagd blamiert." Frederick stieß ein amüsiertes Lachen aus.

„Wollten sich die Rehe einfach nicht von Ihnen erschießen lassen, was?" George kniff die Augen zusammen und fixierte Frederick mit einem eisernen

Gesichtsausdruck. „Ganz und gar nicht", setzte er an, „ich habe sie laufen lassen." Damit waren alle Dinge gesagt, die gesagt werden mussten und Tessa stieß George kurz mit ihrem Fuß an.

„Nun denn, Tess, ich hoffe doch mir wird trotzdem die Ehre eines Tanzes zuteil?" Tessa nickte lächelnd.

„Selbstverständlich", versprach sie und meinte es auch so. Sir Frederick nickte ihnen zu und verschwand dann in der Menge.

„Würdest du mal aufhören dich jedes Mal zu verhalten, wie ein verliebter Teenie, wenn dieser Volldepp wieder vor uns steht? Das ist ja nicht auszuhalten", raunte George ihr leise zu, nachdem er sich vergewissert hatte, dass niemand sie hören könnte. Tessa setzte zu ihrer Verteidigung an. „Vielleicht bin ich ja ein verliebter Teenie!"

„Dann hör auf es zu sein, das geht mir gewaltig auf den Senkel." Tessa verschränkte trotzig die Arme vor der Brust und hätte George am liebsten die Zunge herausgestreckt, wäre nicht genau in dem Moment Lady Charlotte auf sie zugeeilt gekommen. Erst vergaß Tessa, was heute in der Stadt vorgefallen war, dann aber holte es sie wie ein schlechter Albtraum ein und sie hoffte bloß darauf, dass sie sich irrte.

„Meine liebe Tess, ich habe dich schon den ganzen Abend lang gesucht", schnatterte sie aufgeregt. Lady Charlotte trug ein zartrosa Kleid, die roten Haare hingen ihr in ebenmäßigen Kringellocken an den Seiten herab.

Als sie George bemerkte, bedachte sie ihn mit einem mindestens genauso überraschten Gesichtsausdruck, wie Frederick.

„Oh, Lord Thomas, ich bin überrascht Sie hier anzutreffen.", bemerkte sie, nicht ganz so bissig, wie Frederick.

„Was Sie nicht sagen", antwortete George bloß, dem diese ganzen Plaudereien langsam zu blöd wurden. Er nahm sich ein Glas Sekt von dem Tablett eines Dieners und nippte galant an daran, wobei er geekelt das Gesicht verzog und das Glas dann hinter sich auf eine Kommode stellte.

„Tess erzählte mir Sie seien auf einem Jagdausflug unterwegs. Verlief dieser nicht so nach ihrem Belieben?", fragte Charlotte geradeheraus und verursachte mit der unangebrachten Bemerkung ein heftiges Husten von Seiten Tessas. Auf einmal hörte Tessa, wie die Musiker zu einem Walzer ansetzten und wandte sich an George.

„Wir sollten tanzen, mein Liebster", beschloss sie, und ergriff Georges Hand, den sie auf die Tanzfläche zog und anfing hin und her zu schaukeln.

„Danke", flüsterte George in ihr Ohr. Tessa sah zu ihm auf. „Wofür?", fragte sie verwirrt und ließ sich von ihm in eine Drehung führen.

„Für das Retten aus der Konversation", erklärte er, doch Tessa zuckte bloß mit den Schultern.

„Das war purer Eigennutz. Ich mag eben Walzer." George seufzte, seine Schritte waren mehr hölzern als elegant. „Ich werde den Walzer wohl nie so richtig galant beherrschen." Tessa lächelte ihm aufmunternd zu und übernahm einen Moment die Führung.

„Ich finde du tanzt ganz wunderbar." Und dann wirbelten sie im Dreivierteltakt des Walzers herum, als würde es gar keine Mission geben und als hätte es niemals etwas anderes gegeben, als Tessa, George und den Walzer, den sie völlig versunken im viktorianischen England tanzten, und welcher viel zu schnell wieder mit der Musik abklang. Sie kamen zum Stehen und George räusperte sich.

„Tessa, ich...", doch da hatte Tessa ihn schon unterbrochen. „Da ist er, George, der Mann mit Zylinder!" Nicht einen Moment lang zögerte sie, schnell rannte sie los, dem Mann hinterher, in der Hoffnung endlich herauszufinden, wer er war. Tessa lief so schnell sie konnte und ignorierte die verwirrten Blicke, die ihr zugeworfen wurden. Der Mann mit Zylinder ging schnellen Schrittes auf die Balkontür zu, die außerdem hinaus in den Garten führte. Was wollte er bei dieser Kälte und dem Wetter im Garten?

„Halt", schrie Tessa und sorgte für Aufsehen. Plötzlich wurde sie an den Schultern gepackt und aufgehalten.

„Tess, meine Liebe, wohin möchten Sie so schnell?" Tessas Herz raste noch immer, Adrenalin durchströmte ihren Körper, am liebsten hätte sie die Person, die sie zurückgehalten hatte, von sich gestoßen und wäre weitergelaufen, doch als sie sich verdutzt umdrehte, sah sie nur in Fredericks lächelndes Gesicht.

„Ich... also ich...", stammelte sie, kam aber nicht weit, weil die Stimme ihr den Dienst versagte.

„Es wird gleich noch ein Walzer gespielt", kündigte Frederick an und forderte sie auf. „Ich muss, ich kann nicht...“, aber Sir Frederick hatte sie schon bei der Hand genommen und Richtung Tanzfläche gezogen. Erneut setzte Tessa zu einem Walzer an, diesmal konnte sie sich jedoch kaum auf die Schritte konzentrieren und versuchte durchweg den Mann mit Zylinder im Auge zu behalten. Warum erschien er immer, und verschwand dann zum Garten hinaus?

„Ihr seid eine so vorzügliche Tänzerin“, bemerkte Frederick sanft und riss Tessa zurück in die Realität.

„Danke“, erwiderte diese halbherzig. Frederick wirbelte sie herum, die Welt verschwamm vor Tessas Augen mit jedem Dreher, den das Paar machte. E r blieb stehen und lehnte sich zu ihr herunter, sodass sie seine Lippen an ihrem Ohrläppchen spüren konnte.

„Ich wusste es vom ersten Moment an, als wir uns trafen“, flüsterte er. Tessa sah ihm in die Augen, sein Gesicht war so nah, dass sie seinen Atem auf ihrer Haut spürte. „Was wussten Sie?“, fragte Tessa verwirrt. Frederick legte seine Hand an ihre Wange, eine Geste, die Tessa zurückweichen ließ. Wo war George denn bloß? Sie sah sich um, doch nirgendwo konnte sie ihn finden.

„Dass es mit dir nicht leicht seinen würde“, erklärte Frederick amüsiert. Tessa zuckte zusammen.

„Ich habe nicht mitbekommen, Euch das Du angeboten zu haben“, entgegnete sie bloß kühl, doch Frederick lächelte sie so breit an, dass sein Gesicht schon groteske Züge annahm.

„Ich wusste du würdest es einem schwer machen“, lachte er amüsiert.

„Wovon sprechen Sie?", wollte Tessa mit zitternder Stimme wissen. Und da sah sie es. Wie Schuppen fiel es ihr von den Augen, was sie wahrscheinlich schon die ganze Zeit unterbewusst bemerkt hatte. Vom ersten Moment an, als seine Stimme ihr so bekannt vorgekommen war.

„Du...", setzte sie fassungslos an, doch Frederick schnellte bloß nach vorne und legte ihr sanft seine Hand auf den Mund. „Wir müssen hier verschwinden, bevor noch einer etwas merkt", sagte er betont. In Tessa erklomm Panik, als er mit festem Griff ihr Handgelenk packte und sie aus dem Saal führte. Doch die ganze Zeit konnte sie nur daran denken, wie dumm sie doch gewesen war und wie großartig sie ihn bereits gefunden hatte, als er in der Underground damals vor ihr gestanden hatte.

ENTTARNUNG

Frederick zerrte Tessa in einen finsteren Seiteneingang, der in einer schmalen Wendeltreppe mündete. Tessa wehrte sich, versuchte ihre Hand aus seinem Griff zu befreien, doch er war einfach zu stark.

„Lass mich los!", forderte sie laut, doch er stieß sie bloß vorwärts, die Wendeltreppe hinauf. „George wird mich finden", drohte Tessa. „Er wusste von Anfang an, dass mit dir etwas nicht stimmt! Er wird dich kalt machen", sie versuchte mit aller Kraft ihn von sich zu stoßen, aber Frederick rollte bloß mit den Augen.

„Jetzt mach dich mal nicht lächerlich", lachte er trocken, „wenn es eine Sache gibt, die wir beide wissen, dann dass dieser Nichtsnutz nicht mal im Stande ist, eine Maus kalt zu machen. Also versuch es erst gar nicht, du bist mir vollkommen ausgeliefert, egal wie sehr du dich wehrst und schreist, es hört dich keiner, solange ich nicht möchte, dass dich einer hört." In Tessas Augen sammelten sich Tränen der Verzweiflung und der Wut, aber vor allem hinterließ der

Verrat, den er an ihr begangen hatte, einen faden Geschmack in ihrem Mund. Wahrscheinlich hätte jeder gemerkt, dass etwas mit Frederick nicht stimme, aber sie wollte es nicht glauben, auch nicht, als die Beweise mit vollkommener Sicherheit vor ihren Augen lagen. Und doch hatte sie im ersten Moment, als sie ihm in der Vergangenheit begegnet war, gewusst, dass sie ihn schon einmal getroffen hatte. Und dass er auch damals schon ihre Sprache gestohlen hatte mit seinen tiefblauen Augen, den schwarzen Locken und seinem ebenmäßigen Gesicht, welches jedes Mädchen von ihm träumen ließ. Tessa hat von sich stets gedacht, klug zu sein, und hätte sie ihre eigene Geschichte in einem Buch gelesen, so hätte sie von Anfang an gewusst, wie schuldig er war. In diesem Moment, als er sie stockend und barsch durch die Dunkelheit stieß, ärgerte sie sich selbst über ihre Naivität, denn sie realisierte, dass sie bloß verliebt gewesen war. Ein stinknormales verliebtes Mädchen, keine große Historikerin, kein Ausnahmetalent, keine Wissenschaftlerin, einfach jemand, der sich von ein paar schönen Augen hatte täuschen lassen.

„Und jetzt?", fragte sie ein wenig zu ängstlich, „wirst du mich jetzt umbringen?" Frederick blieb vor einem kleinen, runden Fenster stehen, sodass das Licht des Mondes seine Augen erhellte. Einen kurzen Moment lang rang er mit sich selbst, dann lehnte er sich zu ihr herunter.

„Das sollte ich", flüsterte er, „das war zumindest meine Aufgabe." Tessa schluckte, in ihr breitete sich Panik aus. „Deine Aufgabe", hauchte sie ungläubig und wich vor ihm zurück. „Du bist auch aus der Zukunft", stellte sie fest.

Frederick zog seine Lippen zu einem schmalen Strich.

„Nicht aus deiner Zukunft", presste er hervor. Tessa nickte zaghaft. „Ich weiß, wer du bist", entgegnete sie spitz, „du bist Friedrich der Dritte, der Ehemann der falschen Königin Victoria." Frederick sah sie verblüfft an und lachte dann leise.

„Klasse, da hat aber jemand recherchiert. Nur, dass die Recherche wohl falsch ist." Doch es interessierte Tessa nicht, was er sagte, innerlich wollte sie ihm einfach nur den Hals umdrehen, denn gerade wurde seine schöne Fassade für sie zu einer grotesken Fratze.

„Habe ich Recht?", drängte sie und fixierte ihn fest mit ihren Augen. „Du hast nicht Unrecht", erwiderte er, „ich komme aus keiner Zeit. Ich bin ein Zeitloser. Ich kann sein, wer immer ich will und wann immer ich will." Tessa war wie überrumpelt. Was war ein Zeitloser? War George auch einer, und warum hat er ihr nie von den Zeitlosen erzählt? Frederick konnte ihr die Unsicherheit ansehen und hob eine Augenbraue.

„Wie mir scheint hat er dir nicht viel von Unsereins erzählt, dein George." Es störte sie, wie er über ihn sprach, als hätte er nicht nur über sie, sondern auch über George eine Hand und als wären sie Figuren auf seinem Schachbrett. „Er wird wohl einen guten Grund gehabt haben", fügte Frederick ironisch hinzu.

„Er wusste, dass du ein mieser Betrüger bist, und ich wusste es auch - und das, ohne eine Zeitlose zu sein", spuckte Tessa ihm ins Gesicht.

„Bist du dir da ganz sicher?", fragte Frederick und

ließ Tessa in der Ungewissheit, worauf er diese Frage bezog. Dann drehte er sich einfach um und ging weiter die Wendeltreppe hinauf. „Komm mit", er griff wieder nach ihrem Handgelenk. *Wenn er mich hätte umbringen wollen*, beruhigte sich Tessa, *hätte er es längst getan.* Aber er zerrte sie einfach weiter durch die Dunkelheit, bis sie zu einer morschen, alten Tür kamen, dessen vermodertes Holz einen sonderbaren Geruch freigab. Voller Angst pochte das Blut in Tessas Adern und diesmal konnte sie sich nicht befehlen, stark zu bleiben. Jeder hatte gut Reden, der noch nie in einer solchen Situation gewesen war, jeder konnte sagen, er würde nur voller Stolz und Stärke sterben, aber Tessa war regelrecht danach zumute, sich in die Hosen zu machen. Als Frederick die Tür aufstieß, wurde der dunkle Gang von einem gleißenden, grellen Licht erleuchtet. Er zog sie in den Raum und verschloss die Tür hinter ihr. Tessa hielt sich die Hand vors Gesicht und konnte nur durch die Lücken zwischen ihren Fingern sehen, woher das Licht kam.

„Die Gondel", stieß sie hervor, „du hast sie gestohlen." Doch Frederick schüttelte bloß den Kopf, eilte zur Gondel und stellte die Knöpfe und Hebel so ein, wie Tessa es auch bei George gesehen hatte.

„Nein", antwortete er fest, „ich habe sie nicht gestohlen. Das war jemand anderes, jemand dem selbst keine Gondel zur Verfügung steht." Tessa verstand nichts mehr und wünschte sich einfach nur in ihrem Bett aufzuwachen, zur Prüfung zu gehen und wieder ein normales Leben führen zu können. „Steig ein!", wies

Frederick sie an, „steig ein und verschwinde. Die Gondel ist auf deine Zeit eingestellt, sie wird dich am Tag deiner Abschlussprüfung wieder absetzen und alles wird sein, wie vorher." Tessa glaubte ihren Ohren nicht. Wollte er sie jetzt wirklich wegschicken, sie laufen lassen und seine Aufgabe nicht erledigen?

„Wovon sprichst du?", fragte sie zittrig, aber Frederick nahm sie bloß mit festem Griff bei den Schultern und rüttelte sie. „Hör mir jetzt zu", sprach er schnell, „die Zeit drängt und du musst hier weg. Er darf dich nicht finden, also steig jetzt in diese Gondel und verschwinde. Das hier ist nicht deine Mission." Das Licht der Gondel erleuchtete die Nacht, sie wartete auf Tessa mit offenem Dach, mit vorbereiteten Hebeln, mit allem, was sie brauchte, damit sie wieder nach Hause gekonnt hätte. Aber Tessa konnte es nicht.

„Nein. Ich werde nicht ohne George gehen", lehnte sie Fredericks Drängen ab. Dieser sog genervt die Luft ein. „Sei nicht dumm!", sagte er spitz, „der wird diesen Kampf selbst ausfechten, und zwar ohne dich." Aber Tessa schüttelte vehement den Kopf und merkte, wie ihr Tränen die Wange herunter kullerten.

„Ich lasse ihn nicht einfach so hier. Du wärst der Letzte, dem ich vertrauen würde! Du hast mich belogen und betrogen und eigentlich hatte George die ganze Zeit Recht. Du bist eine Gefahr! Ich mag naiv sein, aber ich habe noch immer etwas Verstand in meinem Kopf." Frederick ballte seine Hände so stark zu Fäusten, dass seine Fingerknöchel weiß hervortraten.

„Verstehst du denn nicht? Du musst beschützt werden, wir- ", Frederick konnte seinen Satz nicht beenden, denn er wurde von einem lauten Poltern unterbrochen, welches definitiv aus dem Treppenhaus kam. Erschrocken blickte er sich um, und gab Tessa ein Handzeichen, dass sie still sein sollte. Letztere konnte jeden einzelnen Atemzug hören, den sie beide nahmen und spürte, wie das Adrenalin in ihren Venen kribbelte. Aber das Poltern nahm zu, jemand kam ganz klar die Treppe hinauf. Tessa kniff die Augen zusammen und bedeckte ihr Gesicht in ihren Handflächen, um sich auf das Schlimmste vorzubereiten. Dann hörte sie die Türklinke und einen knallenden Tritt, der die Tür so explosionsartig aufschlagen ließ, dass sie mit einem schallenden Geräusch gegen die Wand flog. Als sie sah, wer dort stand, machte ihr Herz einen Sprung. „George!", rief sie laut und wollte ihm um den Hals fallen, aber George hatte bereits Frederick im Fokus und schnellte nach vorne.

„Ich habe dir schon einmal gesagt du sollst deine dreckigen Hände von meiner Frau nehmen!", brüllte er und verpasste Frederick einen beträchtlichen Kinnhaken. Frederick fiel zu Boden und rieb sich das schmerzende Kinn.

„Du bist ein völlig Paranoider", spuckte Frederick aus, „ich hätte dich aus dem Weg schaffen sollen, als ich noch die Zeit dazu hatte." George lief zu Tessa und schloss sie heftig in seine Arme.

„Ich habe schon das Schlimmste angenommen", flüsterte er mit erstickter Stimme und berührte ihre Wange.

Plötzlich wurde er von Frederick nach hinten gezogen, und beide landeten auf dem Boden.

„Was möchtest du eigentlich von mir?", fragte George, während er fast in Fredericks Armbeuge erstickte.

„Dass du die verdammte Gondel wieder dahin bringst, wo sie hingehört, du Verrückter", antwortete Frederick und riss George am Hemdkragen. „Bring die Gondel zurück, du hast schon genug angestellt!" George machte sich frei und schubste ihn heftig von sich.

„Das hier ist nicht deine Mission, ich weiß nicht, wer du bist, oder wer dich geschickt hat, aber ganz sicher hast du mir nichts zu sagen." Sie standen sich nun gegenüber, Frederick mit wild- zerfetzten Haaren, und George mit zerrissenem Hemdkragen, während sie sich beide feindlich und abschätzig ins Gesicht starrten.

„Wenn du schon selbst keine Ahnung davon hast, was du tust, tu es für Tessa!" Diese horchte auf. Was hatte das alles mit ihr zu tun? Und woher kannte er auf einmal ihren richtigen Namen? George schien das jedenfalls ganz und gar nicht zu gefallen, denn er lief rot an vor Wut und hätte sich am liebsten direkt wieder auf ihn gestürzt.

„Ich verstehe. Darum geht es dir also".

„Natürlich geht es mir darum", behauptete Frederick mit Nachdruck.

„ Moment mal", mischte sich Tessa ein, „könntet ihr mir mal verraten, worum es hier eigentlich geht? George kennst du diesen... diesen... Schwindler?" Na klasse, das war wirklich das einzige Wort, was ihr zu Frederick einfiel. George rieb sich die Stirn. „Nein, ja, nein... nicht direkt. Ich habe ihn noch nie vor dieser Mission gesehen, aber ich weiß jetzt, woher er kommt."

Frederick schnalzte mit der Zunge.

„Ach komm schon, du weißt überhaupt nichts, du bist einfach nur ein verzogener, kleiner Trottel, der denkt, nur weil sein Vater eine Zeitgondel besitzt, hätte er das Recht, ohne die harte Ausbildung einfach mal so ein Zeitagent zu werden. Berichtige mich, aber meiner Meinung nach erscheinst du sehr viel toller mit deinem Gehabe, als du eigentlich bist." George lachte trocken auf und Tessa riss die Augen weit auf.

„Mit meinem Gehabe? Du sagst meine Taten wären Gehabe? Tut mir sehr leid, Sir Schmalzlocke, dass du leider keine Gondel hast und diese Versager-Ausbildung absolvieren musst, immerhin gibt es ein paar von uns, die das nicht nötig haben." Tessa hob die Hand.

„Ausbildung? Zeitagent? Was soll das alles?", wollte sie nun endlich wissen, aber die beiden ignorierten sie vollkommen.

„Oh, und brennst du diese Locken mit einem Brenneisen?!"

„Das sagt der riesige, menschliche Lauch - ́Oh, komm, Tessa, ich habe eine Gondel und ich bin ja so toll und sexy und vor allem was? Ich sage es dir: SCHLAK-SIG!" So ging es immer weiter, bis Tessa laut aufschrie und sich zwischen die beiden stellte.

„Hört jetzt damit auf, Herrgott nochmal!" Wie erstarrt sahen sich beide an, dann sahen sie Tessa an und schließlich schmollend zu Boden. „Könntet ihr mir mal sagen, was das alles soll? Oder euch auch nur annähernd vorstellen, wie ich mich gerade eben gefühlt habe? Ich dachte ich würde sterben, ich hätte mir beinahe in meine Pumphosen gemacht. Deshalb erwarte ich jetzt sofort, dass einer von euch, nein, beide von euch, eine sehr gute Erklärung dafür abliefern, was die ganze Zeit vor sich geht." Doch erneut kam keiner von beiden dazu, denn wieder rumpelte jemand mit lautem Stampfen die Treppe hinauf.

„Los, ab in die Gondel!", drängte Frederick panisch und es überraschte Tessa traurigerweise kein bisschen, dass George diesem Drängen sofort und ohne jeglichen Widerstand nachkam, Tessas Arm griff und sie beide in die Gondel zog. Als jedoch auch Frederick in die Gondel steigen wollte, blockte George ihn ab.

„Traurigerweise ist für dich kein Platz mehr hier drin", sagte er in bedauernder Stimmlage und zog eine ironische Schnute. Frederick klopfte gegen das Glas vom Gondeldach und drehte sich immer wieder ängstlich um.

„George", redete Tessa ihm ins Gewissen, „er scheint irgendetwas zu befürchten...". Aber George warf ihr nur einen wütenden Blick zu und fuhr die Hebel hoch.

„Das ist nicht dein Ernst, dass du jetzt immer noch diesen Kerl beschützt!" Aber als Tessa Frederick da draußen so ängstlich flehend gegen die Gondel klopfen hörte, konnte sie einfach nicht anders, als Mitleid mit ihm zu haben.

„Er wollte dich umbringen, schon vergessen?", erinnerte George sie, aber Tessa runzelte bloß die Stirn.

„Es wäre seine Aufgabe gewesen, aber er hat es

nicht getan und er hätte mehr als bloß einmal die Chance dazu gehabt. Ich glaube nicht, dass er wirklich vor hatte irgendjemanden umzubringen." George wollte all dies nicht hören. Er konnte kein bisschen nachvollziehen, warum Tessa nach all dem, was geschehen war, immer noch so sehr an Frederick hing und es ging ihm gewaltig gegen den Strich. Nein, er musste sich selbst korrigieren, dieser Frederick ging ihm gewaltig gegen den Strich.

„Wir werden jetzt hier abhauen, und nur zu deinem eigenen Schutz werde ich auf keinen Fall diese Gondel noch einmal öffnen."

„Nein, George, warte!" Tessa wollte protestieren, sie sah Sir Frederick immer noch hinter sich die Türe sichern, als alles vor ihr im gleißenden Licht verschwand.

„Wo wollen wir hin?", fragte sie mit aufgeregter Stimme. „Nur zu uns nach Hause. Dorthin, wo die Gondel sicher ist, und wo wir die letzte Station einlegen werden, bevor wir dich wieder in die Zukunft bringen", erklärte er kalt. Tessa bekam gar nicht die Chance sich gegen sein Vorhaben zu wehren, denn so schnell sie in der Gondel gestartet waren, mindestens genauso schnell landeten sie wieder mit einem erstaunlichen Donner. Tessa stolperte in der Gondel und hielt sich an Georges Ärmel fest.

„Wo sind wir?", fragte sie außer Atem. George half ihr hoch und fuhr das Dach auf.

„In unserer Bibliothek", er hüpfte aus der Gondel und landete standfest auf dem Boden. „Wir können noch nicht in zurück in die Zukunft", flehte Tessa, „wir haben die Mission noch nicht aufgedeckt." Unangenehm berührt, wandte George seinen Blick ab und vermied den direkten Augenkontakt zu ihr.

„Ich werde die Mission allein zu Ende führen", beschloss er kühl. Tessa spürte, wie sich ihr Herz zusammenkrampfte. Sie waren so kurz vorm Ende, so kurz davor alles zu lösen... und jetzt wollte er sie einfach so wieder in der Zukunft aussetzen und den Ruhm für sich allein sichern. Sie schüttelte stumm den Kopf.

„Ich werde nicht gehen", kündigte sie stark an, aber George zuckte bloß mit den Schultern.

„Ich werde dich zurückschicken, du wirst nichts dagegen tun können." Aber Tessa wusste ganz genau, was sie dagegen tun könnte. Jetzt war der Moment, sie riss an den Knöpfen ihres bauschigen Rockes und warf ihn zur Seite. Dann rannte sie zur Tür, riss sie auf und eilte die Treppen herunter. „Tessa!", hörte sie George hinter sich rufen, aber sie hörte gar nicht darauf, sondern lief, wie im Rausch die Treppe herunter, während das Adrenalin kribbelnd durch ihre Adern strömte und sie sich voll und ganz sicher war, dass sie es schaffen könnte, dass sie das Rätsel lösen würde und dass Frederick am Ende doch unschuldig war, so wie sie es von Anfang an gedacht hatte. Aber als Tessa gerade die Tür angepeilt hatte und sie schwingend aufreißen wollte, traf sie von hinten ein so heftiger Schlag auf den Hinterkopf, dass die Welt um sie herum schwankend aus der Bahn geriet und sie schwerelos zu Boden glitt. Ihre Kopfverletzung pochte noch einmal so schmerzend auf, dass Tessa lieber tot gewesen wäre, als diesen Schmerz aushalten zu müssen. Sie presste eine Hand auf ihren Hinterkopf und erschrak vor dem Blut, das daran klebte.

„Weg von ihr", hört sie George entfernt schreien. Ein schwarzer Umriss beugte sich über Tessa, eine blitzende Klinge in der Hand. Der Mann mit Zylinder, schoss es Tessa durch den Kopf, und obwohl er gerade so nah bei ihr stand, wie noch nie zuvor, konnte sie noch immer sein Gesicht nicht sehen. Jedes Mal, wenn sie versuchte die Augen zu öffnen, wurde die Welt und all ihre Eindrücke zu einem Karussell. Sie bekam mit, wie George den Mann hinterrücks überwältigte und zu Boden riss, bevor die Klinge ihre Kehle durchbohren konnte. Sie versuchte die beiden zu fokussieren und sich aufzusetzen, aber sie konnte sich lediglich auf die Seite drehen und dabei zusehen, wie George mit beträchtlicher Kraft versuchte den Fremden zu überwältigen. Nach einigen Minuten des Ringens, schaffte George es ihn zu entkräften und die Hände über seinen Kopf zu packen, während er mit seinem ganzen Gewicht auf ihm saß.

„Gib sie mir", presste der Fremde mit einer Stimme hervor, die Tessa augenblicklich s c h m e r z h a f t bekannt vorkam. Sie sah den Tag des Überfalls wieder vor sich und wusste, dass der Mann mit Zylinder dabei gewesen war.

„Du wirst sie nicht anrühren, oder ich schneide dir die Kehle durch", brummte George und verfestigte den Druck auf seine Arme und seine Beine. Der Fremde wehrte sich, doch George hatte ihn fest im Griff.

„Du machst einen großen Fehler, elender Amateur“, bellte der Fremde und wollte nach oben schießen, wurde jedoch von George daran gehindert. Tessa konnte mittlerweile wieder einigermaßen klarsehen und richtete sich auf. Noch immer drehte sich die Welt um sie herum, aber wenn sie sich konzentrierte, konnte sie sogar aufstehen. Das Blut schoss ihr so schnell in den Kopf, dass die Wunde heftig anfing zu pochen.

„Für wen bist du hier?“, fragte George und hielt dem Fremden eine winzige Klinge an die Kehle. „Na los! Red schon!“ Der Fremde spukte auf den Boden und trat so heftig aus, dass George nach hinten flog und mit dem Rücken gegen die Wand knallte. Siegessicher stand er auf, woraufhin augenblicklich jegliche Farbe aus Tessas Gesicht schwand. Ihm war der Zylinder vom Kopf gerutscht, so dass er sich schnell umwandte, um ihn zu suchen, aber Tessa hatte schon genug gesehen. Ihre Beine gaben nach und ihr Herz blieb beinahe stehen, als sie sein sorgfältig frisiertes, blondes Haar sah. Tessa schnappte nach Luft. „Colin“, entfuhr es ihr fassungslos, als ihr Bruder sich nach dem Zylinder bückte.

DAS FINDELKIND

Tessa konnte nicht begreifen, was gerade vor ihren Augen geschah. Alles, was sie vor sich sehen konnte, war ihr Bruder, der ihr mit so einem hasserfüllten Blick in die Augen sah, als sei sie ein widerlicher Parasit, den es zu entsorgen galt.

„Colin", hauchte sie, doch ihre Stimme klang erstickt. Colin griff nach der kleinen Klinge, welche sich noch zwei Minuten zuvor in Georges Hand befunden hatte und lief geradewegs auf sie zu. Wie in Zeitlupe schrak Tessa vor ihm zurück und hielt sich schützend die Hände vors Gesicht. Doch bevor er sich auf sie stürzen konnte, überwältigte George ihn erneut.

„Liefere sie aus, solange du noch kannst", befahl Colin und verpasste George einen heftigen Seitenhieb. Doch dieser schlug sich weiterhin wacker.

„Ich werde einen Teufel tun", erwiderte George und schlug Colin die Klinge aus der Hand. Augenblick lief Tessa, von ihrem Adrenalin gesteuert, zu der Waffe und ergriff sie mit zittrigen Händen. Colin konnte George abwimmeln und trat nun mit starken Schritten auf sie zu. Wie benommen streckte Tessa ihm die Klinge entgegen und blickte ihn mit wässrigen Augen an.

„Colin, hör auf", bat sie mehr als sie bestimmte. Doch dieser stellte sich bloß vor sie und lächelte sie ironisch an.

„Sieh mal an, das Findelkind", lachte er und ließ dann eine eigene Klinge aus seinem Ärmel fahren. Findelkind?

„Wovon zur Hölle sprichst du?", fragte Tessa mit bebender Stimme, „was tust du hier?" Colins Gesichtsausdruck änderte sich schlagartig und jetzt starrte ihr wieder nur der pure Ekel entgegen.

„Oh nein", spukte er förmlich aus, „ich tue hier, worauf ich seit Jahren vorbereitet wurde. Und was du beinahe sabotiert hättest. Aber leider bin ich zu klug für euch", er wollte nach vorne schnellen und ihr die Klinge in den Bauch rammen, da flog die Tür auf, und Jane rannte in die Eingangshalle, eine Milchkanne in der Hand, die sie mit voller Wucht gegen Colins Kopf schmetterte. Taumelnd fiel er zu Boden und war augenblicklich bewusstlos. Tessas Tränen kullerten ihr über beide Wangen und nun sah sie Jane so dankbar an, dass sie vor ihr auf die Knie sank und vor Erleichterung anfing zu schluchzen.

„Jane, du bist unsere Heldin", entgegnete George, der nach Luft japsend dort stand. Jane nickte.

„Ich habe nur meine Pflicht getan", sagte sie ernst und in einer Stimmlage, die nichts mehr mit der aufgeregten, piepsigen Magd zu tun hatte, die Tessa in der letzten

Zeit kennengelernt hatte.

„Es war klar, dass er irgendwann angreifen wird", äußerte George und zog sich seinen Gehrock gerade.

„Ihr solltet verschwinden", schlug Jane vor, „die Vergangenheit ist nicht mehr sicher." Plötzlich horchte Tessa auf.

„Wir können nicht", Georges Stimme klang voller Sorge, „nicht, solange die Vergangenheit nicht wieder hergestellt ist. Die Geschichte beginnt zu verfallen, wir müssen die richtige Victoria finden und sie zurückbringen, ansonsten kollabiert das gesamte Raum-Zeit-Kontinuum." Jane befreite sich von ihrer Schürze.

„Weißt du, wer ihn geschickt hat?", fragte sie und deutete auf Colin, doch George zuckte bloß nichtsahnend mit den Schultern. „Nein", gestand er und trat dabei näher an Colin heran, „ich habe keine Ahnung. Aber er ist kein Zeitagent. Er hat weder eine eigene Gondel noch genügend Zeitstaub, um sich so lange in der Vergangenheit aufzuhalten." Tessa fiel die Mundklappe herunter, sie war absolut sprachlos. Jane hatte also von Anfang an gewusst, wer sie war und warum sie hier waren. Sie war eine von ihnen. Als Tessa sich aufstellte, wandte Jane sich ihr lächelnd zu.

„Ich weiß es hört sich alles recht viel an", sagte Jane und legte ihre Stirn in Falten, „wir haben dir nichts sagen dürfen, je weniger du wusstest, desto besser." Aber Tessa wurde wütend. „Ich habe gar nichts gewusst, Jane. Gar nichts! Ich bin in diese Gondel gestiegen und habe noch nicht mal gewusst, wer ich selbst bin, aber jetzt habe ich das Gefühl niemanden um mich herum zu kennen, am allerwenigsten mich selbst. Ich hatte g e h o f f t auf dieser Reise herauszufinden, wer ich wirklich bin. Aber ich kenne mich nicht." Jane und George wechselten schuldbewusste Blicke.

„Und du", stieß Tessa hervor, während sie George mit einem eisernen Blick fixierte, „du bist ein Lügner. Du hast mich von Anfang an angelogen, um deine eigene Haut zu retten. Behaupte das Gegenteil!", forderte sie ihn heraus. George erwiderte ihren Blick und sagte dann ganz ruhig: „Ich behaupte das Gegenteil. Ich weiß nicht, wer du bist, und ich weiß nicht, wer er ist. Alles, was ich weiß, ist, dass wir alle in Gefahr sind." Tessa stieß einen Schwall Luft aus und musterte ihn wütend.

„Warum hast du das alles nicht verhindert, als du bei Victorias Körnung anwesend warst?", spie sie ihm ins Gesicht, woraufhin sie George ahnungslos ansah.

„Ich war gar nicht anwesend bei ihrer Krönung." Und da fiel es Tessa wie Schuppen von den Augen. George war nicht bei der Krönung dabei gewesen. Es war Colin. Er hatte der falschen Victoria alles über das Zeitreisen erzählt und sie hatte die Informationen genutzt, um Tessa auf eine falsche Fährte zu locken. Tessa kam alles so unglaublich surreal vor. Diese ganze Reise an sich war nicht so seltsam, wie die Tatsache, dass ihr eigener Bruder vor ihr lag und anscheinend ihren Tod plante. Ihr Bruder, der ihr zum Geburtstag eine Lupe geschenkt hatte, der Beste in Oxford war und der sich immer für sie eingesetzt hatte, auch wenn sie eigentlich gar nicht im

Recht gelegen hat. Tessa war so oft auf ihn eifersüchtig gewesen, hatte sein Talent verdammt und sich insgeheim gewünscht, genauso begabt zu sein, wie er. Sie traute ihm vieles zu, aber nicht das hier. Sie traute ihm einfach nicht zu, die Vergangenheit zu zerstören und Menschen dabei zu töten. Tessa fehlten die Zusammenhänge, alles lag vor ihr, wie ein Puzzle aus tausenden von Teilen, die einfach nicht in die Lücken passen wollten. Colin hatte Geschichte schon immer gehasst, hatte sie damit aufgezogen, dass sie eine solche Passion für Geschehenes hegte, und jetzt soll er ein verrückter Zeitreisender sein? Nichts passte ineinander.

„Wir sollten ihn fesseln", schlug Jane vor, „sodass er, wenn er aufwacht keinen Schaden anrichten kann." Tessa wandte ihren Blick von seinem weggetretenen Körper ab und nickte bloß. George holte ein Seil aus dem Keller und half Jane ihn so zu fesseln, dass er ihnen gänzlich ausgeliefert war. Sie setzten ihn auf, mit dem Rücken gegen die Wand.

„Was tun wir jetzt?", fragte Tessa die beiden, doch keiner schien so wirklich eine Antwort darauf zu haben. „Wir müssen die echte Victoria finden und sie zurückbringen", erklärte George, „ansonsten wird die Zeit Stück für Stück zerbröckeln. Wir haben nicht mehr lang, bis sie die Zukunft eingeholt hat." Tessa quittierte seine Aussage mit einem Seufzen.

„Wie sollen wir sie denn bitte finden?", fragte sie und hatte genau im selben Moment einen Einfall. Colins schmerzerfülltes Röcheln unterbrach jedoch ihre Gedanken.

Er schien langsam wieder aufzuwachen, sein Kopf kippte immer noch etwas benommen zur Seite. Als er merkte, dass er gefesselt war, schlug er die Augen auf. Panisch versuchte er sich aus dem Seil zu befreien, mit eher mäßigem Erfolg. „Bindet mich sofort los", brüllte er und verwendete all seine Körperkraft darauf freizukommen. George stand auf, die Arme vor der Brust verschränkt.

„Wer bist du, und wer hat dich geschickt?", versuchte er, woraufhin Tessa heftig die Augen rollte. Sie stand auf und trat näher an ihn heran. Der Hasserfüllte Blick in seinen Augen, der wohl ihr galt, ließ Tessa das Blut in ihren Adern gefrieren.

„Was machst du hier, Colin?", fragte sie ihn erneut mit sanfter Stimme.

„Ich bin der Bote, der die Zeit retten wird." Tessa kniff die Augen etwas zusammen. Er hörte sich nicht mehr an, wie ihr Bruder sich früher angehört hatte. Niemals hätte er etwas derartiges gesagt, geschweige denn in einem solchen Tonfall. Aber vielleicht war er ja nicht mehr ihr Bruder, denn so wie er dasaß und sie musterte, konnte er gar nicht mehr wirklich Colin sein.

„Woher kennst du eigentlich den Namen dieses Wahnsinnigen?", fragte George, der sichtlich spät erst realisiert hatten, dass er Tessa nicht fremd war.

„Das ist mein Bruder", sagte Tessa mit verwirrter Stimme. George fiel die Kinnlade herunter.

„Das ist dein Bruder?", wiederholte er ungläubig, was Tessa mit einem Nicken bestätigte. „Ah ja, scheint also in der Familie zu liegen", mit hochgezogener Augenbraue wandte er sich Colin zu. „Am besten sagst du einfach sofort, was du hier möchtest, und vielleicht werde ich dich nicht der Behörde melden. Die sehen Zeitstreuner da nicht so gerne", warnte George ihn, während er sich an seinen Fingernägeln kratzte. Colin verzog seinen Mund zu einem ironischen Lachen, mit welchem er George lange und eindringlich anstarrte. „

Gilt das auch für Leute, die Gondeln ohne Ausbildung klauen?", fragte er und traf damit bei George auf einen wunden Punkt. Was hatte George bloß verbrochen? Tessa stöhnte.

„Kannst du mal gerade nur anschneiden, was damit gemeint ist, mit dieser Ausbildung? Was zur Hölle hast du denn angestellt?", keifte sie George an und bevor dieser die Sache wieder schulterzuckend abtun wollte, meldete sich Colin bereitwillig zu Wort.

„Er hat seinem Vater eine Zeitgondel geklaut, weil er keinen Bock hatte die Ausbildung richtig zu absolvieren. Dachte wohl er sei zu gut dafür." George warf ihm einen vernichtenden Blick zu.

„Du hast mir nie etwas über deine Familie erzählt", wunderte sich Tessa.

„Es gibt einiges, was er dir nicht erzählt hat, Findelkind. Bist die ganze Zeit mit diesem Lügner herumgelaufen und hast gedacht, er sei ein Held, tja, so kann man sich täuschen, was?" Tessa wechselte ihren Blick zwischen Colin und George.

„Warum nennst du mich ständig so?", fauchte sie Colin an, „du bist mein Bruder, wir sind beide bei unseren

Eltern aufgewachsen, ich bin kein Findelkind." Sie ballte ihre Hände zu Fäusten. Colin lachte trocken.

„Oh man, du weißt echt absolut nichts", dabei sah er überrascht und auffordernd zu George herüber. Tessa folgte seinem Blick, aber George hatte seine Augen bereits peinlich berührt abgewandt. „Soll ich dir mal die Wahrheit sagen?", fragte Colin provokant, woraufhin George ihn beinahe anfallen wollte, hätte Jane ihn nicht zurückgehalten.

„Das gefällt dir jetzt überhaupt nicht, habe ich Recht?", Colin schmiss seinen Kopf in den Nacken vor Lachen und Tessa wurde immer flauer im Magen. „George", sie hoffte darauf endlich von ihm aus dieser Situation erlöst zu werden, indem er einfach sagte, das alles sei Schwachsinn und sie solle nicht auf ihn hören. Aber das tat er nicht. Von Sekunde zu Sekunde wurde er wütender und konnte sich nur noch schlecht beherrschen.

„Dann sag du es mir doch!", richtete sich Tessa wütend an Colin, „sag du mir doch endlich die Wahrheit, wenn er es nicht tut." Colin rollte mit den Augen.

„Du bist mir völlig egal", erklärte er mit gelangweilter Stimme. „Verstehst du, mir ist es ziemlich egal, ob du die Wahrheit weißt, oder nicht, dann wirst du mir wenigstens nicht lästig. Aber er", er deutete auf George, „er soll sich rechtfertigen." Da richtete sich George auf und trat an Colin heran, bevor er mit klarer Stimme anfing zu sprechen.

„Ich muss mich vor niemandem rechtfertigen, nicht in dieser Zeit und in keiner anderen, schon gar nicht vor so nieder geborenen, wie dir. Ich bin George James Griffiths, Sohn des Zeitministers und englischer Gentleman", er packte Colin beim Kragen. „Und falls es dir entgangen ist, erinnere ich dich gerne noch einmal daran, was englische Gentleman niemals tun: sich rechtfertigen." Plötzlich flog die Tür auf und ein kalter Schneezug fuhr ihnen allen um die Ohren. Erschrocken fuhren sie herum.

DIE ZEITAGENTEN

Sir Frederick stand mit wehendem Gehrock im Türrahmen und setzte betont seinen Gehstock auf dem Boden
auf. „Das war eine nette Ansage", bestätigte er mit seinem
galanten Grinsen, „ich bestätige alles, was du über englische Gentlemen gesagt hast." Als Colin ihn sah, rollte er
mit den Augen.

„Na wundervoll, der nächste Depp im Gehrock, ich
muss echt sagen, ihr bildet ein hervorragendes Team ihr beiden Knallköpfe." Tessas sah verwirrt von Frederick zu Colin.

„Ihr arbeitet nicht zusammen?" Sir Frederick lachte
auf. „Ich bitte dich, als ob ich mit diesem Streuner was zu
tun haben möchte", er hob seinen Gehstock an und verschloss die Tür hinter sich. Janes Augen begannen zu strahlen, als er neben sie trat und ihr eine Hand auf die Schulter
legte.

„Es war Frederick!", schoss es aus Tessa heraus, „er
war dein heimlicher Verehrer." Jane lachte und schenkte

Frederick ein Lächeln. „So kann man das nicht gerade nennen. Er ist mein Bruder", antwortete sie. George gab ein entnervtes Geräusch von sich.

„Einen Moment mal, wer arbeitet denn jetzt hier für wen?", fragte er und Tessa fügte hinzu: „Und warum habe ich dich dann ständig mit Colin zusammen gesehen?" Genervt sog Frederick die Luft ein.

„Ich arbeite für die Zeitagentur. Ich wurde schon vor einigen Monaten geschickt, weil Unstimmigkeiten in dieser Zeit festgestellt wurden, also habe ich mich an die Versen von Victoria geheftet unter einer falschen Identität. Colin versuchte mich auf seine Seite zu ziehen und das nicht bloß einmal", erklärte er ruhig. Wenn das wirklich stimmte, dachte Tessa, dann war Frederick unschuldig und ihr Verdacht falsch. Er war nicht der Friedrich der Dritte und somit waren Tessas Ermittlungen nichtig. George hob eine Augenbraue.

„Wenn er von der Zeitagentur kommt", setzte George an, „woher kommst dann du?"

„Wir dienen einem Herrn, der sich von all den Agentenrobotern absetzt. Der etwas Größeres plant, etwas so Großes, dass ihr es euch gar nicht vorstellen könnt." Frederick schritt an Colin heran und setzte ihm seinen Gehstock auf die Brust.

„Das heißt, du hast dieses falsche Buch geschrieben?", fragte Tessa verblüfft. Colin grinste höhnisch. „Nein", sagte er genüsslich. „Das war die Zeit. Sie wird langsam umgeschrieben." George sog die Luft ein.

„Wir müssen sofort handeln und die echte Victoria

finden." Frederick blickte Colin weiterhin finster an.

„Ich würde vorschlagen wir machen uns direkt auf den Weg", sagte George ungeduldig.

„Na klar", Tessa nickte ironisch, „und was machen wir mit ihm?"

„Um den kümmere ich mich", entschied Frederick, aber Jane schüttelte den Kopf.

„Auf keinen Fall. Wir brauchen dich." George winkte ab. „Wir brauchen ihn nicht. Ich bin doch dabei." Aber Jane schien absolut nicht überzeugt von der Idee.

„Du hast keine Ausbildung, Frederick schon. Wir brauchen seine technische Herangehensweise, um Victoria zurückzuholen." Es schien George sichtlich zu stören, dass er immerzu daran erinnert, wurde keine Ausbildung absolviert zu haben, aber Tessa fand, Jane war ganz klar im Recht. Sie hatte schon so einige Aktionen mit George gestartet und wusste daher nur zu gut, dass er nicht immer einen Plan hatte die Dinge zu handhaben. Außerdem fand sie, je mehr sie waren, desto besser.

„Dann müssen wir ihn mitnehmen", schlug Tessa vor und erntete drei zweifelnde Gesichter. „Es ist die einzige Lösung. Hierbleiben kann er nicht und uns läuft die Zeit davon." Die anderen ließen sich nur schwer von ihrer Idee überzeugen, gestanden sich aber doch ein, dass es die einzige nur mögliche Art und Weise war das hier zu Ende zu bringen. Der Einzige, der sich noch immer Gegen diese Idee aussprach, war George.

„Wir können ihn nicht mitnehmen", beschwerte er sich wüst, „den nehme ich doch nicht in meiner Gondel mit!" Frederick räusperte sich.

„In Minister Griffiths Gondel.", stellte er klar, vor allem, um George zu ärgern. Der schmiss die Arme in die Luft. „Ja, und damit auch meine Gondel!" Tessa rollte die Augen.

„Tut nichts zur Sache, du wurdest sowieso schon überstimmt, also finde dich damit ab." Sie trotteten alle nacheinander in die Bibliothek und stiegen in die Gondel ein. „Na los!", schroff schubste George Colin in die Gondel. Tessa hielt an und schloss die Augen. Jede kleine Erschütterung ließ ihre Wunde pochen. Seit Colin sie niedergerungen hatte, sorgte das Adrenalin dafür, dass Tessa den Wundschmerz erst verdrängte, aber nun zuckte er durch ihren ganzen Körper.

„Geht es dir gut?", fragte Frederick, der hinter ihr stand und sie besorgt musterte. Tessa nahm die Hand von ihrem Hinterkopf und nickte. „Du blutest ja", Frederick hob vorsichtig eine Haarsträhne beiseite, aber Tessa drehte sich schnell um.

„Es ist schon in Ordnung, mir geht es gut". Schwerfällig stieg sie in die Gondel. Immer wieder überraschte sie der Anblick dieser riesigen Zeitmaschine, die von außen nicht anders aussah als ein rundes U-Boot mit Glasdach. „Kommt alle", rief George, „anderes Jahrzehnt, andere Mode", sie folgten ihm alle in die Umkleidekammer, in der Tessa ihr allererstes viktorianisches Kleid angezogen hatte. Frederick hielt Colin an den gefesselten Händen fest und zog ihn mit sich.

„Ihr werdet es nicht schaffen", prophezeite dieser,

„niemals werdet ihr ihn überlisten." George hielt einen Gehrock hoch, der im Stil der 1860er Jahre geschnitten war und zog sich sein Hemd aus.

„Wird sich zeigen", erwiderte er kühl, „hier fang!" Er warf Frederick einen Smaragdgrünen Gehrock zu, die Tuchkrawatte schmiss er hinterher.

„Du solltest dich auch umkleiden", bemerkte er nach einem genauen Blick auf Tessas Pumphose.

„Ist das wirklich nötig?", fragte sie, „ich kenne den Schnitt der 1860er Jahre, Tortenröcke, die uns an schnellem Laufen oder Flexibilität hindern werden. Ich würde einfach riskieren, dass wir eben als altmodisch abgestempelt werden. Colin stöhnte und verdrehte die Augen.

„Mein Gott, nervst du jetzt sogar die anderen mit deinem langweiligen Geschwafel über Röcke und Rüschen? Ich habe mir das lange genug angehört."

„Schnauze", blaffte George, „obwohl er nicht Unrecht hat." Bevor sie etwas zurückkeifen konnte, wandte er sich dann erneut Tessa zu. „Wir würden nicht als altmodisch, sondern als skandalös abgestempelt, und damit meine ich vor allem dich in dieser Törtchenhose, oder was auch immer das darstellen mag." Tessa stemmte die Hände in die Hüfte.

„Na hör mal, die ist totschick, und zudem praktisch, sag von mir aus was du möchtest, aber ich lasse sie an." George stöhnte resigniert und band sich selbst die Tuchkrawatte. Dann zog er sich zu den Schaltern zurück. Plötzlich verschwamm wieder alles vor Tessas Augen und sie taumelte einen Moment nach hinten.

„Tessa!", Frederick schnellte nach vorne, um sie aufzufangen. „Sie brauch dringend einen Verband, oder etwas, was ihr hilft", ordnete Frederick an. Jane nickte,

„Ich mache mich mal auf die Suche." „Es war der Schlag auf den Kopf", sagte sie, „nicht nur der von eben. Auch die Wunde vom Überfall ist noch nicht gänzlich verheilt." Frederick setzte sie auf einen Stuhl und nahm neben ihr Platz. Tessa sah ihn lange und unschlüssig an. Was sollte sie nur von ihm denken? War er der Gute oder der Böse? War es denn möglich das eine und nicht das andere auch zu sein?

„Was hast du am Tag des Unfalls bei der Bande gemacht, die uns überfallen hat?", fragte sie geradeheraus. Frederick presste die Lippen aufeinander.

„Ich habe in dieser Mission eine Doppelrolle angenommen. Colin sollte nicht gleich das Gefühl haben ich wäre ein, vom Ministerium geschickter, Agent, also habe ich einige seiner Aktionen mitgemacht. Bei dem Überfall war ich dabei, und habe George einen Hinweis gegeben, sodass er wusste, wo ihr wart." Tessa schluckte.

„Warum hast du nur Charlotte gerettet, mich aber nicht? Du hättest mich beinahe sterben lassen", warf sie ihm vor und bemerkte dann erst s e i n e n völlig verdutzten Gesichtsausdruck.

„Charlotte?", fragte er. Tessa nickte eifrig.

„Sie hat mir davon erzählt, erst dachte ich du hättest eine Affäre mit ihr, aber dann sagte sie nichts von einer Affäre und-", Frederick unterbrach sie barsch, „Charlotte? Die Rothaarige? Ich habe sie nicht gerettet." Tessa sah ihm in die Augen und wusste, dass er die Wahrheit sagte.

„Aber, wenn du sie nicht gerettet hast...", Tessa sog heftig die Luft ein. Ein erneuter Schock fuhr ihr durch die Glieder. Wie hatte sie sich nur so täuschen können? Auf einmal kehrte George zu ihnen zurück und bat Frederick die Schaltung zu übernehmen. Dieser lächelte wohlwollend und verließ sie. Einen Moment lang stand George einfach nur im Raum herum, wusste nicht recht, was er sagen sollte.

„Ich habe mich getäuscht", brach Tessa die stille um sie herum. Zögerlich nickte George.

„Ja, das hast du. Aber ich hatte andere Gründe-",

„Ich habe mich nicht in dir getäuscht", sprach ihm Tessa dazwischen, „sondern in Lady Charlotte." George sah sie überrumpelt an und kratzte sich den Kopf.

„So?", er setzte sich neben sie, und augenblicklich roch Tessa den vertrauten Geruch seines Rasierwassers. Traurig nickte sie. „Sie hat mich angelogen. Sir Frederick hat sie am Tag des Überfalls nicht gerettet. Ich vermute, dass sie mit Colin unter einer Decke steckt." George schürzte, in Gedanken versunken, die Lippen. Nun war der Moment, dachte Tessa, nun sollte sie ihn auf alles ansprechen.

„Was geht hier alles vor sich, George?". Er wirkte, als hätte er selbst einfach keine Ahnung.

„Was macht mein Bruder hier? Für mich fühlt sich alles an, als wäre ich im falschen Film gelandet. Ich habe dir bisher jedes Mal vertraut, ich habe deine Ratschläge befolgt, aber ich möchte jetzt Antworten." George schluckte sichtlich, sodass sein Adamsapfel hoch und runter gluckste.

„Ich habe... ich habe dich nicht zufällig für diese Mission ausgewählt." Er sah sie aus seinem Augenwinkel heraus an, um ihre Reaktion zu erhaschen. „Ich wusste schon lange von dir, schon seit einiger Zeit. Denn...", noch stockte er und fuhr sich durch die Haare, „ich weiß Dinge über dich, weil... wir uns kennen. Ich weiß, wer du bist und was aus dir wird, beides darf ich dir einfach nicht sagen." Tessas Herz hüpfte vor Aufregung. Die Fotografie auf dem Kaminsims...

„Ich darf es dir nicht sagen, weil es deine Zukunft ist, und die darfst du unter keinen Umständen wissen, verstehst du?" Natürlich hatte sie schon häufig von diesen Phänomenen gehört, aber in dieser Situation zu stecken fühlte sich einfach anders an als alles, was sie jemals gelesen oder gesehen hat.

„Wenn du all diese Dinge über mich weißt, warum weißt du dann nicht, weshalb ich die Runen verstehen kann?", fragte sie hilflos, aber George zuckte bloß mit den Schultern. „Ich weiß zukünftige Dinge über dich, aber nicht, *was* du bist." Tessa kniff schmerzhaft die Augen zusammen. „Was meinst du damit was ich bin?"

„Ich weiß eben nicht, ob du Mensch, Zeitagent, Zeitmächtiger oder Vermittler bist." Als Tessa ihn auffordernd ansah, seufzte er.

„Zeitagenten können nur mithilfe der Gondel reisen, sie erlernen die Fähigkeit in der Ausbildung, die das Zeitministerium für besonders Begabte zur Verfügung stellt."

„Jemand wie Frederick", murmelte Tessa. George schluckte.

„Ganz genau. Vermittler können weder reisen noch haben sie besondere Kräfte. Sie erhalten Botschaften aus der Vergangenheit von Zeitagenten und werten diese aus. Dadurch kommunizieren Agenten und das Ministerium unauffällig miteinander während Missionen. Und Zeitmächtige selbst brauchen keine Gondel, um durch die Zeit zu reisen. Sie sind der Zeit mächtig, reisen mit Zeitstaub, und haben die Zeitströme in der Hand." Tessa sah ihn mit einem Röntgenblick an.

„Und was bist du?", fragte sie ihn prüfend. George erwiderte ihren Blick mit bedrückter Miene.

„Weder Zeitmächtiger noch Agent. Mein Vater, der Oberminister des Zeitministeriums ist einer der wichtigsten Zeitmächtigen unserer Dekade. Aber sein Talent scheint an mir verloren gegangen zu sein. Ich habe mich nicht für eine Ausbildung qualifizieren können. Leider ist der Zeitstaub um mich herum auch nicht ausgereift genug, damit ich ohne die Gondel reisen könnte. Dazu sei gesagt, dass es weltweit nur zehn Zeitmächtige gibt. Und ich bin leider keiner von ihnen." Tessa verstand.

„Deswegen wolltest du diese Mission erledigen? Um deinem Vater zu zeigen, dass du gut genug bist für die Ausbildung?" George nickte und lachte trüb.

„Aber das wird sowieso mächtig in die Hose gehen, wenn er mitbekommt, dass ich dein vergangenes Ich abgeholt habe, und es auch noch mitgenommen habe."

„Heißt das...", setzte Tessa an, „heißt das du kommst

aus der Zukunft? Also ich meine... meiner Zukunft?"
George nickte. „Ja. Deshalb wäre die Gefahr, dass ich dir
unerlaubte Informationen mitteile, wenn auch nur aus Versehen, viel zu hoch. Das denkt auf jeden Fall mein Vater." Tessa nickte.

„Da denkt er richtig. Ich habe Primer und Timeline
gesehen, ich weiß, wie das ist, mit diesem Paradoxon
Ding." Sie lachten beide leise auf.

„Und du meinst... es besteht eine Chance, dass ich
eine von euch bin? Vermittlerin, Agentin, Zeitmächtige?" George lächelte sie von der Seite an.

„Gut möglich. Wäre besser du wärst es, immerhin
bist du das Mädchen aus der Prophezeiung." Tessa
hob die Augenbrauen.

„Woher weißt du das denn so genau?" George
lehnte sich zu ihr vor und sah ihr tief in die Augen, dann
beugte er sich zu ihr herüber. „Spoiler", flüsterte er. Sie
lehnte sich zurück und schüttelte lachend den Kopf.

„Du bist unglaublich." Plötzlich brachte ein lauter
Schrei ihr Lachen zum Verstummen. Sofort schreckte
George auf und lief zur Quelle der Stimme. Er fand Jane mit
zitternden Händen vor, die Angst in ihren Augen stehend
und ihre Stimme mit Panik durchtränkt.

„Er ist weg", stammelte sie, „Colin ist weg."

KÖNIGLICHE RETTUNGSAKTION

George und Tessa standen ratlos und geschockt da. Wie hatte er entkommen können? „Verdammt", stieß George fassungslos aus. Jane schluchzte und das erste Mal, seit Jane offenbart hat, wer sie wirklich war, sah Tessa noch einmal ihre Zofe in den wässrigen, dunklen Augen.

„Ich weiß nicht, wie er es schaffte zu entkommen, ich habe mich nur eine einzige Sekunde umgedreht, und weg war er, klanglos." Tessa suchte Georges Blick, doch der war viel zu nervös und sprachlos, um ihn zu erwidern.

„Er weiß, wo wir hinwollen", gab Tessa zu bedenken. „Er weiß auch wozu. Jetzt kann er angreifen." Mit einem Mal ruckelte die Gondel so stark, dass alle drei nach vorne fielen. Dann blieb sie mit einem gewaltigen Zug stehen.

„Wir sind angekommen", rief Frederick und erstarrte, als er den Raum betrat. „Das ist jetzt nicht euer

Ernst", presste er hervor und war genauso sprachlos wie Tessa und George.

„Die Gondel jetzt zu verlassen, wäre zu riskant", schlussfolgerte George, welcher offenbar seine Stimme wieder gefunden hatte. „Er weiß an welchem Tag wir wo sein werden." Tessa zuckte mit den Schultern.

„Na dann reisen wir eben zu einem anderen Tag. Morgen oder übermorgen, das lässt sich doch einrichten." Frederick schüttelte den Kopf.

„Wir wissen nicht, wo er gerade ist und was er anrichten kann. Nachher gehen wir da raus und die Zeit fängt immer weiter an zu bröckeln. D a s B u c h ist der beste Beweis dafür, normalerweise hätten die Vermittler die Anomalie sofort feststellen können." George musterte ihn missmutig, gab ihm jedoch Recht.

„Wir haben keine andere Wahl", sprach Tessa aus, was sie alle dachten. „Wir müssen da jetzt rausgehen und Victoria zurückholen." Sie alle standen dort im Raum, in Georges und Fredericks Gesichtern spiegelte sich die Angst der Gewissheit, dass das, was gerade geschah, die komplette Zeit zum Einsturz bringen kann. In Janes Gesicht spiegelte sich die Reue und das Wissen, dass sie für all das nun verantwortlich war und dann war das noch Tessas Gesicht, heimgesucht von Unwissenheit über das, was war, das, was gerade ist und das, was noch geschehen würde. War sie ein Findelkind? War sie eine Zeitmächtige? Zu wem gehörte sie in dieser Welt? George klatschte in die Hände.

„Tessa hat Recht. Wir müssen jetzt da raus. Es ist

unsere einzige Chance."

Als sie die Gondel verließen, wirkte die Welt nicht anders, als zuvor und doch spürten sie alle, dass die Zeit um sie herum knackte, wie eine Eierschale. Die Leute, an denen sie vorbeikamen, warfen Tessa geschockte, pikierte und ab und zu sogar lüsterne Blicke zu.

„Was trägst du denn da auch", fragte Frederick, dem die Blicke nicht entgingen. Tessa stöhnte entnervt.

„Halt!", rief Jane auf einmal und stürmte zum Fenster eines Kaffeehauses. Dort im Schaufenster hing eine Ausgabe des Daily Telegraph und direkt auf der Titelseite eine Überschrift namens: *„Verrückte Prinzessin hält sich für Königin – Victoria, Princess Royal im Buckingham Palace unter Verschluss zur Ruhe gehalten."* George fiel die Kinnlade herunter. „Heiliger Scheiß." Sie lösten sich vom Schaufenster und atmeten tief ein.

„Die Frage ist nun...", setzte Frederick an,

„Wie kommen wir in den Palast?", beendeten Tessa und George die Frage gleichzeitig. Und als hätten sie alle eine Eingebung gehabt, richteten sie ihren Blick auf Jane, die noch immer in ihrer Bediensteten Kleidung vor ihnen stand. Als diese begriff woran die anderen um sie herum so dachten, schüttelte sie wild den Kopf.

„Jane, du musst", drängte Frederick.

„Ja, genau, dir bleibt gar keine Wahl", bestätigte auch George. Jane kreuzte die Arme vor ihren Schultern.

„Warum muss eigentlich immer ich die unangenehmen Rollen übernehmen?" George hob die

Augenbrauen. „Also komm, Tessas Zofe zu sein war jetzt nicht allzu unangenehm, da hätte es dich schlimmer treffen können. Außerdem weiß Tessa ja auch noch nicht, was ihr blüht." Diese einen faden Geschmack im Mund und sah erschrocken zu George.

„Denn allein kannst du da gewiss nicht reingehen." Nun standen sie vor George und Frederick und bestraften die beiden mit wütenden Blicken.

„Und was macht ihr in der Zeit, wenn wir fragen dürfen?", wollte Jane mit herausfordernder Stimme wissen. „Wir werden draußen vor dem Tor auf euch mit der Gondel warten. Sobald ihr mit Victoria erscheint, laden wir euch ein und ziehen ab." Tessa massierte ihre Schläfen.

„Das wird niemals gut gehen! Der Plan ist absolut hirnrissig, wir werden niemals in den Palast gelassen, die sind doch nicht blöd." Auf einmal fasste jemand Jane am Ellbogen, sodass sie erschrocken herumwirbelte.

„Maisie?" Eine hagere Frau mittleren Alters stand vor ihnen und beäugte Jane verdutzt aus zwei großen, müden Augen. „Was machst du denn hier draußen, und wer hat dir gesagt, dass du heute Ausgang hast? Die Königin braucht jetzt jede helfende Hand und die Kerzen im Ballsaal müssen dringend ausgewechselt werden!" Im ersten Moment wusste keiner von ihnen, wie er reagieren sollte. Jane war die erste, die sich wieder fing und ein nettes Lächeln aufsetzte.

„Oh, ich... wollte nur meine Schwester besuchen. Sie wohnt gleich hier um die Ecke", erzählte sie leicht stockend. Die Frau musterte sie verwirrt. „Deine Schwester?

Ich dachte die sei vor drei Jahren, als du zu uns kamst, verstorben." Jane nickte wild und nahm einen tiefen Atemzug.

„Sie ist nur meine Halbschwester. Nachdem meine Mutter starb, hat mein Vater noch einmal geheiratet." Gott sei Dank schien dies zu stimmen, denn die Alte gab sich sichtlich zufrieden mit der Antwort und winkte mit einer wegwischenden Bewegung ab.

„Wie dem auch sei", sagte sie und staunte, als sie Tessa erblickte. „Ist sie das?", fragte sie mit einem echauffierten Blick auf Tessas Pumphosen. Jane warf Tessa einen flehenden Blick zu.

„Eh, ja, ich bin es!", rief diese aus und hätte sich für die blöde Antwort am liebsten geohrfeigt. Der Blick der Frau reichte aus, dass Tessa noch weiter ausholte. „Einst hatte mein Gatte mich mit schönen Sachen ausgestattet. Aber als er starb, musste ich den Rock verkaufen, um meiner Tochter von dem Geld etwas zu Essen mit nach Hause bringen zu können. Seitdem hilft Masie mir aus, ich kann unseren Unterhalt einfach nicht länger finanzieren", weinte sie in gespielter Verzweiflung. Zum Glück hatte sie letztes Jahr im Literaturkurs die Jane Eyre gespielt, weinerlich klingen konnte sie! Jane trat hervor und rieb Tessa die Schulter.

„Wir werden das schon hinbekommen", versprach sie und nahm Tessa in den Arm. Der prüfende Blick der Frau schmolz dahin und Mitgefühl trat zum Vorschein.

„Naja...", sie schien wirklich Mitleid mit Tessas Laientheater zu haben, „wir brauchen so oder so mehr Personal im Palast. Aber erst müssen wir zusehen, dass du eine vernünftige Zimmermädchentracht bekommst, so kannst du niemanden unter die Augen treten!" Tessa nickte dankend und senkte ihren Kopf vor der Frau, welche sich im nächsten Moment zu George und Frederick umdrehte und in ihre verblüfften Gesichter schaute. „Und dürfte ich fragen, was so noble Herrn, wie Sie beide es sind, von Hausmädchen wollen? Gehen Sie und hören sofort auf meine Mädchen zu belästigen", herrschte sie die beiden an. Besagten beiden ließen noch einen erinnernden Blick an die Mädchen wandern, wandten sich ab und verschwanden hinter der nächsten Abzweigung.

„Eine Schande, diese Nobelherren", schimpfte die Frau weiter und wies die beiden an ihr zu folgen. „Vergehen sich an armen Hausmädchen, die sich doch nicht wehren können. Aber so sind sie, unsere Zeiten, wir sind nun einmal das schwache Geschlecht, so sagen sie. Aber ich erzähle euch etwas, die haben mich noch nie mit einer Pfanne in der Hand erlebt! Besser ist es, dass sie es auch nicht tun." Tessa unterdrückte ein Kichern und im Gleichschritt folgten sie der alten Frau und dankten heimlich dem Zufall, der ihnen eine Eintrittskarte in den Palast ermöglicht hatte.

„Kleide dich am besten sofort um. Maisie zeig ihr alles, dann kommt hoch in den Ballsaal. Diese gottverdammten Kerzen tropfen mit ihrem Wachs nach all den Jahren immer noch auf die Köpfe der Gäste. Nicht, dass sie es nicht verdient hätten", murmelte sie weiter und hatte den Raum jedoch auch schon verlassen. Sobald sich Tessa und Jane vergewissert hatten, dass sie auch wirklich weg war, befreite Jane Tessa aus ihrer Hose und half ihr schnellstens in ihre Dienstmädchenkluft.

„Wie finden wir sie denn jetzt?", fragte Jane leise. Tessa dachte einen Moment lang nach und hatte dann einen Einfall. „Das Schlafzimmer der Prinzessin", stieß sie hervor, „ich habe es mal bei einer Führung im Buckingham Palace gesehen. Es ist im Westflügel, zweiter Stock. Da hat sich die wahre Prinzessin meistens aufgehalten." Jane lief beinahe lautlos zu einem Küchenschrank.

„Weißt du, was ich in meiner Ausbildung gelernt habe?", fragte sie Tessa und lächelte dabei kokett, „ein solcher Küchenschrank ist niemals das, wonach es aussieht." Und dann griff sie nach dem Holzrahmen, schob ihn beiseite und legte einen geheimen Gang frei. Tessa staunte.

„Du bist wirklich der Wahnsinn, Jane." Sie lief zu ihr herüber und betrat den Gang, dessen Dunkelheit einen zunächst zu verschlingen drohte, man jedoch klar den hellen Lichtkegel des Ausgangs erblickte. Sehr lang konnte der Gang also nicht sein. Vorsichtig tasteten sie sich voran, ließen ihre Hände an der Wand entlang gleiten, immer mehr dem Lichtkegel entgegen. Hin und wieder traten sie sich auf die Füße, oder rumpelten einander an, aber sie kamen langsam an ihr Ziel. Als sie die Quelle des Lichts erkannte, stöhnte Tessa und lachte leise.

„Natürlich endet er hinter einem Porträt. Manchmal haben Filme eben auch recht." Jane stellte sich auf die Zehnspitzen, um durch die Gucklöscher Schauen zu können und stieß ein Raunen aus.

„Wir sind im Südflügel!", stellte sie fest, „nicht weit entfernt von ihrem Gemach." Schnellstens öffneten sie das Porträt und stiegen aus dem Gang heraus, bevor jemand ihnen begegnen konnte. Sie verhielten sich wie normale Dienstmädchen, die gerade auf dem Weg waren, naja, eben Dienstmädchengänge zu erledigen, ihre Köpfe bedeckt mit Hauben und stets in einer gesenkten Haltung. Egal wer ihnen entgegen kam, keiner nahm sie wirklich wahr. Das war eben der Bonus davon als Dienstmädchen unsichtbar zu sein. Der Palast war noch hundertmal prunkvoller, als Tessa ihn in Erinnerung hatte. Der ganze Boden war ausgelegt mit rotem Teppich, dessen Saum kunstvoll gestickte, goldene Ornamente zierten. An den Wänden fand man imposante Gemälde und Kristallkronleuchter hingen von der Decke herab.

„Da drüben ist es", flüsterte Jane und deutete auf eine Tür. Die beiden beschleunigten ihren Schritt und waren schon kurz vor dem Raum, als ihnen ein großgewachsener Mann mit schwarzem Haar entgegentrat. Seine Oberlippe zierte ein dunkler Schnauzbart und er trug eine schwarze Uniform. Tessa hatte ihn sofort erkannt. Prinz Albert.

„Ah, Maisie", sprach er sie an und stutzte einen Moment, als er ihr ins Gesicht sah. Tessas Herz begann zu rasen.

„Ja?", fragte Jane nach einem unangenehmen Moment der Stille. „Merkwürdig...", murmelte er, „aber was ich eigentlich sagen wollte. Meine Tochter, Prinzessin Vicky wird in wenigen Tagen heiraten, würdest du dafür sorgen, dass bitte alle Kamine im Schloss befeuert werden? Es ist noch immer so bitterlich kalt hier drin." Jane schluckte sichtlich, und Tessa hielt den Kopf möglichst gesenkt.

„Aber natürlich", versprach sie mit einer tiefen Audienz. Tessa wurde innerlich immer nervöser. Jane hatte Albert nicht mit der angemessenen Anrede angesprochen, eine zu tiefe Audienz gemacht und hielt sich kein bisschen an die Verhaltensregeln. Ihm würde das sofort auffallen. In seinen Augen spiegelte sich eine Verwunderung, die jedoch im nächsten Moment schon wieder verblasste.

„Merkwürdig...", murmelte er schon wieder und ging dann weiter seines Weges. Erst, als er um die Ecke gebogen war, fiel Tessa und Jane auf, dass sie bis zu diesem Augenblick die Luft angehalten hatten und sie nun frei herausließen. „Das war knapp", flüsterte Jane und legte ihre Hand bereits auf die Türklinke. Behutsam drückte sie sie herunter und trat in das Zimmer ein. Tessa rechnete nicht mit dem gigantisch großen Kopfkissen, das sie an den Kopf geschmissen bekam und einem lauten Schrei, der ihr durch die Ohren drang. „ICH HABE GESAGT ICH MÖCHTE NIEMANDEN SEEEEEHN", brüllte eine helle, aufgeregte Stimme. Nachdem sie sich das Ohr rieb, begann Tessa zu strahlen.

„Wir haben definitiv die richtige Königin gefunden!"

VICTORIAS SCHATTEN

Die echte Victoria warf noch zwei weitere Kissen nach ihnen und brüllte lauthals: „Ich habe doch ausdrücklich gesagt, ich möchte nicht gestört werden, jetzt nicht und niemals. Geht weg, geht alle weg", weinte sie panisch. Tessa hob beschwichtigend die Hände.

„Aber nein, Eure Majestät, wir sind aus einem völlig anderen Grund hier." Aber die Königin ließ sich nicht beschwichtigen und hielt sich kindisch die Ohren zu.

„Es ist mir egal aus welchem Grund auch immer ihr da seid, ich möchte den Rest meines Lebens hier in diesem Zimmer verbringen, sowie alle mich hier eingeschlossen haben." Tessa machte noch einen Schritt auf sie zu. Die froschartigen Glubschaugen waren ganz verquollen vor lauter Tränen, und der schmale Mund war zu einem bebenden Strich gezogen.

„Es reicht schon, dass ich als Königin verleugnet werde und eine andere auf meinem Thron sitzt."

„Wir glauben Euch", stieß Jane hervor und

erreichte, dass Victoria in ihrer Rage innehielt und zu ihnen aufsah. Die erst hoffnungsvolle Miene verzog sich binnen Sekunden zu einer wütenden Maske.

„Sicher macht ihr euch über mich lustig, so wie das alle hier tun. Ihr wollt mich zur Närrin halten", schluchzend schmiss sie sich wieder aufs Bett. Tessa trat vorsichtig neben sie und legte eine Hand auf ihre Schulter. Sie war zwar die Königin von Großbritannien, aber zu diesem Zeitpunkt, war sie vor allem nur ein trauriges Mädchen, das nicht verstand, was hier vor sich ging.

„Victoria", sprach Tessa leise, „Ihr müsst uns glauben, wir wollen Euch hier wegbringen. Aber wir haben nicht viel Zeit und sie sind bereits hinter uns her." Victoria sah skeptisch auf.

„Woher weiß ich, dass ihr es ernst meint?", fragte sie mit weinerlicher Stimme. Tessa lächelte sie an.

„Weil Ihr Alexandrina Victoria seid, die rechtmäßige Königin von Großbritannien und Irland. Man hat Euch aus eurer Zeit gerissen und jetzt wollen wir Euch wieder zurückbringen." Das schien sie zu überzeugen, denn Victoria setzte sich auf und strahlte Tessa nun an, die Augen voller lang ersehnter Hoffnung und Dankbarkeit." Jane räusperte sich hinter ihnen.

„Ich möchte ja nicht drängen, Majestät, aber die Zeit tut es und wir müssen schnellstens hier weg." Victoria strich ihren Rock glatt und reckte das Kinn.

„Ich bin bereit", sagte sie. Zögernd öffnete Jane die Tür, und vergewisserte sich, dass niemand zu sehen war.

„Kommt Majestät, wir müssen durch den

Geheimgang der Dienstboten", Tessa ergriff ihr Handgelenk und zog sie so sanft es ging mit sich. Victoria rannte so schnell, wie es ihre kurzen Beine erlaubten und sie verschwanden huschend hinter dem Gemälde. Nun, da sie wussten, wo es lang ging, flitzten sie durch den Gang und schoben mit aller Kraft das Regal beiseite. Jetzt war es nicht mehr weit, bis zum Dienstbotenausgang. Immer noch liefen der ein oder andere Diener durch die Küche und machten den dreien ein Entkommen unmöglich. „Jetzt", flüsterte Jane. In einem Moment der Ruhe liefen sie nacheinander zur Tür, vorsichtig, wie stille Katzen. Sie ließen die Tür hinter sich und peilten das Tor an.

„Wo sind denn George und Frederick?", fragte Tessa im Laufen. Ihre Frage wurde rasch beantwortet, denn die Gondel landete mit einem lauten Röhren direkt vor ihren Füßen.

„Rein hier, los!", schrie George, Frederick saß am Steuer. Jane stieg als erste ein, dann Tessa, gefolgt von Victoria, die erst Schwierigkeiten hatte ihren gigantischen Rock in die Gondel zu schaffen. Nachdem sie mit einem Plumps auf dem Boden angekommen war, und die Gondel verschlossen wurde, sah sich Victoria mit großen Augen um.

„Wir müssen sie schnell zurück in ihre Vergangenheit bringen", bemerkte Frederick. „Sonst wird die Zeit immer mehr zerspringen." George nickte ernst.

„Sobald wir da sind, muss sie raus und die falsche Victoria wieder hier rein. Erst wenn beide von ihnen in ihrer ursprünglichen Zeit sind, ist das Kontinuum wieder stabil."

Tessa stellte sich neben George.

„Was ist mit Colin, glaubt ihr nicht, dass er auf uns wartet?", merkte sie besorgt an. Frederick quittierte ihre Frage mit einem Nicken.

„Das wird er wahrscheinlich. Oder er hat in der Zwischenzeit schon alles nur Erdenkliche getan, um den Tausch zu verhindern." Die Gondel schlitterte in eine scharfe Kurve.

„Versuch direkt im Palast zu parken", wies George an, „Je kürzer der Weg, desto besser." Doch Frederick wiegte skeptisch seinen Kopf hin und her.

„Ich bin mir nicht so sicher, ob das hinhaut. Die Spannungen im Buckingham Palace sind ziemlich stark. Aber ich werde es versuchen." Er zog die Hebel noch einmal an und die Gondel driftete so stark durch die Zeit, dass sie alle nach hinten gezogen wurden.

„Wir sind da", bemerkte Frederick zufrieden und schaltete die Hebel ab. George drehte sich um und schnappte nach Luft. „Alles klar, die richtige Victoria einmal nach Hause bringen, der Rest teilt sich auf, um die falsche zu finden und zu der Gondel zu schleifen. Victoria, wie sieht es aus, können wir Euch mit einplanen?" Diese nickte stolz.

„Worauf Ihr Euch verlassen könnt." Tessa musste ein wenig schmunzeln bei diesem Bild der geradezu winzigen Königin, in ihrem weiten Rock und der winzigen Stupsnase. So hatte sie sie sich vorgestellt, all die Jahre in denen sie Victoria bewundert hatte. Eine starke Königin.

„Sehr gut. Tessa und Victoria, ihr werdet euch den

Westflügel vornehmen, Jane den Nordflügel und ich suche das Gelände ab. Frederick bleibt hier und bewacht die Gondel." Alle nickten und verteilten sich dann auf ihre Gebiete. Tessa und Victoria suchten nach dem Westflügel.

„Hier entlang", wies Victoria an, die sich natürlich bestens in ihrem Palast auskannte. Tessas Herz klopfte wie verrückt. Sie vermutete hinter jeder Ecke eine Gefahr und wurde geradezu paranoid. „Halt", sagte sie und hielt Victoria hinter der Wand zurück. Volltreffer! Die falsche Victoria schritt gerade neben ihrem Premierminister den Gang entlang.

„Majestät, seid Ihr sicher Eurem zukünftigen Gatten so viele Aufgaben zu übertragen?" Fragte der Premierminister voller Bedenken. „Ihr würdet ihm damit sehr viel mehr Macht verleihen, als ihm als Prince Consort zusteht. Bedenkt immer, er wird Gatte der Königin, nicht König." Tessa und Victoria pressten sich gegen die Wand und versuchten kaum merklich zu atmen.

„Ich *bin* mir sicher. Er soll mir als Mann in keiner Weise unterstellt sein. Außerdem hat er in so vielen Dingen mehr Ahnung als ich es habe. Ihr mögt verzeihen, Premierminister, aber meine Entscheidung ist unabänderlich." Victoria weitete ihre Augen und schüttelte Wild ihren Kopf. Tessa hielt ihr die Hand vor den Mund, damit sie nicht entdeckt wurden.

„Aber natürlich, Eure Majestät", resignierte der Premierminister und ging besorgte davon. Jetzt war der Moment, die falsche Königin stand dort im Gang und musterte zufrieden ihr Gesicht in einem der Goldteller. Tessa schaute sich um und bemerkte eine große Vase aus Porzellan neben sich. Sie blickte zwischen Victoria und der Vase hin und her, traute sich jedoch nicht den Schritt zu wagen. Victoria neben ihr bemerkte die nervösen Blicke, griff, ohne zu zögern, nach der Vase und stürzte sich aus dem Hinterhalt auf die falsche Königin, um ihr mit lautem Karacho die Vase auf den Kopf zu schmettern.

„Vorsicht", versuchte Tessa noch ihr Gemüt zu besänftigen, leider ohne Erfolg. Victoria war stinkend sauer. Ihre Tochter sank bewusstlos zu Boden.

„Das war dafür, dass du irgendeinem dahergelaufenen Gatten meine königlichen Rechte übertragen wolltest, mieses Weibsstück. Meine Erziehung muss ordentlich versagt haben!" Tessa blickte leicht mitleidig auf die Bewusstlose Prinzessin.

„Okay, ich glaube das haben wir ihr jetzt gezeigt", Tessa klopfte Victoria auf die Schulter. Was sie nicht bedacht hatten, und das merkten sie gerade, *wie* sollten sie die bewusstlose Prinzessin jetzt von hier unbemerkt zur Gondel bringen?

„Ich nehme ein Bein, du das andere, na los!" Tessa griff nach ihrem rechten Bein, dann versuchten sie unter höchstem Schnaufen sie durch die Gänge zu ziehen. „Tessa?", hörte sie eine bekannte Stimme rufen.

„Jane, wir sind hier", antwortete Tessa leise, und schon schnellte Jane um die Ecke.

„Wow", Jane starrte auf die Prinzessin, „Ihr habt sie bewusstlos geschlagen!" Ohne Aufforderung schnappte sie die Arme der Prinzessin und zu dritt trugen sie sie weiter. Nur noch eine Abbiegung und sie hätten die Gondel erreicht. Frederick sah sie bereits von weitem, und fuhr flink das Dach der Gondel hoch.

„Wo ist George?", fragte Tessa und schaute sich um.

„Der ist noch auf dem Gelände", antwortete Frederick und begann damit die Arme und Beine der Prinzessin zu fesseln, sodass sie sich nicht bewegen konnte, wenn sie aufwachte. „Schick ihm ein Signal und sag ihm, dass wir hier sind", bat Tessa mit Nachdruck. Frederick wandte sich der Konsole zu.

„Ich werde ihn Einfach ausfindig machen, und ihn einsammeln. Uns bleibt nur noch wenig Zeit." Victoria stand noch immer vor der Gondel und lächelte Tessa liebevoll an. Tessa seufzte.

„Wir müssen uns von Euch verabschieden", sagte sie bedauernd und meinte es auch so. Gerne hätte sie noch weiter mit Victoria Zeit verbracht, denn endlich stand die Richtige vor ihr. Diese nickte dankbar.

„Ich bin euch zu großem Dank verpflichtet. Ihr werdet diesen von mir entlohnt bekommen, Tessa. Ich stehe in eurer beider Schuld. Mach es gut, Jane." Jane sank in einen kleinen Knicks.

„Es hat mich sehr gefreut", versicherte sie. Die Gondel schloss sich und mit ihrem Abreisen verschwand auch Victorias Gesicht und wurde von der Zeit begraben.

Tessa und Jane ließen die Prinzessin nicht eine einzige Sekunde aus den Augen. Sie lag noch immer bewusstlos vor ihnen, doch so langsam begann sie wieder zu sich zu kommen. Als sie dämmernd ihre Augenlider öffnete und bemerkte, dass sie nicht mehr im Palast war, schreckte sie auf und ließ einen angsterfüllten Schrei von sich. Panisch sah sie sich um, versuchte ihre Hände aus den Fesseln zu reißen, versagte jedoch kläglich. Dann erblickte sie Tessa und in ihrem Blick sammelten sich Verwunderung, sowie Wut und ein gewisses Schuldbewusstsein. „Was habt Ihr mit mir vor?", fragte sie zittrig und wohl wissend, weshalb sie hier war. Tessa stand auf und musterte sie enttäuscht.

„In Ihre Zeit zurückbringen, da wo Sie hingehören", erklärte sie trocken, woraufhin die Prinzessin widerstrebend den Kopf schüttelte.

„Das könnt ihr nicht machen!", schrie sie, „die Zeit wurde längst geändert, ihr könnt es nicht mehr rückgängig machen."

„Und ob wir das können", bemerkte George gelassen und lächelte die falsche Königin an.

„Ihr habt mich belogen", stieß Tessa hervor, „und Eure eigene Mutter noch dazu." Doch die Prinzessin zeigte keinerlei Einsicht. „Sie hatte es verdient! Ich habe sie als Mutter schon immer verachtet und als Königin noch viel mehr. Mein Vater hätte König sein sollen, er würde das Land zu wahrer Größe bringen mit mir als seine Königin wären wir unschlagbar, unbesiegbar, *vollkommen*", spie sie aus.

„Da tut es uns doch recht leid, dass wir die glorreiche Entwicklung des Landes so durchkreuzen mussten.", antwortete George unbeeindruckt. Tessa bedachte sie mit einem mitleidigen Blick.

„Ihr hattet nie ein gutes Verhältnis zu Eurer Mutter", sprach Tessa, die die Geschichte kannte, „aber beinahe hättet ihr das komplette Raum-Zeit-Kontinuum zerstört. Um Eurer Mutter eine erbärmliche Kindheit heimzuzahlen, hättet Ihr den Tod von Millionen von Menschen hingenommen. Das rechtfertigt rein gar nichts." Die Prinzessin wirkte geradezu verzweifelt.

„Ihr wisst nicht, wie das ist", rechtfertigte sie sich wüst, „von seiner Mutter ständig klein gehalten werden zu wollen. Der Einzige, dem meine Bildung, mein Charakter und ich als Person am Herzen lagen, war mein geliebter Papa. Aber Colin hat mir erzählt, was mit ihm passieren wird und wie meine Mutter sich aus der Verantwortung zu regieren herausziehen wird und das werde ich auf keinen Fall zulassen." Tessa und George tauschten erschrockene Blicke. Colin hatte der Prinzessin die Zukunft ihrer Eltern erzählt und damit eine Anomalie erschaffen.

„Man kann niemanden vor dem Tode bewahren", erklärte George, wie er es auch schon ganz zu Anfang ihrer Reise Tessa erklärt hatte, „nicht einmal durch Zeitreisen. Colin hat Euch benutzt, ihm lag nichts an Euch. Ihr wurdet einfach nur zu einer Puppe in seinem Spiel." Der Prinzessin strömten die Tränen über die Wangen und sie senkte den Kopf.

„Ich habe gedacht ich könnte ihn retten", flüsterte sie, „der Gedanke an den Tod meines Vaters hatte mich innerlich gänzlich aufgefressen." Zaghaft kniete sich Tessa vor sie und legte sanft ihre Hand auf die Schulter der Prinzessin.

„Ihr müsst zurück gehen", redete Tessa auf sie ein, „helft uns und sprecht mit niemandem über das Schicksal eurer Eltern. Nur so kann die Zeit gerettet werden." Die wässrigen Augen der Prinzessin fokussierten sich auf Tessas Gesicht und wandten sich nach einer kurzen Zeit bedrückt ab.

„Ich werde die Bitte befolgen", gab sie schließlich nach, „weil ich weiß, dass nichts so unbesiegbar ist, wie der Tod. Aber ich möchte, dass Ihr wisst, dass ich all das getan habe, um meinen Vater zu retten. Und unser Königreich." Keiner erwiderte etwas auf die Aussage und Frederick setzte die Landung an. Tessa war sich nicht wirklich sicher, ob sie den Worten der Prinzessin vertrauen sollte, aber sie hatte keine Wahl. Den Worten Glauben zu schenken, war die einzige Chance, die sie hatten. Die Gondel spuckte sie 1858 wieder aus. Behutsam nahm Tessa die kalten Hände der Prinzessin und löst die Fesseln. Schmerzend rieb sich die Prinzessin die rot gefärbten Handgelenke. Die Gondel öffnete sich und Tessa trug sie zusammen mit George hinaus.

„Prinzessin?", Tessa drehte sich noch einmal zu ihr um. Zögernd erwiderte die Prinzessin ihren Blick. „Ich wusste Ihr würdet Euch für das richtige entscheiden." Die Prinzessin lächelte zaghaft.

„Liebe Tessa", fing sie an, „ich wusste, du würdest mir auf die Schliche kommen." Mit einem koketten

Lächeln drehte sie sich um und schritt den Gang hinunter.

„Prinzessin!", hörte Tessa einen der Bewohner überraschst ausrufen, „Ihr seht ja wieder gänzlich geheilt aus." Tessa schmunzelte und wandte sich ab.

„Und was ist mit mir?", fragte George beleidigt, „ich habe das hier alles organisiert, aber sie wusste *du* würdest ihr auf die Schliche kommen." Tessa lachte leise und riss George dann in eine feste Umarmung. Sie hatten es geschafft, beide Victorias waren wieder in ihren richtigen Zeiten. Doch ein Riss würde bleiben, denn sie alle wussten nun über diese Anomalie Bescheid. Auch Zeitreisen konnten das nicht mehr ändern.

„Die Zeit ist eben komplex", hatte George einmal erklärt, „alle denken immer, da hat man eine Zeitmaschine und es ist alles kein Problem, *warum reisen die denn nicht einfach in der Zeit und machen alles rückgängig?*', tja, so einfach ist das nicht. Zeitreisen und was daraus entsteht ist komplex und man versucht es besser gar nicht erst zu verstehen. Sieh mich an", und dann hatte er genüsslich in einen Scone gebissen, „Ich habe schon lange aufgegeben, es genau verstehen zu wollen." Kichernd wollte Tessa in die Gondel einsteigen, als sie von hinten etwas so hart traf, dass sich ein klaffender Schmerz durch ihr Bein zog. Schreiend fiel Tessa Boden. George lief zu ihr.

„Habt ihr allen Ernstes geglaubt", hörte sie Colins amüsierte Stimme, „ich meine dachtet ihr wirklich, ihr hättet auch nur die geringste Chance gegen mich?" Tessa presste die Hand auf ihr blutendes Bein. Er hatte auf sie geschossen und die Kugel sich tief in ihre Wade gebohrt.

Augenblicklich wurde ihr auch im Kopf wieder schwindelig, schlimmer denn je. George schnellte nach vorne und lie-
ferte sich einen Zweikampf mit Colin. Auch Frederick und
Jane eilten aus der Gondel zur Hilfe herbei. Frederick riss
Colin von George herunter und versetzte ihm einen knallenden Kinnhaken.

„Du verfluchter Bastard", schrie Colin und hielt
sich die blutende Lippe. Nun sah Tessa, dass George eine
klaffende Wunde an der Seite hatte und versuchte durch
Druck die Blutung zu stoppen. Noch immer hielt Colin die
blutige Klinge des Messers in der Hand, auch während er,
getroffen von Fredericks Schlag, nach hinten taumelte. Sie
zog sich auf das gesunde Bein, zuckte bei dem aufkom-
menden Schmerz jedoch augenblicklich wieder zusammen.

„George", schrie sie, „George hat eine Wunde! Jane!"
Jane lief augenblicklich zu George herüber, doch dieser
schüttelte bloß krampfhaft den Kopf.

„Geh und kümmere dich um Tessa, mir geht es gut,
es ist nur eine kleine Stichwunde." Er krümmte sich auf
dem Boden. Hastig lief Jane zu Tessa, riss sich ein Stück
Stoff von ihrem Rock und wickelte es fest um Tessas blutende Wunde.

„Halte durch", befahl Jane eindringlich, „du musst
durchhalten." Vor Tessas Augen verschwamm alles, ihr
wurde ganz schwindelig, doch der Druckverband verhin-
derte, dass sie noch mehr Blut verlor. Sie konnte sich sogar
unter Schmerzen zu George schleppen und ließ sich neben ihm auf dem Boden nieder. George lächelte sie an.

„Wir müssen dir helfen", stieß Tessa mit wässrigen

Augen hervor. Da bemerkte sie, dass Frederick Colin entwaffnet hatte und ihn nun auf den Boden drückte.

„Tu es!", wies er Jane an. Diese holte eine Waffe aus ihrem Rock hervor und richtete sie auf Colin.

„Nein!", entfuhr es Tessa und lenkte Jane für eine Sekunde zu sehr ab, bevor ein hallender Knall durch den Raum tönte.

„Das würde ich nicht machen", drohte eine Stimme, welche ihr das Knochenmark gefrieren ließ. Charlotte nahm zufrieden ihren Revolver herunter, Tessa folgte mit purem Entsetzen ihrem Blick. Jane sank mit glasigen Augen leblos zu Boden.

„Jane", Tessa schrie ihren Schmerz heraus und schleppte sich zu ihrer Zofe, aus d e r e n A u g e n jegliches Leben erloschen war. „*Nein, nein, nein*", Tessa wiegte Janes Kopf in ihren Armen. Jane war tot. Ihre quirlige, fröhliche, wunderschöne Freundin, das zärtlichste Wesen, das Tessa jemals unter die Augen getreten war, lag friedlich schlafend in ihren Armen. Voller Ekel und Abscheu musterte Tessa Charlotte, die wie eine Schlange um die, am Boden liegenden Körper schlängelte.

„Tja, das einzige Rätsel, das du nicht lösen konntest", bemerkte Charlotte. Ihre Stimme war gänzlich losgelöst von dem aufgeregten und naiven Ton, den Tessa sogar an ihr gemocht hatte. Nun stand nur noch eine kalte Schönheit vor ihr, das rote Haar perfekt frisiert und den Mund dezent gerötet. „Und da hattest du schon gedacht es wäre vorbei." Charlotte setzte einen ihrer Füße auf Georges Wunde. Tessa wollte Jane am liebsten nie wieder aus ihren Armen befreien, sie wollte sie für immer behütend hin und her wiegen, wollte sie beschützen und wollte es vor allem nicht wahrhaben, dass Jane sie nicht mehr hören konnte. Aber als George schmerzhaft aufschrie, griff Tessa nach Colins Messer, welches er mittlerweile hatte fallen lassen. Das Adrenalin in ihr betäubte für einen kurzen Moment jeden Schmerz und so schnellte sie nach vorne und drückte die Klinge mit Nachdruck in Charlottes Fuß. Schreiend stolperte diese nach hinten und versetzte Tessa einen heftigen Tritt. George rappelte sich auf und warf Charlotte zu Boden.

„Na los", spuckte sie ihm entgegen, „bring mich um. Ich wette du hast nicht annähernd den Schneit dazu die Klinge in mein Herz zu rammen." Gleichzeitig bemerkte Tessa, wie sich bei Colin und Frederick das Blatt gewendet hatte und Colin Frederick nun einen solchen Schlag verpasste, dass er mit Blut an der Schläfe bewusstlos zu Boden sank. Tessa flossen Tränen der Hilflosigkeit aus dem Auge. Betont trat Colin an sie heran. Seine Unterlippe blutete stark und man sah schon eine leichte Schwellung. Auf seinem Gehrock sammelten sich dunkle Flecken, und in seinem Haar klebten Blutkrusten. Er und George taxierten sich mit so drohenden Blicken, dass Tessa von den beiden glaubte, dass sie jeden Moment aufeinander losgehen würden. Als sich jedoch nichts tat, lächelte Charlotte breit und böse.

„Du hast es tapfer versucht", wandte sich Colin an Tessa, „aber du hast versagt. So wie du es immer tun wirst. Und wie du es schon immer getan hast." Tessa erwiderte voller Hass seinen Blick, als er sich zu ihr herunterbeugte und in ihr schmerzendes Gesicht sah.

„Als Mum mich bat für dich einen Studienplatz in Oxford auszumachen, dachte ich erst sie meint es nicht ernst. Weißt du", jetzt lachte er leise, „ich glaube, du wärst die letzte, die an einen Ort, wie Oxford gehört. Du bist dem einfach nicht würdig." Tessa sah ihm fest in die Augen, ohne dass auch bloß ein einziger Muskel in ihrem Gesicht zuckte. „Als ich mich dazu entschied, mich dieser Mission anzunehmen, habe ich sogar einen kurzen Moment an meine kleine, dumme Schwester gedacht. Jahreszahlen auswendig lernen konntest du immer gut, nur leider hat es nie für mehr gereicht." Er stand wieder auf und verzog seinen Mund zu einem zufriedenen Lächeln. „Ich werde Großes für unsere Zeit tun, Findelkind, und du wirst mich nicht aufhalten können. Ich lasse dich am Leben, allein aus purer *familiärer Liebe*", er stieß dieses Wort mit so viel Ekel aus, dass es Tessa mitten ins Herz traf. Keines seiner Worte hatte sie überrascht, denn das ist, wozu ihre Eltern ihn erzogen hatten. Colin wusste mehr, Colin hatte Ahnung, die besten Noten, der große Überflieger. Er sprach so, wie er die Welt um sich herum präsentiert bekommen hat. George konnte sich aufrappeln und bemerkte, wie wenig Zeitstaub ihm geblieben war. Er trug ihn beinahe gänzlich verdeckt unter seinem Gehrock. Es würde nur noch für einen einzigen Sprung reichen, das wusste George.

„Komm, Charlotte", befahl Colin in einem Ton, der keine Widerworte zuließ. Charlotte stand auf, strich sich ihr Kleid glatt und rannte hinter Colin her, wie ein kleines Hündchen.

„Ach so", bemerkte Charlotte und schwenkte ihr Täschchen mit einem dämonischen Lächeln. „Eines noch..." Und als Tessa nach George sah, wurde der Raum ein letztes Mal in ein lautes Knallen getaucht. Die Kugel traf Tessas Bauch und durchbohrte sie mit Nachdruck. Wie in Zeitlupe, fiel Tessa zu Boden und merkte, wie sich das Blut warm auf ihrem Kleid ausbreitete.

„Hast du sie jetzt umgebracht?", hörte Tessa Colin aus der Ferne fragen. „Nur zur Sicherheit", erwiderte Charlotte. Dann sah Tessa verschwommen dabei zu, wie beide in die Gondel stiegen und sich mit ihr ins Nichts auflösten. George rannte zu ihr und ließ sich neben sie auf den Boden fallen.

„Nein, Tessa bleib wach", flehte er, doch sie sah schon nur noch seine Umrisse. Tessa merkte, wie langsam, aber immer mehr das Leben aus ihr wich und ihre Seele lautlos schwebend aus ihrem Körper emporstieg. Reglos lag sie da auf dem Boden, nichts und niemand konnte sie mehr retten.

„Die Gondel", presste sie unter Anstrengung hervor, doch George sah sie bloß mitleidig an.

„Sie haben sie gestohlen", antwortete er, „die Gondel ist weg." Tessa verlor immer und immer mehr das Bewusstsein. Und dann wurde die ganze Welt in ein goldenes Licht getunkt und verschlang sie mit all ihrem Dasein.

ENDE TEIL EINS

EPILOG

Weißes, gleitendes Licht durchdrang ihre Augenlider und bildete mit dem monotonen Piepen um sie herum ein unangenehmes Zusammenspiel von Dingen, die sie langsam wieder in die Welt zurückholten. Ihre spröden Lippen rissen bei jeder Bewegung ein wenig mehr ein, und ihr Mund war so trocken, dass sie kaum schlucken konnte. Ihre schmerzenden Glieder ließen sie jeden Knochen in ihrem Körper spüren, als hätte sie ein ganzer Lastwagen überfahren, und trotz, dass sie all dies wahrnahm und mit voller Wucht spürte, lag alles vor ihren Augen wie ein Haufen verschwommenen Nichts. Ein leises Krächzen entfloh ihrem Mund als sie versuchte ihren Kopf zu drehen. Plötzlich nahm sie dröhnende Stimmen wahr und bemerkte, wie sich ein verschwommener Schatten über sie beugte und ihre kalte Hand berührte. Tessa versuchte etwas zu sagen, aber die Worte erstarben augenblicklich in ihrem Kehlkopf.

„Theresa", hörte sie eine bekannte Stimme sagen. Erst erkannte Tessa ihr Gesicht nicht, aber als die Umrisse der

Person klarer wurden, realisierte sie, wo sie gerade lag. Das weiße Krankenhauslicht war so prägnant, dass es in ihren müden Augen stach. „Gott sei Dank!" Die wimmernde Stimme ihrer Mutter wurde lauter und Tessa hörte, wie sie sich auf einen Stuhl fallen ließ.

„Ich hatte eine so unbeschreibliche Angst", beteuerte ihre Mutter und legte ihre Hand in Tessas Schoß. Mühevoll versuchte Tessa den Kopf anzuheben, um den man ihr einen Druckverband gelegt hatte. „Mum?", raunte sie kehlig aus dem staubtrockenen Mund. Ihre Verwirrung wuchs mit jeder Sekunde. Warum lag sie im Krankenhaus? Was war geschehen? „Theresa", setzte ihre Mutter erneut an, wurde jedoch unterbrochen von einem großen, schlanken Arzt der routiniert das Zimmer betrat und ihr mit einem Licht in die Augen leuchtete. „Wir haben uns solche Sorgen gemacht, du würdest nie wieder aufwachen", beendete ihre Mutter den Satz in einer Stimmlage, die Tessa noch nie bei ihr gehört hatte. Sie klang *besorgt.*

„Was ist passiert?", hauchte Tessa und fasste sich an den, vor Schmerz dröhnenden, Kopf. Immer wieder verschwammen die Umrisse ihrer Mutter und des Arztes vor ihren Augen.

„Du hast ziemlich lange geschlafen", erklärte der Arzt, „einen ganzen Monat lang." Tessas Herz begann aufgeregt zu rasen, sie verstand nicht, was hier vor sich ging. Mit dünner Stimme sagte ihre Mutter: „Man hat dich im Kensington Garden gefunden, bewusstlos und… angeschossen." Ihre Stimme brach ab, und sie wandte sich schockiert ab. Angestrengt presste Tessa die Augen aufeinander. In ihrem Kopf war bloß ein großes, schwarzes Loch. Was hatte sie im Kensington Garden gemacht? Tessa bekam eine plötzliche Schwindelattacke. Angeschossen...

„Das ist erst einmal völlig normal", beteuerte der Arzt, „eine Kurzzeitamnesie haben die meisten Patienten nach einer solchen Zeit im Wachkoma."

„Was bedeutet das?", nahm ihre Mutter Tessa die Frage ab. Der Arzt wiegte den Kopf hin und her und wägte seine Worte wohl ab. „Das weiß man nicht so genau. Bei einer Kopfverletzung heißt es häufig, alles kann, nichts muss. Ihre Erinnerungen könnten vollständig wieder zurückkommen, oder aber nie wieder. Wir müssen abwarten und mit allem rechnen in diesem Fall." Tessa verfolgte den Rest der Erklärungen nicht mehr, denn sie war einfach nur unfassbar müde. So müde, dass sie sofort hätte einschlafen können. Der Arzt verließ das Zimmer und ließ sie wieder mit ihrer Mutter allein. Entschlossen ergriff ihre Mutter Tessas Hand und drückte sie ein wenig zu fest.

„Tessalein, soll ich dir eine tolle Nachricht erzählen?", fragte sie mit glänzenden Augen. Tessa versuchte zu lächeln, aber die Muskeln in ihrem Gesicht gehorchten ihr noch nicht. Stolz kramte ihre Mutter in ihrer Handtasche und hielt einen weißen Briefumschlag hoch. „Weißt du, was das ist? Das ist sie, Tessa! Hier ist deine Eintrittskarte nach Oxford." Tessa versuchte sich auf die schwarzen Lettern zu konzentrieren, die gerade nichts als Übelkeit in ihr hervorriefen. Dennoch machte ihr Herz einen Sprung. Konnte das wirklich sein?

„Du hast es geschafft, Tessa", quiekte ihre Mutter, „du bist angenommen worden!" Ungläubig starrte Tessa ihre

Mutter an. Sie wusste nicht einmal, worüber sie ihre Ab-
schlussarbeit geschrieben hatte, geschweige denn wann sie
sich in Oxford vorgestellt hatte. Tessas Welt begann vor ihren
Augen zu schwanken.

„Freust du dich denn gar nicht?", fragte ihre Mutter
enttäuscht. „Doch", presste Tessa angestrengt hervor. Zögernd
holte ihre Mutter noch etwas aus ihrer Handtasche.

„Ich habe lange überlegt, ob ich dich jetzt schon damit
konfrontieren soll. Ich weiß, gerade ist alles unfassbar anstrengend für dich, aber ich möchte so gerne verstehen, was passiert
ist…", vorsichtig öffnete sie ihre Hand und offenbarte Tessa
was sich darin verbarg. „Das hier hast du um den Hals getragen, als man dich fand. Weißt du, woher du diesen Anhänger
hast?", hoffnungsvoll sah ihre Mutter sie an. Die Goldene Kugel reflektierte das Licht des Raumes und warf es zurück.
Tessa fokussierte den glänzenden Anhänger, und spürte, dass
da etwas war. Ein tiefes Gefühl in ihr sagte ihr, dass sie ihn
kannte. Und dann war plötzlich in ihrem Kopf nur noch gäh-
nende Leere.

„Nein", stieß sie hervor, „ich habe diese Kette noch nie
gesehen."

Als ich begonnen habe, diese Geschichte vor etlichen Jahren zu schreiben, stand ich selbst vor meinen Abiturprüfungen und obwohl ich immer gewusst habe, dass ich Historikerin werden möchte, hatte ich Angst. Ich glaube, viele Menschen gehen davon aus, dass der Schulabschluss eine Art Befreiung für junge Leute darstellt, und auch wenn ich finde, dass das auf gewisse Art und Weise stimmt, stehen die allermeisten jungen Menschen erst einmal vorm Nichts. Denn in die große, weite Welt geschickt zu werden, nachdem man jahrelang in dieser gleichzeitig erdrückenden, wie auch Sicherheit gebenden Routine gesteckt hat, ist einschüchternd. Diese Selbstfindung, wirklich herauszufinden wer man eigentlich ist, beginnt erst später. Ich habe mich sehr oft in Tessa wiedergefunden und als ich das Buch nach all den Jahren noch einmal überarbeitet habe, war mein erster Impuls, Tessas Charakter umzuändern. *Das geht so nicht*, dachte ich, *ich kann sie nicht so lassen.* Protagonistinnen in Fantasybüchern sollen starke Kämpferinnen sein, selbstsicher und badass. Aber wisst ihr was? Tessa ist all das, auch wenn sie nicht so wirkt. Der ganze Buchmarkt ist voller junger Leute, die mit zwölf Jahren Basilisken töten oder gegen Drachen kämpfen. Auch Tessa kämpft. Sie kämpft gegen etwas, das oft schwierig und hart ist zu bekämpfen. Ihre eigenen Selbstzweifel. Tessa steht für all die jungen Menschen da draußen, die gerade auf der Suche nach ihrem eigenen *Selbst* sind, die gegen ihre inneren Dämonen kämpfen und jeden Tag aufs Neue versuchen ihren Platz in dieser Welt zu finden. Wir alle sind auf der Suche nach dem, was uns erfüllen könnte.

Ich habe diese Geschichte viele Jahre neben mir liegen gehabt und geglaubt, ich könnte sie nicht herausbringen. Nach heutigen Standards wäre mir die Sprache wahrscheinlich zu einfach gewesen und die Charaktere zu naiv, und soll ich euch etwas sagen? Genau deshalb habe ich sie so gelassen, wie sie ist. Denn genau so habe ich sie damals, als ich in Tessas Schuhen steckte, geschrieben und genau so ist sie perfekt. Ich schreibe Geschichten, um Menschen zu berühren, um aufzuzeigen, was wahrscheinlich in vielen von uns steckt. Wir alle haben unser Gepäck zu tragen, wir alle finden ab und zu wieder unsere kleine, hilflose, junge Tessa, die einfach nicht weiß, wo ihr Platz ist. Viele Jahre, etliche Studiengänge und ganz viel Lebenserfahrung später, kann ich euch sagen: ich würde mir noch heute sehr oft wünschen, dass eine goldene Gondel in meinem Garten landet, und mich mit auf ein spannendes Abenteuer nimmt. Noch heute würde ich den Stift in meiner Abschlussprüfung fallen lassen und weglaufen, denn man weiß ja nie, welches Abenteuer man verpasst. Erwachsen werden heißt nicht immer, seine eigenen Selbstzweifel loszuwerden, es bedeutet auch nicht unbedingt immer mit „beiden Beinen fest im Leben zu stehen." Ich glaube, Erwachsene sind oft nur kleine Kinder, aber in einer älteren Hülle. Schämt euch nicht für eure innere Tessa, und seid nicht zu hart mit euch selbst. Egal wie alt man ist, die Suche nach dem eigenen Weg endet nie. Und das wäre euch reichlich traurig, oder?

Ich möchte dennoch meinen Dank aussprechen, vor allem meiner Mutter, die mich durch dieses Projekt begleitet hat. Ich glaube, es gibt kein Buch, was ich nicht meiner Mutter widme.

Danke, dass du jeden noch so unfertigen Entwurf gelesen und mir immer deine ehrliche Meinung gesagt hast. Und damit meine ich alles, was ich je geschrieben habe, seit ich ein kleines Kind war. Ich denke, als meine Mama kennst du meine innere Tessa sehr gut und weißt genau, dass ich nie lange auf einem Weg bleibe. Danke, dass du meine Ruhelosigkeit und meine Abenteuerlust immer so akzeptierst und mich so nimmst, wie ich bin: ob Akademikerin oder nicht. Außerdem möchte ich meinem lieben Mann danken, der bei allem, was ich mache, Feuer und Flamme ist und mich sogar unterstützen würde, wenn ich mir einen Elefanten als Haustier kaufen würde. Ich weiß genau, du würdest sagen: „Hm, das ist jetzt unerwartet, aber mal sehen, ob ich einen Stall bauen kann. Das bekommen wir schon hin." Ich bin so wahnsinnig dankbar für dich und für unsere kleine Familie, und ich bin davon überzeugt, dass du jedes Mal aufs Neue erkennst, wenn meine innere Tessa wieder aus mir spricht.

Natürlich möchte ich auch meinen Leser*Innen danken. Ich hoffe, ihr alle wisst, dass ihr genug seid, genau so, wie ihr nun einmal eben seid. Es ist egal, ob ihr vierzig oder achtzehn seid: es ist okay, sich selbst manchmal im Weg zu stehen und mit schwerem Gepäck zu reisen. Ihr seid nicht allein.

Nun aber habe ich zu tun, jedenfalls muss es ja mit Tessa weitergehen, nicht wahr…?

Macht es gut!

Eure,

Chiara